Pierre Loti

Les Désenchantées

Édition présentée, établie et annotée
par Sophie Basch
Professeur à l'Université de Paris-Sorbonne

Chronologie de Bruno Vercier

AVEC HUIT ILLUSTRATIONS
DE MANUEL ORAZI
(1923)

Gallimard

PRÉFACE

Les Désenchantées, *le dernier et le plus long des grands romans de Loti, paraît en juillet 1906, la même année qu'un roman de mœurs d'Eugène Montfort,* La Turque, *surnom d'une prostituée parisienne qui en dit long sur la persistance et la déchéance du fantasme orientaliste au début du XXᵉ siècle. Aux antipodes de cette fausse Turque de maison close, les vraies Turques du harem, d'une farouche chasteté, n'attirent pas moins la curiosité. Mais ces jeunes femmes de bonne famille ne sont-elles pas des Orientales aussi fictives que la malheureuse héroïne de Montfort ?*

L'ouvrage, assurément, ne pouvait être laissé entre toutes les mains. L'ineffable abbé Bethléem, censeur des familles, tranchait : « Les Désenchantées *(l'émancipation de la femme musulmane, thèse ; pas pour tous). » Perfide, malfaisant, immoral,*

irréligieux, déprimant. Auteur pour femmes. L'ec-
clésiastique explicitait à outrance : « Pierre Loti est
d'abord un puissant charmeur. Il séduit ses lecteurs
et ses lectrices par la rêverie vague et flottante de
sa pensée, par la mélancolie sensuelle dont il les
pénètre, par les voluptueuses et enlaçantes caresses
de sa phrase, savamment rythmée. Ces petits récits
dont il tire de profondes émotions, ces descriptions
féeriques de l'Océan infini, de l'Orient mystérieux, de
tous les pays exotiques, charment jusqu'à enivrer[1]*. »*

De tous les livres de Pierre Loti, Les Désenchantées *est le titre qui, avec* Aziyadé, *a fait couler le*
plus d'encre. C'est aussi, curieusement, le plus
méconnu. Un paradoxe ? En apparence. La péri-
pétie a éclipsé le roman. Au lendemain de la dis-
parition de l'écrivain en 1923, la journaliste Marie
Lera, née Hortense-Marie Héliard, révélait, sous le
pseudonyme de Marc Hélys, le « secret des "Désen-
chantées[2]*" ». L'académicien avait été victime d'une*
imposture : l'auteur de cette confidence publique,
Djénane dans le roman, était une féministe fran-
çaise, associée à deux jeunes Turques du meilleur
monde et parfaites francophones, Zennour et Nou-
ryé Noury Bey (Mélek et Zeyneb dans le récit), filles
d'un ministre du sultan Abdülhamid et petites-filles
d'un Français converti à l'islam, Rechad Bey (Hya-
cinthe Ulysse Blosset, marquis de Châteauneuf), qui
l'instruisaient de tous les détails de la vie locale.

---

1. Abbé Bethléem, *Romans à lire et romans à proscrire*, 6e édition, Lille, Bureaux de Romans-Revue, 1914, p. 105-107.
2. Marc Hélys, *L'Envers d'un roman. Le secret des « Désenchantées »*, *révélé par celle qui fut Djénane* [1924], Houilles, Éditions Manucius, 2004.

Pour décrire les tourments imaginaires de Djénane dont le mari épouse sa cousine Durdané, Marie Lera s'inspira de son drame personnel : son époux, consul mexicain natif de Cuba, l'avait quittée pour sa jeune sœur. L'aventure stambouliote lui permit de transposer ses souffrances. Profitant de l'antépénultième séjour de Loti à Constantinople d'avril 1904 à mars 1905[1], à bord du petit stationnaire qu'il commandait, Le Vautour, *les trois amies, dissimulées sous des voiles opaques — que Djénane / Marie Lera, quadragénaire, ne soulèvera jamais pour ne pas révéler son âge —, fixèrent des rendez-vous clandestins à leur idole. Elles le prièrent de faire un roman à partir de leur vraie fausse histoire, pour plaider la cause des femmes turques instruites, avides de liberté de mouvement et de pensée. Plus subtilement, l'embobiné mit ses héroïnes en boîte : Loti, André Lhéry dans le roman, fictionnalisa le faux réel et retravailla les confidences orales et écrites pour les insérer dans un prétendu témoignage sur les harems turcs contemporains : Marie Lera eut beau confronter ensuite les lettres authentiques à leurs avatars romanesques, les désenchantées s'étaient émancipées de leurs modèles. L'« histoire véritable des désenchantées », trop connue pour que j'y revienne ici, a été exposée dans ses moindres détails, jusque dans ses suites puisque les sœurs Noury Bey fuirent*

---

1. Pierre Loti a séjourné près de trente-quatre mois en Turquie où il a effectué en tout huit séjours : du 20 au 25 février 1870, du 16 mai 1876 au 17 mars 1877, du 6 au 8 octobre 1887, du 12 au 15 mai 1890, du 12 au 30 mai 1894, du 10 septembre 1903 au 24 mars 1905, du 15 août au 23 octobre 1910 et enfin du 12 août au 17 septembre 1913.

Constantinople pour l'Europe en janvier 1906, l'an-
née de la publication du récit qui les transfigurait[1].
En 1939, plus rien ne subsistait du mystère : Ray-
monde Lefèvre, s'appuyant sur le dossier déposé par
Marie Lera à la Bibliothèque nationale, publiait les
archives, confrontait les lettres originales au jour-
nal de l'écrivain et aux lettres retravaillées. Sévère
pour l'instigatrice de l'aventure, elle tranchait : « Il
y a deux éléments dans Les Désenchantées *: l'élé-*
ment descriptif, *qui est admirable parce que c'est*
du Loti pur, — et l'élément romanesque, *exagéré et*
mélodramatique. C'est celui-ci qui est dû à Marc
Hélys[2]. *» Ou plus exactement l'élément épistolaire,*
ces quarante-huit lettres ou fragments de lettres qui
figurent dans vingt-six des cinquante-sept chapitres
du roman. Après les révélations de Marc Hélys,
Claude Farrère dit trouver « quelque soulagement
à savoir que telles et telles pages des Désenchantées,
insupportables de sensiblerie banale et de pédante
psychologie, n'ont jamais été écrites par l'auteur de
Fantôme d'Orient[3] *». Sans doute, en effet, peut-on*
considérer ces correspondances comme des appâts
et même comme le prétexte à l'essentiel, l'adieu à la
jeunesse et au lieu fondamental, Stamboul — le
nom, réservé à la péninsule historique opposée au
quartier cosmopolite de Péra, sous lequel Constan-

---

1. Voir Alain Quella-Villéger, *Évadées du harem. Affaire d'État*
et féminisme à Constantinople (1906), Bruxelles, André Versaille Éditeur, 2011. Les témoignages des « désenchantées »
sont mentionnés dans la bibliographie finale.

2. Raymonde Lefèvre, *Les Désenchantées de Pierre Loti*,
Paris, Éditions Edgar Malfère, 1939, p. 84.

3. Claude Farrère dans *Le Gaulois* du 18 septembre 1923.

tinople ou Istanbul fut le plus couramment désigné jusque dans les années trente. Tout comme on peut penser avec Nathalie Heinich que « se confirme par la littérature la consubstantialité entre le monde des états de femme et l'espace romanesque : pour sortir du harem, il faut entrer dans le roman[1] ».

Après une relative traversée du désert, car il n'a jamais complètement perdu la faveur du public, Loti semble avoir trouvé sa place dans l'histoire littéraire. Dès lors que l'argument anecdotique ne doit plus en excuser la lecture, il est désormais permis de dégager Les Désenchantées *d'une légende aussi fascinante qu'encombrante, de rendre le roman à la littérature, d'oublier, sinon pour son intérêt littéraire, la supercherie dont il serait le produit, empêchant cet objet de curiosité, ravalé au rang de documentaire, d'accéder à une complète reconnaissance. Tout se passe comme si le stratagème avait submergé la stratégie littéraire. Et si le véritable « secret » des* Désenchantées *résidait dans son écriture ?*

Désenchantement. – Le mal du siècle

À commencer par le titre, curieusement accepté comme une évidence — comme s'il était logique, normal, acquis, que de très jeunes Turques, élevées dans l'espace clos du harem et, même frottées de culture occidentale, n'ayant rien vécu, pussent éprouver un sentiment intimement lié à la mélanco-

---

1. Nathalie Heinich, « Du harem au roman », *Agone*, n° 14, 1995, p. 53.

lie moderne, celui de la conscience du « vide affreux
caché sous les sciences, sous les littératures »
et plus généralement sous l'idéologie du progrès,
exprimant un malaise que Balzac avait identifié dès
1831 lorsqu'il écrivit à propos d'une satire blasée de
*Nodier : « Ce livre appartient à l'*École du désenchantement[1]. *» S'associant à ce courant avec Janin*
et Stendhal, Balzac poursuivait : « Il y a dans ces
quatre conceptions littéraires le génie de l'époque,
la senteur cadavéreuse d'une société qui s'éteint[2]. »
Depuis le romantisme, le désenchantement est un
des thèmes obsédants de la pensée européenne. De
Charles Baudelaire à Walter Benjamin, de Max
Weber à Marcel Gauchet et à Rainer Rochlitz en pas-
sant par Paul Bénichou, les poètes, les philosophes
et les historiens n'ont cessé, à la suite de Balzac,
de déplorer et d'étudier un « désenchantement du
monde » qui traduit les déchirements engendrés par
une modernité où les avancées techniques vont de
pair avec la destruction d'une harmonie séculaire.
Loti n'échappe pas à cette loi, comme le vit bien
André Suarès : « Loti est singulièrement anachro-
nique. Mais en quelque siècle que ce fût, il aurait eu
la même nostalgie, s'il avait perdu la foi, et la même
inquiétude. Loti est inconsolable de ne point croire.
Il cherche partout la croyance disparue, et jamais il

---

1. Voir à ce propos l'article de Maurice Ménard, « Jules Janin et "l'école du désenchantement" », dans *Jules Janin et son temps*, Paris, Presses universitaires de France, 1974, p. 103-124.
2. Honoré de Balzac, *Lettres sur Paris* [1830-1831], dans *Œuvres diverses*, t. II, Paris, Gallimard, « Bibliothèque de la Pléiade », 1996, p. 937.

ne l'a. Que ce soit la faute du siècle, ou d'un aïeul trop libre, ou de sa propre nature sensuelle, Loti est né dans la négation. Son mal est continuel : plus il veut croire et moins il croit[1]. »

Tout se passe comme si Loti, venu comme Musset trop tard dans un monde trop vieux, produit du désenchantement romantique que le siècle n'a cessé d'aggraver, avait projeté son anachronisme et son propre désarroi sur ses trois héroïnes. C'est ce que rappelle, à trois reprises, la référence ironique à la génération des désenchantés par excellence, celle des lions du boulevard dans l'Orient de bibliothèque et de carton-pâte qui engendra la Namouna de Musset et le Fortunio de Gautier : « — Ce pauvre Lhéry, — ajouta Kerimé, l'une des jeunes invitées, — il retarde !... Il en est sûrement resté à la Turque des romans de 1830 : narguilé, confitures et divan tout le jour » (p. 85-86). La date de la bataille d'Hernani *revient deux cents pages plus loin à propos du titre initialement choisi par les jeunes femmes pour « leur » roman,* Le Bleu dont on meurt, *qui évoque la « maladie du bleu » et la « nostalgie de l'azur » chères à Théophile Gautier : « — Allons, reprit Djénane, dites tout de suite que vous le trouvez 1830... Il est rococo ; passons... » (p. 266). Enfin, dans la bouche de Djénane, une dénégation éloquente, toujours à propos du double romanesque de Loti, André Lhéry, suit immédiatement la citation de l'étranger « qui lui ressemblerait comme un frère » de* La Nuit de décembre *: « Bien*

1. André Suarès, « Loti », dans *Présences*, Paris, Émile-Paul, 1926, p. 202.

entendu, je ne ferais pas de lui un de ces hommes fatals qui sont démodés depuis 1830, mais seulement un artiste, qu'amusent les impressions nouvelles et rares » (p. 303). Lesley Blanch, sa première biographe, percevait justement en Loti un romantique attardé[1].

La scénographie a beau être rigoureuse et le piège accompli, l'idée même de cette supercherie ne pouvait germer que dans le cerveau d'une Européenne. C'est ce que ressentit du reste Louise Weiss à la veille de la Première Guerre mondiale lorsque, rejetée hors du monde féminin par le regard méprisant des femmes d'un pacha qui avaient jugé son apparence sans aménité, elle se murmura à elle-même : « — C'est moi la Désenchantée[2] ! », prouvant ainsi que le désenchantement féminin, tout comme le masculin, participaient d'une expérience occidentale du monde. Les héroïnes de Loti, rongées par un pessimisme par procuration et par le démon de l'analyse, vivent un désenchantement de projection : ce phénomène social, bien que l'Empire ottoman soit lui aussi travaillé, au moins depuis l'ère de réformes des Tanzimât (1839-1876), par les idées de sécularisation et de modernisation (mais pas à proprement parler de modernité), est littéralement impensable dans le contexte turc de l'époque. Leur désillusion est avant tout celle de Loti, prin-

---

1. *Pierre Loti : the Legendary Romantic* fut le premier titre de sa célèbre biographie (San Diego, Harcourt Brace Jovanovich Publishers, 1983), ensuite modifié en *Pierre Loti : Portrait of an Escapist* (Londres, Collins, 1983).

2. Louise Weiss, *Souvenirs d'une enfance républicaine*, Paris, Denoël, 1937, p. 165, cité par Nathalie Heinich, art. cité, p. 54.

*cipal nostalgique d'un monde qui n'était enchanté
qu'à ses yeux, alarmé par le changement, avocat
paradoxal d'une cause qu'il n'épouse pas, et qui ne
s'en cache guère : « si j'allais plaider votre cause à
rebours, moi qui suis un homme du passé »
(p. 207). Le désenchanté, c'est lui, qui « avait peur
d'être désenchanté par la Turquie nouvelle »
(p. 141) et qui envisage quinze jours après son
retour à Istanbul d'en repartir « avant le plus complet désenchantement » (p. 144), puis se ravise
pour penser, un an plus tard, à la veille de son
départ pour la France, que le charme de la ville
résisterait à tout, « même aux désenchantements
du déclin de la vie » (p. 371). Mais non : « Le
mauvais souffle d'Occident a passé aussi sur la ville
des Khalifes ; la voici "désenchantée" dans le même
sens que le seront bientôt toutes les femmes de ses
harems... » (p. 390), autrement dit défigurée par
le progrès.*

Les livres empoisonnés

*L'éducation des désenchantées est-elle crédible ?
Dès 1907, un avocat turc exilé au Caire, Lütfi Fikri
Bey, publiait une plaquette pour dénoncer l'invrai-
semblance de la situation : « Je suis [...] convaincu
que ces femmes-là ne sont nullement des Turques.
Elles ont une âme française, parisienne même[1]. »*

---

1. Lütfi Fikri Bey, *Essai de critique. Les Désenchantées de
M. Pierre Loti*, Le Caire, Imprimerie Idjihad, 1907. Cité par
Raymonde Lefèvre, *op. cit.*, p. 111.

En 1909, la femme d'un fonctionnaire ottoman recevant Marcelle Tinayre dans un intérieur de style moderne viennois lui confia que les dames de Constantinople refusaient toute existence réelle aux désenchantées, avant de lire le roman : « — Des Désenchantées ? Il y en avait quelques-unes à Stamboul, et ce n'étaient pas les plus intéressantes parmi mes compatriotes. Le livre de Loti en a fait éclore des douzaines. Oui, beaucoup de dames ont appris qu'elles étaient fort malheureuses. Elles ne s'en doutaient pas, avant d'avoir lu le roman[1]. »

La description du climat de l'époque par le grand essayiste et romancier Ahmet Hamdi Tanpınar confirme ces allégations. Selon lui, à de rares exceptions près, même les romanciers turcs les plus novateurs se révélaient incapables d'appréhender les problèmes sociaux et culturels, et le changement en général. L'intérêt pour les littératures étrangères était quasiment nul, l'idée d'imitation absente : « la vie intellectuelle turque n'était pas de nature à bénéficier sérieusement de l'influence que l'Occident pouvait avoir sur l'individu[2] ». Les contemporaines des trois recluses dévoraient-elles, dans leurs harems, des ouvrages de Baudelaire, Verlaine, Kant, Nietzsche, Schopenhauer, agents subversifs de leur volonté d'émancipation, dispersés sur un piano Érard ou sur une coiffeuse Art nouveau, qui leur auraient inoculé « pessimismes », « détraquements » et « doutes »

1. Marcelle Tinayre, *Notes d'une voyageuse en Turquie*, Paris, Calmann-Lévy, 1909, p. 337-338.
2. Ahmet Hamdi Tanpınar, *Histoire de la littérature turque du XIXe siècle* [1949], traduit du turc sous la direction de Faruk Bilici, Arles, Actes Sud, 2012, p. 359.

(p. 322) à partir desquels elles se donnent « tant de mal pour gâcher [leur] vie » (p. 332) ? Le tableau évoque plus la « dégénérescence » fantasmée par Max Nordau que de la réalité : les visiteuses du palais impérial ne traitent-elles pas les « petites citadines au corps fragile, aux yeux cernés, au teint de cire » de « dégénérées » (p. 136) ? La vérité semble toutefois plus proche du témoignage de Gabriel de La Rochefoucauld, présent en 1904 lors de la visite sur Le Vautour *d'une jeune dame turque très saine, vêtue à l'européenne, dont la « seule préoccupation était d'avoir l'air à la mode » et qui, lors d'une promenade à Beykoz, s'exclama pour toute réminiscence lyrique « Quel bel endroit pour jouer au cricket ! », avant d'évoquer ses parties de tennis à Péra et à Thérapia avec des Européens[1]. Contrarié par la remarque de son ami qui s'étonnait de voir une Turque aussi libre et occidentalisée, Loti lui objecta que la jeune femme s'était exprimée ainsi par fanfaronnade : « Et je vis, car je demeure convaincu qu'elle m'avait dit la vérité, que Loti comme toujours voulait conserver devant la réalité l'opinion que son imagination lui avait donnée, et qu'il ne voulait pas laisser détruire, par des observations qu'il considérait comme inutiles, le résultat de son effort poétique[2]. » Loti invita également à bord du* Vautour *le poète Henri de Régnier, en lui annonçant la visite d'une jeune fille turque (sans doute la même) qui se risquait à cette dangereuse*

---

1. Gabriel de La Rochefoucauld, « Désenchantée », dans *Constantinople avec Loti*, Paris, Les Éditions de France, 1928, p. 159-162.
2. *Ibid.*, p. 162-163.

*équipée : « La mystérieuse Balkis est une grande
jeune fille assez jolie, très élégamment habillée. Elle
porte une robe de soirée à la mode de Paris et elle
parle un excellent français. Ce n'est pas la peine
d'être turque, de vivre enfermée dans un harem
pour ressembler à n'importe quelle jeune fille du
meilleur monde de Paris, de Londres, de Vienne, de
n'importe quelle autre capitale ! Conversation agréa-
blement banale, rafraîchissements. »* Une barque
de police rôdant autour du stationnaire, Loti fait
raccompagner la jeune femme par la vedette du
bord. Comme La Rochefoucauld, Régnier demeure
sceptique : *« A-t-elle jamais été en grand péril et n'y
a-t-il pas là un peu de mise en scène, de comédie,
un ressouvenir, peut-être à demi inconscient, de
l'époque d'Aziyadé[1] ? »* De toute évidence, Loti était
une dupe consentante, qui manipula les désenchantées bien plus qu'elles ne l'abusèrent. Il le confessa
dans les notes d'un de ses ultimes séjours à Istanbul, en août 1910 : *« Autrefois, je croisais ici les
"désenchantées" qui jouaient à être difficiles à
reconnaître[2]. »* Au regard des témoignages de La
Rochefoucauld et de Régnier, la « désenchantée » en
question ne semble guère perméable à la noirceur
de Baudelaire et au pessimisme schopenhauerien.

De tous les auteurs de la bibliothèque des désenchantées mentionnés par Loti, la romancière Gyp
et la poétesse Anna de Noailles, coqueluches du lec-
torat féminin, sont les seules plausibles... La pré-

---

1. Henri de Régnier, *Escales en Méditerranée*, Paris, Flammarion, 1931, p. 162-163.
2. Pierre Loti, *Suprêmes visions d'Orient*, Paris, Calmann-
Lévy, 1921, p. 58.

sence de Schopenhauer s'explique toutefois : la traduction par Jean Bourdeau de ses considérations sur l'amour et les femmes dans Pensées, maximes et fragments, *en 1880, avait connu une vogue considérable : ces extraits ornaient tous les salons. Le nom de l'institutrice de Djénane, Esther Bonneau, est-il un clin d'œil à Bourdeau qui suscita la vocation des « Schopenhauer en herbe qui rongent les lettres françaises comme le phylloxera dévore les vignes de Bordeaux*[1] *» ? Ce n'est pas impossible. Il serait en revanche curieux que ce chantre de l'anti-féminisme passât, tout comme Baudelaire, pour un envoyé des suffragettes. Quant à la présence de Kant, elle se justifie par un détour. Il n'est pas interdit de penser que le titre de Loti est inspiré de celui de Barrès, dont* Les Déracinés, *paru en 1897, qui décrit un groupe de jeunes Lorrains influencés par leur professeur de philosophie, M. Bouteiller, kantien et gambettiste, avait connu un immense retentissement : le destin cosmopolite que les provinciaux rêvaient de rencontrer à Paris en tentant d'accéder à l'universel, loin de leur terreau natal, entraîne leur perdition.* Les désenchantées, *corrompues par les pitoyables disciples en jupon des philosophes à la mode, ne sont-elles pas des déracinées en puissance ? Un témoignage de Jean Tharaud, secrétaire de Maurice Barrès, accrédite cette hypothèse. Mais si Loti admirait Barrès, celui-ci ne lisait pas ses*

---

1. Albert Wolff dans *Le Figaro* du 15 février 1886, cité par Marc Smeets, « Huysmans, Maupassant et Schopenhauer : note sur la métaphysique de l'amour », dans Noëlle Benhamou (dir.), *Guy de Maupassant*, Amsterdam / New York, Rodopi, 2007, p. 21.

confrères : « Même lorsqu'un talent lui plaisait, il ne le lisait guère davantage. Il disait, par exemple, de Loti, qui venait de lui envoyer un volume avec une dédicace charmante et un peu précieuse, comme c'était son habitude : "Quel gentil esprit, ce Loti ! On voudrait avoir le temps de le lire. C'est une réserve pour mes vieux jours." Et Les Désenchantées *prirent le chemin du "cimetière", qui n'était pas celui d'Eyoub[1]. »*

À ce catalogue, la vraisemblance exigerait d'ajouter le plus populaire et le plus influent des romanciers sentimentaux : Georges Ohnet. Fait significatif, la doyenne des lettres turques modernes, Fatma Aliye, avait d'ailleurs commencé sa carrière littéraire par la traduction, en 1890, de Volonté (Meram) de Georges Ohnet : dix ans après son mariage avec un aide de camp du sultan Abdülhamid qui lui interdisait la lecture des romans étrangers, elle obtint de son époux l'autorisation d'introniser en Turquie celui que Léon Bloy surnommait « le Jupiter tonnant de l'imbécillité française[2] ». Si plus personne ne lit cet écrivain prolifique, il n'en demeure pas moins que ses romans à l'eau de rose, qui jouissaient d'une faveur inégalée en France, devaient également

---

1. Jérôme et Jean Tharaud, *Mes années chez Barrès*, Paris, Plon, 1928, p. 73. Paul Bouteiller est inspiré par Auguste Burdeau, quasi homonyme de Jean Bourdeau... Rapportant cette anecdote, Gabriel de La Rochefoucauld s'étonne : « Comment Loti et Barrès pouvaient-ils se juger, et même se connaître, puisqu'il apparaît que, si Barrès ne lisait pas Loti, Loti ignorait Barrès. Ces deux hommes étaient trop différents » (*op. cit.*, p. 144). L'affirmation paraît excessivement péremptoire.
2. Léon Bloy, *Le Désespéré* [1887], éd. de Pierre Glaudes, Paris, Flammarion, « GF », 2010, p. XX.

*envahir les librairies de Constantinople, d'Athènes
et d'Alexandrie : les mémoires de la femme de lettres
grecque Pénélope Delta, contemporaine de Fatma
Aliye, témoignent du succès, en Égypte, d'un autre
roman d'Ohnet,* Le Maître de forges, *auprès du
public féminin, qu'il fût turc, grec, copte, arménien,
juif ou levantin. La fréquentation des bouquinistes
d'Istanbul qui écoulent les débris des bibliothèques
bourgeoises confirme ces lectures : leurs rayons
poussiéreux et leurs caves débordent de Gyp, d'Anna
de Noailles, de Paul Bourget, d'Edmond Rostand, de
Marcel Prévost, de Paul Hervieu, de Georges Ohnet
et… de Pierre Loti. Non sans humour, l'auteur des*
Désenchantées *s'associe à ces auteurs à succès
en s'abstenant de censurer, dans une des lettres
reçues, la phrase qui résume le vide des journées
au harem : « Lire du Paul Bourget, ou de l'André
Lhéry ? » (p. 292). Il prend toutefois soin, lorsqu'il
reprend les lettres de Djénane / Marie Lera pour les
insérer dans son récit, d'escamoter le nom d'un trop
éblouissant rival : « Jeune fille — écrit Marc
Hélys — j'avais déjà lu* Aziyadé *en cachette. […]
Pourquoi vous avons-nous aimé, vous, plutôt que
tout autre, plutôt que Rostand lui-même, que pourtant nous adorons pour avoir écrit* La Princesse
lointaine[1] ? » *Loti efface son voisin de Cambo (son
roman s'ouvre d'ailleurs sur une répudiation du
Pays basque où il vivait alors et « dont il était
autrefois épris ») : « Jeune fille, j'avais déjà lu*
Medjé *et quelques-uns de vos livres sur nos pays
d'Orient. Je les ai relus, pendant cette période de*

---

1. Marc Hélys, *op. cit.*, p. 128-129.

ma vie, et j'ai mieux compris encore pourquoi nous toutes, les musulmanes, nous vous devons de la reconnaissance, et pourquoi nous vous aimons plus que tant d'autres » (p. 243-244).

Les romans français s'arrachaient dans le quartier cosmopolite de Péra : « Les dames turques se promenaient en ce temps-là autant qu'elles peuvent le faire depuis leur émancipation. [...] Elles envahissaient la librairie près du Tunnel. Les Aziyadé, *les* Fantôme d'Orient, *s'enlevaient chaque jour par douzaines[1]. » Quant aux désenchantées, elles se retrouvent en vitrine avant même la rédaction du roman, dans une forme de mise en abyme visionnaire, lorsque Mélek, pour se débarrasser de l'eunuque qui les chaperonne, l'envoie chercher, chez tous les libraires de la Grand-Rue de Péra, « Les* Désenchantées, *le dernier roman d'André Lhéry » (p. 325).*

Instruit de ce que lisent les jeunes filles, Loti joue admirablement de la distance et du rapprochement avec la littérature de gare. Dans un compte rendu féroce de ce Volonté *tant admiré en Turquie, Anatole France s'était moqué de l'auteur pour dames : « N'en doutez pas, il y aura des femmes, des femmes charmantes, qui trouveront cela beau et qui en pleureront. Eh bien, je ne leur en ferai pas un reproche. Je les louerai, au contraire, de leur candeur et de leur simplicité. Il faut aussi que les pauvres d'esprit aient leur idéal. [...] les romans de M. Georges Ohnet sont exactement, dans l'ordre littéraire, ce que sont, dans l'ordre plastique, les têtes de cire des*

---

1. *Ibid.*, p. 8.

coiffeurs[1]. » *Les mêmes lectrices bovarysaient sur le Bosphore. On ne saurait reprocher à Loti, qui ne mentionne pas Ohnet, d'avoir gommé cette faute de goût. On ne prend guère de risque en pariant que les amies turques de Marie Lera, seule instigatrice du guet-apens, ne partageaient pas ses lectures sulfureuses. Ni que Loti désapprouvait l'instruction trop poussée des filles, au même titre que Léo Claretie qui s'apprêtait à publier* L'École des femmes[2], *tableau parodique du féminisme militant.*

Le degré d'instruction et de sophistication intellectuelle des institutrices européennes, entremetteuses pathétiques, semble aussi idéalisé que le niveau de leurs pupilles. Loti ne peut cacher sa désapprobation de l'éducation dispensée par des préceptrices françaises, anglaises, allemandes, vieilles filles instruites et déclassées, de bonne famille et frustrées, qui « avaient beaucoup souffert dans leur pays » *(p. 268),* « instrument[s] irresponsable[s] au service du Temps » *(p. 385), balanciers au service de l'inexorable horloge du progrès.*

Désenchantement. – Le vide et l'immobile

Mais revenons à ce titre où réside tout le malentendu, dans une équivoque plus féconde que la vraie fausse aventure. De l'aveu de Marie Lera, il appartient, incontestablement, à Loti qui l'imposa :

---

1. Anatole France, « Hors de la littérature », *La Vie littéraire*, deuxième série, Paris, Calmann-Lévy, 1890, p. 64.
2. Paris, Sansot, 1907.

« *Nous avions déjà songé à lui proposer* Les Ombres qui passent *et* Le Bleu dont on meurt, *qui nous plaisaient beaucoup. Au premier moment, il plut aussi à Loti, qui cependant pensait déjà aux* Désenchantées — *que j'aimais moins. (En quoi j'avais tort, car c'était certainement le meilleur de tous les titres entre lesquels il ait quelque temps hésité[1].)* » Cette paternité confirme si besoin était que l'écrivain, qui ne se laissait jamais déposséder de lui-même, qui vivait dans l'anticipation constante de ce qui bientôt ne serait déjà plus, tenait à garder l'entière maîtrise d'une œuvre qui obéissait à un schéma préconçu. Et ce d'autant plus volontiers qu'il n'aimait pas : « Loti est sans passion. Il est moins passionné que sensuel, et moins sensuel que possédé d'un trouble, avide d'occuper son inquiétude et de peupler le vide d'une âme oisive qui désire[2]. » Son contrôle est omniprésent, apparentant Les Désenchantées *aux autocritiques du roman symboliste, que l'on trouve aussi bien chez Marcel Schwob, Joris-Karl Huysmans, Paul-Jean Toulet, Octave Mirbeau, Édouard Dujardin, Jean Lorrain, Remy de Gourmont et André Gide que chez... Marcel Proust, dont la prise de conscience dépasse l'ambition de tous les autres. Il n'empêche que* Les Désenchantées, *roman de la mise en abyme et de la réflexion constante, sur les rouages de la création comme sur le passage du temps, relève de la métalepse, procédé que Gérard Genette réserve à la « manipulation », à la « relation causale particulière qui unit, dans un sens ou dans*

1. Marc Hélys, *op. cit.*, p. 182-183.
2. André Suarès, « Loti », dans *Présences*, *op. cit.*, p. 204.

l'autre, l'auteur à son œuvre[1] ». Et c'est à juste titre qu'on peut associer le manipulateur Loti à des écrivains dont il ne partage pas « l'intellectualisme symboliste » mais dont les romans donnent « une vision particulièrement clairvoyante des mécanismes de la décadence[2] ». Le passage où Djénane, Mélek et Zeyneb discutent du titre du livre à venir avec André Lhéry est particulièrement révélateur de l'appropriation ironique, par Loti, d'une intrigue montée de toutes pièces :

— Nos amies nous ont annoncé, dit l'une, que vous alliez écrire un livre en faveur de la musulmane du XXe siècle, et nous avons voulu vous en remercier.

— Comment cela s'appellera-t-il ? demanda l'autre, en s'asseyant avec une grâce languissante sur l'humble divan décoloré.

— Mon Dieu, je n'y ai pas songé encore. C'est un projet si récent, et pour lequel on m'a un peu forcé la main, je l'avoue... Nous allons mettre le titre au concours, si vous voulez bien... Voyons !... Moi, je proposerais : *Les Désenchantées*.

— « Les Désenchantées », répéta Djénane avec lenteur. On est désenchanté de la vie quand on a vécu ; mais nous au contraire qui ne demanderions qu'à vivre !... Ce n'est pas désenchantées, que nous sommes, c'est annihilées, séquestrées, étouffées...

— Eh bien ! voilà, je l'ai trouvé, le titre, s'écria la petite Mélek, qui n'était pas du tout sérieuse aujourd'hui. Que diriez-vous de : « Les Étouffées » ? Et puis, ça peindrait si bien notre état d'âme sous les voiles épais que

1. Gérard Genette, *Métalepse. De la figure à la fiction*, Paris, Éditions du Seuil, 2004, p. 13-14.
2. Comme l'a bien vu Valérie Michelet Jacquod dans *Le Roman symboliste : un art de l'« extrême conscience »*, Genève, Droz, 2008, p. 111.

nous mettons pour vous recevoir, monsieur Lhéry ! Car vous n'imaginez pas ce que c'est pénible de respirer là-dessous !...

[...]

— Voyons, Mélek, reprocha doucement Djénane, ne fais pas des potins comme une petite Pérote... « Les Désenchantées », oui, la consonance serait jolie mais le sens un peu à côté...

— Voici comment je l'entendais. Rappelez-vous les belles légendes du vieux temps, la Walkyrie qui dormait dans son burg souterrain ; la princesse-au-bois-dormant, qui dormait dans son château au milieu de la forêt. Mais, hélas ! on brisa l'enchantement et elles s'éveillèrent. Eh bien ! vous, les musulmanes, vous dormiez depuis des siècles d'un si tranquille sommeil, gardées par les traditions et les dogmes !... Mais soudain le mauvais enchanteur, qui est le souffle d'Occident, a passé sur vous et rompu le charme, et toutes en même temps vous vous éveillez ; vous vous éveillez au mal de vivre, à la souffrance de savoir... » (P. 214-216.)

Anticipant la célèbre formule de Max Weber sur le « désenchantement du monde » (en 1919 dans Le Savant et le Politique*), Loti impose sa définition à ses trois amies, en particulier à Djénane qu'elle laisse sceptique, pour l'excellente raison que Marie Lera, cachée sous ses voiles, comprend bien que le désenchantement, produit de l'histoire européenne, est « un peu à côté », inadapté au sentiment, à l'âge et à la situation des Turques. Des années plus tard, dans son livre révélation, Marie Lera, étrangement, ne releva plus le hiatus, cette greffe d'une disposition improbable sur l'âme de jeunes Asiatiques nourries non pas, comme feint de le croire Loti, de lectures philosophiques ni même de contes enchanteurs (et certainement pas de mythologie*

*nordique !), mais gavées de littérature facile. C'est
en vain qu'il cherche plus loin à rétrécir le désenchantement aux dimensions d'une désillusion per-
sonnelle, de manière d'autant moins convaincante
que, loin du découragement et de la résignation
éprouvés par une des héroïnes, le désenchantement
comme la mélancolie recèle un dynamisme propre
— dont l'énergie créatrice ne cessa d'inspirer Loti,
désabusé et pessimiste prolifique comme la plupart
des anti-modernes :*

> Cette Zeyneb était la seule du trio qu'André croyait
> un peu connaître : une *désenchantée* dans les deux sens
> de ce mot-là, une découragée de la vie, ne désirant
> plus rien, n'attendant plus rien, mais résignée avec une
> douceur inaltérable ; une créature toute de lassitude et
> de tendresse, exactement l'âme indiquée par son déli-
> cieux visage, si régulier, et par ses yeux qui souriaient
> avec désespérance. (P. 278.)

*La justification du titre, ici, sonne faux. Comme
l'a bien vu Suzanne Lafont, « le désenchantement,
ce n'est pas, exactement, la rupture de l'enchantement », mais « un charme dépourvu de contenu,
constitué essentiellement de stéréotypes », qui
« persiste à émaner du néant[1] ». Tel était bien déjà
le sentiment de Jules Bois, auteur de* L'Éternelle
Poupée*, dénonciateur de la misogynie et fasciné
par les philosophies orientales, à la sortie du livre :
« un enchantement douloureux, une incantation
de deuil et de désillusion, un éperdu regard s'obsti-*

---

1. Suzanne Lafont, *Suprêmes clichés de Loti*, Toulouse,
Presses universitaires du Mirail, 1993, p. 66.

nant vers un amour de jeunesse et qui, avec cette jeunesse, a disparu[1] ». Il concluait, sans se tromper sur l'identité du premier des désenchantés : « Livre imparfait, mais supérieur à bien des livres, parfaits d'apparence — supérieur, je le répète, à cause de l'âme qui y rayonne, puérile et grave, amoureuse, mélancolique et, elle aussi, "désenchantée"[2]. » Le désenchantement est indissociable d'une conscience historique aiguë, ici celle de la fin de siècle ; il n'est pas le produit d'une oppression sociale. On n'est pas désenchanté à vingt ans, sauf à s'appeler Musset à un moment donné de l'Histoire : « Ce fut comme une dénégation de toutes choses du ciel et de la terre, qu'on peut nommer désenchantement, ou si l'on veut, désespérance, *comme si l'humanité en léthargie avait été crue morte par ceux qui lui tâtaient le pouls[3]. » Ce ne sont pas les désenchantées qui désespèrent de la perte de l'innocence mais Loti, qui l'éprouve à leur place, guidé par Marie Lera dans ses lettres. La pâte qui lui est fournie est en effet de qualité, prévenant le mimétisme puisqu'elle pastichait le style de Loti. Il la retravaille peu, se contentant de quelques retouches, comme s'il arrangeait un bouquet, redressait un cadre ou tapotait quelques coussins, en soignant les assonances et les allitérations. Du grand art : « J'étais au jardin, ce matin, parmi les fleurs, et je m'y sentais si seule et si triste, lasse de ma solitude. Un orage avait passé*

---

1. Jules Bois, « Revue des livres », *Les Annales politiques et littéraires*, n° 1205, 29 juillet 1906, p. 68.
2. *Ibid.*, p. 70.
3. Alfred de Musset, *La Confession d'un enfant du siècle*, Paris, Gallimard, « Folio classique », p. 30.

dans la nuit et les rosiers saccagés étaient dépouil-
lés. Leurs roses jonchaient la terre. De marcher sur
ces pétales qui n'avaient point encore perdu leur
velours, il me semblait piétiner des rêves[1]. » Loti
allège : « J'étais parmi les fleurs du jardin, et je m'y
sentais si seule, et si lasse de ma solitude ! Un orage
avait passé dans la nuit et saccagé les rosiers. Les
roses jonchaient la terre. De marcher sur ces pétales
encore frais, il me semblait piétiner des rêves »
(p. 267-268). Ou encore : « Je revois dans mes
rêves une rivière qui court. De la grande salle de la
maison on peut entendre la voix de ses petits flots
pressés. Oh ! comme ils se hâtent dans leur course
vers les lointains inconnus ! Quand j'étais enfant,
je riais de les voir furieux se briser parmi les grosses
pierres[2]. » Avec un goût infaillible, Loti coupe le mot
superflu, humanise un adjectif trop pompeux : « Je
revois dans mes rêves une rivière qui court… De la
grande salle, on entendait la voix de ses petits flots
pressés. Oh ! comme ils se hâtaient dans leur course
vers les lointains inconnus ! Quand j'étais enfant,
je riais de les voir se briser contre les rochers avec
colère » (p. 96).

Loti qui ne cesse de s'interroger sur le livre en
train de s'écrire, le sait : « c'était de la "littérature" »
(p. 367). Car son Orient, loin d'être celui de l'opéra
malgré l'adaptation de Madame Chrysanthème
par André Messager, est un Orient réfléchi. À
force d'être perçu, depuis le début du XIXe siècle,
comme un lieu rédempteur, représentant à l'Occi-

---

1. Marc Hélys, *op. cit.*, p. 110.
2. *Ibid.*, p. 222.

*dental le présent du passé, l'Orient des roman-
tiques — concept repoussoir pour les uns (Hegel
l'associait à l'immobilisme), attirant pour les autres
(Schlegel ou Hölderlin) — est devenu, en littérature
comme en peinture, pratiquement anhistorique :
« cet Orient immobile qu'il avait adoré depuis ses
années de prime jeunesse » (p. 369) ; « un monde
[...] resté presque à l'âge d'or » (p. 199). Dans ce
lieu de la permanence, les Turcs sont constamment
idéalisés, comme représentants de l'anti-progrès, de
l'anti-changement. L'opposition entre immobilisme
de l'Orient et frénésie de l'Occident s'inscrit dans
la géographie de la ville où, de part et d'autre de la
Corne d'Or, s'ignorent Stamboul, qui s'étend de la
pointe du Sérail au sanctuaire d'Eyüp (Eyoub, dans
le roman), et Péra-Galata, le quartier cosmopolite
des ambassades, des Grecs et des Levantins — déjà
élu par l'abbé Prévost pour y situer, en 1740, son*
Histoire d'une Grecque moderne. *Ce Constantinople est strictement hiérarchisé. La polarisation
symbolique est à la fois horizontale et verticale. L'hiver, le narrateur loge sur les hauteurs de Péra d'où
il domine le quartier des désenchantées, Khassim-
Pacha, le long du Petit-Champ-des-Morts, cimetière
ombragé de pins qui descend jusqu'à l'arsenal sur la
rive gauche de la Corne d'Or. L'été, la même dicho-
tomie se répète : à Péra répond Thérapia, quartier
d'été des ambassades et lieu de réunion cosmopolite, sur la rive d'Europe ; à Stamboul répond Beykoz, l'éden de la rive d'Asie, lieu du* yalı *(demeure
côtière) des ancêtres et de la nature préservée.*

*Loti, qui vénère le quartier de Fatih dominé par
la mosquée du Conquérant, ne peut s'abstenir de*

*railler les Orientaux qui singent les Occidentaux,
en affichant son mépris des « habits parisiens (ou
à peu près) » (p. 227) des Levantins et des jeunes
Turcs, et des grands hôtels de Thérapia qui « accordaient (ou à peu près), pour la soirée dite élégante,
leurs orchestres de foire » (p. 281), trahissant un
sentiment de supériorité qui tient moins aux pré-
jugés de classe qu'à une certaine xénophobie.
Assigné à résidence, le bon Oriental doit rester à
sa place, au sens propre : ne pas bouger, ni dans
l'espace, ni dans le temps. Dans ce contexte, le
terme « turquerie » prend un sens particulier sous
la plume de Loti, à rebours de la définition habituelle (qui fait pendant aux « chinoiseries ») de
caprice décoratif « alla turca », en vogue au
XVIIIᵉ siècle[1], et que le XIXᵉ chargera d'une connotation péjorative de camelote, d'article de bazar à
l'exotisme bon marché, rimant avec pouillerie.
Dans* Les Désenchantées, *au contraire, la turquerie, synonyme d'authenticité, s'oppose au factice.
Jean Renaud — Auguste-Laurent Masméjean, de
son vrai nom, officier mécanicien du* Vautour *—,
est ainsi « son compagnon ordinaire de turquerie » (p. 169) dans ses expéditions « en pleine
turquerie des vieux temps » (p. 197), « vers le
quartier plus lointain de Sultan-Selim, toujours en
pleine turquerie » (p. 199), ou « de Bayazid à
Chazadé-Baché, un parcours d'un kilomètre environ, au centre de Stamboul, en pleine turquerie, par*

---

1. Voir Haydn Williams, *Turquerie. Une fantaisie européenne
du XVIIIᵉ siècle*, traduit de l'anglais par Patrick Hersant, Paris,
Gallimard, 2015.

les rues d'autrefois » (p. 326-327). À son retour en 1910, hébergé dans le yalı *des Ostrorog à Kandilli, Loti se rend en pèlerinage aux Eaux Douces d'Asie, et regrette l'évolution mondaine de ce lieu de promenade : « le seul vrai charme de la petite rivière était sa turquerie[1] ». Et quittant la vieille ville où on lui a aménagé un logement traditionnel : « Avant de partir, avec le sentiment très net que je ne reviendrai plus, je jette un coup d'œil d'adieu sur toute ma maison clandestine, dans laquelle mon rêve de turquerie aura été si éphémère[2]. »*

Un rêve, en effet. Là où l'Orient pouvait être conçu comme le lieu d'une régénération possible de l'Occident, Loti, profondément désabusé, y voit le lieu du vide, corrompu par l'Occident, le lieu du néant où nous basculons avec lui. Roland Barthes a bien distingué dans Aziyadé *un livre où rien ne se passe, sauf le temps qu'il fait[3].* Anatole France *l'avait précédé : « Pendant que toutes les voluptés et toutes les douleurs du monde dansent autour de lui comme des bayadères devant un rajah, son âme reste vide, morne, oisive, inoccupée. Rien n'y a pénétré. Cette disposition est excellente pour écrire des pages qui troublent le lecteur. Chateaubriand, sans son éternel ennui, n'aurait pas fait* René[4]. *» C'est le même France qui diagnostique, chez Benjamin Constant, le mal du siècle dont hérite Loti : « Il*

1. Pierre Loti, *Suprêmes visions d'Orient, op. cit.*, p. 58.
2. *Ibid.*, p. 153.
3. Roland Barthes, *Le Degré zéro de l'écriture*, suivi de *Nouveaux essais critiques* [1972], Paris, Éditions du Seuil, « Points », 2014, p. 167.
4. Anatole France, « Pourquoi sommes-nous tristes ? », *La Vie littéraire*, troisième série, Paris, Calmann-Lévy, 1891, p. 4.

traîna soixante ans sur cette terre de douleurs l'âme la plus lasse et la plus inquiète qu'une civilisation exquise ait jamais façonnée pour le désenchantement et l'ennui[1]. »

L'Orient de Loti est en effet le miroir d'un narcissisme singulier. Horror vacui : *Loti a non seulement trompé le vide par l'accumulation d'objets dans sa maison de Rochefort, mais il lègue et délègue son désenchantement à trois Orientales qui s'avéreront bien moins les porte-parole de la femme turque que de leur fausse dupe. Explicite, l'invitation des désenchantées est trop belle pour être vraie : « Notre ami, savez-vous un thème que vous devriez développer, et qui donnerait bien la page la plus "harem" de tout le livre ? Le sentiment de* vide *qu'amène dans nos existences l'obligation de ne causer qu'avec des femmes » (p. 281). Le harem intéresse davantage Loti comme métaphore du vide métaphysique que comme lieu de réclusion.*

Désenchantement. – Symphonie
en mauve

Voilà qui nous ramène, encore et encore, à ce titre qui n'en finit pas d'exprimer un contenu complexe : Les Désenchantées… *Djénane, Mélek et Zeyneb lui préfèrent* Les Ombres qui passent *et* Le Bleu dont on meurt. *Intitulés très fin de siècle pour le coup, dans l'esprit du temps, à la René Boylesve, et*

---

1. Anatole France, « Le Journal de Benjamin Constant », *La Vie littéraire*, première série, Paris, Calmann-Lévy, 1888, p. 68.

*qui ne sont pas sans annoncer certains des projets
de titres esthétisants de Marcel Proust pour* À la
recherche du temps perdu, *tels qu'il les confie au
cours du premier semestre 1912 à Reynaldo Hahn
puis en juillet 1913 à Louis de Robert :* Les Stalac-
tites du passé, Visite au passé qui s'attarde, Les
Colombes poignardées, L'Adoration perpétuelle,
Le Septième Ciel, Avant que le jour soit levé, Les
Rayons séculaires, Les Reflets du Temps, Le Passé
intermittent, Les Miroirs du Rêve, Jardins dans
une tasse de thé... *Et finalement :* À l'ombre des
jeunes filles en fleurs[1].

*Ainsi se présentent également les jeunes filles de
Loti, dans leurs intérieurs « modern style » qui forment le décor du* konak *(palais) de Khassim-Pacha
et de la maison du mari de Djénane : la chambre
Art nouveau, le boudoir Louis XVI à la mode 1900,
comme à Paris. Ces observations reflètent l'actua-
lité. Un magazine en vue vantait alors « l'existence
d'Occidentale » des Turques européanisées, « vivant
dans un décor où les grilles d'or, les vasques d'eau
parfumée, les matelas de cachemire et de brocart, les
cassolettes ardentes, tout cet exquis mobilier d'une
délicate futilité est remplacé par un luxe pratique
et simple très* modern style[2]. » *Mais l'Art nouveau
s'insinue, à l'insu de Loti qui le déteste, dans la
description des sous-bois de Beykoz, dans ces végé-
tations auxquelles fera écho la dernière lettre de*

---

1. Marcel Proust, *Correspondance*, 1912, t. XI, éd. de Philip
Kolb, Paris, Plon, 1984, p. 151 ; 1913, t. XII, *op. cit.*, 1984,
p. 231-232.
2. « En Turquie. Princesses, grandes dames, bourgeoises »,
La Vie heureuse, n° 4, avril 1903, p. 66.

Zeyneb, qui écrit « nous végéterons ». Jeunes filles en fleurs, aussitôt fanées.

En ces années où la végétation est la reine du décor, les plantes dont Loti parsème son roman composent en effet un parfait herbier Art nouveau, comme Maurice Pillard-Verneuil venait de l'illustrer en 1903 dans Étude de la plante, son application aux industries d'art : *fougères fleuries (l'osmonde royale), scabieuses (sortes de bleuets), colchiques violets, bruyères roses et rouille, capucines, et jusqu'aux hortensias bleus chers à Robert de Montesquiou.* Contrepoint à la couleur locale, la végétation, tout comme les aubépines chez Proust, suscite la réminiscence : « *Cette flore ne différait en rien de celle de la France, et ces fougères géantes étaient la grande Osmonde de nos marais* » (p. 287). Tout paysage est gros de sa résurgence. La nostalgie de Stamboul, que n'effacent pas les retrouvailles avec la ville puisque Loti / André Lhéry se reporte sans cesse au passé de ses amours avec la petite Circassienne défunte, intègre le regret du pays natal et de l'enfance : « *Et ces chênes, ces scabieuses, ces fougères aux teintes rougies et dorées, lui rappelaient les bois de son pays de France, à tel point qu'il retrouvait tout à coup les mêmes impressions que jadis, à la fin de ses vacances d'enfant, lorsqu'il fallait à cette même époque de l'année quitter la campagne où l'on avait fait tant de jolis jeux sous le ciel de septembre...* » (p. 370). Un « vent de Russie » glacial transperce de part en part ce roman atmosphérique, comme pour rappeler que Constantinople appartient plus à la mer Noire qu'à la Méditerranée. Dans une lumière alternativement

*poméridienne et crépusculaire, les désenchantées
se fondent littéralement dans un décor « tamisé »,
« épars », « décrépit », « déjeté », « vermoulu », dont
les teintes nimbent Istanbul d'un halo tantôt ver-
dâtre tantôt violacé : « Et puis aussi elles approuvaient l'assemblage de [...] bleu, sur le ruisseau
vert, entre les prairies vertes et les rideaux ombreux
des arbres » (p. 353). Des années auparavant,
l'insolent Lucien Muhlfeld s'était incliné devant le
génie de coloriste de Loti, dans* Le Désert *: « Sables,
mirages et chameaux nous sont notifiés sans ména-
gement. M. Loti les désigne par de rares indications
de formes, par des étiquettes de couleurs indéfiniment ressassées. C'est un moyen naïf, d'illettré,
mais sûr, de nous communiquer des impressions
visuelles. L'auteur en abuse avec une obstination de
nègre. "Au loin les monotones horizons tremblent.
Des sables semés de pierres grisâtres ; tout, dans
des gris, des gris roses ou des gris jaunes. De loin
en loin une plante d'un vert pâle." [...] Toutes les
huit pages, ces colorations sont rappelées à notre
souvenance*[1]. » Devant ce procès en primitivisme,
comment ne pas penser à l'influence du* Mariage de
Loti *sur Gauguin : « Ces arbres bleus, en sommets
violets, ces rivages roses, ces prairies jaunes, toutes
ces couleurs franches, vigoureuses, ces rouges, ces
orangés, ces lilas flamboyants, ces verts ardents, ne
sont réels de par leurs harmonies que parce que l'artiste a calculé l'échange de leurs reflets : la somme
du calcul donne, non pas le double en trompe-l'œil,*

---

1. Lucien Muhlfeld, *Le Monde où l'on imprime. Regards sur
quelques lettrés et illettrés contemporains*, Paris, Perrin, 1897,
p. 216-217.

mais l'équivalent de la nature », « *un fond violet pourpre, semé de fleurs semblables à des étincelles électriques*[1] »...

Mais chez l'inventeur de Rarahu, la gamme, étouffée, s'apparente davantage aux iris mauves de Monet qu'aux contrastes de Gauguin et de Van Gogh. En 1888, Henry James voyait en Loti « la dernière recrue de la bande des peintres » français[2]. André Suarès confirma ce jugement des années plus tard, en déclarant qu'« une page de Loti est une aquarelle qui chante » : « Bien plus que Sisley, Claude Monet ou les Goncourt, Loti a été le grand impressionniste, parce que seul entre tous ceux-là il a eu de l'âme[3]. » Un artiste, parmi les nombreux illustrateurs qui se sont pressés au chevet des Désenchantées, est parvenu à rendre ces coloris irréels, accompagnés, car les sons aussi sont amortis, par les « coups sourds d'un tambourin » : Manuel Orazi, grand affichiste et décorateur de l'Art nouveau, pour l'édition Pierre Lafitte en 1923. Ses huit planches répondent à merveille « à la surprenante beauté des décors tels que Loti les établit, à la magie de ses descriptions, véritables symphonies, où, à intervalles réguliers, revient, avec des modulations et des renversements, l'idée

---

1. Charles Morice, *Paul Gauguin*, Paris, H. Floury, 1919, p. 214 et p. 216. Sur Loti et Gauguin, voir Jean-François Staszak, « Voyage et circulation des images : du Tahiti de Loti et Gauguin à celui des voyagistes », *Sociétés & représentations*, n° 21, 2006, p. 79-99.
2. Henry James, « The Latest Recruit to the Band of Painters : Pierre Loti », *Fornightly Review*, mai 1888, repris dans *Literary Criticism*, t. 2, New York, Library of America, 1984, p. 485.
3. André Suarès, *op. cit.*, p. 21.

du thème[1] ». *Robert Scheffer, secrétaire et biblio-
thécaire d'Élisabeth de Roumanie dont Loti était
proche, relevait, dans le « monotone et admirable*
Maroc », *que « le mot d'*asphodèles, *semé à travers
les pages, obsède, évoque à la longue, par répétition,
toute une immense prairie fleurie*[2] ». *Les asphodèles
des* Désenchantées, *ce sont les violettes.*

*En 1890, dans un fameux questionnaire, à
l'entrée « Mes auteurs favoris en prose », Marcel
Proust répondait : « Aujourd'hui Anatole France
et Pierre Loti ». Ce n'était pas une passade, et la
critique a relevé « l'étonnante durée de vie de la
référence » à* Madame Chrysanthème *dont l'influence persiste jusque dans* La Prisonnière[3]. *Le
5 septembre 1888, année où il collabora à l'éphémère* Revue Lilas *fondée par Daniel Halévy, Proust
écrivait déjà à sa mère que, s'« étant levé de bonne
heure », il avait « été au Bois, avec Loti » : « le* Mariage
de Loti *a encore accru ce bien-être : — bien-être
comme si j'avais bu du thé — lu sur l'herbe au petit
lac, violet dans une demi-ombre*[4]. » *La nuance fin*

1. Robert Scheffer, *Orient royal. Cinq ans à la cour de Roumanie*, Paris, L'Édition française illustrée, 1918, p. 57.
2. *Ibid.*
3. Francine Goujon, « Albertine en mousmé : *Madame Chrysanthème* dans *À la recherche du temps perdu* », dans Nathalie Mauriac Dyer et Kazuyoshi Yoshikawa (dir.), *Proust aux
brouillons*, Turnhout, Brepols, 2011, p. 255.
4. Marcel Proust, *Correspondance*, 1880-1895, t. I, *op. cit.*,
1970, p. 108. Dans son beau livre sur *Le Japonisme dans la
vie et l'œuvre de Marcel Proust* (Tokyo, Keio University Press,
2003, p. 36-39), Junji Suzuki relève également cette citation,
ainsi que d'autres convergences entre Loti et Proust : le chrysanthème est la fleur préférée d'Odette, et la description par
le Narrateur, depuis son belvédère de Balbec, d'une « zone

*de siècle par excellence sort d'une éprouvette : la
mauvéine ou pourpre d'aniline, premier colorant
artificiel inventé par le chimiste anglais William
Perkin en 1856, qui produira ensuite un vert et un
violet de synthèse, révolutionne l'industrie textile
mais influence aussi la mode vestimentaire, la
palette des peintres et le vocabulaire des poètes, donnant lieu à une véritable « naissance du mauve »,
dont Charlotte Ribeyrol a pressenti l'impact sur la
littérature et la peinture victoriennes*[1]*. Oscar Wilde
ne manque pas d'orner la boutonnière de Dorian
Gray de violettes et, dans* Un mari idéal, *se moque
de la couleur à la mode : « Je crois qu'ils ont un
orchestre hongrois tout habillé de mauve qui joue
une musique mauve*[2]*. » Et en 1902, Massenet met
en musique trois poèmes d'André Lebey :* Quelques
chansons mauves.

*Cette gamme chromatique est aussi présente chez
les impressionnistes et les symbolistes que sous la
plume du Narrateur de la* Recherche, *fasciné par
« la cravate bouffante en soie mauve, lisse, neuve
et brillante » de la duchesse de Guermantes, et à
qui « le nom de Parme » apparaît « compact, lisse,*

---

bleue et fluide » dont on ne sait si elle appartient au ciel ou à
la mer, évoque « les longues bandes d'ouate rosée » où le lac et
la rive se confondent au crépuscule dans *Japoneries d'automne*.

1. Citée par Philippe Walter, *Sur la palette de l'artiste. La
physico-chimie dans la création artistique*, Paris, Collège de
France / Fayard, 2014, p. 111. Charlotte Ribeyrol, qui poursuit
des recherches sur « Le mauve victorien (1850-1900) » au sein
du Laboratoire d'archéologie moléculaire et structurale du
CNRS, a dirigé le volume *The Colours of the Past in Victorian
England*, Berne, Peter Lang, 2016.

2. Oscar Wilde, *Un mari idéal*, traduit par Jean-Michel
Déprats, dans *Œuvres*, Paris, Gallimard, « Bibliothèque de la
Pléiade », 1996, p. 1361.

mauve et doux ». *Odette de Crécy, « la dame en
rose », complète ce spectre, ainsi, bien sûr, qu'Albertine, aux milieu de « l'écume lilas » des vagues
dans les toiles d'Elstir : « La pression de la main
d'Albertine avait une douceur sensuelle qui était
comme en harmonie avec la coloration rose, légèrement mauve, de sa peau ». Les rideaux de la
chambre de Balbec sont, bien sûr, violets. Nuances
du demi-deuil, le mauve, le violet, le lilas, le prune,
le pourpre omniprésents dans la* Recherche *y sont,
comme l'a observé Allan H. Pasco, indissociables
d'un désenchantement qu'elles cherchent à adoucir, à atténuer*[1]. *S'étonnera-t-on, dès lors, de l'omni-
présence des succédanés du mauve (réservé à une
seule « queue de robe ») dans* Les Désenchantées ?
*« L'heure était violette, et tendre, et douce » : le
« violet profond liséré d'or » de la silhouette d'Istanbul que l'on retrouve dans le portrait de Loti par
Lévy-Dhurmer en 1896, le « violet tendre » de la glycine, les « violettes de Parme » jetées sur une nappe,
la plaine « violette sous la floraison des colchiques
d'automne » accompagnant l'agonie de l'été, la « perpétuelle brume violette du soir », « l'heure pourpre
des soirs de bataille », « l'heure rose et opaline », les
« vignes vierges couleur de pourpre », « ces roses,
[...] ces bleu pâle des soies et des mousselines », le
« vieux jardin plein de roses », la « robe rose, venue
de la rue de la Paix », les robes diaphanes qu'on*

---

1. « Mauve accompanies a softening of the disenchanting
effects of reality », dans le chapitre « Mauve-violet and idea-
lized reality of the debased ideal », dans *The Color-Keys to
« À la recherche du temps perdu »*, Genève / Paris, Droz, 1976,
p. 108.

« *dirait faites de brouillard bleu ou de brouillard rose* », *le* « *chimérique brouillard bleu* », *jusqu'au brouillage et à la décomposition finale des couleurs du désenchantement, jusqu'à l'extinction du violet :* « *Maintenant la belle teinte rose des bruyères, sur les collines d'Asie, [...] se change en une couleur de rouille.* » *Selon Alain Buisine,* « *Loti écrit directement sépia* » : « *son écriture qui ne regarde qu'en arrière est toujours déjà passée — comme on le dit d'une couleur — car le présent n'y fleure bon que le temps passé[1].* » *Ce vécu par essence régressif et où la remémoration est le seul rapport possible au réel fait de Loti un sujet* « *radicalement proustien[2]* ».

Dès 1948, Robert de Traz reliait l'agonie de la grand-mère du Narrateur de la Recherche aux pages de Tante Claire nous a quittés, *publiées en 1891 dans* Le Livre de la pitié et de la mort, *et comparait les réminiscences inspiratrices de l'art de Loti et de Proust :* « *Une sensation à l'improviste fait surgir de l'inconscient un fragment oublié de la durée, le transpose en émotion illuminative. [...] Certes Loti, ni psychologue, ni critique, n'en élabore pas la théorie mais ce que l'autre intellectualise, il l'éprouve[3].* » *Dans un article consacré à Loti et à Proust, Pierre Costil a rapproché les mécanismes des deux mémoires, volontaire chez Loti, involontaire chez Proust, l'un sollicitant la réminiscence par des objets conservés à dessein, sensible*

1. Alain Buisine, *Tombeau de Loti*, Paris, Aux Amateurs de livres, 1988, p. 184.
2. *Ibid.*, p. 186.
3. Robert de Traz, *Pierre Loti*, Paris, Hachette, 1948, p. 177-178.

aux odeurs et aux sons, l'autre s'abandonnant au hasard des rencontres et des impressions spontanées qui relient la vie présente au souvenir. Malgré les analogies, l'enchaînement des métonymies, « les différences restent grandes entre l'impressionnisme de Proust et celui de Loti. Héritier des synesthésies symbolistes, Proust sait fondre par ses créations d'images, dans l'unité d'une impression qualitative complexe, les diverses sensations perçues, tandis que Loti en juxtapose simplement les éléments, par des notations qui n'utilisent que les mots les plus simples ; il procède par approches, par petites touches successives, il a un art, qui n'est qu'à lui, de prolonger l'impression par une dégradation de nuances très fines, presque insaisissables[1] » — *du néo-impressionnisme, pour ainsi dire. Suzanne Lafont a également souligné les limites de ce rapprochement :* « *Il y a chez Loti de l'anti-Proust : un projet de filer la mémoire pour qu'elle se défile et non pour la rassembler dans les anneaux d'un beau style*[2]. » *Mais elle ajoute, justement :* « *chez Loti, le désenchantement précède le charme comme c'est aussi le cas chez Proust. Le charme naît de l'envie d'y succomber*[3]. »

*Pour appréhender ce mécanisme de la mémoire chez Loti, il faut intercaler un quatrième titre dans la chaîne des trois romans turcs (*Aziyadé, *1879 ;* Fantôme d'Orient, *1892 ;* Les Désenchantées, *1906*) : *Madame Chrysanthème, *paru en 1887.*

1. Pierre Costil, « Loti et Proust », *Cahiers de l'Association internationale des études françaises*, n° 12, 1960, p. 222-223.

2. Suzanne Lafont, *op. cit.*, p. 57.

3. *Ibid.*, p. 74.

« *Il semble vraiment que tout ce que je fais ici soit l'amère dérision de ce que j'avais fait là-bas[1]* », *écrit Loti de Nagasaki, en pensant à Stamboul au moment de prendre congé de sa triste épouse japonaise avec laquelle il a formé une sorte de ménage à trois selon un schéma ambigu, éprouvé depuis* Aziyadé, *laissant pressentir des amours croisées entre l'amante et le jeune serviteur, marin ou ami, mais aussi entre le double romanesque de Loti et son cadet. On a ainsi Aziyadé, l'officier anglais Loti, Samuel puis Achmet ; Chrysanthème, Loti et le marin Yves ; Djénane, André Lhéry et Jean Renaud. Publié entre* Aziyadé *et* Fantôme d'Orient, Madame Chrysanthème *résonne de références au premier roman. La mémoire n'y est pas toujours volontaire : la litanie shintoïste de Mme Prune renvoie Loti au chant du muezzin, et une exclamation de Chrysanthème,* « Nidzoumi ! *(les souris[2] !) »*, *lui fait regarder avec haine la poupée couchée à ses côtés, au souvenir d'une autre :* « Et, brusquement, ce mot m'en rappela un autre, d'une langue bien différente et parlée bien loin d'ici : "Setchan !..." mot entendu jadis ailleurs, mot dit comme cela tout près de moi par une voix de jeune femme, dans des circonstances pareilles, à un instant de frayeur nocturne. — "Setchan !..." Une de nos premières nuits passées à Stamboul, sous le toit mystérieux d'Eyoub, quand tout était danger autour de nous, un bruit sur les marches de l'escalier noir nous avait fait trembler,*

1. Pierre Loti, *Madame Chrysanthème*, éd. de Bruno Vercier, Paris, Flammarion, « GF », 1990, p. 212.
2. *Ibid.*, p. 86.

*et elle aussi, la chère petite Turque, m'avait dit dans
sa langue aimée : "Setchan !" (les souris[1] !)... »*

Si Chrysanthème est le négatif dégradé d'Aziyadé,
Djénane est la réincarnation du premier amour,
circassienne comme la petite esclave dont elle res-
suscite les traits et dont elle entretient la tombe avec
ferveur : leurs deux épitaphes vont se confondre.
Le récit s'achève en novembre, mois des morts.
Mais d'emblée les désenchantées sont perçues
comme des mortes en sursis : « ces petites fleurs
de XXe siècle, étaient appelées [...] à dormir un jour
dans ce bois sacré » (p. 185). Gardiennes du culte
de Nedjibé / Aziyadé, elles sont doublement prisonnières, des coutumes ottomanes et du culte des
morts de Loti. On ne peut que suivre Jennifer Yee
lorsqu'elle écrit, en rappelant que Proust fut un grand
admirateur de Loti dans sa jeunesse, qu'« Aziyadé,
la bien-aimée du personnage Loti dans le roman,
sera longtemps une figure de l'amour perdu pour
ce "Loti" créé par l'auteur ("Loti" le personnage se
confondant à certains égards avec "Loti" le pseudonyme et identité mythique de l'auteur). Ainsi, ce
n'est pas une coïncidence qu'Aziyadé la bien-aimée
rappelle, plus que toute autre héroïne lotienne, cet
être de fuite que Proust créera dans les insaisissables Albertine, Odette ou Gilberte. [...] Chez Loti,
comme ce sera le cas plus tard dans la Recherche,
cette dérobade de l'être aimé à la compréhension de
l'amant se présente comme la condition nécessaire
de l'amour. Mais là où le Narrateur de La Prisonnière est conscient de la nécessité, pour l'amour,*

1. *Ibid.*

d'ignorer l'essentiel de l'autre, le héros-narrateur d'Aziyadé remplace la figure de la bien-aimée par une apparente absence physique derrière le voile[1]. »
Dans le « gentil flirt d'âmes » (p. 232) des Désenchantées, *les prisonnières sont trois, derrière un triple voile (Loti y insiste avec un délectable désespoir), et muettes malgré leur apparente loquacité :* « Vos voix mêmes sont comme masquées par ces triples voiles » (p. 204). *De fait, malgré sa détresse, Loti contrôle la situation : c'est lui qui tient la plume et qui aura le dernier mot.*

Lorsqu'elles ont droit à la parole, en l'absence d'André Lhéry, les prisonnières du harem annoncent les jeunes filles en fleurs par un autre trait, plus étonnant : leur relative liberté d'expression — en français, langue incompréhensible pour leurs aïeuls, donc espace de licence. Les désenchantées ne sont pas seulement modernes par leurs lectures et leurs habits, elles le sont aussi par leur langage, elles qui, à l'instar d'Albertine, de Gisèle et d'Andrée dont l'insolence fait imaginer au Narrateur de la Recherche *qu'elles sont les très jeunes maîtresses de coureurs cyclistes, multiplient les sorties argotiques au grand dam de l'institutrice, Mlle Esther Bonneau :* « zut », « bien machiné », « kif-kif bourricot », « maboul »… *Dans la* Recherche, *les termes d'argot voyous, manifestement provocateurs, de la petite bande de Balbec désorientent le Narrateur comme le lecteur en accentuant la nature insaisissable des jeunes filles. Ces mêmes*

---

1. Jennifer Yee, « L'Orientale, l'être de fuite par excellence, chez Pierre Loti et ses héritiers », dans *L'Orient des femmes*, éd. Marie-Élise Palmier-Chatelain et Pauline Lavagne d'Ortigue, Paris, Presses de l'École Normale Supérieure, 2002, p. 260-261.

mots dénotent certes un cabotinage naïf de la part des petites Turques à l'éducation accomplie jusqu'à la familiarité, et lectrices de Gyp, mais surtout une volonté d'évasion — sortir des conventions et s'en sortir —, velléité d'indépendance manifestée avec plus de vigueur et de perversité par Albertine et ses amies qui jouent, avec un sans-gêne affiché, à égarer leurs interlocuteurs par leurs facettes multiples, mais qui témoigne de la même difficulté à échapper aux contraintes et à l'ordre établi.

Si la tirade des « zut » de Djénane (« *Zut pour le chapeau, zut pour la voilette, zut pour le jeune bey, zut pour l'avenir, zut pour la vie et la mort, pour tout zut !* », p. 79) semble annoncer celle de Mme Bontemps dans À l'ombre des jeunes filles en fleurs (« *Eh bien ! zut pour le ministère ! Oui, zut pour le ministère !* »), on n'oublie cependant pas que, dans Les Désenchantées, la dissonance des registres, cantonnée au foyer ou à la correspondance, ne franchit jamais le seuil de l'espace public.

Le dernier autoportrait

Roman de la continuité dans la mesure où il prolonge Aziyadé *et* Fantôme d'Orient, Les Désenchantées *se présente aussi comme le roman sinon du décrochage, du moins du décalage, d'une distanciation inhabituelle de Loti. Le récit repose sur les contrastes spatiaux, temporels et sociaux : entre la vie et la mort, entre l'occidentalisation galopante et l'Orient immuable, entre la rive d'Europe et la rive d'Asie, entre les deux berges de la Corne d'Or,*

*entre hier et aujourd'hui, entre un Occidental vieil-
lissant et trois très jeunes femmes, ou supposées
jeunes, puisque Marie Lera, née en 1864, masque
ses quarante ans sous le tulle lorsqu'elle rencontre
Loti. Mais,* Les Désenchantées *étant d'abord un
livre sur le Temps, le contraste le plus important est
matérialisé par le face-à-face souvent impitoyable
de Loti, depuis longtemps confronté à la peur de
l'âge, avec lui-même. Pour la première fois, il ne
s'épargne guère et pose sur sa propre personne un
regard pitoyable. Le narcissisme demeure, mais l'au-
toportrait est cette fois sans complaisance, jusque
dans l'allusion au maquillage, à la teinture, au
corset et aux talonnettes qui le distinguaient et le
désignaient au ridicule. Henri de Régnier a laissé
un émouvant portrait du commandant du* Vautour,
à Constantinople, en 1904 :

> Pierre Loti est devant moi, en uniforme. Il est de
> petite taille, très redressé, très roide, la poitrine bom-
> bée, chaussé de souliers à très hauts talons. La figure
> est singulière. Sous le fard, je distingue un menton
> volontaire, une bouche fine que couvre à demi une
> moustache très noire et très lisse, un nez osseux qui
> se rattache à un beau front surmonté de cheveux en
> brosse drue. Dans ce visage, des yeux magnifiques,
> nostalgiquement désespérés, des yeux qui ont l'air de
> supplier la vie de ne pas passer si vite. [...] Je vois Loti,
> Loti à Constantinople, Loti au pays d'Aziyadé. [...] Mes
> regards vont, de la vitrine aux décorations, au moulage
> de la stèle turque et reviennent au visage silencieux,
> hautain et fardé qui songe devant moi, à ce visage que
> colore une fausse jeunesse momifiée[1].

1. Henri de Régnier, *Escales en Méditerranée, op. cit.,*
p. 142-143.

Loti répond au sarcasme et s'amuse de la com-
paraison en se faisant photographier de profil,
« non momifié encore en 1909 », à côté de Ram-
sès II, « momifié l'an 1258 avant J.-C. » L'aspect
du romancier lorsqu'il rend sa visite au poète à
bord de son yacht de croisière, en civil, correspond davantage à l'apparence d'André Lhéry :
« Vêtu d'une jaquette de drap gris clair, coiffé
d'un canotier de paille, à la boutonnière une fleur
assortie à sa cravate, la figure soigneusement
faite, il paraissait plus jeune qu'en uniforme[1]. »
À en croire Les Désenchantées, Loti avait une
assez juste conscience de son aspect. Avant la
première rencontre avec Lhéry, aux jeunes
femmes qui s'inquiètent de savoir si leurs lettres
s'adressent à « un vieux monsieur chauve et
vraisemblablement obèse », une amie anglaise
réplique : « — Son âge... Il n'en a pas... Ça varie
de vingt ans d'une heure à l'autre... Avec les
recherches excessives de sa personne, il arrive
encore à donner l'illusion de la jeunesse, surtout
si on réussit à l'amuser, car il a un rire et des
gencives d'enfant... Même des yeux d'enfant, je lui
ai vus dans ces moments-là... Autrement, hautain, poseur, et moitié dans la lune... » (p. 167).
La perception coïncide étonnamment avec l'es-
quisse d'Henri de Régnier. André Lhéry ne cesse
de s'ausculter, sans s'épargner : « Le temps n'était
plus, où il se sentait sûr de l'impression qu'il
pouvait faire ; rien ne l'angoissait comme la

---

1. *Ibid.*, p. 147.

fuite de sa jeunesse » (p. 169-170). Le temps le
rappelle à l'ordre : « Et vous deux, venez le regarder, notre ami ; placé et éclairé comme il est, on
lui donnerait à peine trente ans ? Lui, alors, qui
avait tout à fait oublié son âge, ainsi qu'il lui arrivait parfois, et qui se faisait à ce moment l'illusion
d'être réellement jeune, reçut un coup cruel »
(p. 305-306). Et les progrès de la décrépitude
s'accélèrent, alors qu'il s'apprête à retrouver Djénane après une longue absence : « Depuis l'année
dernière, se disait-il, j'ai dû sensiblement vieillir ;
il y a des fils argentés dans ma moustache, qui n'y
étaient pas quand elle est partie » (p. 355). Plus
haut, une observation de Mélek peut s'entendre
comme une auto-flagellation : « vous voulez toujours tout éterniser, et vous ne jouissez jamais
pleinement de rien, parce que vous vous dites :
"Cela va finir" » (p. 335). Cette lucidité sur le
« dernier [été] de sa simili-jeunesse » (p. 346)
s'accompagne d'une ironie désabusée, d'un recul
rare chez Loti, comme s'il se moquait, par la
bouche de Djénane, des clichés sur lui-même
comme des clichés orientalistes : « un homme gâté
comme lui [...], et un écrivain très lu par les
femmes, revient un jour à Stamboul, qu'il a aimé
jadis. [...] Et alors ce qui, il y a vingt ans, fût
devenu de l'amour, n'est plus chez lui que curiosité
artistique » (p. 303).

Cette sophistication et la complexité de ces
enjeux ont échappé aux surréalistes qui en 1924,
l'année de la disparition de Loti, de France et
de Barrès, crachèrent dans un fameux pamphlet
sur les tombes de « l'idiot », du « traître » et du

« *policier*[1] », *tandis qu'en 1925 le poète commu-
niste Nazım Hikmet conspuait* « *l'officier français* » *qui avait* « *oublié [s]on Aziyadé aux yeux
de raisins* » « *plus vite qu'on oublie une putain* »
et dénonçait « *l'Orient pur et brut des livres qu'on
imprime un million à la minute* » : « *Il n'existe
pas, il n'existera pas un tel Orient*[2] ! » *De son
côté, l'éditorialiste kémaliste Vedat Nedim Tör
fustigeait* « *les sensations en conserve de la littérature de Loti*[3] ». *Au même moment les touristes
commencent à se rendre en pèlerinage sur les hauteurs d'Eyüp, où un petit café dominant la Corne
d'Or, désormais encrassée, conserve le souvenir de
l'écrivain* : « *On a beau savoir à l'avance que la
Turquie de Loti n'existe plus, il reste en chacun de
nous une Turquie de Loti que rien ne saurait effacer. Bien entendu, on n'a plus à espérer l'aventure
au cimetière d'Eyoub avec une dame dont on ne
connaîtra jamais que le regard et la voix. Mais on
est en droit de compter sur une Corne d'Or qui ne
charrierait point les ordures de Stamboul, sur un
Bosphore qui ne verrait point ses rivages conquis
par des tanks à essence de la Shell*[4]. »

1. *Un cadavre*, Paris, Imprimerie spéciale du Cadavre, 288
rue de Vaugirard, s.d. [1924].
2. Nazım Hikmet, « Pierre Loti », dans *Poèmes de Nazım
Hikmet*, introduction de Tristan Tzara, notes de Hasan Gureh,
Paris, Les Éditeurs français réunis, 1951, p. 146-148.
3. Vedat Nedim Tör, « Sensation », *La Turquie kémaliste*,
n° 2, août 1934, p. 1, cité par Emmanuel Szurek, « Go West.
Variations sur le cas kémaliste », dans François Pouillon et
Jean-Claude Vatin (dir.), *Après l'orientalisme. L'Orient créé par
l'Orient*, Paris, IISMM-Karthala, 2011, p. 309.
4. Maurice Bedel, « Mort d'un paysage littéraire », dans *Zig-
zags*, Paris, Flammarion, 1933, p. 37-38.

Les Désenchantées ont-elles une postérité ?

La même année 1906, Claude Farrère situait à Constantinople un roman policier qui, vingt ans avant Le Meurtre de Roger Ackroyd, *faisait du narrateur l'assassin :* L'homme qui assassina *demeure fidèle à la géographie stambouliote de Loti, privilégiant la pointe historique et méprisant les quartiers neufs et mondains. Trois ans plus tôt, en 1903, Edmond Toucas-Massillon, le jeune oncle de Louis Aragon, avait sorti un récit sulfureux et saphique,* Vierges d'Orient, *nécessairement tributaire de Loti. L'entre-deux-guerres voit paraître de nombreux « romans de Stamboul » :* Constantinople sous les Barbares *de Jacques Fontelroye (1924),* La Rive d'Asie *de Claude Anet (1927), et surtout* Les Quatre Dames d'Angora *de Claude Farrère (1933) qui, malgré le titre, se déroule en grande partie à Constantinople devenu Istanbul, et d'autant plus regretté : les héroïnes, appartenant à trois générations, femmes désormais libérées, sont déchirées entre deux villes, deux sociétés, entre les traditions anciennes et les valeurs modernes, entre les deux Turquie d'Ankara et d'Istanbul à laquelle, comme son maître Loti, Farrère demeure fidèle tout en la jugeant compatible avec le présent. Aucun de ces titres n'échappe, d'une façon ou d'une autre, par l'invraisemblance des situations ou par la maladresse de leur traitement, ou encore par la parodie plus ou moins assumée de Loti, à une forme de ridicule involontaire. Or Henry James avait bien*

compris où résidait le génie de l'écrivain : « Loti
appartient à la catégorie, aussi restreinte qu'admi-
rable, de ceux qui n'ont pas peur de se rendre ridi-
cules ; situation qui, sans constituer un avantage
en soi, le devient rapidement si on considère qu'un
zéro bien placé décuple un montant. Il part du prin-
cipe que tout ce qu'il peut ressentir au gré des cir-
constances est forcément évocateur, intéressant et
humain, et qu'il a dès lors le devoir essentiel de l'ex-
primer[1]. » *À la veille de la Grande Guerre, Gaston*
de Pawlowski, lui aussi captivé par l'expressivité du
rien, rapprochait le pouvoir envoûtant de Loti d'une
grande voix symboliste : « C'est que M. Maeterlinck
est avant toute chose un poète. Il est le Pierre Loti
de la philosophie. Or, j'en suis persuadé, si Pierre
Loti écrivait demain un récit de voyage à Aubervil-
liers, ce serait un véritable enchantement et jamais
contrée de rêve n'aurait dégagé, grâce à lui, un tel
parfum suave et enveloppant. Je ne crois pas beau-
coup, je l'avoue, aux beautés réelles de certains pays
décrits par M. Pierre Loti, mais je suis sûr du talent
merveilleux du conteur[2]. »

1. « Loti belongs to the precious few who are not afraid of
being ridiculous ; a condition not in itself perhaps constitu-
ting positive wealth, but speedily raised to that value when
the naught in question is on the right side of certain other
figures. His attitude is that whatever, on the spot and in the
connection, he may happen to feel is suggestive, interesting
and human, so that his duty with regard to it can only be
essentially to utter it. » (« Pierre Loti », introduction à *Impres-*
sions — la traduction anglaise, publiée en 1898, de *Figures et*
choses qui passaient —, repris dans *Literary Criticism, op. cit.,*
t. 2, p. 518 ; nous traduisons.)
2. Gaston de Pawlowski, « La semaine littéraire », *Comœdia,*
7ᵉ année, n° 171, 23 février 1913, p. 2.

Il n'est de désenchanté qu'enchanteur. À lire les épigones plus ou moins talentueux de Loti, on comprend que son charme, qui marqua tant Proust et James, ne tient ni au sujet, ni à l'intrigue, ni même au cadre, fût-il particulièrement inspirant et en osmose avec son âme, mais à une grâce ineffable et à un style qui fixa comme aucun les couleurs du désenchantement.

SOPHIE BASCH

Note sur l'édition

Les Désenchantées ont d'abord paru en six livraisons, correspondant aux six parties du livre, dans les tomes XXXII et XXXIII de la *Revue des Deux Mondes* des 15 mars (p. 241-278), 1ᵉʳ avril (p. 481-510), 15 avril (p. 721-767), 1ᵉʳ mai (p. 5-44), 15 mai (p. 241-279) et 1ᵉʳ juin (p. 481-520) 1906. Le volume paraît en juillet 1906 chez Calmann-Lévy. La présente édition reproduit l'édition originale. Parmi les très nombreuses éditions qui suivirent, signalons celle de 1922 à laquelle renvoie *L'Envers d'un roman. Le secret des « Désenchantées »* de Marc Hélys. En 1923, les Éditions Pierre Lafitte publient les « romans complets illustrés » de Pierre Loti. Les huit « compositions inédites » de l'illustrateur italien Manuel Orazi (1860-1934), un des plus grands affichistes de l'Art nouveau, qui accompagnent cette édition des *Désenchantées* (et que nous reprenons ici en hors-texte), sont particulièrement réussies. Deux ans après avoir exécuté les décors et les costumes de *L'Atlantide* de Jacques Feyder, Orazi, qui travailla pour les galeristes Siegfried Bing et Julius Meier-Graefe, et qui illustra également Pierre Louÿs et Jean Lorrain, renoue avec l'inspiration fin de siècle dans des planches qui restituent admirablement le climat et les couleurs du récit.

Samuel Viaud, fils de Loti, a vendu en 1965 à la BnF le manuscrit autographe des *Désenchantées* (149 ff.,

NAF 15001). Trois dossiers complémentaires de pièces annexes l'accompagnent, qui sont les documents vendus par Marc Hélys (Marie Lera) à la BnF en 1935 : les lettres de Pierre Loti à Mme Nour-el-Nissa avec une note préliminaire de la main de Marc Hélys (65 ff., NAF 12627) ; les lettres de Djénane (Leyla) à Pierre Loti et de Pierre Loti à Djénane ou Leyla : minutes, notes, copies (125 ff., NAF 18628) ; le manuscrit autographe de Marc Hélys avec, jointes, les lettres de Zennour et Nouryé Noury Bey (Zeyneb et Mélek) à Marc Hélys et les lettres de Pierre Loti à Zennour et Nouryé Noury Bey (132 ff., NAF 23778). Tous ces documents ont été largement publiés, d'abord par Marc Hélys elle-même, dès janvier 1924 dans *L'Envers d'un roman. Le secret des « Désenchantées »*, ensuite par Raymonde Lefèvre qui, dans *Les Désenchantées de Pierre Loti*, confrontait dès 1939 le roman avec les lettres et le journal de l'écrivain, enfin en 2010 par Jacqueline Nipi-Robin (voir la Bibliographie, p. 435).

*

Dans la Préface et le Dossier, les mots turcs sont donnés dans l'alphabet latin tel qu'il fut imposé aux Turcs en 1928 : un alphabet national fabriqué sur le principe d'une transcription phonétique de la langue, qui passe par la création de caractères nouveaux et de signes diacritiques. Voici les principaux : ı, le i sans point (ayant une sonorité entre le i guttural et le « eu ») ; ö pour « eu » ; ü pour « u » ; u pour « ou » ; ğ, un g doux, consonne muette qui allonge la voyelle qui le précède (Osmanoglou / Osmanoğlu se prononce ainsi « Osmanôlou ») ; ş pour « ch » ; c pour « dj » ; ç pour « tch ».
Les notes de bas de page sont de l'auteur.

S. B.

LES DÉSENCHANTÉES

ROMAN DES HAREMS TURCS
CONTEMPORAINS

AVANT-PROPOS

C'est une histoire entièrement imaginée. On perdrait sa peine en voulant donner à Djénane, à Zeyneb, à Mélek ou à André, des noms véritables, car ils n'ont jamais existé[1].

Il n'y a de vrai que la haute culture intellectuelle répandue aujourd'hui dans les harems de Turquie, et la souffrance qui en résulte.

Cette souffrance-là, apparue peut-être d'une manière plus frappante à mes yeux d'étranger, mes chers amis les Turcs s'en inquiètent déjà et voudraient l'adoucir.

Le remède, je n'ai, bien entendu, aucune prétention à l'avoir découvert, quand de profonds penseurs, là-bas, le cherchent encore. Mais, comme eux, je suis convaincu qu'il existe et se trouvera, car le merveilleux prophète de l'Islam, qui fut avant tout un être de lumière et de charité, ne peut pas vouloir que des règles, édictées par lui jadis, deviennent, avec l'inévitable évolution du temps, des motifs de souffrir.

PIERRE LOTI

PREMIÈRE PARTIE

I

André Lhéry, romancier connu, dépouillait avec lassitude son courrier, un pâle matin de printemps, au bord de la mer de Biscaye, dans la maisonnette où sa dernière fantaisie le tenait à peu près fixé depuis le précédent hiver[1].

« Beaucoup de lettres, ce matin-là, soupirait-il, trop de lettres. »

Il est vrai, les jours où le facteur lui en donnait moins, il n'était pas content non plus, se croyant tout à coup isolé dans la vie. Lettres de femmes, pour la plupart, les unes signées, les autres non, apportant à l'écrivain l'encens des gentilles adorations intellectuelles. Presque toutes commençaient ainsi : « Vous allez être bien étonné, monsieur, en voyant l'écriture d'une femme que vous ne connaissez point. » André souriait de ce début : étonné, ah ! non, depuis longtemps il avait cessé de l'être. Ensuite chaque nouvelle correspondante, qui se croyait généralement la seule au monde

assez audacieuse pour une telle démarche, ne
manquait jamais de dire : « Mon âme est une
petite sœur de la vôtre ; *personne, je puis vous le
certifier, ne vous a jamais compris comme moi.* »
Ici, André ne souriait pas, malgré le manque d'imprévu d'une pareille affirmation ; il était touché,
au contraire. Et, du reste, la conscience qu'il prenait de son empire sur tant de créatures, éparses
et à jamais lointaines, la conscience de sa part
de responsabilité dans leur évolution, le rendait
souvent songeur.

Et puis, il y en avait, parmi ces lettres, de si
spontanées, si confiantes, véritables cris d'appel,
lancés comme vers un grand frère qui ne peut
manquer d'entendre et de compatir ! Celles-là,
André Lhéry les mettait de côté, après avoir jeté
au panier les prétentieuses et les banales ; il les
gardait avec la ferme intention d'y répondre. Mais,
le plus souvent, hélas ! le temps manquait, et les
pauvres lettres s'entassaient, pour être noyées
bientôt sous le flot des suivantes et finir dans
l'oubli.

Le courrier de ce matin en contenait une timbrée de Turquie, avec un cachet de la poste où se
lisait, net et clair, ce nom toujours troublant pour
André : Stamboul[1].

Stamboul ! Dans ce seul mot, quel sortilège
évocateur !... Avant de déchirer l'enveloppe de
celle-ci, qui pouvait fort bien être tout à fait quelconque, André s'arrêta, traversé soudain par ce
frisson, toujours le même et d'ordre essentiellement inexprimable, qu'il avait éprouvé chaque fois
que Stamboul s'évoquait à l'improviste au fond de

sa mémoire, après des jours d'oubli. Et, comme déjà si souvent en rêve, une silhouette de ville s'esquissa devant ses yeux qui avaient vu toute la terre, qui avaient contemplé l'infinie diversité du monde : la ville des minarets et des dômes, la majestueuse et l'unique, l'incomparable encore dans sa décrépitude sans retour, profilée hautement sur le ciel, avec le cercle bleu de la Marmara fermant l'horizon...

Une quinzaine d'années auparavant, il avait compté, parmi ses correspondantes inconnues, quelques belles désœuvrées des harems turcs ; les unes lui en voulaient, les autres l'aimaient avec remords pour avoir conté dans un livre de prime jeunesse son aventure avec une de leurs humbles sœurs, elles lui envoyaient clandestinement des pages intimes en un français incorrect, mais souvent adorable ; ensuite, après l'échange de quelques lettres, elles se taisaient et retombaient dans l'inviolable mystère, confuses à la réflexion de ce qu'elles venaient d'oser comme si c'eût été péché mortel.

Il déchira enfin l'enveloppe timbrée du cher *là-bas*, — et le contenu d'abord lui fit hausser les épaules : ah ! non, cette dame-là s'amusait de lui, par exemple ! Son langage était trop moderne, son français trop pur et trop facile. Elle avait beau citer le Coran, se faire appeler Zahidé Hanum[1], et demander réponse poste restante avec des précautions de Peau-Rouge en maraude, ce devait être quelque voyageuse de passage à Constantinople, ou la femme d'un attaché d'ambassade, qui sait ? ou, à la rigueur, une Levantine[2] éduquée à Paris ?

La lettre cependant avait un charme qui fut le plus fort, car André, presque malgré lui, répondit sur l'heure. Du reste, il fallait bien témoigner de sa connaissance du monde musulman et dire, avec courtoisie toutefois : « Vous, une dame turque ! Non, vous savez, je ne m'y prends pas !... »

Incontestable, malgré l'invraisemblance, était le charme de cette lettre... Jusqu'au lendemain, où, bien entendu, il cessa d'y penser, André eut le vague sentiment que quelque chose commençait dans sa vie, quelque chose qui aurait une suite, une suite de douceur, de danger et de tristesse.

Et puis aussi, c'était comme un appel de la Turquie à l'homme qui l'avait tant aimée jadis, mais qui n'y revenait plus. La mer de Biscaye, ce jour-là, ce jour d'avril indécis, dans la lumière encore hivernale, se révéla tout à coup d'une mélancolie intolérable à ses yeux, mer pâlement verte avec les grandes volutes de sa houle presque éternelle ; ouverture béante sur des immensités trop infinies qui attirent et qui inquiètent. Combien la Marmara[1], revue en souvenir, était plus douce, plus apaisante et endormeuse, avec ce mystère d'Islam tout autour sur ses rives ! Le pays Basque, dont il avait été parfois épris, ne lui paraissait plus valoir la peine de s'y arrêter ; l'esprit du vieux temps qui, jadis, lui avait semblé vivre encore dans les campagnes pyrénéennes, dans les antiques villages d'alentour, — même jusque devant ses fenêtres, là, dans cette vieille cité de Fontarabie, malgré l'invasion des villas imbéciles[1], — le vieil esprit basque, non, aujourd'hui il ne le retrouvait plus. Oh ! là-bas à Stamboul, combien davantage il y avait de passé et d'ancien rêve humain, persistant à l'ombre des hautes mosquées, dans les rues oppressantes de silence, et dans la région sans fin des cimetières où les veilleuses à petite flamme jaune s'allument le soir par milliers pour les âmes des morts. Oh ! ces deux rives qui se regardent, l'Europe et l'Asie, se montrant l'une à l'autre des minarets et des palais tout le long du Bosphore, avec de continuels changements d'aspect, aux jeux de la lumière orientale ! Auprès de la féerie du Levant, quoi de plus morne et de plus âpre que ce golfe de Gascogne ! Comment donc y demeurait-il au lieu d'être là-bas ? Quelle inconséquence de perdre ici les jours comptés de la vie, quand là-bas était le pays des enchantements légers, des griseries tristes et exquises par quoi la fuite du temps est oubliée !...

Mais c'était ici, au bord de ce golfe incolore, battu par les rafales et les ondées de l'Océan, que ses yeux s'étaient ouverts au spectacle du monde, ici que *la conscience lui avait été donnée* pour quelques saisons furtives[2] ; donc, les choses *d'ici*, il les aimait désespérément quand même, et il savait bien qu'elles lui manquaient lorsqu'il était ailleurs.

Alors, ce matin d'avril, André Lhéry sentit une fois de plus l'irrémédiable souffrance de s'être éparpillé chez tous les peuples, d'avoir été un nomade sur toute la terre, s'attachant çà et là par le cœur. Mon Dieu, pourquoi fallait-il qu'il eût maintenant deux patries : la sienne propre, et puis l'autre, sa patrie d'Orient ?...

II

Un soleil d'avril, du même avril, mais de la semaine suivante, arrivant tamisé de stores et de mousselines, dans la chambre d'une jeune fille endormie. Un soleil de matin, apportant, même à travers des rideaux, des persiennes, des grillages, cette joie éphémère et cette tromperie éternelle des renouveaux terrestres, à quoi se laissent toujours prendre, depuis le commencement du monde, les âmes compliquées ou simples des créatures, âmes des hommes, âme des bêtes, petites âmes des oiseaux chanteurs.

Au dehors, on entendait le tapage des hirondelles récemment arrivées et les coups sourds d'un tambourin frappé au rythme oriental De temps à autre, des beuglements comme poussés par de monstrueuses bêtes s'élevaient aussi dans l'air : voix des paquebots empressés, cris des sirènes à vapeur, témoignant qu'un port devait être là, un grand port affolé de mouvement ; mais ces appels des navires, on les sentait venir de très loin et d'*en bas*, ce qui donnait la notion d'être dans une zone de tranquillité, sur quelque colline au-dessus de la mer.

Élégante et blanche, la chambre où pénétrait ce soleil et où dormait cette jeune fille ; très moderne, meublée avec la fausse naïveté et le semblant d'archaïsme qui représentaient encore cette année-là (l'année 1901) l'un des derniers raffinements de nos décadences, et qui s'appelait l'« art nouveau »[1]. Dans un lit laqué de blanc, — où de vagues fleurs avaient été esquissées, avec un mélange de gaucherie primitive et de préciosité japonaise, par quelque décorateur en vogue de Londres ou de Paris, — la jeune fille dormait toujours : au milieu d'un désordre de cheveux blonds, tout petit visage, d'un ovale exquis, d'un ovale tellement pur qu'on eût dit une statuette en cire, un peu invraisemblable pour être trop jolie ; tout petit nez aux ailes presque trop délicates, imperceptiblement courbé en bec de faucon ; grands yeux de madone et très longs sourcils inclinés vers les tempes comme ceux de la Vierge des Douleurs. Un excès de dentelles peut-être aux draps et aux oreillers, un excès de bagues étincelantes aux mains délicates, abandonnées sur la couverture de satin, trop de richesse, eût-on dit chez nous, pour une enfant de cet âge ; à part cela, tout répondait bien, autour d'elle, aux plus récentes conceptions de notre luxe occidental. Cependant il y avait aux fenêtres ces barreaux de fer, et puis ces quadrillages de bois. — choses scellées, faites pour ne jamais s'ouvrir, — qui jetaient sur cette élégance claire un malaise, presque une angoisse de prison.

Avec ce soleil si rayonnant et ce délire joyeux des hirondelles au dehors, la jeune fille dormait bien tard, du sommeil lourd où l'on verse tout à coup sur la fin des nuits d'insomnie, et ses yeux avaient un cerne, comme si elle avait beaucoup pleuré hier.

Sur un petit bureau laqué de blanc, une bougie oubliée brûlait encore, parmi des feuillets manuscrits, des lettres toutes prêtes dans des enveloppes aux monogrammes dorés. Il y avait là aussi du papier à musique sur lequel des notes avaient été griffonnées, comme dans la fièvre de composer. Et quelques livres traînaient parmi de frêles bibelots de Saxe : le dernier de la comtesse de Noailles, voisinant avec des poésies de Baudelaire et de Verlaine, la philosophie de Kant et celle de Nietzsche... Sans doute, une mère n'était point dans cette maison pour veiller aux lectures, modérer le surchauffage de ce jeune cerveau.

Et, bien étrange dans cette chambre où n'importe quelle petite Parisienne très gâtée se fût trouvée à l'aise, bien inattendue au-dessus de ce lit laqué de blanc, une inscription en caractères arabes s'étalait, à la place même où chez nous on attacherait peut-être encore le crucifix : une inscription brodée de fils d'or sur du velours vert-émir, un passage du livre de Mahomet, aux lettres enroulées avec un art ancien et précieux.

Des chansons plus éperdues que commençaient ensemble deux hirondelles, effrontément posées au rebord même de la fenêtre, firent tout à coup s'entrouvrir de grands yeux, dans le si petit visage, si petit et si jeune de contours ; des yeux aux larges prunelles d'un brun-vert, qui, d'abord indécises et effarées, semblaient demander grâce à la vie, supplier la *réalité* de chasser au plus tôt quelque intolérable songe.

Mais la réalité sans doute ne restait que trop d'accord avec le mauvais rêve, car le regard se faisait de plus en plus sombre, à mesure que revenaient la pensée et le souvenir ; et il s'abaissa même tout à fait, comme soumis sans espoir à l'inéluctable, lorsqu'il eut rencontré des objets qui probablement étaient des pièces à conviction : dans un écrin ouvert, un diadème jetant ses feux, et, posée sur des chaises, une robe de soie blanche, robe de mariée, avec des fleurs d'oranger jusqu'au bas de sa longue traîne...

En coup de vent, sans frapper, survint une personne maigre, aux yeux ardents et déçus. Robe noire, grand chapeau noir, d'une simplicité distinguée, sévère avec pourtant un rien d'extravagance ; presque une vieille fille, mais cependant pas encore ; quelque institutrice, cela se devinait, très diplômée, et de bonne famille pauvre.

— Je l'ai !... Nous l'avons, chère petite !... dit-elle en français, montrant avec un geste de puéril triomphe une lettre non ouverte, qu'elle venait de prendre à la poste restante.

Et la petite princesse couchée répondit dans la même langue, sans le moindre accent étranger :

— Non, vrai ?

— Mais oui, vrai !... De qui voulez-vous que ce soit, enfant, sinon de *lui* ?... Y a-t-il ou n'y a-t-il pas *Zahidé Hanum* sur cette enveloppe ?... Eh bien !... Ah ! si vous avez donné le mot de passe à d'autres, c'est différent...

— Ça, vous savez que non !...

— Eh bien ! alors...

La jeune fille s'était redressée, les yeux à pré-

sent très ouverts, une lueur rose sur les joues,
— comme une enfant qui aurait eu un gros chagrin, mais à qui on viendrait de donner un jouet
si extraordinaire que, pour une minute, tout s'oublie. Le jouet, c'était la lettre ; elle la retournait
dans ses mains, avide de la toucher, mais effrayée
en même temps, comme si rien que cela fût un
léger crime. Et puis, prête à déchirer l'enveloppe,
elle s'arrêta pour supplier, avec câlinerie :

— Bonne mademoiselle, mignonne mademoiselle, ne vous fâchez pas de ma fantaisie : je voudrais être toute seule pour la lire.

— Décidément, en fait de drôle de petite créature, il n'y a pas plus drôle que vous, ma chérie !... Mais vous me la laisserez voir après, tout
de même ? C'est le moins que je mérite, il me
semble !... Allons, soit ! Je vais aller ôter mon chapeau, ma voilette, et je reviens...

Très drôle de petite créature en effet, et, de plus,
étrangement timorée, car il lui parut maintenant
que les convenances l'obligeaient à se lever, à se
vêtir et à *se couvrir les cheveux*, avant de décacheter, pour la première fois de sa vie, une lettre
d'homme. Ayant donc passé bien vite une « matinée » bleu-pastel, venue de la rue de la Paix, de
chez le bon faiseur, puis ayant enveloppé sa tête
blonde d'un voile en gaze, brodé jadis en Circassie[1], elle brisa ce cachet, toute tremblante.

Très courte, la lettre ; une dizaine de lignes
toutes simples, — avec un passage imprévu qui la
fit sourire, malgré sa déconvenue de ne trouver rien
de plus confiant ni de plus profond, — une réponse
courtoise et gentille, un remerciement où se laissait

entrevoir un peu de lassitude, et voilà tout. Mais quand même, la signature était là, bien lisible, bien réelle : André Lhéry. Ce nom, écrit par cette main, causait à la jeune fille un trouble comme le vertige. Et, de même que lui, là-bas, au reçu de l'enveloppe timbrée de Stamboul, avait eu l'impression que *quelque chose commençait*, de même elle, ici, présageait on ne sait quoi de délicieux et de funeste, à cause de cette réponse arrivée justement un tel jour, la veille du plus grand événement de toute son existence. Cet homme, qui régnait depuis si longtemps sur ses rêves, cet homme aussi séparé d'elle, aussi inaccessible que si chacun d'eux eût habité une planète différente, venait vraiment d'entrer ce matin-là dans sa vie, du fait seul de ces quelques mots écrits et signés par lui, pour elle.

Et jamais à ce point elle ne s'était sentie prisonnière et révoltée, avide d'indépendance, d'espace, de courses par le monde inconnu... Un pas vers ces fenêtres, où elle s'accoudait souvent pour regarder au-dehors : — mais non, là il y avait ces treillages de bois, ces grilles de fer qui l'exaspéraient. Elle rebroussa vers une porte entr'ouverte, écartant d'un coup de pied la traîne de la robe de mariée qui s'étalait sur le somptueux tapis, — la porte de son cabinet de toilette, tout blanc de marbre, plus vaste que la chambre, avec des ouvertures non grillées, très larges, donnant sur le jardin aux platanes de cent ans. Toujours tenant sa lettre dépliée, c'est à l'une de ces fenêtres qu'elle s'accouda, pour voir du ciel libre, des arbres, la magnificence des premières roses, exposer ses joues à la caresse de l'air, du soleil... Et pourtant, quels grands murs autour de ce jardin ! Pourquoi ces grands murs, comme on en bâtit autour du préau des prisons cellulaires ? De distance en distance, des contreforts pour les soutenir, tant ils étaient démesurément grands : leur hauteur, combinée pour que, des plus hautes maisons voisines, on ne pût jamais apercevoir qui se promènerait dans le jardin enclos...

Malgré la tristesse d'un tel enfermement, on l'aimait, ce jardin, parce qu'il était très vieux, avec de la mousse et du lichen sur ses pierres, parce qu'il avait des allées envahies par l'herbe entre leurs bordures de buis, un jet d'eau dans un bassin de marbre à la mode ancienne, et un petit kiosque tout déjeté par le temps, pour rêver à l'ombre sous les platanes noueux, tordus, pleins de nids d'oiseaux. Il avait tout cela, ce jardin d'autrefois, surtout il avait comme une âme nostalgique et douce, une âme qui peu à peu lui serait venue avec les ans, à force de s'être imprégné de nostalgies de jeunes femmes cloîtrées, de nostalgies de jeunes beautés doucement captives.

Ce matin, quatre ou cinq hommes, — des nègres aux figures imberbes[1], — étaient là, en bras de chemise, qui travaillaient à des préparatifs pour la grande journée de demain, l'un tendant un velum entre des branches, l'autre dépliant par terre d'admirables tapis d'Asie. Ayant aperçu la jeune fille là-haut, ils lui adressèrent, après des petits clignements d'œil pleins de sous-entendus, un bonjour à la fois familier et respectueux, qu'elle s'efforça de rendre avec un gai sourire, nullement effarouchée de leurs regards. — Mais tout à coup elle se retira avec épouvante, à cause d'un jeune paysan à moustache blonde, venu pour apporter des mannes de fleurs, qui avait presque entrevu son visage…

La lettre ! Elle avait entre les mains une lettre d'André Lhéry, une vraie. Pour le moment cela primait tout. La précédente semaine, elle avait commis l'énorme coup de tête de lui écrire, déséquilibrée qu'elle se sentait par la terreur de ce mariage, fixé à demain. Quatre pages d'innocentes confidences, qui lui avaient semblé, à elle, des choses terribles, et, pour finir, la prière, la supplication de répondre tout de suite, poste restante, à un nom d'emprunt. Sur l'heure, par crainte d'hésiter en réfléchissant, elle avait expédié cela, un peu au hasard, faute d'adresse précise, avec la complicité et par l'intermédiaire de son ancienne institutrice (mademoiselle Esther Bonneau, — Bonneau de Saint-Miron, s'il vous plaît, — agrégée de l'Université, officier de l'Instruction publique), celle qui lui avait appris le français, — en y ajoutant même, pour rire, sur la fin de ses cours, un peu d'argot cueilli dans les livres de Gyp[1].

Et c'était arrivé à destination, ce cri de détresse d'une petite fille, et voici que le romancier avait répondu, avec peut-être une nuance de doute et de badinage, mais gentiment en somme ; une lettre qui pouvait être communiquée aux plus narquoises de ses amies et qui serait pour les rendre jalouses… Alors, tout d'un coup, l'impatience lui vint de la faire lire à ses cousines (pour elle, comme des sœurs), qui avaient déclaré qu'il ne répondrait pas. C'était tout près, leur maison, dans le même quartier hautain et solitaire[2] ; elle

irait donc en « matinée », sans perdre du temps
à faire toilette, et vite elle appela, avec une langueur impérieuse d'enfant qui parle à quelque
vieille servante-gâteau, à quelque vieille nourrice : « Dadi* ! » — Puis encore, et plus vivement :
« Dadi ! » habituée sans doute à ce qu'on fût toujours là, prêt à ses caprices, et, la dadi ne venant
pas, elle toucha du doigt une sonnerie électrique.

Enfin parut cette dadi, plus imprévue encore
dans une telle chambre que le verset du Coran
brodé en lettres d'or au-dessus du lit : visage tout
noir, tête enveloppée d'un voile lamé d'argent,
esclave éthiopienne s'appelant Kondja-Gul (Bou-
ton de rose). Et la jeune fille se mit à lui parler
dans une langue lointaine, une langue d'Asie, dont
s'étonnaient sûrement les tentures, les meubles et
les livres.

— Kondja-Gul, tu n'es jamais là !

Mais c'était dit sur un ton dolent et affectueux
qui atténuait beaucoup le reproche. Un reproche
inique du reste, car Kondja-Gul était toujours là
au contraire, beaucoup trop là, comme un chien
fidèle à l'excès, et la jeune fille souffrait plutôt de
cet usage de son pays qui veut qu'on n'ait jamais
de verrou à sa porte ; que les servantes de la maison entrent à toute heure comme chez elles ; qu'on
ne puisse jamais être assurée d'un instant de solitude. Kondja-Gul, sur la pointe du pied, était bien
venue vingt fois ce matin pour guetter le réveil de
sa jeune maîtresse. Et quelle tentation elle avait

---

* « Dadi », appellation amicale, usitée pour des vieilles servantes ou esclaves devenues avec le temps comme de la famille.

eue de souffler cette bougie qui brûlait toujours !
Mais voilà, c'était sur ce bureau où il lui était interdit de jamais porter la main, qui lui semblait plein
de dangereux mystères, et elle avait craint, en étei-
gnant cette petite flamme, d'interrompre quelque
envoûtement peut-être...

— Kondja-Gul, vite mon *tcharchaf** ! J'ai besoin
d'aller chez mes cousines.

Et Kondja-Gul entreprit d'envelopper l'enfant
dans des voiles noirs. Noire, l'espèce de jupe
qu'elle posa sur la matinée du bon faiseur ; noire
la longue pèlerine qu'elle jeta sur les épaules, et
sur la tête comme un capuchon ; noir, le voile
épais, retenu au capuchon par des épingles, qu'elle
fit retomber jusqu'au bas du visage afin de le dissimuler comme sous une cagoule. Pendant ses
allées et venues pour ensevelir ainsi la jeune fille,
elle disait des choses en langue asiatique, avec
un air de se parler à soi-même ou de se chanter
une chanson, des choses enfantines et berceuses,
comme ne prenant pas du tout au sérieux la douleur de la petite fiancée :

— Il est blond, il est joli, le jeune bey[1] qui va
venir demain chercher ma bonne maîtresse. Dans
le beau palais où il va nous emmener toutes les
deux, oh ! comme nous serons contentes !

— Tais-toi, dadi, dix fois j'ai défendu qu'on m'en
parle !

Et, l'instant d'après :

— Dadi, tu étais là, tu as dû entendre sa voix le
jour qu'il était venu causer avec mon père. Alors,

---

* Voiles dissimulateurs pour la rue.

dis, comment est-elle, la voix du bey ? Douce un peu ?

— Douce comme la musique de ton piano, comme celle que tu fais avec ta main gauche, tu sais, en allant vers le bout où ça finit... Douce comme ça !... Oh ! qu'il est blond et qu'il est joli, le jeune bey.

— Allons, tant mieux ! — interrompit la jeune fille en français, avec l'accent d'une gouaillerie presque tout à fait parisienne.

Et elle reprit en langue d'Asie :

— Ma grand-mère est-elle levée, sais-tu ?

— Non. La dame a dit qu'elle se reposerait tard, pour être plus jolie demain.

— Alors, à son réveil, on lui dira que je suis chez mes cousines. Va prévenir le vieux Ismaël pour qu'il m'accompagne ; c'est toi et lui, vous deux que j'emmène.

Cependant mademoiselle Esther Bonneau (de Saint-Miron), là-haut dans sa chambre, — son ancienne chambre du temps où elle habitait ici et qu'elle venait de reprendre pour assister à la solennité de demain ; — mademoiselle Esther Bonneau avait des inquiétudes de conscience. Ce n'était pas elle, bien entendu, qui avait introduit sur le bureau laqué de blanc le livre de Kant, ni celui de Nietzsche, ni même celui de Baudelaire ; depuis dix-huit mois que l'éducation de la jeune fille était considérée comme finie, elle avait dû aller s'établir chez un autre pacha, pour instruire ses petites filles ; alors seulement sa première élève s'était ainsi émancipée dans ses lectures, n'ayant plus personne pour contrôler sa fantaisie. C'est égal, elle, l'institutrice, se sentait responsable un peu de l'essor déréglé pris par ce jeune esprit. Et puis, cette correspondance avec André Lhéry, qu'elle avait favorisée, où ça mènerait-il ? Deux êtres, il est vrai, qui ne se verraient jamais : ça au moins on pouvait en être sûr ; les usages et les grilles en répondaient... Mais cependant...

Quand elle redescendit enfin, elle se trouva en présence d'une petite personne accommodée en fantôme noir pour la rue, l'air agité, pressé de sortir :

— Et où allez-vous, ma petite amie ?

— Chez mes cousines, leur montrer ça. (Ça, c'était la lettre.) Vous venez, vous aussi, naturellement. Nous la lirons là-bas ensemble. Allons, *trottons-nous !*

— Chez vos cousines ? Soit !... Je vais remettre ma voilette et mon chapeau.

— Votre chapeau ! Alors nous en avons pour une heure, zut !

— Voyons, ma petite, voyons !...

— Voyons quoi ?... Avec ça que vous ne le dites pas, vous aussi, zut, quand ça vous prend... Zut pour le chapeau, zut pour la voilette, zut pour le jeune bey, zut pour l'avenir, zut pour la vie et la mort, pour tout zut !

Mademoiselle Bonneau à ce moment pressentit qu'une crise de larmes était proche et, afin d'amener une diversion, joignit les mains, baissa la tête dans l'attitude consacrée au théâtre pour le remords tragique :

— Et songer, dit-elle, que votre malheureuse

grand-mère m'a payée et entretenue sept ans pour une éducation pareille !...

Le petit fantôme noir, éclatant de rire derrière son voile, en un tour de main coiffa mademoiselle Bonneau d'une dentelle sur les cheveux et l'entraîna par la taille :

— Moi, que je m'embobeline, il faut bien, c'est la loi... Mais vous, qui n'êtes pas obligée... Et pour aller à deux pas... Et dans ce quartier où jamais on ne rencontre un chat !...

Elles descendirent l'escalier quatre à quatre. Kondja-Gul et le vieux Ismaël, eunuque éthiopien, les attendaient en bas pour leur faire cortège : — Kondja-Gul empaquetée des pieds à la tête dans une soie verte lamée d'argent ; l'eunuque sanglé dans une redingote noire à l'européenne qui, sans le fez, lui eût donné l'air d'un huissier de campagne.

La lourde porte s'ouvrit ; elles se trouvèrent dehors, sur une colline, au clair soleil de onze heures, devant un bois funéraire, planté de cyprès et de tombes aux dorures mourantes, qui dévalait en pente douce jusqu'à un golfe profond chargé de navires[1].

Et au-delà de ce bras de mer étendu à leurs pieds, au-delà, sur l'autre rive à demi cachée par les cyprès du bois triste et doux, se profilait haut, dans la limpidité du ciel, cette silhouette de ville qui était depuis vingt ans la hantise nostalgique d'André Lhéry ; Stamboul trônait ici, non plus vague et crépusculaire comme dans les songes du romancier, mais précis, lumineux et réel.

Réel, et pourtant baigné comme d'un chimérique brouillard bleu, dans un silence et une splendeur de vision, Stamboul, le Stamboul séculaire était bien ici, tel encore que l'avaient contemplé les vieux khalifes, tel encore que Soliman le Magnifique en avait jadis conçu et fixé les grandes lignes, en y faisant élever de plus superbes coupoles[1]. Rien ne semblait en ruines, de cette profusion de minarets et de dômes groupés dans l'air du matin, et cependant il y avait sur tout cela on ne sait quelle indéfinissable empreinte du temps ; malgré la distance et l'un peu éblouissante lumière, la vétusté s'indiquait extrême. Les yeux ne s'y trompaient point ; c'était un fantôme, un majestueux fantôme du passé, cette ville encore debout, avec ses innombrables fuseaux de pierre, si sveltes, si élancés qu'on s'étonnait de leur durée. Minarets et mosquées avaient pris, avec les ans, des blancheurs déteintes, tournant aux grisailles neutres ; quant à ces milliers de maisons en bois, tassées à leur ombre, elles étaient couleur d'ocre ou de brun-rouge, nuances atténuées sous le bleuâtre de la buée presque éternelle que la mer exhale alentour. Et cet ensemble immense se reflétait dans le miroir du golfe.

Les deux femmes, celle voilée en fantôme et l'autre avec sa dentelle posée à la diable sur les cheveux, marchaient vite, suivies de leur escorte nègre, regardant à peine ce décor prodigieux, qui était pour elles le décor de tous les jours. Elles suivaient sur cette colline un chemin au pavage en déroute, entre d'anciennes et aristocratiques demeures momifiées derrière leurs grilles, et ce cimetière en pente de Khassim-Pacha, qui laissait apercevoir dans l'intervalle de ses arbres sombres la grande féerie d'en face. Les hirondelles, qui avaient partout des nids sous les balcons grillés et clos, chantaient en délire ; les cyprès sentaient bon la résine, le vieux sol empli d'os de morts sentait bon le printemps.

En effet, elles ne rencontrèrent personne dans leur courte sortie, personne qu'un porteur d'eau, en costume oriental, venu pour remplir son outre à une très vieille fontaine de marbre qui était sur le chemin, toute sculptée d'exquises arabesques.

Dans une maison aux fenêtres grillées sévèrement, une maison de pacha, où un grand diable à moustaches, vêtu de rouge et d'or, pistolets à la ceinture, sans souffler mot leur ouvrit le portail, elles prirent en habituées, sans rien dire non plus, l'escalier du harem.

Au premier étage, une vaste pièce blanche, porte ouverte, d'où s'échappaient des voix et des rires de jeunes femmes. On s'amusait à parler français là-dedans, sans doute parce qu'on parlait toilette. Il s'agissait de savoir si certain piquet de roses à un corsage ferait mieux posé comme ceci ou posé comme cela :

— C'est bonnet blanc, blanc bonnet, disait l'une.

— C'est kif-kif bourricot, — appuyait une autre, une petite rousse au teint de lait, aux yeux narquois, dont l'institutrice avait fréquenté l'Algérie.

C'était la chambre de ces « cousines », deux sœurs de seize et vingt et un ans, à qui la mariée de demain avait réservé la primeur de sa lettre d'homme célèbre. Pour les deux jeunes filles, deux lits laqués de blanc, chacun ayant son verset arabe brodé en or sur un panneau de velours appliqué au mur. Par terre, d'autres couchages improvisés, matelas et couvertures de satin bleu ou rose, pour quatre jeunes invitées à la fête nuptiale. Sur les chaises (laqué blanc et soie Pompadour à petits bouquets[1]) des toilettes pour grand mariage, à peine arrivées de Paris, s'étalaient fraîches et claires. Désordre des veilles de fête, campement, eût-on dit, campement de petites bohémiennes, mais qui seraient élégantes et très riches. (La règle musulmane interdisant aux femmes de sortir après le crépuscule, c'est devenu entre elles un gentil usage de s'installer ainsi les unes chez les autres, pendant des jours ou même des semaines, à propos de tout et de rien, quelquefois pour se faire une simple visite ; et alors on organise gaîment des dortoirs.) Des voiles d'Orientale traînaient aussi çà et là, des parures de fleurs, des bijoux de Lalique[2]. Les grilles en fer, les quadrillages en bois aux fenêtres donnaient un aspect clandestin à tout ce luxe épars, destiné à éblouir ou charmer d'autres femmes, mais que les yeux d'aucun homme portant moustache n'auraient le droit de voir. Et, dans un coin, deux négresses esclaves, en costume asiatique, assises sans façon, se chantaient des airs de leur pays, scandés sur un petit tambourin qu'elles tapaient en sourdine. (Nos farouches démocrates d'Occident pourraient venir prendre des leçons de fraternité dans ce pays débonnaire, qui ne reconnaît en pratique ni castes ni distinctions sociales, et où les plus humbles serviteurs ou servantes sont toujours traités comme gens de la famille.)

L'entrée de la mariée fit sensation et stupeur.

On ne l'attendait point ce matin-là. Qui pouvait l'amener ? Toute noire dans son costume de rue, combien elle paraissait mystérieuse et lugubre au milieu de ces blancs, de ces roses, de ces bleu pâle des soies et des mousselines ! Qu'est-ce qu'elle venait faire, comme ça, à l'improviste, chez ses demoiselles d'honneur ?

Elle releva son voile de deuil, découvrit son fin visage et, d'un petit ton détaché, répondit en français — qui était décidément une langue familière aux harems de Constantinople :

— Une lettre, que je venais vous communiquer !

— De qui, la lettre ?

— Ah ! devinez ?

— De la tante d'Andrinople[1], je parie, qui t'annonce une parure de brillants ?

— Non.

— De la tante d'Erivan[2], qui t'envoie une paire de chats angoras, pour ton cadeau de noces ?

— Non plus. C'est d'une personne étrangère... C'est... d'un monsieur...

— Un monsieur ! Quelle horreur !... Un monsieur ! Petit monstre que tu es !...

Et, comme elle tendait sa lettre, contente de son effet, deux ou trois jolies têtes blondes, — du blond vrai et du blond faux, — se précipitèrent ensemble pour voir tout de suite la signature.

— André Lhéry !... Non ! Alors il a répondu ?... C'est de lui ?... Pas possible...

Tout ce petit monde avait été mis dans la confidence de la lettre écrite au romancier. Chez les femmes turques d'aujourd'hui, il y a une telle solidarité de révolte contre le régime sévère des harems, qu'elles ne se trahissent jamais entre elles ; le manquement fût-il grave, au lieu d'être innocent comme cette fois, ce serait toujours même discrétion, même silence.

On se serra pour lire ensemble, cheveux contre cheveux, y compris mademoiselle Bonneau de Saint-Miron, en se tiraillant le papier. À la troisième phrase, on éclata de rire :

— Oh ! tu as vu !... Il prétend que tu n'es pas turque ! Impayable, par exemple !... Il s'y connaît même si bien, paraît-il, que le voilà tout à fait sûr que non !

— Eh ! mais c'est un succès, ça, ma chère, — lui dit Zeyneb, l'aînée des cousines, — ça prouve que le piquant de ton esprit, l'élégance de ton style...

— Un succès, — contesta la petite rousse au nez en l'air, au minois toujours comiquement moqueur, — un succès !... Si c'est qu'il te prend pour une *Pérote*, merci de ce succès-là.

Il fallait entendre comment était dit ce mot *Pérote* (habitante du quartier de Péra). Rien que dans la façon de le prononcer, elle avait mis tout son dédain de pure fille d'Osmanlis pour les Levantins ou Levantines (Arméniens, Grecs ou Juifs) dont le Pérote représente le prototype*.

— Ce pauvre Lhéry, — ajouta Kerimé, l'une des jeunes invitées, — il retarde !... Il en est sûrement

---

* Tout en me rangeant à l'avis des Osmanlis sur la généralité des Pérotes, je reconnais avoir rencontré parmi eux d'aimables exceptions, des hommes parfaitement distingués et respectables, des femmes qui seraient trouvées exquises dans n'importe quel pays et quel monde.

resté à la Turque des romans de 1830 : narguilé, confitures et divan tout le jour.

— Ou même simplement, — reprit Mélek, la petite rousse au bout de nez narquois, — simplement à la Turque du temps de sa jeunesse. C'est qu'il doit commencer à être marqué, tu sais, ton poète !...

C'était pourtant vrai, d'une vérité incontestable, qu'il ne pouvait plus être jeune, André Lhéry. Et, pour la première fois, cette constatation s'imposait à l'esprit de sa petite amoureuse inconnue, qui n'avait jamais pensé à cela : constatation plutôt décevante, dérangeant son rêve, voilant de mélancolie son culte pour lui...

Malgré leurs airs de sourire et de railler, elles l'aimaient toutes, cet homme lointain et presque impersonnel, toutes celles qui étaient là ; elles l'aimaient pour avoir parlé avec amour de leur Turquie, et avec respect de leur Islam. Une lettre de lui écrite à l'une d'elles était un événement dans leur vie cloîtrée où, jusqu'à la grande catastrophe foudroyante du mariage, jamais rien ne se passe. On la relut à haute voix. Chacune désira toucher ce carré de papier où sa main s'était posée. Et puis, étant toutes graphologues, elles entreprirent de sonder le mystère de l'écriture.

Mais une maman survint, la maman des deux sœurs, et vite, avec un changement de conversation, la lettre disparut, escamotée. Non pas qu'elle fût bien sévère, cette maman-là, au si calme visage, mais elle aurait grondé tout de même, et surtout n'eût pas su comprendre ; elle était d'une autre génération, parlant peu le français et n'ayant lu qu'Alexandre Dumas père. Entre elle et ses filles, un abîme s'était creusé, de deux siècles au moins, tant les choses marchent vite dans la Turquie d'aujourd'hui. Physiquement même, elle ne leur ressemblait pas, ses beaux yeux reflétaient une paix un peu naïve qui ne se retrouvait point dans le regard des admiratrices d'André Lhéry : c'est qu'elle avait borné son rôle terrestre à être une tendre mère et une épouse impeccable, sans en chercher plus. D'ailleurs, elle s'habillait mal en Européenne, et portait gauchement encore des robes trop surchargées, quand ses enfants au contraire savaient déjà être si élégantes et fines dans des étoffes très simples.

Maintenant ce fut l'institutrice française de la maison qui fit son entrée, — genre Esther Bonneau, en plus jeune, en plus romanesque encore. Et comme la chambre était vraiment trop encombrée, avec tant de monde, de robes jetées sur les chaises et de matelas par terre, on passa dans une plus grande pièce voisine, « modern style », qui était le salon du harem.

Surgit alors sans frapper, par la porte toujours ouverte, une grosse dame allemande à lunettes, en chapeau lourdement empanaché, amenant par la main Fahr-el-Nissâ, la plus jeune des invitées. Et, dans le cercle des jeunes filles, aussitôt on se mit à parler allemand, avec la même aisance que tout à l'heure pour le français. C'était le professeur de musique, cette grosse dame-là, et d'ailleurs une femme de talent incontestable ; avec Fahr-el-Nissâ, qui jouait déjà en artiste, elle venait de répéter à deux pianos un nouvel arrangement

des fugues de Bach, et chacune y avait mis toute
son âme.

On parlait allemand, mais sans plus de peine
on eût parlé italien ou anglais, car ces petites
Turques lisaient Dante, ou Byron, ou Shake-
speare dans le texte original. Plus cultivées que
ne le sont chez nous la moyenne des jeunes filles
du même monde, à cause de la séquestration sans
doute et des longues soirées solitaires, elles dévo-
raient les classiques anciens et les grands détra-
qués modernes ; en musique se passionnaient
pour Gluck aussi bien que pour César Franck ou
Wagner, et déchiffraient les partitions de Vincent
d'Indy[1]. Peut-être aussi bénéficiaient-elles des
longues tranquillités et somnolences mentales de
leurs ascendantes ; dans leur cerveau, composé de
matière neuve ou longtemps reposée, tout germait
à miracle, comme, en terrain vierge, les hautes
herbes folles et les jolies fleurs vénéneuses.

Le salon du haremlike, ce matin-là, s'emplissait
toujours ; les deux négresses avaient suivi, avec
leur petit tambourin. Après elles, une vieille dame
entra, devant qui toutes se levèrent par respect : la
grand-mère. On se mit alors à parler turc, car elle
n'entendait rien aux langues occidentales, — et
ce qu'elle se souciait d'André Lhéry, cette aïeule !
Sa robe brodée d'argent était de mode ancienne
et un voile de Circassie enveloppait sa chevelure
blanche. Entre elle et ses petites-filles, l'abîme
d'incompréhension demeurait absolument insondable, et, pendant les repas, plus d'une fois lui
arrivait-il de les scandaliser par l'habitude qu'elle
avait conservée de manger le riz avec ses doigts

comme les ancêtres, — ce que faisant, elle restait grande dame quand même, grande dame jusqu'au bout des ongles, et imposante à tous.

Donc, on s'était mis à parler turc, par déférence pour l'aïeule, et subitement le murmure des voix était devenu plus harmonieux, doux comme de la musique.

Parut maintenant une femme, svelte et ondoyante, qui arrivait du dehors, et ressemblait, bien entendu, à un fantôme tout noir. C'était Alimé Hanum, professeur agrégée de philosophie au lycée de jeunes filles fondé par Sa Majesté Impériale le Sultan[1] ; d'habitude elle venait trois fois par semaine enseigner à Mélek la littérature arabe et persane. Il va sans dire, pas de leçon aujourd'hui, veille de mariage, jour où les cervelles étaient à l'envers. Mais quand elle eut relevé son voile en cagoule et montré sa jolie figure grave, la conversation tomba sur les vieux poètes de l'Iran, et Mélek, devenue sérieuse, récita un passage du « Pays des roses », de Saadi[2].

Aucune trace d'odalisques, ni de narguilé, ni de confitures, dans ce harem de pacha, composé de la grand-mère, de la mère, des filles, et des nièces avec leurs institutrices.

Du reste, à part deux ou trois exceptions peut-être, tous les harems de Constantinople ressemblent à celui-ci : le *harem* de nos jours, c'est tout simplement la partie féminine d'une famille constituée comme chez nous, — et éduquée comme chez nous, sauf la claustration, sauf les voiles épais pour la rue, et l'impossibilité d'échanger une pensée avec un homme, s'il n'est le père, le mari, le frère, ou quelquefois par tolérance le cousin très proche avec qui l'on a joué étant enfant.

On avait recommencé de parler français et de discuter toilette quand une voix humaine, si limpide qu'on eût dit une voix céleste, tout à coup vibra dehors, comme tombant du haut de l'air : l'Imam de la plus voisine mosquée appelait du haut du minaret les fidèles à la prière méridienne.

Alors la petite fiancée, se rappelant que sa grand-mère déjeunait à midi, s'échappa comme Cendrillon, avec mademoiselle Bonneau, encore plus effarée qu'elle à l'idée que la vieille dame pourrait attendre.

III

Il fut silencieux son dernier déjeuner dans la maison familiale, entre ces deux femmes sourdement hostiles l'une à l'autre, l'institutrice et l'aïeule sévère.

Après, elle se retira chez elle, où elle eût souhaité s'enfermer à double tour ; mais les chambres des femmes turques n'ont point de serrure ; il fallut se contenter d'une consigne donnée à Kondja-Gul pour toutes les servantes ou esclaves jour et nuit aux aguets, suivant l'usage, dans les vestibules, dans les longs couloirs de son appartement, comme autant de chiens de garde familiers et indiscrets.

Pendant cette suprême journée qui lui restait,

elle voulait se préparer comme pour la mort, ranger ses papiers et mille petits souvenirs, brûler surtout, brûler par crainte des regards de l'homme inconnu qui serait dans quelques heures son maître. La détresse de son âme était sans recours, et son effroi, sa rébellion allaient croissant.

Elle s'assit devant son bureau, où la bougie fut rallumée pour communiquer son feu à tant de mystérieuses petites lettres qui dormaient dans les tiroirs de laque blanche ; lettres de ses amies mariées d'hier ou bien tremblant de se marier demain ; lettres en turc, en français, en allemand, en anglais, toutes criant la révolte, et toutes empoisonnées de ce grand pessimisme qui, de nos jours, ravage les harems de la Turquie. Parfois elle relisait un passage, hésitait tristement, et puis, quand même, approchait le feuillet de la petite flamme pâle, que l'on voyait à peine luire, à cause du soleil. Et tout cela, toutes les pensées secrètes des belles jeunes femmes, leurs indignations refrénées, leurs plaintes vaines, tout cela faisait de la cendre, qui s'amassait et se confondait dans un brasero de cuivre, seul meuble oriental de la chambre.

Les tiroirs vidés, les confidences anéanties, restait devant elle un grand buvard à fermoir d'or, qui était bondé de cahiers écrits en français... Brûler cela aussi ?... Non, elle n'en sentait vraiment plus le courage. C'était toute sa vie de jeune fille, c'était son journal intime commencé le jour de ses treize ans, — le jour funèbre où elle avait *pris le tcharchaf* (pour employer une locution de là-bas), c'est-à-dire le jour où il avait fallu pour jamais cacher son visage au monde, se cloîtrer, devenir l'un des innombrables fantômes noirs de Constantinople.

Rien d'antérieur à la prise de voile n'était noté dans ce journal. Rien de son enfance de petite princesse barbare, là-bas, au fond des plaines de Circassie, dans le territoire perdu où, depuis deux siècles, régnait sa famille. Rien non plus de son existence de petite fille mondaine, quand, vers sa onzième année, son père était venu s'établir avec elle à Constantinople, où il avait reçu de Sa Majesté le Sultan le titre de maréchal de la Cour ; cette période-là avait été toute d'étonnements et d'acclimatation élégante, avec en outre des leçons à apprendre et des devoirs à faire ; pendant deux ans, on l'avait vue à des fêtes, à des parties de tennis, à des sauteries d'ambassade ; avec les plus difficiles danseurs de la colonie européenne, elle avait valsé tout comme une grande jeune fille, très invitée, son carnet toujours plein, elle charmait par son délicieux petit visage, par sa grâce, par son luxe, et aussi par cet air qu'aucune autre n'eût imité, cet air à la fois vindicatif et doux, à la fois très timide et très hautain. Et puis, un beau jour, à un bal donné par l'ambassade anglaise pour les tout jeunes, on avait demandé : « Où est-elle, la petite Circassienne ? » Et des gens du pays avaient simplement répondu : « Ah ! vous ne saviez pas ? Elle vient de prendre le tcharchaf. » — (Elle a pris le tcharchaf, autant dire : fini, escamotée d'un coup de baguette ; on ne la verra jamais plus ; si par hasard on la rencontre, passant dans quelque voiture fermée, elle ne sera qu'une forme noire, impossible à reconnaître ; elle est comme morte…)

Donc, avec ses treize ans accomplis, elle était entrée, suivant la règle inflexible, dans ce monde voilé qui, à Constantinople, vit en marge de l'autre, que l'on frôle dans toutes les rues, mais qu'il ne faut pas regarder et qui, dès le coucher du soleil, s'enferme derrière des grilles ; dans ce monde que l'on sent partout autour de soi, troublant, attirant, mais impénétrable, et qui observe, conjecture, critique, voit beaucoup de choses à travers son éternel masque de gaze noire, et devine ensuite ce qu'il n'a pas vu

Soudainement captive, à treize ans, entre un père toujours en service au palais et une aïeule rigide sans tendresse manifestée, seule dans sa grande demeure de Khassim-Pacha, au milieu d'un quartier de vieux hôtels princiers et de cimetières, où, dès la nuit close, tout devenait frayeur et silence, elle s'était adonnée passionnément à l'étude. Et cela avait duré jusqu'à ses vingt-deux ans aujourd'hui près de sonner, cette ardeur à tout connaître, à tout approfondir, littérature, histoire ou transcendante philosophie. Parmi tant de jeunes femmes, ses amies, supérieurement cultivées aussi dans la séquestration propice, elle était devenue une sorte de petite étoile dont on citait l'érudition, les jugements, les innocentes audaces, en même temps que l'on copiait ses élégances coûteuses, surtout elle était comme le porte-drapeau de l'insurrection féminine contre les sévérités du harem.

Après tout, elle ne le brûlerait pas, ce journal, commencé le premier jour du tcharchaf ! Plutôt elle le confierait, bien cacheté, à quelque amie

sûre et un peu indépendante, dont les tiroirs n'auraient pas chance d'être fouillés par un mari. Et
qui sait, dans l'avenir, s'il ne lui serait pas possible
de le reprendre et de le prolonger encore ?... Elle
y tenait surtout parce qu'elle y avait presque fixé
des choses de sa vie qui allait finir demain, des
instants heureux d'autrefois, des journées de printemps plus étrangement lumineuses que d'autres,
des soirs de plus délicieuse nostalgie dans le vieux
jardin plein de roses, et des promenades sur le
Bosphore féerique, en compagnie de ses cousines
tendrement chéries. Tout cela lui aurait semblé
plus irrévocablement perdu dans l'abîme du
temps, une fois le pauvre journal détruit. L'écrire
avait été d'ailleurs sa grande ressource contre ses
mélancolies de jeune fille emmurée, — et voici que
le désir lui venait de le continuer à présent même,
pour tromper la détresse de ce dernier jour... Elle
demeura donc assise à son bureau, et reprit son
porte-plume, qui était un bâton d'or cerclé de
petits rubis. Si elle avait adopté notre langue dès
le début de ce journal, sur les premiers feuillets
déjà vieux de neuf ans, c'était surtout pour être
certaine que sa grand-mère, ni personne dans la
maison, ne s'amuserait à le lire. Mais, depuis environ deux années, cette langue française, qu'elle
soignait et épurait le plus possible, était à l'intention d'un lecteur imaginaire. (Un journal de jeune
femme est toujours destiné à un lecteur, fictif ou
réel, fictif nécessairement s'il s'agit d'une femme
turque.) Et le lecteur ici était un personnage lointain, lointain, pour elle à peu près inexistant : le
romancier André Lhéry !... Tout s'écrivait main-

tenant pour lui seul, en imitant même, sans le vouloir, un peu sa manière ; cela prenait forme de lettres à lui adressées, et dans lesquelles, pour se donner mieux l'illusion de le connaître, on l'appelait par son nom : André, tout court, comme un vrai ami, un grand frère.

Or, ce soir-là, voici ce que commença de tracer la petite main alourdie par de trop belles bagues[1] :

18 avril 1901.

Je ne vous avais jamais parlé de mon enfance, André, n'est-ce pas ? Il faut que vous sachiez pourtant : moi, qui vous parus tellement civilisée, je suis au fond une petite barbare. Quelque chose restera toujours en moi de la fille des libres espaces, qui jadis galopait à cheval au cliquetis des armes, ou dansait dans la lumière au tintement de ses ceintures d'argent.

Et, malgré tout le vernis de la culture européenne, quand mon âme nouvelle, dont j'étais fière, mon âme d'être qui pense, mon âme consciente, quand cette âme donc souffre trop, ce sont les souvenirs de mon enfance qui reviennent me hanter. Ils reparaissent impérieux, colorés et brillants ; ils me montrent une terre lumineuse, un paradis perdu, auquel je ne puis plus ni *ne voudrais* retourner ; un village circassien, bien loin, au-delà de Koniah, qui s'appelle Karadjiamir. Là, ma famille règne depuis sa venue du Caucase. Mes ancêtres, dans leur pays, étaient des khans[2] de Kiziltépé, et le sultan d'alors leur donna en fief ce pays de Karadjiamir[3]. Là, j'ai vécu jusqu'à l'âge de onze ans. J'étais libre et heureuse. Les jeunes filles circassiennes ne sont pas voilées. Elles dansent et causent avec les jeunes hommes, et choisissent leur mari selon leur cœur.

Notre maison était la plus belle du village, et de

longues allées d'acacias montaient de tous côtés vers
elle. Puis les acacias l'entouraient d'un grand cercle,
et, au moindre souffle de vent, ils balançaient leurs
branches comme pour un hommage ; alors il neigeait
des pétales parfumés. Je revois dans mes rêves une
rivière qui court... De la grande salle, on entendait
la voix de ses petits flots pressés. Oh ! comme ils se
hâtaient dans leur course vers les lointains inconnus ! Quand j'étais enfant, je riais de les voir se briser
contre les rochers avec colère.

Du côté du village, devant la maison, s'étend un
vaste espace libre. C'est là que nous dansions, sur le
rythme circassien, au son de nos vieilles musiques.
Deux à deux, ou formant des chaînes ; toutes, drapées
de soies blanches, des fleurs en guirlandes dans nos
cheveux. Je revois mes compagnes d'alors... Où sont-
elles aujourd'hui ?... Toutes étaient belles et douces,
avec de longs yeux et de frais sourires.

À la tombée du jour, en été, les Circassiens de mon
père, tous les jeunes gens du village, laissaient leurs
travaux et partaient à cheval à travers la plaine. Mon
père, ancien soldat, se mettait à leur tête et les menait
comme pour une charge. C'était à l'heure dorée où le
soleil va s'endormir. Quand j'étais petite, l'un d'eux
me prenait sur sa selle ; alors je m'enivrais de cette
vitesse, et de cette passion qui tout le jour était sourdement montée de la terre en feu pour éclater le soir
dans le bruit des armes et dans les chants sauvages.
L'heure ensuite changeait sa nuance ; elle semblait
devenue l'heure pourpre des soirs de bataille,... et les
cavaliers jetaient au vent des chants de guerre. Puis
elle devenait l'heure rose et opaline...

. . . .

Elle en était à cette heure « opaline », se
demandant si le mot ne serait pas trop précieux pour plaire à André, quand brusquement

Kondja-Gul, malgré la défense, fit irruption dans sa chambre :

— Il est là, maîtresse ! Il est là !...

— Il est là, qui ?

— Lui, le jeune bey !... Il était venu causer avec le pacha, votre père, et il va sortir. Vite, courez à votre fenêtre, vous le verrez remonter à cheval !

À quoi la petite princesse répondit sans bouger, avec une tranquillité glaciale dont la bonne Kondja-Gul demeura comme anéantie :

— Et c'est pour ça que tu me déranges ? Je le verrai toujours trop tôt, celui-là ! Sans compter que j'aurai jusqu'à ma vieillesse pour le revoir à discrétion !

Elle disait cela surtout pour bien marquer, devant la domesticité, son dédain du jeune maître. Mais, sitôt Kondja-Gul partie en grande confusion, elle s'approcha tremblante de la fenêtre : il venait de remonter à cheval, dans son bel uniforme d'officier, et partait au trot, le long des cyprès et des tombes, suivi de son ordonnance. Elle eut le temps de voir qu'en effet sa moustache était blonde, plutôt trop blonde à son gré, mais qu'il était joli garçon, avec une assez fière tournure. Il n'en restait pas moins l'adversaire, le maître imposé qui jamais ne serait admis dans l'intimité de son âme. Et, se refusant à s'occuper de lui davantage, elle revint s'asseoir à son bureau, — avec tout de même une montée de sang aux joues, — pour continuer le journal, la lettre au confident irréel :

... l'heure rose (l'heure rose tout court, décidément ; opaline était biffé), l'heure rose où s'éveillent les souvenirs, et les Circassiens se souvenaient du pays de leurs ancêtres ; l'un d'eux disait un chant d'exil, et les autres ralentissaient l'allure, pour écouter cette voix solitaire et lente. Puis l'heure était violette, et tendre, et douce, et la plaine tout entière entonnait l'hymne d'amour... Alors les cavaliers tournaient bride et hâtaient leur galop pour revenir. Sous leur passage, les fleurs mouraient dans un dernier parfum ; ils étincelaient, ils semblaient emporter avec eux, sur leurs armes, tout l'argent fluide épars dans le crépuscule d'été.

Au loin devant eux, une lueur d'incendie marquait le petit point où les acacias de Karadjiamir se groupaient, au milieu du steppe silencieux et lisse[1]. La lueur grandissait, et bientôt se changeait en un foyer de flammes hautes qui léchaient les premières étoiles ; car ceux qui étaient restés au village avaient allumé de grands feux, et, tout autour, c'étaient des danses de jeunes filles, c'étaient des chants, rythmés par l'envol des draperies blanches et des voiles légers. Les jeunes s'amusaient, tandis que les hommes mûrs étaient assis à fumer dehors, et que les mères, à travers la dentelle des fenêtres, guettaient venir l'amour vers leurs enfants.

En ces jours-là, j'étais reine. Tewfik-Pacha mon père et Seniha ma mère m'aimaient par-dessus tout, car leurs autres enfants étaient morts. J'étais la sultane du village ; nulle autre n'avait de si belles robes, ni des ceintures d'or et d'argent si précieusement ciselées ; et, s'il passait par là un de ces marchands venus du Caucase avec des pierreries plein des sacs, et des ballots de fines soies lamées d'or, chacun savait alentour que c'était dans notre maison qu'il devait d'abord entrer ; personne n'eût osé acheter une simple écharpe tant que la fille du pacha n'avait pas elle-même choisi ses parures.

Ma mère était discrète et douce. Mon père était

bon et on le savait juste. Tout étranger de passage pouvait venir frapper à notre porte, la maison était à lui. Pauvre, il était accueilli comme le sultan même. Proscrit, fugitif, — j'en ai vu, — l'ombre de la maison l'eût défendu jusqu'à la mort de ses hôtes. Mais malheur à qui eût cherché à se servir de Tewfik-Pacha pour l'aider dans quelque action vile ou seulement louche : mon père, si bon, était aussi un justicier terrible. Je l'ai vu.

Telle fut mon enfance, André. Puis, nous perdîmes ma mère, et mon père alors ne voulant plus rester sans elle au Karadjiamir, m'emmena avec lui à Constantinople, chez mon aïeule, près de mes cousines.

À présent c'est mon oncle Arif Bey qui gouverne à sa place là-bas. Mais presque rien n'a changé dans ce coin inconnu du monde, où les jours continuent à tisser en silence les années. On a, je crois, construit un moulin sur la rivière ; les petits flots, qui seulement s'amusaient à paraître terribles, ont dû apprendre à devenir utiles, et je crois les entendre pleurer leur liberté ancienne. Mais la belle maison se dresse toujours parmi les arbres, et, ce printemps, encore, les acacias auront neigé sur les chemins où j'ai joué enfant. Et sans doute quelque autre petite fille s'en va chevaucher à ma place avec les cavaliers...

Onze années bientôt ont passé sur tout cela.

L'enfant insouciante et gaie est devenue une jeune fille qui a déjà beaucoup pleuré. Eût-elle été plus heureuse en continuant sa vie primitive ?... Mais *il était écrit* qu'elle en sortirait, parce qu'*il fallait* qu'elle fût changée en un être pensant et que son orbite et la vôtre vinssent un jour à se croiser. Oh ! qui nous dira le pourquoi, la raison supérieure de ces rencontres, où les âmes s'effleurent à peine et que pourtant elles n'oublient plus. Car, vous aussi, André, vous ne m'oublierez plus...

· ·

Elle était lasse d'écrire. Et d'ailleurs le passage du bey avait mis la déroute dans sa mémoire.

Que faire, pour terminer ce dernier jour ? Ah ! le jardin ! le cher jardin, si imprégné de ses jeunes rêves : c'est là qu'elle irait jusqu'au soir... Tout au fond, certain banc, sous les platanes centenaires, contre le vieux mur tapissé de mousse : c'est là qu'elle s'isolerait jusqu'à la tombée de ce jour d'avril, qui lui semblait le dernier de sa vie. Et elle sonna Kondja-Gul, pour faire donner le signal qu'exigeait sa venue : aux jardiniers, cochers, domestiques mâles quelconques, ordre de disparaître des allées pour ne point profaner par leurs regards la petite déesse, qui entendait se promener là sans voile...

Mais non, réflexion faite, elle ne descendrait pas ; car il y aurait toujours la rencontre possible des eunuques, des servantes, tous avec leurs sourires de circonstance à la mariée, et elle serait dans l'obligation, devant eux, d'avoir l'air ravi, puisque l'étiquette l'exige en pareil cas. Et puis, l'exaspération de voir ces préparatifs de fête, ces tables dressées sous les branches, ces beaux tapis jetés sur la terre...

Alors, elle se réfugia dans un petit salon, voisin de sa chambre, où elle avait son piano d'Érard[1]. À la musique aussi, il fallait dire adieu, puisque, de piano, il n'y en aurait point, dans sa nouvelle demeure. La mère du jeune bey, — *une 1320*[2],

---

* Autrement dit une personne qui n'admet que les dates de l'hégire, au lieu d'employer le calendrier européen.

ainsi que les dames vieux jeu sont désignées, par les petites fleurs de culture intensive écloses dans la Turquie moderne, — une pure 1320 avait, non sans défiance, permis la bibliothèque de livres nouveaux en langue occidentale, et les revues à images ; mais le piano l'avait visiblement choquée, et on n'osait plus insister. (Elle était venue plusieurs fois, cette vieille dame, faire visite à la fiancée, l'accablant de petites chatteries, de petits compliments démodés qui l'agaçaient, et la dévisageant toujours avec une attention soutenue, pour ensuite la mieux décrire à son fils.) Donc, plus de piano, dans sa maison de demain, là-bas en face, de l'autre côté du golfe, au cœur même du Vieux-Stamboul... Sur le clavier, ses petites mains nerveuses, rapides, d'ailleurs merveilleusement exercées et assouplies, se mirent à improviser d'abord de vagues choses extravagantes, sans queue ni tête, accompagnées de claquements secs, chaque fois que les trop grosses bagues heurtaient les bémols ou les dièses. Et puis elle les ôta, ces bagues, et, après s'être recueillie, commença de jouer une très difficile transcription de Wagner par Liszt, alors, peu à peu elle cessa d'être celle qui épousait demain le capitaine Hamdi Bey, aide de camp de Sa Majesté Impériale ; elle fut la fiancée d'un jeune guerrier à longue chevelure, qui habitait un château sur des cimes, dans l'obscurité des nuages, au-dessus d'un grand fleuve tragique ; elle entendit la symphonie des vieux temps légendaires, dans les profondes forêts du Nord...

Mais quand elle eut cessé de jouer, quand tout cela se fut éteint avec les dernières vibrations des cordes, elle remarqua les rayons du soleil, déjà rouges, qui entraient presque horizontalement à travers les éternels quadrillages des fenêtres. C'était bien le déclin de ce jour, et l'effroi la prit tout à coup à l'idée d'être seule, — comme elle l'avait souhaité cependant, — pour cette dernière soirée. Vite elle courut chez sa grand-mère, solliciter une permission qu'elle obtint, et vite elle écrivit à ses cousines, leur demandant comme en détresse de venir coûte que coûte lui tenir compagnie ; — mais rien qu'elles deux, pas les autres petites demoiselles d'honneur campées dans leur chambre ; rien qu'elles deux, Zeyneb et Mélek, ses amies d'élection, ses confidentes, ses sœurs d'âme. Elle craignait que leur mère ne permît pas, à cause des autres invitées ; elle craignait que l'heure ne fût trop tardive, le soleil trop bas, les femmes turques ne sortant plus quand il est couché. Et, de sa fenêtre grillée, elle regardait le vieil Ismaël qui courait porter le message.

Depuis quelques jours, même vis-à-vis de ses cousines qui en avaient de la peine, elle était muette sur les sujets graves, elle était murée et presque hautaine ; même vis-à-vis de ces deux-là, elle gardait la pudeur de sa souffrance, mais à présent elle ne pouvait plus ; elle les voulait, pour pleurer sur leur épaule.

Comme il baissait vite, ce soleil du dernier soir ! Auraient-elles le temps d'arriver ? Au-dessus de la rue, pour voir de plus loin, elle se penchait autant que le permettaient les grilles et les châssis de bois dissimulateurs. C'était maintenant « l'heure pourpre des soirs de bataille[1] », comme elle disait dans son journal d'enfant, et des idées de fuite, de révolte ouverte bouleversaient sa petite tête indomptable et charmante... Pourtant, quelle immobilité sereine, quel calme fataliste et résigné, dans ses entours ! Un parfum d'aromates montait de ce grand bois funéraire, si tranquille devant ses fenêtres, — parfum de la vieille terre turque immuable, parfum de l'herbe rase et des très petites plantes qui s'étaient chauffées depuis le matin au soleil d'avril. Les verdures noires des arbres, détachées sur le couchant qui prenait feu, étaient comme percées de part en part, comme criblées par la lumière et les rayons. Des dorures anciennes brillaient çà et là, aux couronnements de ces bornes tombales, que l'on avait plantées au hasard dans beaucoup d'espace, que l'on avait clairsemées sous les cyprès. (En Turquie, on n'a pas l'effroi des morts, on ne s'en isole point ; au cœur même des villes, partout, on les laisse dormir.) À travers ces choses mélancoliques des premiers plans, entre ces gerbes de feuillage sombre qui se tenaient droites comme des tours, dans les intervalles de tout cela, les lointains apparaissaient, le grand décor incomparable : tout Stamboul et son golfe, dans leur plein embrasement des soirs purs. En bas, tout à fait en bas, l'eau de la Corne-d'Or, vers quoi dévalaient ces proches cimetières, était rouge, incandescente comme le ciel ; des centaines de caïques la sillonnaient, — va-et-vient séculaire, à la fermeture des bazars, — mais, de si haut, on n'entendait ni le bruissement de leur sillage, ni l'effort de leurs rameurs ; ils semblaient de longs insectes, défilant sur un miroir. Et la rive d'en face, cette rive de Stamboul, changeait à vue d'œil ; toutes les maisons avoisinant la mer, tous les étages inférieurs du prodigieux amas, venaient de s'estomper et comme de fuir, sous cette perpétuelle brume violette du soir, qui est de la buée d'eau et de la fumée ; Stamboul changeait comme un mirage[1] ; rien ne s'y détaillait plus, ni le délabrement, ni la misère, ni la hideur de quelques modernes bâtisses ; ce n'était maintenant qu'une silhouette, d'un violet profond liséré d'or, une colossale découpure de ville toute de flèches et de dômes, posée debout, en écran pour masquer un incendie du ciel. Et les mêmes voix qu'à midi, les voix claires, les voix célestes se reprenaient à chanter dans l'air, appelant les Osmanlis fidèles au quatrième office du jour : *le soleil se couchait*[2].

Alors la petite prisonnière, malgré elle un peu calmée cependant par tant de paix magnifique, s'inquiétait davantage de Mélek et de Zeyneb. Réussiraient-elles à lui arriver, malgré l'heure tardive ?... Plus attentivement elle regardait au bout de ce chemin, que bordaient d'un côté les vieilles demeures grillées, de l'autre le domaine délicieux des morts...

Ah ! elles venaient !... C'étaient elles, là-bas, ces deux minces fantômes noirs sans visage, sortis d'une grande porte morose, et qui se hâtaient, escortés de deux nègres à long sabre... Bien vite décidées, bien vite prêtes, les pauvres petites !... Et de les avoir reconnues, accourant ainsi à son appel d'angoisse, elle sentit ses yeux s'embrumer ; des larmes, mais cette fois des larmes douces, coulèrent sur sa joue.

Dès qu'elles entrèrent, relevant leurs tristes voiles, la mariée se jeta en pleurant dans leurs bras.

Toutes deux la serrèrent contre leur jeune cœur avec la plus tendre pitié :

— Nous nous en doutions, va, que tu n'étais pas heureuse... Mais tu ne voulais rien nous dire... T'en parler, nous n'osions pas... Depuis quelques jours, nous te trouvions si cachée avec nous, si froide.

— Eh ! vous savez bien comment je suis... C'est stupide, j'ai honte que l'on me voie souffrir...

Et elle pleurait maintenant à sanglots.

— Mais pourquoi n'as-tu pas dit « non », ma chérie ?

— Ah ! j'ai déjà dit « non » tant de fois !... Elle est trop longue, à ce qu'il paraît, la liste de ceux que j'ai refusés !... Et puis, songez donc : vingt-deux ans, j'étais presque une vieille fille... D'ailleurs, celui-là ou un autre, qu'importe, puisqu'il faudra toujours finir par en épouser un !

Naguère, elle avait entendu des amies à elle parler ainsi, la veille de leur mariage ; leur passivité l'avait écœurée, et voici qu'elle finissait de même... « Puisque ce ne sera pas celui que j'aurais choisi et aimé, disait l'une, n'importe qu'il s'appelle Mehmed ou Ahmed ! N'aurai-je pas des enfants, pour me consoler de sa présence ? » Une autre, une toute jeune, qui avait accepté le premier prétendant venu, s'en était excusée en ces termes : « Pourquoi pas le premier au lieu du suivant, que je ne connaîtrais du reste pas davantage ?... Que dire pour le refuser ?... Et puis, quelle histoire,

pense donc, ma chère !... » Ah ! non, l'apathie
de ces petites-là lui avait semblé incompréhensible, par exemple : se laisser marier comme
des esclaves !... Et voici qu'elle-même venait de
consentir à un marché pareil, et c'était demain, le
jour terrible de l'échéance. Par lassitude de toujours refuser, de toujours lutter, elle avait, comme
les autres, fini par dire ce *oui* qui l'avait perdue,
au lieu du *non* qui l'aurait sauvée, au moins pour
quelque temps encore. Et à présent, trop tard pour
se reprendre, elle arrivait tout au bord de l'abîme :
c'était demain !...

Maintenant elles pleuraient ensemble, toutes les
trois ; elles pleuraient les larmes qui avaient été
contenues pendant bien des jours par la fierté de
l'épousée ; elles pleuraient les larmes de la grande
séparation, comme si l'une d'elles allait mourir...

Mélek et Zeyneb, bien entendu, ne rentre-
raient pas ce soir chez elles, mais coucheraient
ici, chez leur cousine, comme c'est l'usage quand
on se visite à la tombée de la nuit, et comme
elles l'avaient déjà fait constamment depuis une
dizaine d'années. Toujours ensemble, les trois
jeunes filles, comme d'inséparables sœurs, elles
s'étaient habituées à dormir le plus souvent de
compagnie, chez l'une ou chez l'autre, et surtout
ici, chez la Circassienne.

Mais cette fois, quand les esclaves, sans même
demander les ordres, eurent achevé d'étendre sur
les tapis les matelas de soie des invitées, toutes
trois, demeurées seules, eurent le sentiment d'être
réunies pour une veillée funéraire. Elles avaient
demandé et obtenu la permission de ne pas des-

cendre se mettre à table, et un nègre imberbe, à figure de macaque trop gras, venait de leur apporter, sur un plateau de vermeil, une dînette qu'elles ne songeaient pas à toucher.

En bas, dans la salle à manger, leur commune aïeule, le pacha, père de la mariée, et mademoiselle Bonneau de Saint-Miron, soupaient sans causerie, dans un silence de catastrophe. L'aïeule, plus que jamais outrée par l'attitude de la fille de sa fille, savait bien à qui s'en prendre, accusait l'éducation nouvelle et l'institutrice ; cette petite, née de son sang d'impeccable musulmane, et puis devenue une sorte d'enfant prodigue dont on n'espérait même plus le retour aux traditions héréditaires, elle l'aimait bien quand même, mais elle avait toujours cru devoir se montrer sévère, et aujourd'hui, devant cette rébellion sourde, incompréhensible, elle voulait encore exagérer la froideur et la dureté. Quant au pacha, lui, qui avait de tout temps comblé et gâté son enfant unique comme une sultane des *Mille et une Nuits*[1], et qui en avait reçu en échange une si douce tendresse, il ne comprenait pas mieux que sa vieille belle-mère 1320, et il s'indignait aussi ; non, c'était trop, ce dernier caprice : faire sa petite martyre, parce que, le moment venu de lui donner un maître, on lui avait choisi un joli garçon, riche, de grande famille, et en faveur auprès de Sa Majesté Impériale !... Et enfin la pauvre institutrice, qui au moins se sentait bien innocente de ces fiançailles, qui avait toujours été la confidente et l'amie, s'étonnait douloureusement en silence : puisque son élève si chère l'avait fait revenir dans la maison pour le mariage, pourquoi ne voulait-elle pas de sa compagnie, là-haut chez elle, pour le dernier soir ?…

Mais non, les trois petites fantasques — ne croyant pas d'ailleurs lui faire tant de peine — avaient désiré être seules, la veille d'une telle séparation.

Finies à jamais, leurs soirées rien qu'à elles trois, dans cette chambre qui serait inhabitée demain et à laquelle il fallait dire adieu… Pour que ce fût moins triste, elles avaient allumé toutes les bougies des candélabres, et la grande lampe en colonne, — dont l'abat-jour, suivant une mode encore nouvelle cette année-là, était plus large qu'un parasol et fait de pétales de fleurs[1]. Et elles continuaient de passer en revue, de ranger, ou parfois de détruire mille petites choses qu'elles avaient longtemps gardées comme des souvenirs très précieux. C'étaient de ces gerbes de fils d'argent ou de fils d'or qu'il est d'usage de mettre dans la chevelure des mariées, et que les demoiselles d'honneur conservent ensuite jusqu'à ce que vienne leur tour ; il y en avait çà et là, qui brillaient, accrochées par des nœuds de ruban aux frontons des glaces, aux parois blanches de la chambre, et elles évoquaient les jolis et pâles visages d'amies qui souffraient, ou qui étaient mortes. C'étaient, dans une armoire, des poupées que jadis on aimait tendrement ; des jouets brisés, des fleurs desséchées, de pauvres petites reliques de leur enfance, de leur prime jeunesse passée en commun, entre les murs de cette vieille demeure[2]. Il y avait aussi, dans des cadres presque tous peints ou brodés par elles-mêmes, des photographies de jeunes femmes des ambassades, ou bien de jeunes musulmanes *en robe du soir* — que l'on eût prises pour des Parisiennes élégantes, sans le petit griffonnage en caractères arabes inscrit au bas : pensée ou dédicace. Enfin il y avait d'humbles bibelots, gagnés les précédents hivers à ces loteries de charité que les dames turques organisent pendant les veillées du Rhamazan[1] ; ils n'avaient pas l'ombre de valeur, ceux-là, mais ils rappelaient des instants écoulés de cette vie, dont la fuite sans retour constituait leur grand sujet d'angoisse... Quant aux cadeaux de la corbeille, dont quelques-uns étaient somptueux et que mademoiselle Esther Bonneau avait rangés en exposition dans un salon voisin, elles s'en souciaient comme d'une guigne.

La revue mélancolique à peine terminée, on entendit encore, au-dessus de la maison, résonner les belles voix claires : elles appelaient les fidèles à la cinquième prière de ce jour.

Alors les jeunes filles, pour mieux les entendre, vinrent s'asseoir devant une fenêtre ouverte, et, là, on respirait la fraîcheur suave de la nuit, qui sentait le cyprès, les aromates et l'eau marine. Ouverte, leur fenêtre, mais grillée, il va sans dire, et, en plus de ses barreaux en fer, défendue par les éternels quadrillages de bois sans lesquels aucune femme turque n'a le droit de regarder à l'extérieur. Les voix aériennes continuaient de chanter alentour, et, au loin, d'autres semblaient répondre, quantité d'autres qui tombaient des hauts minarets de Stamboul et traversaient le golfe endormi[2], portées par les sonorités de la mer ; on eût dit même que c'était en plein ciel, cette soudaine exaltation des voix pures qui vous appelaient, en vocalises très légères venant de tous les côtés à la fois.

Mais ce fut de courte durée, et quand tous les muezzins eurent lancé, aux quatre vents chacun, la phrase religieuse de tradition immémoriale, un grand silence tout à coup y succéda. Stamboul maintenant, dans les intervalles des cyprès tout noirs et tout proches, se découpait en bleuâtre sur le ciel imprégné d'une vague lumière de lune, un Stamboul vaporeux, agrandi encore, un Stamboul aux coupoles tout à fait géantes, et sa silhouette séculaire, inchangeable, était ponctuée de feux sans nombre qui se reflétaient dans l'eau du golfe. Elles admiraient, les jeunes filles, à travers les mille petits losanges des boiseries emprisonnantes ; elles se demandaient si ces villes célèbres d'Occident (qu'elles ne connaissaient que par des images et qu'elles ne verraient jamais puisque les musulmanes n'ont point le droit de quitter la Turquie), si Vienne, Paris, Londres pouvaient donner une pareille impression de beauté et de grandeur. Il leur arrivait aussi de passer leurs doigts au-dehors, par les trous du quadrillage, comme les captives s'amusent toujours à faire, et une folle envie les prenait de voyager, de connaître le monde, — ou rien que de se promener une fois, par une belle nuit comme celle-ci, dans les rues de Constantinople, — ou même seulement d'aller jusque dans ce cimetière, sous leur fenêtre... Mais, le soir, une musulmane n'a point le droit de sortir...

Le silence, l'absolu silence enveloppait par

degrés leur vieux quartier de Khassim-Pacha, aux maisons closes. Tout se figeait autour d'elles. La rumeur de Péra, — où il y a une vie nocturne comme dans les villes d'Europe[1], — mourait bien avant d'arriver ici. Quant aux voix stridentes de tous ces paquebots, qui fourmillent là-bas devant la Pointe-du-Sérail, on en est toujours délivré même avant l'heure de la cinquième prière, car la navigation du Bosphore s'arrête quand il fait noir. Dans ce calme oriental, que ne connaissent point nos villes, un seul bruit de temps en temps s'élevait, bruit caractéristique des nuits de Constantinople, bruit qui ne ressemble à aucun autre, et que les Turcs des siècles antérieurs ont dû connaître tout pareil : tac, tac, tac, tac ! sur les vieux pavés ; un tac, tac, amplifié par la sonorité funèbre des rues où ne passait plus personne. C'était le veilleur du quartier[2], qui, au cours de sa lente promenade en babouches, frappait les pierres avec son lourd bâton ferré. Et dans le lointain, d'autres veilleurs répondaient en faisant de même ; cela se répercutait de proche en proche, par toute la ville immense, d'Eyoub aux Sept-Tours[3], et, le long du Bosphore, de la Marmara à la Mer Noire, pour dire aux habitants : « Dormez, dormez, nous sommes là, nous, l'œil au guet jusqu'au matin, épiant les voleurs ou l'incendie. »

Les jeunes filles, par instants, oubliaient que cette soirée était la dernière. Comme il arrive à la veille des grands changements de la vie, elles se laissaient illusionner par la tranquillité des choses depuis longtemps connues : dans cette chambre, tout restait à sa place et gardait son aspect de toujours... Mais les rappels ensuite leur causaient chaque fois la petite mort : demain, la séparation, la fin de leur intimité de sœurs, l'écroulement de tout le cher passé !

Oh ! ce demain, pour la mariée !... Ce jour entier, à jouer la comédie, ainsi que l'usage le commande, et à la jouer bien, coûte que coûte ! Ce jour entier, à sourire comme une idole, sourire à des amies par douzaines, sourire à ces innombrables curieuses qui, à l'occasion des grands mariages, envahissent les maisons. Et il faudrait trouver des mots aimables, recevoir bien les félicitations ; du matin au soir, montrer à toutes un air très heureux ; se figer cela sur les lèvres, dans le regard, malgré le dépit et la terreur... Oh ! oui, elle sourirait quand même ! Sa fierté l'exigeait du reste : paraître là comme une vaincue, ce serait trop humiliant pour elle, l'insoumise, qui s'était tant vantée de ne se laisser marier qu'à son gré, qui avait tant prêché aux autres la croisade féministe... Mais sur quelle ironique et dure journée se lèverait le soleil demain !... « Et si encore, disait-elle, le soir venu, cela devait finir... Mais non, après, il y aura les mois, les ans, toute la vie, à être possédée, piétinée, gâchée par ce maître inconnu ! Oh ! songer qu'aucun de mes jours, ni aucune de mes nuits ne m'appartiendra plus, et cela à cause de cet homme qui a eu la fantaisie d'épouser la fille d'un maréchal de la Cour !... »

Les cousines gentilles et douces, la voyant frapper du pied nerveusement, demandèrent, comme diversion, que l'on fît de la musique, une dernière et suprême fois... Alors elles se rendirent ensemble dans le boudoir où le piano était resté ouvert. Là, c'était un amas d'objets posés sur les tables, sur les consoles, les tapis, et qui disaient l'état d'esprit de la musulmane moderne, si avide de tout essayer, dans sa réclusion, de tout posséder, de tout connaître. Il y avait jusqu'à un phonographe (l'ultime perfectionnement de la chose cette année-là) dont elles s'étaient amusées quelques jours, s'initiant aux bruits d'un théâtre occidental, aux fadaises d'une opérette, aux inepties d'un café-concert. Mais, ces bibelots[1] disparates, elles n'y attachaient aucun souvenir ; où le hasard les avait placés, ils resteraient comme choses de rebut, pour la plus grande joie des eunuques et des servantes.

La fiancée, assise au piano, hésita d'abord, puis se mit à jouer un « Concerto » composé par elle-même. Ayant d'ailleurs étudié l'harmonie avec d'excellents maîtres, elle avait des inspirations qui ne procédaient de personne, un peu farouches souvent et presque toujours exquises ; en fait de ressouvenirs, on y trouvait, par instants peut-être, celui du galop des cavaliers circassiens dans le steppe natal ; mais point d'autres. Elle continua par un « Nocturne », encore inachevé, qui datait de la veillée précédente : c'était, au début, une sorte de tourmente sombre, où la paix des cimetières d'alentour avait cependant fini par s'imposer en souveraine. Et un bruit de l'extérieur venait de loin en loin se mêler à sa musique, ce bruit très particulier de Constantinople : dans les sonorités maintenant sépulcrales de la rue, les coups de bâton du veilleur de nuit.

Zeyneb ensuite s'approcha pour chanter, accompagnée par sa jeune sœur Mélek ; comme presque toutes les femmes turques, elle avait une voix chaude, un peu tragique, et qu'elle faisait vibrer avec passion, surtout dans ses belles notes graves. Après avoir hésité aussi à choisir, et mis en désordre un casier sans s'être décidée, elle ouvrit une partition de Gluck et entonna superbement ces imprécations immortelles : « Divinités du Styx, ministres de la Mort[1] ! »

Ceux d'autrefois, qui gisaient dans les cimetières d'en face, ceux de la vieille Turquie qui étaient couchés parmi les racines des cyprès, durent s'étonner beaucoup de cette fenêtre éclairée si tard et jetant au milieu de leur domaine obscur sa traînée lumineuse : une fenêtre de harem, sans nul doute, vu son grillage, mais d'où s'échappaient des mélodies pour eux bien étranges...

Zeyneb cependant achevait à peine la phrase sublime : « Je n'invoquerai point votre pitié cruelle », quand la petite accompagnatrice s'arrêta, saisie, en frappant un accord faux... Une forme humaine, qu'elle avait été la première à apercevoir, venait de se dresser près du piano ; une forme grande et maigre en vêtements sombres, apparue sans bruit comme apparaissent les revenants !...

Ce n'était point une divinité du Styx, non, mais cela ne valait guère mieux : à peu près « kif-kif », suivant l'expression qui amusait cette petite Mélek aux cheveux roux. C'était madame Husnugul, la terreur de la maison : « Votre grand-mère, dit celle-ci, vous commande d'aller vous coucher et d'éteindre les lumières. » Et elle s'en alla, sans bruit comme elle était venue, les laissant glacées toutes les trois. Elle avait un talent pour arriver toujours et partout sans qu'on eût pu l'entendre ; c'est, il est vrai, plus facile qu'ailleurs, dans les harems, puisque les portes ne s'y ferment jamais.

Une ancienne esclave circassienne, la madame Husnugul (Beauté de rose), qui, trente ans plus tôt, était devenue presque de la famille, pour avoir eu un enfant d'un beau-frère du pacha. L'enfant était mort, et on l'avait mariée avec un intendant, à la campagne. L'intendant était mort, et un beau jour elle avait reparu, en visite, apportant quantité de hardes, dans des sacs en laine à la mode d'autrefois. Or, cette « visite » durait depuis tantôt vingt-cinq ans. Madame Husnugul, moitié dame de compagnie, moitié surveillante et espionne de la jeunesse, était devenue le bras droit de la vieille maîtresse de céans ; d'ailleurs bien élevée, elle faisait maintenant des visites pour son propre compte chez les dames du voisinage ; elle était admise, tant on est indulgent et égalitaire en Turquie, même dans le meilleur monde. Quantité de familles à Constantinople ont ainsi dans leur sein une madame Husnugul, — ou Gulchinasse (Servante de rose), ou Chemsigul (Rose solaire), ou Purkiémal (La parfaite), ou autre chose dans ce genre, — qui est toujours un fléau. Mais les vieilles dames 1320 apprécient les services de ces duègnes, qui suivent les jeunes filles à la promenade, et puis font leur petit rapport en rentrant.

Il n'y avait pas à discuter l'ordre transmis par madame Husnugul. Les trois petites désolées fermèrent en silence le piano et soufflèrent les bougies.

Mais, avant de se mettre au lit, elles se jetèrent dans les bras les unes des autres, pour se faire de grands adieux ; elles se pleuraient mutuellement, comme si cette journée de demain allait à tout jamais les séparer. De peur de voir reparaître madame Husnugul, qui devait être aux écoutes derrière la porte seulement poussée, elles n'osaient point se parler ; quant à dormir, elles ne le pouvaient, et, de temps à autre, on entendait un soupir, ou un sanglot, soulever une de ces jeunes poitrines.

La fiancée, au milieu de ce profond recueillement nocturne, propice aux lucidités de l'angoisse, s'affolait de plus en plus, à sentir que chaque heure, chaque minute la rapprochaient de l'irréparable humiliation, du désastre final. Elle l'abhorrait à présent, avec sa violence de « barbare », cet étranger, dont elle avait à peine aperçu le visage, mais qui demain aurait tous les droits sur sa personne et pour toujours. Puisque rien n'était accompli encore, une tentation plus forte lui venait d'essayer n'importe quel effort suprême pour lui échapper, même au risque de tout... Mais quoi ?... Quel secours humain pouvait-elle attendre, qui donc aurait pitié ?... Se jeter aux pieds de son père, c'était trop tard, elle ne le fléchirait plus... Bientôt minuit ; la lune envoyait sa lumière spectrale dans la chambre ; ses rayons entraient, dessinant sur la blancheur des murs les barreaux et l'inexorable quadrillage des fenêtres. Ils éclairaient aussi, au-dessus de la tête de la petite princesse, ce verset du

Coran* que chaque musulmane doit avoir à son chevet, qui la suit depuis l'enfance et qui est comme une continuelle prière protectrice de sa vie ; son verset, à elle, était, sur fond de velours vert-émir, une ancienne et admirable broderie d'or, dessinée par un célèbre calligraphe du temps passé, et il disait cette phrase, aussi douce que celles de l'Évangile : « Mes péchés sont grands comme les mers, mais ton pardon plus grand encore, ô Allah[1] ! » Longtemps après que la jeune fille avait cessé de croire, l'inscription sainte, gardienne de son sommeil, avait continué d'agir sur son âme, et une vague confiance lui était restée en une suprême bonté, un suprême pardon. Mais c'était fini maintenant ; ni avant ni après la mort, elle n'espérait plus aucune miséricorde, même imprécise : non, seule à souffrir, seule à se défendre, et seule responsable !... En ce moment donc, elle se sentait prête aux résolutions extrêmes.

Mais encore, quel parti prendre, quoi ?... Fuir ? Mais comment, et où ?... À minuit, fuir au hasard, par les rues effrayantes ?... Et chez qui trouver asile, pour n'être pas reprise ?...

Zeyneb cependant, qui ne dormait pas non plus, parla tout bas. Elle venait de se rappeler qu'on était à certain jour de la semaine nommé par les Turcs Bazar-Guni[2] (correspondant à notre dimanche) et où l'on doit, à la veillée, prier pour les morts, ainsi qu'à la veillée du Tcharchembé (qui correspond à notre jeudi[3]). Or, elles n'avaient jamais manqué à ce devoir-là, c'était même une

---

* L'« ayette ».

des seules coutumes religieuses de l'Islam qu'elles observaient fidèlement encore ; pour le reste, elles étaient comme la plupart des musulmanes de leur génération et de leur monde, touchées et flétries par le souffle de Darwin, de Schopenhauer et de tant d'autres. Et leur grand-mère souvent leur disait : « Ce qui est bien triste à voir pour ma vieillesse, c'est que vous soyez devenues pires que si vous vous étiez converties au christianisme, car, en somme, Dieu aime tous ceux qui ont une religion. Mais vous, vous êtes ces vraies *infidèles* dont le Prophète avait si sagement prédit que les temps viendraient. » Infidèles, oui, elles l'étaient, sceptiques et désespérées bien plus que la moyenne des jeunes filles de nos pays. Mais cependant, prier pour les morts leur restait un devoir auquel elles n'osaient point faillir, et d'ailleurs un devoir très doux ; même pendant leurs promenades d'été, dans ces villages du Bosphore qui ont des cimetières exquis, à l'ombre des cyprès et des chênes, il leur arrivait de s'arrêter et de prier, sur quelque pauvre tombe inconnue.

Donc, elles rallumèrent sans bruit une veilleuse bien discrète ; la petite fiancée prit son Coran, qui posait sur une console, près de son lit art nouveau (ce Coran toujours enveloppé d'un mouchoir en soie de La Mecque et parfumé au santal, que chaque musulman doit avoir à son chevet, spécialement pour ces prières-là, qui se disent la nuit), et toutes trois commencèrent à voix basse, dans un apaisement progressif ; la prière peu à peu les reposait, comme l'eau fraîche calme la fièvre.

Mais bientôt une grande femme vêtue de sombre,

arrivée comme toujours sans bruit de pas, sans bruit de porte ouverte, à la manière des fantômes, se dressa près d'elles :

— Votre grand-mère commande d'éteindre la veilleuse...

— C'est bien, madame Husnugul. S'il vous plaît, éteignez-la vous-même, puisque nous sommes couchées, et ayez la bonté d'expliquer à notre grand-mère que ce n'était pas pour lui désobéir ; mais nous disions les prières des morts...

Il était bientôt deux heures de la nuit. Une fois la veilleuse éteinte, les trois jeunes filles, épuisées d'émotions, de regrets et de révolte, s'endormirent en même temps, d'un bon sommeil tranquille, comme celui des condamnés la veille du matin suprême.

DEUXIÈME PARTIE

IV

Quatre jours après. La nouvelle mariée, au fond de la maison très ancienne et tout à fait seigneuriale de son jeune maître, est seule, dans la partie du harem qu'on lui a donnée comme salon particulier : un salon Louis XVI blanc, or et bleu pâle, fraîchement aménagé pour elle. Sa robe rose, venue de la rue de la Paix, est faite de tissus impalpables qui ont l'air de nuages enveloppants, ainsi que l'exige la fantaisie de la mode ce printemps-là, et ses cheveux sont arrangés à la façon la dernière inventée. Dans un coin, il y a un bureau laqué blanc, à peu près comme celui de sa chambre à Khassim-Pacha, et les tiroirs ferment à clef, ce qui était son rêve.

On croirait une Parisienne chez elle, — sans les grillages, bien entendu, et sans les inscriptions d'Islam, brodées sur de vieilles soies précieuses, qui çà et là décorent les panneaux des murailles : le nom d'Allah, et quelques sentences du Coran.

— Il est vrai, il y a aussi un trône, qui surprendrait à Paris : son trône de mariage, très pompeux, surélevé par une estrade à deux ou trois marches, et couronné d'un baldaquin d'où retombent des rideaux de satin bleu, magnifiquement brodés de grappes de fleurs en argent. — Pour tout dire, il y a bien encore la bonne Kondja-Gul, dont l'aspect n'est pas très parisien ; assise près d'une fenêtre, elle chantonne tout bas, tout bas, un air du pays noir.

La mère du bey, la dame 1320 un peu niaise, aux manières de vieille chatte, s'est montrée au fond une créature inoffensive, plutôt bonne, et qui pourrait même être excellente, n'était son idolâtrie aveugle pour son fils. La voici du reste séduite tout à fait par la grâce de sa belle-fille, tellement qu'hier elle est venue d'elle-même lui offrir le piano tant désiré ; vite alors, en voiture fermée, sous l'escorte d'un eunuque, on a passé le pont de la Corne-d'Or, pour aller en choisir un dans le meilleur magasin de Péra ; et deux relèves de portefaix, avec des mâts de charge, viennent d'être commandées pour l'apporter demain matin, à l'épaule, dans ce haut quartier d'un accès plutôt difficile[1].

Quant au jeune bey, l'*ennemi*, — le plus élégant capitaine de cette armée turque, où il y a tant d'uniformes bien portés, décidément très joli garçon, avec la voix douce que Kondja-Gul avait annoncée, et le sourire un peu félin que lui a légué sa mère, — quant au jeune bey, jusqu'ici d'une délicatesse accomplie, il fait à sa femme, dont la supériorité lui est déjà apparue, une cour discrète, moitié enjouée, moitié respectueuse, et, comme c'est la règle en Orient, dans le monde, il s'efforce de la conquérir avant de la posséder. (Car, si le mariage musulman est brusque et insuffisamment consenti *avant* la cérémonie, *après* en revanche il a des ménagements et des pudeurs qui ne sont guère dans nos habitudes occidentales.)

De service chaque jour au palais d'Yldiz[1], Hamdi Bey rentre à cheval le soir, se fait annoncer chez sa femme et s'y tient d'abord comme en visite. Après le souper, il s'assied plus intimement sur un canapé près d'elle, pour fumer en sa compagnie ses cigarettes blondes, et tous deux alors s'observent et s'épient comme des adversaires en garde ; lui, tendre et câlin, avec des silences pleins de trouble ; elle, spirituelle, éblouissante tant qu'il ne s'agit que d'une causerie, mais tout à coup le désarmant par une résignation affectée d'esclave, s'il tente de l'attirer sur sa poitrine ou de l'embrasser. Ensuite, quand dix heures sonnent, il se retire en lui baisant la main... Si c'était elle qui l'eût choisi, elle l'aurait aimé probablement ; mais la petite princesse indomptée de la plaine de Karadjiamir ne fléchirait point devant le maître imposé... Elle savait du reste que le temps était tout proche et inévitable où ce maître, au lieu de la saluer courtoisement le soir, la suivrait dans sa chambre. Elle ne tenterait aucune résistance, ni surtout aucune prière. Elle avait fait de sa personnalité cette sorte de dédoublement coutumier à beaucoup de jeunes femmes turques de son âge et de son monde, qui disent : « Mon corps a été livré par contrat à un inconnu, et je le lui garde parce que je suis honnête : mais mon âme, qui n'a pas été consultée, m'appartient encore, et je la tiens jalousement close, en réserve pour quelque amant idéal... que je ne rencontrerai peut-être point, et qui, dans tous les cas, n'en saura sans doute jamais rien. »

Donc, elle est seule chez elle, tout l'après-midi, la jeune mariée.

Aujourd'hui, en attendant que l'*ennemi* rentre d'Yldiz, l'idée lui vient de continuer pour André son journal interrompu, et de le reprendre à la date fatale du 28 Zil-hidjé 1318 de l'hégire, jour de son mariage. Les anciens feuillets du reste lui reviendront demain ; elle les a redemandés à l'amie qui en était chargée, trouvant ce nouveau bureau assez sûr pour les déposer là. Et elle commence d'écrire :

> Le 28 Zil-hidjé 1318.
> (19 avril 1901, à la Franque[1].)

C'est ma grand-mère en personne qui vient me réveiller. (Cette nuit-là, je m'étais endormie si tard !...) « Dépêche-toi, me dit-elle. Tu oublies sans doute que tu devras être prête à neuf heures. On ne dort pas ainsi, le jour de son mariage. »

Que de dureté dans l'accent ! C'était la dernière matinée que je passais chez elle, dans ma chère chambre de jeune fille. Ne pouvait-elle s'abstenir d'être sévère, ne fût-ce qu'un seul jour ? En ouvrant les yeux, je vois mes cousines, qui se sont déjà levées sans bruit et qui mettent leur tcharchaf ; c'est pour rentrer vite au logis, commencer leur toilette qui sera longue. Jamais plus nous ne nous éveillerons là, ensemble, et nous échangeons encore de grands

adieux. On entend les hirondelles chanter à cœur
joie ; on devine que dehors le printemps resplendit ;
une claire journée de soleil se lève sur mon sacrifice.
Je me sens comme une noyée, à qui personne ne voudra porter secours.

Bientôt, dans la maison, un vacarme d'enfer.
Des portes qui s'ouvrent et qui se ferment, des pas
empressés, des bruits de traînes de soie. Des voix
de femmes, et puis les voix de fausset des nègres.
Des pleurs et des rires, des sermons et des plaintes.
Dans ma chambre, entrées et sorties continuelles :
les parentes, les amies, les esclaves, toute une foule
qui vient donner son avis sur la manière de coiffer la
mariée. De temps à autre un grand nègre de service
rappelle à l'ordre et supplie qu'on se dépêche.

Voici neuf heures ; les voitures sont là ; le cortège
attend, la belle-mère, les belles-sœurs, les invitées du
jeune bey. Mais la mariée n'est pas prête. Les dames
qui l'entourent s'empressent alors de lui offrir leurs
services. Mais c'est leur présence justement qui com-
plique tout. À la fin, nerveuse, elle les remercie et
demande qu'on lui laisse place. Elle se coiffe elle-
même, passe fiévreusement sa robe garnie de fleurs
d'oranger, qui a trois mètres de queue, met ses diamants, son voile et les longs écheveaux de fils d'or à
sa coiffure... Il est une seule chose qu'elle n'a pas le
droit de toucher : son diadème.

Ce lourd diadème de brillants, qui remplace chez
nous le piquet de fleurs des Européennes, l'usage
veut que, pour le placer, on choisisse parmi les
amies présentes une jeune femme *ne s'étant mariée
qu'une fois, n'ayant pas divorcé, et notoirement heureuse en ménage*. Elle doit, cette élue, dire d'abord
une courte prière du Coran, puis couronner de ses
mains la nouvelle épouse, en lui présentant ses vœux
de bonheur, et en lui souhaitant surtout que *pareil*

couronnement ne lui arrive qu'une fois dans la vie. (En d'autres termes, — vous comprenez bien, André, — ni divorce, ni remariage.)

Parmi les jeunes femmes présentes, une semblait tellement indiquée, que, à l'unanimité, on la choisit : Djavidé, ma bien chère cousine. Que lui manquait-il, à celle-là ? Jeune, belle, immensément riche, et mariée depuis dix-huit mois à un homme réputé si charmant !

Mais quand elle s'approche, pour *frapper son bonheur* sur ma tête, je vois deux grosses larmes perler à ses paupières : « Ma pauvre chérie, me dit-elle, pourquoi donc est-ce moi ?... J'ai beau n'être pas superstitieuse, je ne pourrai jamais me consoler de t'avoir donné *mon* bonheur. Si dans l'avenir tu es appelée à souffrir comme je souffre, il me semblera que c'est ma faute, mon crime... » Alors, celle-là aussi, en apparence la plus heureuse de toutes, celle-là aussi, en détresse !... Oh ! malheur sur moi !... Avant que je quitte cette maison, personne donc n'entendra mon cri de grâce !...

Mais le diadème est placé, et je dis : « Je suis prête. » Un grand nègre s'avance pour prendre ma traîne de robe, et, par des couloirs, je m'achemine vers l'escalier. (Ces longs couloirs, nuit et jour garnis de servantes ou d'esclaves, qui précèdent toujours nos chambres, André, afin que nous y soyons comme en souricière.)

On me conduit en bas, dans le plus grand des salons où je trouve réunie toute la famille. Mon père d'abord, à qui je dois faire mes adieux. Je lui baise les mains. Il me dit des choses de circonstance que je n'entends point. On m'a bien recommandé de le remercier ici, publiquement, de toutes ses bontés passées et surtout de celle d'aujourd'hui, de ce mariage qu'il me fait faire... Mais cela, non, c'est au-dessus de mes forces, je ne peux pas. Je reste devant lui, muette et glacée, détournant les yeux, pas un mot ne sort de mes lèvres. Il a conclu le pacte, il m'a livrée, perdue, il est responsable de tout. Le remercier, quand au fond de moi-même je le maudis !... Oh ! c'était donc possible, cette chose affreuse : sentir tout à coup que l'on en veut mortellement à l'être qu'on a le plus chéri !... Oh ! la minute atroce, celle où l'on passe de l'affection la plus tendre à de la haine toute pure... Et je souriais toujours, André, parce que ce jour-là, il faut sourire...

Pendant que de vieux oncles me donnent leur bénédiction, les dames du cortège, qui prenaient des rafraîchissements dans le jardin sous les platanes, commencent de mettre leur tcharchaf.

La mariée seule peut ne pas mettre le sien ; mais les nègres tiennent des draperies en soie de damas, pour lui faire comme un corridor et la rendre invisible aux gens de la rue, entre la porte de la maison et le landau fermé dont les glaces sont masquées par des panneaux de bois à petits trous. Il est l'heure de partir, et je franchis ce couloir de soie tendue. Zeyneb et Mélek, mes demoiselles d'honneur, toutes deux en domino bleu par-dessus leur toilette de gala, me suivent, montent avec moi, — et nous voici dans une caisse bien close, impénétrable aux regards.

Après la « mise en voiture », qui me fait l'effet d'une mise en bière, un grand moment se passe. Ma belle-mère, mes belles-sœurs qui étaient venues me chercher, n'ont pas fini leur verre de sirop et retardent tout le départ... Tant mieux ! C'est autant de gagné ; un quart d'heure de moins que j'aurai donné à *l'autre*.

La longue file de voitures cependant s'ébranle, la mienne en tête, et les cahots commencent sur le pavé des rues. Pas un mot ne s'échange, entre mes deux compagnes et moi. Dans notre cellule mouvante, nous nous en allons en silence et sans rien voir. Oh ! cette

envie de tout casser, de tout mettre en pièces, d'ouvrir
les portières et de crier aux passants : « Sauvez-moi !
On me prend mon bonheur, ma jeunesse, ma vie ! »
Et les mains se convulsent, le teint s'empourpre, les
larmes jaillissent, — tandis que les pauvres petites,
devant moi, sont comme terrassées par ma trop
visible souffrance.

Maintenant le bruit change : on roule sur du bois ;
c'est l'interminable pont flottant de la Corne-d'Or[1]...
En effet, je vais devenir une habitante de l'autre rive...
Et puis commencent les pavés du grand Stamboul, et
je me sens aussitôt plus affreusement prisonnière, car
je dois approcher beaucoup de mon nouveau cloître,
d'avance abhorré... Et comme il est loin dans la
ville ! Par quelles rues nous fait-on passer, par quelles
impossibles rampes !... Mon Dieu, comme il est loin,
et combien je vais être sinistrement exilée !

On s'arrête enfin, et ma voiture s'ouvre. Dans un
éclair, j'aperçois une foule qui attend, devant un
portail sombre : des nègres en redingote, des cavas
chamarrés d'or et de décorations, des intendants à
« chalvar[2] », jusqu'au veilleur de nuit du quartier avec
son long bâton. Et puis, crac ! les voiles de damas,
tendus à bout de bras ainsi qu'au départ, m'enveloppent ; je redeviens invisible et ne vois plus rien.
Je fonce en affolée dans ce nouveau couloir de soie,
— et trouve, au bout, un large vestibule plein de
fleurs, où un jeune homme blond, en grand uniforme
de capitaine de cavalerie, vient à ma rencontre. Le
sourire aux lèvres tous deux, nous échangeons un
regard d'interrogation et de défi suprêmes : c'est fait,
j'ai vu mon maître, et mon maître m'a vue...

Il s'incline, m'offre le bras, m'emmène au premier
étage, où je monte comme emportée ; me conduit, au
fond d'un grand salon, vers un trône à trois marches
sur lequel je m'assieds ; puis me ressalue et s'en
va : son rôle, à lui, est fini jusqu'à ce soir... Et je le

regarde s'en aller ; il se heurte à un flot de dames,
qui envahit les escaliers, les salons ; un flot de gazes
légères, de pierreries, d'épaules nues ; pas un voile sur
ces visages, ni sur ces chevelures endiamantées ; tous
les tcharchafs sont tombés dès la porte ; on dirait une
foule d'Européennes en toilette du soir, — et le marié,
qui n'a jamais vu et ne reverra jamais pareille chose,
me semble troublé malgré son aisance, seul homme
perdu au milieu de cette marée féminine, et point de
mire de tous ces regards qui le détaillent.

Il a fini, lui ; mais moi, j'en ai pour toute la journée à faire la bête rare et curieuse, sur mon siège de
parade. Près de moi, il y a d'un côté mademoiselle
Esther ; de l'autre, Zeyneb et Mélek, qui, elles aussi,
ont dépouillé le tcharchaf, et sont en robe ouverte,
fleurs et diamants. Je les ai priées de ne pas me
quitter, pendant le défilé devant mon trône, qui sera
interminable : les parentes, les amies, les simples relations, chacune me posant la question exaspérante :
« Eh bien ! chère, comment le trouvez-vous ? » Est-ce
que je sais, moi, comment je le trouve ! Un homme
dont j'ai à peine entendu la voix, à peine entrevu le
visage et que je ne reconnaîtrais pas dans la rue... Pas
un mot ne me vient pour leur répondre ; un sourire,
seulement, puisque c'est de rigueur, ou plutôt une
contraction des lèvres qui y ressemble. Les unes, en
me demandant cela, ont une expression ironique et
mauvaise : les aigries, les révoltées. D'autres croient
devoir prendre un certain petit air d'encouragement :
les accommodantes, les résignées. Mais dans les
regards du plus grand nombre, je lis surtout l'incu-
rable tristesse, avec la pitié pour une de leurs sœurs
qui tombe aujourd'hui dans le gouffre commun,
devient leur compagne d'humiliation et de misère...
Et je souris toujours des lèvres... C'était donc bien
ce que je pensais, le mariage ! J'en ai la certitude
à présent ; dans leurs yeux, à toutes, je viens de le

lire ! Alors je commence à songer, sur mon trône de mariée, qu'il y a un moyen, après tout, de se libérer, de reprendre possession de ses actes, de ses pensées, de sa vie ; un moyen qu'Allah et le Prophète ont permis : oui, c'est cela, je divorcerai !... Comment donc n'y avais-je pas pensé plus tôt ?... Isolée à présent de la foule et concentrée en moi-même, bien que souriant toujours, je combine ardemment mon nouveau plan de campagne, j'escompte déjà le bienheureux divorce ; après tout, les mariages, dans notre pays, quand on le veut bien, se défont si vite !...

Mais que c'est joli pourtant, ce défilé ! Je m'y intéresserais vraiment beaucoup, si ce n'était moi-même la triste idole que toutes ces femmes viennent voir... Rien que des dentelles, de la gaze, des couleurs claires et gaies ; pas un habit noir, il va sans dire, pour faire tache d'encre, comme dans vos galas européens. Et puis, André, d'après le peu que j'en ai vu aux ambassades, je ne crois pas que vos fêtes réunissent tant de charmantes figures que les nôtres. Toutes ces Turques, invisibles aux hommes, sont si fines, élégantes, gracieuses, souples comme des chattes, — j'entends les Turques de la génération nouvelle, naturellement ; — les moins bien ont toujours quelque chose pour elles ; toutes sont agréables à regarder. Il y a aussi les vieilles 1320, évoluant parmi cette jeunesse aux yeux délicieusement mélancoliques ou tourmentés, les bonnes vieilles si étonnantes à présent, avec leur visage placide et grave, leur magnifique chevelure nattée que le travail intellectuel n'a point éclaircie, leur turban de gaze bordé de fleurettes au crochet, et leurs lourdes soies, toujours achetées à Damas pour ne pas faire gagner les marchands de Lyon qui sont des infidèles... De temps à autre, quand passe une invitée de distinction, je dois me lever, pour lui rendre sa révérence*

---

* Le Téménah.

aussi profonde qu'il lui a plu de me la faire, et si c'est une jeune, la prier de prendre place un instant à mes côtés.

En vérité je crois que maintenant je commence à m'amuser pour tout de bon, comme si l'on défilait pour une autre, et que je ne fusse point en cause. C'est que le spectacle vient de changer soudain, et, du haut de mon trône, je suis si bien placée pour n'en rien perdre : on a ouvert toutes grandes les portes de la rue ; entre qui veut ; invitée ou pas, est admise toute femme qui a envie de voir la mariée. Et il en vient de si extraordinaires, de ces passantes inconnues, toutes en tcharchaf, ou en yachmak, toutes fantômes, le visage caché suivant la mode d'une province ou d'une autre. Les antiques maisons grillées et regrillées d'alentour se vident de leurs habitantes ou de leurs hôtesses de hasard, et les étoffes anciennes sont sorties de tous les coffres. Il vient des femmes enveloppées de la tête aux pieds dans des soies asiatiques étrangement lamées d'argent ou d'or ; il vient des Syriennes éclatantes et des Persanes toutes drapées de noir ; il passe jusqu'à des vieilles centenaires courbées sur des bâtons. « La galerie des costumes », me dit tout bas Mélek, qui s'amuse aussi.

À quatre heures, arrivée des dames européennes : ça, c'est l'épisode le plus pénible de la journée. On les a retenues longtemps au buffet, mangeant des petits fours, buvant du thé ou même fumant des cigarettes ; mais les voilà qui s'avancent en cohorte vers le trône de la bête curieuse.

Il faut vous dire, André, qu'il y a presque toujours avec elles une étrangère imprévue qu'elles s'excusent d'avoir amenée, une touriste anglaise ou américaine de passage, très excitée par le spectacle d'un mariage turc. Elle arrive, celle-ci, en costume de voyage, peut-être même en bottes d'alpiniste. Avec ses mêmes yeux hagards, qui ont vu la terre du sommet de l'Himalaya ou contemplé du haut du Cap Nord le soleil de minuit[1], elle dévisage la mariée. Pour comble, ma voyageuse à moi, celle que le destin me réservait en partage, est une journaliste, qui a gardé aux mains ses gants sales du paquebot : indiscrète, fureteuse, avide de copie pour une feuille nouvellement lancée, elle me pose les questions les plus stupéfiantes, avec un manque de tact absolu. Mon humiliation n'a plus de bornes.

Bien déplaisantes et bien vilaines, les dames pérotes, qui arrivent très empanachées. Elles ont déjà vu cinquante mariages, celles-ci, et savent au bout du doigt comment les choses se passent. Cela n'empêche point, au contraire, leurs questions aussi niaises que méchantes.

— Vous ne connaissez pas encore votre mari, n'est-ce pas ?... Comme c'est drôle tout de même !... Quel étrange usage !... Mais, ma chère amie, vous auriez dû *tricher*, tout simplement !... Et vous ne l'avez pas fait, bien vrai, non ?... Tout de même, à votre place, moi j'aurais refusé net !...

Et ce disant, des regards de moquerie, échangés avec une dame grecque, la voisine, également pérote, et des petits ricanements de pitié... Je souris quand même, puisque c'est la consigne ; mais il me semble que ces pimbêches me giflent au sang sur les deux joues...

Enfin elles sont parties, toutes, les visiteuses en tcharchaf ou en chapeau. Restent les seules invitées.

Et les lustres, les lampes qu'on vient d'allumer, n'éclairent plus que des toilettes de grand apparat ; rien de noir puisqu'il n'y a pas d'hommes ; rien de sombre ; une foule délicieusement colorée et diaprée. Je ne crois pas, André, que vous ayez en Occident des réunions d'un pareil effet ; du moins ce que j'en ai pu voir dans les bals d'ambassade, quand j'étais petite fille, n'approchait point de ceci comme éclat. À côté des admirables soies asiatiques étalées par les grand-mères, quantité de robes parisiennes qui semblent encore plus diaphanes ; on les dirait faites de brouillard bleu ou de brouillard rose ; toutes les dernières *créations* de vos grands couturiers (pour parler comme ces imbéciles-là), portées à ravir par ces petites personnes, dont les institutrices ont fait des Françaises, des Suissesses, des Anglaises, des Allemandes, mais qui s'appellent encore : Kadidjé, ou Chéref, ou Fatma, ou Aïché, et qu'aucun homme n'a jamais aperçues.

Je puis à présent me permettre de descendre de mon trône, où j'ai paradé cinq ou six heures ; je puis même sortir de ce salon bleu, où sont groupées surtout les aïeules, les fanatiques et dédaigneuses 1320 à l'esprit sain et rigide sous les bandeaux à la vierge et le petit turban. J'ai envie plutôt de me mêler à la foule des jeunes, « déséquilibrées » comme moi, qui se pressent depuis un moment dans un salon voisin où l'orchestre joue.

Un orchestre de cordes, accompagnant six chanteurs qui disent à tour de rôle des strophes de Zia-Pacha, d'Hafiz ou de Saadi[1]. Vous savez, André, ce qu'il y a de mélancolie et de passion dans notre musique orientale ; d'ailleurs vous avez essayé de l'exprimer, bien que ce soit indicible... Les musiciens — des hommes — sont enveloppés hermétiquement d'un immense velum en soie de Damas : songez donc, quel scandale, si l'un d'eux allait nous apercevoir !... Et mes amies, quand j'arrive, viennent d'organiser une séance de « bonne aventure » chantée. (Un jeu qui se fait autour des orchestres, les soirs de mariage ; l'une dit : « La première chanson sera pour moi » ; l'autre dit : « Je prends la seconde ou la troisième », etc. Et chacune considère comme prophétiques pour soi-même les paroles de cette chanson-là.)

— La mariée prend la cinquième, dis-je en entrant.

Et, quand cette cinquième va commencer, toutes s'approchent, l'oreille tendue pour n'en rien perdre, se serrent contre le velum de soie, tirent dessus au risque de le faire tomber.

> Moi qui suis l'amour (*dit alors la voix du chanteur invisible*), mon geste est trop brûlant !
> Même si je ne fais que passer dans les âmes,
> Toute la vie ne suffit pas à fermer la blessure que j'y laisse.
> Je passe, mais la trace de mon pas reste éternellement.
> Moi qui suis l'amour, mon geste est trop brûlant*...

Comme elle est vibrante et belle, la voix de cet homme, que je sens tout proche, mais qui reste caché, et à qui je puis prêter l'aspect, le visage, les yeux qu'il me plaît... J'étais venue là pour essayer de m'amuser comme les autres : l'horoscope si souvent suggère quelque interprétation drôle, et on l'accueille par des rires, malgré la beauté de sa forme. Mais cette fois sans doute l'homme a trop bien et trop passionnément chanté. Les jeunes femmes ne rient pas, — non, aucune d'elles, — et me regardent. Quant à moi, il ne me semble plus, comme j'en avais le sentiment ce matin, que l'on ensevelit aujourd'hui ma jeunesse. Non, d'une façon ou d'une autre, je me séparerai de cet homme, à qui on me livre, et je vivrai ma vie ailleurs, je ne sais où, et je rencontrerai « l'amour au geste trop

---

* *Benki achkim âtéchim yaklachma tabim pek hadid. / Dourmayoub tchikmichda olsam hirdıguim dilden eguer / Yanmasi guetchmez o calbin gunler itmeklé guzer / Ben ki askım, atesim. Yaklasma ! Tabım pek hadid. / Ach zail otsadâ, andan calour, moutlak ecer. / Benki, etc.*[1]

brûlant... » Alors tout me paraît transfiguré, dans ce salon où je ne vois plus les compagnes qui m'entourent ; toutes ces fleurs, dans les grands vases, répandent soudainement des parfums dont je suis grisée, et les lustres de cristal rayonnent comme des astres. Est-ce de fatigue ou d'extase, je ne sais plus ; mais ma tête tourne. Je ne vois plus personne, ni ce qui se passe autour de moi ; et tout m'est égal, parce que je sens à présent qu'un jour, sur la route de ma vie, je trouverai l'amour, et tant pis si j'en meurs !...

Un moment après, un moment ou longtemps, je ne sais pas, ma cousine Djavidé, celle qui a ce matin « frappé » son bonheur sur ma tête, s'avance vers moi :

— Mais tu es toute seule ! Les autres sont descendues pour le souper et elles attendent. Que peux-tu bien faire de si absorbant ?

C'est pourtant vrai, que je suis seule, et le salon vide... Parties, les autres ?... Et quand donc ?... Je ne m'en suis pas aperçue.

Djavidé est accompagnée du nègre qui doit porter ma traîne et crier sur mon passage : « Destour[1] ! » pour faire écarter la foule. Elle prend mon bras, et, tandis que nous descendons l'escalier, me demande tout bas :

— Je t'en prie, ma chérie, dis-moi la vérité. À qui pensais-tu, quand je suis montée ?

— À André Lhéry.

— À André Lhéry !... Non !... Tu es folle, ou tu t'amuses de moi... À André Lhéry ! Alors c'était vrai, ce qu'on m'avait conté de ta fantaisie... (Elle riait maintenant, tout à fait rassurée.) — Enfin, avec celui-là, au moins, on est sûr qu'il n'y a pas de rencontre à craindre... Mais moi, à ta place, je rêverais mieux encore : ainsi, tiens, je me suis laissé dire que dans la lune on trouvait des hommes charmants... Il faudra creuser cette idée, ma chérie ; un Lunois, tant qu'à faire, il me semble que, pour une petite maboul comme toi, ce serait plus indiqué.

Nous avons une vingtaine de marches à descendre, très regardées par celles qui nous attendent au bas de l'escalier ; nos queues de robe, l'une blanche et l'autre mauve, réunies à présent entre les mains gantées de ce singe. Par bonheur, son Lunois, à ma chère Dja-vidé, son Lunois si imprévu me fait rire comme elle, et nous voici toutes deux avec la figure qu'il faut, pour notre entrée dans les salles du souper.

Sur ma prière, il y a tablée à part pour les jeunes ; autour de la mariée, une cinquantaine de convives au-dessous de vingt-cinq ans, et presque toutes jolies. Sur ma prière aussi, la nappe est couverte de roses blanches, sans tiges ni feuillage, posées à se toucher. Vous savez, André, que de nos jours, on ne dresse plus le couvert à la turque ; donc, argen-terie française, porcelaine de Sèvres et verrerie de Bohême, le tout marqué à mon nouveau chiffre ; notre vieux faste oriental, à ce dîner de mariage, ne se retrouve plus guère que dans la profusion des candélabres d'argent, tous pareils, qui sont rangés en guirlande autour de la table, se touchant comme les roses. Il se retrouve aussi, j'oubliais, dans la quantité d'esclaves qui nous servent, cinquante pour le moins, rien que pour notre salle des jeunes, toutes circassiennes, admirablement stylées, et si agréables à regarder : des beautés blondes et tran-quilles, évoluant avec une sorte de majesté native, comme des princesses !

Parmi les jeunes Turques assises à ma table, — presque toutes d'une taille moyenne, d'une grâce frêle, avec des yeux bruns, — les quelques dames du palais impérial qui sont venues, les « Saraylis[1] », se distinguent par leur stature de déesse, leurs admi-rables épaules et leurs yeux couleur de mer : des Circassiennes encore, celles-ci, des Circassiennes de la montagne ou des champs, filles de laboureur ou de berger, achetées toutes petites pour leur beauté, ayant fait leurs années d'esclavage dans quelque sérail, et puis d'un coup de baguette devenues grandes dames avec une grâce stupéfiante, pour avoir épousé tel chambellan ou tel autre seigneur. Elles ont des regards de pitié, les belles Saraylis, pour les petites citadines au corps fragile, aux yeux cernés, au teint de cire, qu'elles nomment les « dégénérées[1] » ; c'est leur rôle, à elles et à leurs milliers de sœurs que l'on vient vendre ici tous les ans, leur rôle d'apporter, dans la vieille cité fatiguée, le trésor de leur sang pur.

Grande gaîté parmi les convives. On parle et on rit de tout. Un souper de mariage, pour nous autres Turques, est toujours une occasion d'oublier, de se détendre et de s'étourdir. D'ailleurs, André, nous sommes foncièrement gaies, je vous assure ; sitôt qu'un rien nous détourne de nos contraintes, de nos humiliations quotidiennes, de nos souffrances, nous nous jetons volontiers dans l'enfantillage et le fou rire. — On m'a conté qu'il en était de même dans les cloîtres d'Occident, les religieuses les plus murées s'y amusant parfois entre elles à des plaisanteries d'école primaire. — Et une Française de l'ambassade, sur le point de retourner à Paris, me disait un jour :

— C'est fini, jamais plus je ne rirai d'aussi bon cœur, ni aussi innocemment du reste, que dans vos harems de Constantinople.

Le repas ayant pris fin, sur un toast au champagne en l'honneur de la mariée, les jeunes femmes assises à ma table proposent de laisser reposer l'orchestre turc et de faire de la musique européenne. Presque toutes sont d'habiles exécutantes, et il s'en trouve de merveilleuses ; leurs doigts, qui ont eu tant de loisirs pour s'exercer, arrivent le plus souvent à la perfection impeccable. Beethoven, Grieg, Liszt ou Chopin leur sont familiers. Et, pour le chant, c'est Wagner, Saint-Saëns, Holmès ou même Chaminade[1].

Hélas ! je suis obligée de répondre, en rougissant, qu'il n'y a point de piano dans ma demeure. Stupéfaction alors parmi mes invitées, et on me regarde avec un air de dire : « Pauvre petite ! Faut-il qu'on soit assez 1320, chez son mari !... Eh bien ! ça promet d'être réjouissant, l'existence dans cette maison ! »

Onze heures. On entend piaffer, sur les pavés dangereux, les chevaux des magnifiques équipages, et la vieille rue montante est toute pleine de nègres en livrée qui tiennent des lanternes. Les invitées remettent leurs voiles, s'apprêtent à partir. L'heure est même bien tardive pour des musulmanes, et sans la circonstance exceptionnelle d'un grand mariage, elles ne seraient point dehors. Elles commencent à prendre congé, et la mariée, debout indéfiniment, doit saluer et remercier chaque dame qui « a daigné assister à cette humble réunion ». Quand ma grand-mère, à son tour, s'avance pour me dire adieu, son air satisfait exprime clairement : « Enfin nous avons marié cette capricieuse ! Quelle bonne affaire ! »

On s'en va, on me laisse seule, dans ma prison nouvelle ; plus rien pour m'étourdir : me voici toute au sentiment que l'irrémédiable s'accomplit.

Zeyneb et Mélek, mes bien-aimées petites sœurs, restées les dernières, s'approchent maintenant pour m'embrasser ; nous n'osons pas échanger un regard, par crainte des larmes. Elles s'en vont, elles aussi, laissant retomber les voiles sur leur visage. C'est fini ; je me sens descendue au fond d'un abîme de solitude et d'inconnu... Mais, ce soir, j'ai la volonté d'en sortir ; plus vivante que ce matin, je suis prête à la lutte, car j'ai entendu l'appel de « l'amour au geste trop brûlant... »

On vient m'informer alors que le jeune bey, mon époux, en haut, dans le salon bleu, attend depuis quelques minutes le plaisir de causer avec moi. (Il arrive de Khassim-Pacha, de chez mon père, où il y avait un dîner d'hommes.) Eh bien ! moi aussi, il me tarde de le revoir et de l'affronter. Et je vais à lui le sourire aux lèvres, tout armée de ruse, décidée à l'étonner d'abord, à l'éblouir, mais l'âme emplie de haine et de projets de vengeance...

. . . .

Un froufrou de soie derrière elle, tout près, la fit tressaillir : sa belle-mère, arrivée à pas veloutés de vieille chatte ! Heureusement elle ne lisait point le français, celle-ci, étant tout à fait vieux jeu, et, de plus, elle avait oublié son face-à-main.

— Eh bien ! chère petite, c'est trop écrire, ça !... Depuis tantôt trois heures, assise à votre bureau !... C'est que je suis déjà venue souvent, moi, sur la pointe du pied !... Voilà notre Hamdi qui va rentrer d'Yldiz, et vous aurez vos jolis yeux tout fatigués pour le recevoir... Allons, allons ! reposez-vous un peu. Serrez-moi ces papiers jusqu'à demain...

Pour serrer les papiers, elle ne se fit point prier, — vite les serrer à clef dans un tiroir, — car une autre personne venait d'apparaître à la porte du salon, une qui lisait le français et qui avait le regard perçant : la belle Durdané (Grain de perle), cousine d'Hamdi Bey, récemment divorcée, et en visite dans la maison depuis avant-hier. Des yeux au henneh, des cheveux au henneh, un trop joli visage, avec un mauvais sourire. En elle, la petite mariée avait déjà pressenti une perfide. Inutile de lui recommander, à celle-là, de soigner son aspect pour l'arrivée d'Hamdi, car elle était la coquetterie même, devant son beau cousin surtout.

— Tenez, ma chère petite, reprit la vieille dame, en présentant un écrin fané, je vous ai apporté une parure de ma jeunesse ; comme elle est orientale, vous ne pourrez pas dire qu'elle est démodée, et elle fera si bien sur votre robe d'aujourd'hui !

C'était un collier ancien, qu'elle lui passa au cou, des émeraudes, dont le vert en effet s'harmonisait délicieusement avec le rose du costume :

— Oh ! ça vous va, ma chère enfant, ça vous va, c'est à ravir !... Notre Hamdi, qui s'y entend si bien aux couleurs, vous trouvera irrésistible ce soir !...

Elle-même y tenait, certainement, à ce que Hamdi la trouvât plaisante, car elle comptait sur son charme comme principal moyen de lutte et de revanche. Mais rien ne l'humiliait plus que cette manie qu'on avait de la parer du matin au soir : « Ma chère petite, relevez donc un peu cette gentille mèche, là, sur l'oreille ; notre Hamdi vous trouvera encore plus jolie... Ma chère petite, mettez donc cette rose-thé dans vos cheveux ; c'est la fleur que notre Hamdi préfère... » Tout le temps ainsi, traitée en odalisque, en poupée de luxe, pour le plus grand plaisir du maître !...

Une rougeur aux joues, elle avait remercié à peine de ce collier d'émeraudes, quand un nègre de service vint dire que le bey était en vue, qu'il arrivait à cheval et tournait l'angle de la plus proche mosquée. La vieille dame aussitôt se leva :

— Il n'est que temps de battre en retraite, Durdané, nous autres. Ne gênons pas les nouveaux mariés, ma chère...

Elles prirent la fuite comme deux Cendrillons,

et Durdané, se retournant sur le seuil, avant de disparaître, envoya pour adieu son méchant sourire agressif.

La petite mariée alors s'approcha d'un miroir... L'autre jour, elle était entrée chez son mari aussi blanche que sa robe à traîne, aussi pure que l'eau de ses diamants ; pendant sa vie antérieure, toute consacrée à l'étude, loin du contact des jeunes hommes, jamais une image sensuelle n'avait seulement traversé son imagination. Mais les câlineries de plus en plus enlaçantes de ce Hamdi, la senteur saine de son corps, la fumée de ses cigarettes, commençaient, malgré elle, de lui insinuer en pleine chair un trouble que jamais elle n'aurait soupçonné...

Dans l'escalier, le cliquetis d'un sabre de cavalerie : il arrivait, il était tout près !... Et elle savait imminente l'heure où s'accomplirait, entre leurs deux êtres, cette communion intime, qu'elle ne se représentait du reste qu'imparfaitement... Or, voici qu'elle sentait pour la première fois un désir inavoué de sa présence, — et la honte de désirer quelque chose de cet homme lui faisait monter dans l'âme une poussée nouvelle de révolte et de haine.

V

Trois ans plus tard, en 1904.

André Lhéry, qui était — vaguement et d'une façon intermittente — dans les ambassades,

venait de demander, après beaucoup d'hésitations, et d'obtenir un poste d'environ deux années
à Constantinople.

S'il avait hésité, c'est parce que d'abord toute
position officielle représente une chaîne, et qu'il
était jaloux de rester libre ; c'est aussi parce que,
deux ans loin de son pays, cela lui semblait bien
plus long que jadis, au temps où presque toute la
vie était en avant de sa route ; c'est enfin et surtout
parce qu'il avait peur d'être désenchanté par la
Turquie nouvelle[1].

Il s'était décidé pourtant, et un jour de mars,
par un temps sombre et hivernal, un paquebot
l'avait déposé sur le quai de la ville autrefois tant
aimée.

À Constantinople, l'hiver n'en finit plus. Le vent
de la Mer Noire soufflait ce jour-là furieux et
glacé, chassant des flocons de neige. Dans l'abject
faubourg cosmopolite où les paquebots accostent,
et qui est là comme pour conseiller aux nouveaux arrivants de vite repartir, les rues étaient
des cloaques de boue gluante où pataugeaient des
Levantins sordides et des chiens galeux.

Et André Lhéry, le cœur serré, l'imagination
morte, prit place comme un condamné dans le
fiacre qui le conduisit, par des montées à peine
possibles, vers le plus banal des hôtels dits
« Palaces »[2].

Péra, où sa situation l'obligeait d'habiter cette
fois, est ce lamentable pastiche de ville européenne, qu'un bras de mer, et quelques siècles
aussi, séparent du grand Stamboul des mosquées
et du rêve. C'est là qu'il dut, malgré son envie

de fuir, se résigner à prendre un logis. Dans le quartier le moins prétentieux, il se percha très haut, non seulement pour s'éloigner davantage, en altitude au moins, des élégances pérotes qui sévissaient en bas, mais aussi pour jouir d'une vue immense, apercevoir de toutes ses fenêtres la Corne-d'Or, avec la silhouette de Stamboul érigée sur le ciel, et à l'horizon la ligne sombre des cyprès, les grands cimetières où dort depuis plus de vingt ans, sous une dalle brisée, l'obscure Circassienne qui fut l'amie de sa jeunesse.

Le costume des femmes turques n'était plus le même qu'à son premier séjour : c'est là une des choses qui l'avaient frappé d'abord. Au lieu du voile blanc d'autrefois, qui laissait voir les deux yeux et qu'elles appelaient *yachmak*, au lieu du long camail de couleur claire qu'elles appelaient *féradjé*, maintenant elles portaient le *tcharchaf*, une sorte de domino presque toujours noir, avec un petit voile également noir retombant sur le visage et cachant tout, même les yeux. Il est vrai, elles le relevaient parfois, ce petit voile, et montraient aux passants l'ovale entier de leur figure, — ce qui semblait à André Lhéry une subversive innovation. À part cela, elles étaient toujours les mêmes fantômes, que l'on coudoie partout, mais avec qui la moindre communication est interdite et que l'on ne doit pas même regarder ; les mêmes cloîtrées dont on ne peut rien savoir ; les inconnaissables, — les inexistantes, pourrait-on dire : d'ailleurs, le charme et le mystère de la Turquie. André Lhéry, jadis, par une suite de hasards favorables, impossibles à rencontrer deux fois dans une existence, avait pu, avec la témérité d'un enfant qui ignore le danger, s'approcher de l'une d'elles, — si près qu'il lui avait laissé un morceau de son âme, accrochée. Mais cette fois, renouveler l'aventure, il n'y songeait même point, pour mille raisons, et les regardait passer comme on regarde les ombres ou les nuages...

Le vent de la Mer Noire, pendant les premières semaines, continua de souffler tout le temps, et la pluie froide de tomber, ou bien la neige, et des gens vinrent l'inviter à des dîners, à des soirées dans des cercles. Alors il sentit que ce monde-là, cette vie-là, non seulement lui rendraient vide et agité son nouveau séjour en Orient, mais risquaient aussi de gâter à jamais ses impressions d'autrefois, peut-être même d'embrumer l'image de la pauvre petite endormie. Depuis qu'il était à Constantinople, ses souvenirs, d'heure en heure, s'effaçaient davantage, sombraient sous la banalité ambiante ; il lui paraissait que ces gens de son entourage les profanaient chaque jour, piétinaient dessus. Et il décida de s'en aller. Perdre son poste à l'ambassade, bien entendu, lui était secondaire. Il s'en irait.

Depuis l'arrivée, depuis tantôt quinze jours, mille choses quelconques venaient d'absorber à ce point son loisir qu'il n'avait même pas pu passer les ponts de la Corne-d'Or pour aller jusqu'à Stamboul. Cette grande ville, qu'il apercevait du haut de son logis, le plus souvent noyée dans les brouillards persistants de l'hiver, restait pour lui presque aussi lointaine et irréelle qu'avant son retour en Turquie. Il s'en irait ; c'était bien résolu.

Le temps de faire un pèlerinage, là-bas, sous les cyprès, à la tombe de Nedjibé[1], et, laissant tout, il reprendrait le chemin de France ; par respect pour le cher passé, par déférence religieuse pour *elle*, il repartirait avant le plus complet désenchantement.

Le jour où il put mettre enfin le pied à Stamboul était un des plus désespérément glacés et obscurs de toute l'année, bien que ce fût un jour d'avril.

De l'autre côté de l'eau, aussitôt le pont franchi, dès qu'il se trouva dans l'ombre de la grande mosquée du seuil[2], il se sentit redevenir un autre lui-même, un André Lhéry qui serait resté mort pendant des années et à qui auraient été rendues tout à coup la conscience et la jeunesse. Seul, libre, ignoré de tous dans ces foules, il connaissait les moindres détours de cette ville, comme se les rappelant d'une existence précédente. Des mots turcs oubliés lui revenaient à la mémoire ; dans sa tête, des phrases s'assemblaient : il était de nouveau quelqu'un d'ici, vraiment quelqu'un de Stamboul.

Tout d'abord il éprouva la gêne, presque le ridicule d'être coiffé d'un chapeau. Moins par enfantillage que par crainte d'éveiller l'attention de quelque gardien, dans les cimetières, il acheta un fez, qui fut suivant la coutume soigneusement repassé et conformé à sa tête dans une des mille petites boutiques de la rue. Il acheta un chapelet, pour tenir à la main comme un bon Oriental. Et, pris de hâte maintenant, d'extrême impatience d'arriver à cette tombe, il sauta dans une voiture

en disant au cocher : « *Edirné kapoussouna gue-
tur !* » (Conduis-moi à la Porte d'Andrinople[1].)

C'était loin, très loin, cette porte d'Andrinople,
percée dans la grande muraille byzantine, au bout
de quartiers que l'on abandonne, de rues qui se
meurent d'immobilité et de silence. Il lui fallait
traverser presque tout Stamboul, et on commença
par monter des rampes où les chevaux glissaient.
D'abord défilèrent ces quartiers grouillants de
monde, pleins de cris et de marchandages, qui
avoisinent le bazar et que les touristes fréquentent.
Puis vinrent, un peu déserts ce jour-là sous la
brise glacée, ces sortes de steppes qui occupent
le plateau du centre et d'où l'on aperçoit des
minarets de tous côtés et des dômes. Et après, ce
furent les avenues bordées de tombes, de kiosques
funéraires, d'exquises fontaines, les avenues de
jadis où rien n'avait changé ; l'une après l'autre,
les grandes mosquées passèrent avec leurs amas
de coupoles pâlement grises dans le ciel encore
hivernal, avec leurs vastes enclos pleins de morts,
et leurs places bordées de petits cafés du vieux
temps où les rêveurs s'assemblent après la prière.
C'était l'heure où les muezzins appelaient au troisième office du jour ; on entendait leurs voix tomber de là-haut, des frêles galeries aériennes qui
voisinaient avec les nuages froids et sombres...
Stamboul existait donc encore !... À le retrouver
tel qu'autrefois, André Lhéry, tout frissonnant
d'une indicible et délicieuse angoisse, se sentait
replongé peu à peu dans sa propre jeunesse ; de
plus en plus il se sentait quelqu'un qui *revivait*,
après des années d'oubli et de non-être... Et c'était

elle, la petite Circassienne au corps aujourd'hui anéanti dans la terre, qui avait gardé le pouvoir de jeter un enchantement sur ce pays, elle qui était cause de tout, et qui, à cette heure, triomphait.

À mesure qu'approchait cette porte d'Andrinople, qui ne donne que sur le monde infini des cimetières, la rue se faisait encore plus tranquille, entre des vieilles maisonnettes grillées, des vieux murs croulants. À cause de ce vent de la Mer Noire, personne n'était assis devant les humbles petits cafés, presque en ruines. Mais les gens de ce quartier, les rares qui passaient, avec des airs gelés, portaient encore la longue robe et le turban d'autrefois. Une tristesse d'universelle mort, ce jour-là, émanait des choses terrestres, descendait du ciel obscur, sortait de partout, une tristesse insoutenable, une tristesse à pleurer.

Arrivé enfin sous l'épaisse voûte brisée de cette porte de ville, André, par prudence, congédia sa voiture et sortit seul dans la campagne, — autant dire dans l'immense royaume des tombes abandonnées et des cyprès centenaires. À droite et à gauche, tout le long de cette muraille colossale, dont les donjons à moitié éboulés s'alignaient à perte de vue, rien que des tombes, des cimetières sans fin, qui s'enveloppaient de solitude et se grisaient de silence. Assuré que le cocher était reparti, qu'on ne le suivrait pas pour l'espionner, André prit à droite, et commença de descendre vers Eyoub, marchant sous ces grands cyprès, aux ramures blanches comme les ossements secs, aux feuillages presque noirs.

Les pierres tombales en Turquie sont des espèces

de bornes, coiffées de turbans ou de fleurs, qui de loin prennent vaguement l'aspect humain, qui ont l'air d'avoir une tête et des épaules ; aux premiers temps elles se tiennent debout, bien droites, mais les siècles, les tremblements de terre, les pluies viennent les déraciner ; elles s'inclinent alors en tous sens, s'appuient les unes contre les autres comme des mourantes, finissent par tomber sur l'herbe où elles restent couchées. Et ces très anciens cimetières, où André passait, avaient le morne désarroi des champs de bataille au lendemain de la défaite.

Presque personne en vue aujourd'hui, le long de cette muraille, dans ce vaste pays des morts. Il faisait trop froid. Un berger avec ses chèvres, une bande de chiens errants, deux ou trois vieilles mendiantes attendant quelque cortège funèbre pour avoir l'aumône, rien de plus, aucun regard à craindre. Mais les tombes, qui étaient par milliers, simulaient presque des foules, des foules de petits êtres grisâtres, penchés, défaillants. Et des corbeaux, qui sautillaient sur l'herbe, commençaient à jeter des cris, dans le vent d'hiver.

André se dirigeait au moyen d'alignements, pris par lui autrefois, pour retrouver la demeure de celle qu'il avait appelée « Medjé », parmi tant d'autres demeures presque pareilles qui d'un horizon à l'autre couvraient ce désert. C'était bien dans ce petit groupe là-bas ; il reconnaissait l'attitude et la forme des cyprès. Et c'était bien celle-ci, malgré son air d'avoir cent ans, c'était bien celle-ci dont les stèles déracinées gisaient maintenant sur le sol... Combien la destruction avait marché vite, depuis la dernière fois qu'il était venu, depuis à

peine cinq années !... Même ces humbles pierres,
le temps n'avait pas voulu les laisser à la pauvre
petite morte, tellement enfoncée déjà dans le
néant, que sans doute pas un être en ce pays n'en
gardait le souvenir. Dans sa mémoire à lui seul,
mais rien que là, persistait encore la jeune image,
et, quand il serait mort, aucun reflet ne resterait
nulle part de ce que fut sa beauté, aucune trace
au monde de ce que fut son âme anxieuse et can-
dide. Sur la stèle, tombée dans l'herbe, personne
ne viendrait lire son nom, son vrai nom qui d'ailleurs n'évoquerait plus rien... Souvent autrefois, il
s'était senti profanateur, pour avoir livré, quoique
sous un nom d'invention, un peu d'elle-même à des
milliers d'indifférents, dans un livre trop intime,
qui jamais n'aurait dû paraître ; aujourd'hui, au
contraire, il était heureux d'avoir fait ainsi, à cause
de cette pitié éveillée pour elle et qui continuerait
peut-être de s'éveiller çà et là pendant quelques
années encore, au fond d'âmes inconnues ; même
il regrettait de n'avoir pas dit comment elle s'appelait, car alors ces pitiés, lui semblait-il, seraient
venues plus directement au cher petit fantôme ;
et puis, qui sait, en passant devant la stèle couchée, quelqu'une de ses sœurs de Turquie, lisant
ce nom-là, aurait pu s'arrêter pensive...

Sur les cimetières immenses, la lumière baissait hâtivement ce soir, tant le ciel était rempli
de nuages entassés, sans une échappée nulle part.
Devant cette muraille, les débris de cette muraille
sans fin qui semblait d'une ville morte, la solitude devenait angoissante et à faire peur : une
étendue grise, clairsemée de cyprès et toute peu-

plée comme de petits personnages caducs, encore
debout ou bien penchés, ou gisant, qui étaient
des stèles funéraires. Et elle demeurait couchée
là depuis des années, la petite Circassienne jadis
un peu confiante en le retour de son ami, là
depuis des étés, des hivers, et là pour jamais, se
désagrégeant seule dans le silence, seule durant
les longues nuits de décembre, sous les suaires
de neige. À présent même, elle devait n'être plus
rien... Il songeait avec terreur à ce qu'elle pouvait
bien être encore, si près de lui sous cette couche
de terre : oui, plus rien sans doute, quelques os
qui achevaient de s'émietter, parmi les racines
profondes, et cette sorte de boule, plus résistante
que tout, qui représente la tête, le coffret rond
où avaient habité son âme, ses chères pensées...

Vraiment les brisures de cette tombe augmen-
taient son attachement désolé et son remords,
ne lui étaient plus tolérables ; la laisser ainsi, il
ne s'y résignait pas... Étant presque du pays, il
savait quelles difficultés, quels dangers offrait l'entreprise : un chrétien toucher à la tombe d'une
musulmane, dans un saint cimetière... À quelles
ruses de malfaiteur il faudrait recourir, malgré
l'intention pieuse !... Il décida cependant que cela
se ferait ; il resterait donc encore en Turquie, tout
le temps nécessaire pour réussir, même des mois
au besoin, et ne repartirait qu'après, quand on
aurait changé les pierres brisées, quand tout serait
relevé et consolidé pour durer...

Rentré à Péra le soir, il trouva chez lui Jean
Renaud, un de ses amis de l'ambassade, un très

jeune, qui s'émerveillait ici de toutes choses, et dont il avait fait son intime, à cause de cette commune adoration pour l'Orient.

Il trouva aussi tout un courrier de France sur sa table, et une enveloppe timbrée de Stamboul, qu'il ouvrit d'abord.

La lettre disait :

> Monsieur,
> Vous rappelez-vous qu'une femme turque vous écrivit une fois pour vous dire les émotions éveillées en son âme par la lecture de *Medjé*, et solliciter quelques mots de réponse tracés de votre main ?
> Eh bien ! cette même Turque, devenue ambitieuse, veut aujourd'hui plus encore. Elle veut vous voir, elle veut connaître l'auteur aimé de ce livre, lu cent fois et avec plus d'émotion toujours. Voulez-vous que nous nous rencontrions jeudi à deux heures et demie au Bosphore, côte d'Asie, entre Chiboukli et Pacha-Bagtché[1] ? Vous pourriez m'attendre au petit café qui est près de la mer, juste au fond de la baie.
> Je viendrai en tcharchaf sombre, dans un talika* ; je quitterai ma voiture, vous me suivrez, mais vous attendrez que je vous parle la première. Vous connaissez mon pays, vous savez donc combien je risque. Je sais de mon côté que j'ai affaire en vous à un galant homme. Je me fie à votre *discrétion*.
> Mais peut-être avez-vous oublié « Medjé » ? Et peut-être ses sœurs ne vous intéressent-elles plus ?
> Si cependant vous désirez lire dans l'âme de la Medjé d'aujourd'hui, répondez-moi, et à jeudi.
>   Mme ZAHIDÉ.
> Poste restante, Galata[2].

---

* Voiture turque de louage, du modèle usité à la campagne. (On dit aussi mohadjir.)

Il tendit en riant la lettre à son ami et passa aux suivantes.

— Emmenez-moi jeudi avec vous ! — supplia Jean Renaud, dès qu'il eut fini de lire. — Je serai bien sage, — ajouta-t-il, du ton d'un enfant, — bien discret ; je ne regarderai pas...

— Vous vous figurez que je vais y aller, mon petit ami ?

— Oh !... Manquer cela ?... Vous irez, voyons !

— Jamais de la vie !... c'est quelque attrape... Elle doit être turque comme vous et moi, la dame.

S'il faisait le difficile, c'était bien un peu pour se laisser forcer la main par son jeune confident, car, au fond, tout en continuant de décacheter son courrier, il était plus préoccupé de la « dame » qu'il ne voulait le paraître. Si invraisemblable que fût le rendez-vous, il subissait la même attraction irraisonnée qui, trois ans plus tôt, lors de la première lettre de cette inconnue, l'avait poussé à répondre. D'ailleurs, quelle chose presque étrange, cet appel qu'on lui adressait au nom de « Medjé », justement ce soir, alors qu'il rentrait à peine de sa visite au cimetière, l'âme si inquiétée de son souvenir !

VI

Le jeudi 14 avril, avant l'heure fixée, André Lhéry et Jean Renaud étaient venus prendre place devant le petit café, qu'ils avaient reconnu sans

peine, au bord de la mer, rive d'Asie, à une heure
de Constantinople, entre les deux villages indiqués par la mystérieuse Zahidé. C'était un des
rares coins solitaires et sauvages du Bosphore
qui, presque partout ailleurs, est bordé de maisons et de palais : la dame avait su choisir. Là,
une prairie déserte, quelques platanes de trois ou
quatre cents ans, — de ces platanes de Turquie
aux ramures de baobab, — et tout près, dévalant
de la colline jusque vers la tranquille petite plage,
une pointe avancée de ces forêts d'Asie Mineure,
qui ont gardé leurs brigands et leurs ours.

Un lieu vraiment à souhait, pour rendez-vous
clandestins. Ils étaient seuls, devant la vieille
petite masure en ruines et complètement isolée
qu'était ce café, tenu par un humble bonhomme
à barbe blanche. Les platanes alentour avaient à
peine des feuilles dépliées ; mais la fraîche prairie
était déjà si couverte de fleurs, et le ciel si beau,
qu'on s'étonnait de ce vent glacé soufflant sans
trêve, — le presque éternel vent de la Mer Noire,
qui gâte tous les printemps de Constantinople ; ici,
côté de l'Asie, on en était un peu abrité comme
toujours ; mais en face il faisait rage, sur cette rive
d'Europe que l'on apercevait là-bas au soleil, avec
ses mille maisons les pieds dans l'eau.

Ils attendaient l'heure dans cette solitude, en
fumant des narguilés de pauvre que le vieux
Turc de céans leur avait servis, presque étonné et
méfiant de ces deux beaux messieurs à chapeau,
dans sa maisonnette pour bateliers ou bergers,
à cette saison encore incertaine et par un vent
pareil.

— C'est tellement gentil à vous, disait Jean Renaud, d'avoir accepté ma compagnie.

— Ne vous emballez pas sur la reconnaissance, mon petit. Je vous ai emmené, comprenez donc, c'est pour avoir à qui m'en prendre, si elle ne vient pas, si ça tourne mal, si…

— Oh ! alors il faut que je m'applique à ce que ça tourne bien ! — (Il disait cela en faisant l'effaré, avec un de ces sourires tout jeunes qui révélaient en lui une gentille âme d'enfant.) — Tenez, justement là-bas, derrière vous, je parie que c'est elle qui *s'amène.*

André regarda derrière lui. Un talika, en effet, débouchait d'une voûte d'arbres, arrivait cahin-caha, par le sentier mauvais. Entre les rideaux, que le vent remuait, on apercevait deux ou trois formes féminines, qui étaient toutes noires, visage compris :

— Elles sont au moins une douzaine là-dedans, objecta André. Alors vous pensez, mon petit ami, qu'on arrive comme ça, en bande, pour un rendez-vous ?… Une visite de corps ?…

Cependant le talika allait passer devant eux… Quand il fut tout près, une petite main gantée de blanc sortit des voiles sombres et fit un signe… C'était donc bien cela… Et elles étaient trois !… Trois, quelle étonnante aventure !…

— Donc je vous laisse, dit André. Soyez discret, comme vous l'avez promis ; ne regardez pas. Et puis réglez nos dépenses à ce vieux bonhomme, ça vous revient.

Il se mit donc à suivre de loin le talika qui, dans le sentier toujours désert, s'arrêta bientôt à l'abri d'un groupe de platanes. Trois fantômes noirs, noirs de la tête aux pieds, sautèrent aussitôt sur l'herbe ; c'étaient des fantômes légers, très sveltes, qui avaient des traînes de soie ; ils continuèrent de marcher, contre le vent froid qui soufflait avec violence et leur faisait baisser le front ; mais ils allaient de plus en plus lentement, comme pour inviter le suiveur à les rejoindre.

Il faut avoir vécu en Orient pour comprendre l'émotion étonnée d'André, et toute la nouveauté de son amusement, à s'avancer ainsi vers des Turques voilées, alors qu'il s'était habitué depuis toujours à considérer cette classe de femmes comme absolument inapprochables... Était-ce réellement possible ! Elles l'avaient appelé, elles l'attendaient, et on allait se parler !...

Quand elles l'entendirent tout près, elles se retournèrent :

— Monsieur André Lhéry, n'est-ce pas ? — demanda l'une, qui avait la voix infiniment douce, timide, fraîche, et qui tremblait.

Il salua pour toute réponse ; alors, des trois tcharchafs noirs, il vit sortir trois petites mains gantées à plusieurs boutons, qu'on lui tendait et sur lesquelles il s'inclina successivement.

Elles avaient au moins double voile sur la figure ; c'étaient trois énigmes en deuil, trois Parques impénétrables.

— Excusez-nous, — reprit la voix qui avait déjà parlé, — si nous ne vous disons rien ou des bêtises : nous sommes mortes de peur...

Cela se devinait du reste.

— Si vous saviez, dit la seconde voix, ce qu'il a

fallu de ruses pour être ici !... En route, ce qu'il
a fallu semer de gens, de nègres, de négresses !...

— Et ce cocher, dit la troisième, que nous ne
connaissons pas et qui peut nous perdre !...

Un silence. Le vent glacé s'engouffrait dans les
soies noires ; il coupait les respirations. L'eau du
Bosphore, qu'on apercevait entre les platanes,
était blanche d'écume. Aux arbres, les quelques
nouvelles feuilles à peine ouvertes s'arrachaient
pour s'envoler. Sans les fleurettes du chemin,
qui se courbaient sous les robes traînantes, on se
serait cru en hiver. Machinalement, ils faisaient
les cent pas tous ensemble, comme des amis qui
se promènent ; mais ce lieu écarté, ce mauvais
temps, tout cela était un peu lugubre et plutôt de
triste présage pour cette rencontre.

Celle qui la première avait ouvert la bouche,
et qui semblait la meneuse du périlleux complot,
recommença de parler, de dire n'importe quelle
chose, pour rompre le silence embarrassant :

— Vous voyez, nous sommes venues trois...

— En effet, je vois ça, — répondit André qui ne
put s'empêcher de sourire.

— Vous ne nous connaissez pas, et pourtant
vous êtes notre ami depuis des années.

— Nous vivons avec vos livres, ajouta la seconde.

— Vous nous direz si elle est vraie, l'histoire de
« Medjé », demanda la troisième.

Maintenant voici qu'elles parlaient toutes à
la fois, après le mutisme du début, comme des
petites personnes pressées de faire quantité de
questions, dans une entrevue qui ne pouvait être
que très courte. Leur aisance à s'exprimer en

français surprenait André Lhéry autant que leur audace épeurée. Et, le vent ayant presque soulevé les voiles d'une figure, il surprit un dessous de menton et le haut d'un cou, choses qui vieillissent le plus vite chez la femme, et qui là étaient adorablement jeunes, sans l'apparence d'un pli.

Elles parlaient toutes ensemble et leurs voix faisaient comme de la musique ; il est vrai, ce vent et ces doubles voiles y ajoutaient une sourdine ; mais le timbre par lui-même en était exquis. André, qui, au premier abord, s'était demandé s'il n'était pas mystifié par trois Levantines, ne doutait plus maintenant d'avoir affaire à des Turques pour de bon ; la douceur de leurs voix était un certificat d'origine à peu près certain, car, au contraire, trois Pérotes parlant ensemble, cela eût fait songer tout de suite au Jardin d'acclimatation, côté des cacatoès*.

— Tout à l'heure, — dit celle qui déjà intéressait le plus André, — j'ai bien vu que vous avez ri, quand je vous annonçais que nous étions venues trois. Mais aussi, vous ne m'avez pas laissée conclure. C'était pour en arriver à vous dire que, trois aujourd'hui, trois une prochaine fois, si vous répondez encore à notre appel, toujours nous serons trois, inséparables comme ces perruches, vous savez, — qui d'ailleurs ne sont que deux... Et puis vous ne verrez point nos visages, jamais... Nous sommes trois petites ombres noires, et voilà tout.

— Des *âmes*, reprit une autre, rien que des *âmes*,

---

* Il y a d'aimables exceptions, je me plais à le constater.

vous entendez bien ; nous resterons pour vous des *âmes*, sans plus ; trois pauvres âmes en peine, qui ont besoin de votre amitié.

— Inutile de nous distinguer les unes des autres ; mais enfin, pour voir... Qui sait si vous devinerez laquelle de nous vous a écrit, celle qui se nomme Zahidé, vous vous rappelez... Allons, dites un peu, ça nous amusera.

— Vous-même, madame ! — répondit André sans paraître hésitant. Et c'était cela, et, derrière les voiles, on les entendit s'étonner, en exclamations turques.

— Eh bien ! alors, dit « Zahidé », puisque nous voilà de vieilles connaissances, vous et moi, c'est mon rôle à présent de vous présenter mes sœurs. Quand ce sera fait, nous serons rentrées dans les limites de la correction la plus parfaite. Écoutez donc bien. Le second domino noir, là, le plus haut en taille, s'appelle Néchédil, — et il est méchant. Le troisième, qui marche en ce moment à l'écart, s'appelle Ikbal, — et il est sournois : défiez-vous. Et, à partir de cette heure, veillez à ne pas vous embrouiller entre nous trois.

Tous ces noms, il va sans dire, étaient d'emprunt, et André s'en doutait bien. Il n'y avait pas plus de Néchédil ou d'Ikbal que de Zahidé. Le second tcharchaf cachait le visage régulier, grave, au regard un peu visionnaire, de Zeyneb, l'aînée des « cousines » de la mariée. Quant au troisième, dit sournois, si André avait pu soulever l'épais voile de deuil, il aurait rencontré là-dessous le petit nez en l'air et les grands yeux rieurs de Mélek, la jeune Turque aux cheveux roux qui avait prétendu jadis que « le poète devait être plutôt marqué ». Il est vrai, une Mélek bien changée depuis ce temps-là, par de précoces souffrances et des nuits passées dans les larmes ; mais une Mélek si foncièrement gaie de tempérament, que même ses longues détresses n'avaient pu éteindre l'éclat de son rire.

— Quelle idée pouvez-vous bien avoir de nous ? — demanda « Zahidé », après le silence qui suivit les présentations. — Quelles sortes de femmes imaginez-vous que nous sommes, de quelle classe sociale, de quel monde ?... Allons, dites.

— Mon Dieu,... je vous préciserai mieux ça plus tard... Je ne vous le cacherai pas cependant, je commence bien à me douter un peu que vous n'êtes pas des femmes de chambre.

— Ah !... Et notre âge ?... Cela est sans importance, il est vrai, puisque nous ne voulons être que des *âmes*. Mais enfin, notre devoir est vraiment de vous faire tout de suite une confidence : nous sommes des vieilles femmes, monsieur Lhéry, des très vieilles femmes.

— J'avais parfaitement flairé ça, par exemple.

— N'est-ce pas ?

— N'est-ce pas ? — intervint « Ikbal » (Mélek) d'un ton noyé de mélancolie, avec un chevrotement réussi dans la voix, — n'est-ce pas, la vieillesse, hélas ! est une chose qui se flaire toujours comme vous dites, malgré les précautions pour dissimuler... Mais précisez un peu... Des chiffres, que nous voyions si vous êtes *physionomiste*...

À cause des impénétrables voiles, ce mot *physionomiste* était prononcé pourtant avec une nuance de drôlerie[1].

— Des chiffres... Mais ça ne va pas vous blesser, les chiffres que je dirai ?

— Oh ! pas du tout... Nous avons tellement abdiqué, si vous saviez... Allez-y, monsieur Lhéry.

— Eh bien ! vous m'avez tout de suite représenté des aïeules qui doivent flotter entre — au moins, au moins, au petit moins, — entre dix-huit et vingt-quatre ans.

Elles riaient sous leurs voiles, pas très au regret d'avoir manqué leur effet de vieilles, mais trop absolument jeunes pour en être flattées.

Dans la tourmente qui soufflait de plus en plus froide, sous le ciel balayé et clair, éparpillant des branchettes ou des feuilles, ils se promenaient maintenant comme de vieux amis ; malgré ce vent qui coupait des paroles, malgré le tapage de cette mer qui s'agitait tout près d'eux au bord du chemin, ils commençaient d'échanger leurs pensées vraies, ayant quitté vite ce ton moitié persifleur, dont ils s'étaient servis pour masquer l'embarras du début. Ils marchaient lentement et l'œil au guet, réduits à se pencher ou à se tourner quand une rafale cinglait trop fort. André s'émerveillait de tout ce qu'elles étaient capables de comprendre, et aussi de se sentir déjà presque en confiance avec ces inconnues.

Et au milieu de ce mauvais temps et de cette solitude propices, ils se croyaient à peu près en sûreté quand soudain, devant eux, au tournant de la route là-bas, croquemitaine leur apparut, sous la figure de deux soldats turcs en promenade, avec des badines à la main comme les soldats de chez nous ont coutume d'en couper dans les palisses[1].

C'était la plus dangereuse des rencontres, car ces braves garçons, venus pour la plupart du fond des campagnes d'Asie, où l'on ne transige pas sur les vieux principes, étaient capables de se porter aux violences extrêmes en présence d'une chose aussi criminelle à leurs yeux : des musulmanes avec un homme d'Occident ! Ils s'arrêtèrent, les soldats, cloués de stupeur, et puis, après quelques mots brusques échangés, ils repartirent à toutes jambes, évidemment pour avertir leurs camarades, ou la police ou peut-être ameuter les gens du prochain village... Les trois petites apparitions noires, terrifiées, sautèrent dans leur voiture qui repartit au galop à tout briser, tandis que Jean Renaud, qui avait de loin vu la scène, accourait pour prêter secours, et, dès que le talika, lancé à fond de train, fut hors de vue parmi les arbres, les deux amis se jetèrent dans un sentier de traverse qui menait vers la grande brousse.

— Eh bien ! comment sont-elles ? — demandait Jean Renaud un instant plus tard, quand, l'alerte passée, ils s'étaient repris à cheminer tranquillement sous bois.

— Stupéfiantes, répondit André...

— Stupéfiantes, dans quel sens ?... Gentilles ?...

— Très !... Et encore non, c'est un mot plus sérieux qui conviendrait, car ce sont des *âmes*, paraît-il, rien que des *âmes*... Mon cher ami, j'ai pour la première fois de ma vie causé avec des âmes.

— Des âmes !... Mais enfin, sous quelle enveloppe ?... Des femmes honnêtes...

— Oh ! pour honnêtes, tout ce qu'il y a de plus...

Si vous aviez arrangé en imagination une belle aventure d'amour pour votre aîné, vous pouvez remiser ça, mon petit ami, jusqu'à une autre fois.

André, dans son cœur, s'inquiétait de leur retour. Bien extravagant, ce qu'elles avaient osé là, ces pauvres petites Turques, contraire à tous les usages de l'Islam ; mais au fond, n'était-ce pas d'une pureté liliale : converser à trois, sans la plus légère équivoque, causer de choses d'âme avec un homme à qui l'on ne laisse même pas soupçonner son visage ?... Il eût donné beaucoup pour les savoir en sécurité, rentrées derrière leurs grilles de harem... Mais que tenter pour elles ?... Fuir, se dérober comme il venait de le faire, et rien de plus ; toute intervention, directe ou détournée, eût assuré leur perte.

VII

Cette longue lettre fut mystérieusement apportée chez André Lhéry le lendemain soir.

Hier, vous nous avez dit que vous ne connaissiez pas la femme turque de nos jours, et nous nous en doutions bien, car qui donc la connaîtrait, quand elle-même s'ignore ?

D'ailleurs, quels sont les étrangers qui auraient pu pénétrer le mystère de son âme ? Elle leur livrerait plus aisément celui de son visage. Quant aux femmes étrangères, quelques-unes, il est vrai, sont entrées chez nous : mais elles n'ont vu que nos salons, aujourd'hui à la mode d'Europe ; le côté extérieur de notre vie.

Eh bien ! voulez-vous que nous vous aidions, vous, à nous déchiffrer, si le déchiffrage est possible ? Nous savons, à présent que l'épreuve est faite, que nous pouvons être amis ; car c'était une épreuve : nous voulions nous assurer s'il y avait autre chose que du talent derrière vos phrases ciselées... Nous sommes-nous donc trompées en nous imaginant qu'au moment de vous éloigner de ces fantômes noirs en danger, quelque chose s'est ému en vous ? curiosité, déception, pitié peut-être ; mais ce n'était pas l'indifférence laissée par une rencontre banale.

Et puis surtout vous avez bien senti, nous en sommes sûres, que ces paquets sans forme ni grâce n'étaient point des femmes, ainsi que nous vous le disions nous-mêmes, mais des *âmes, une âme* : celle de la musulmane nouvelle, dont l'intelligence s'est affranchie, et qui souffre, mais en aimant la souffrance libératrice, et qui est venue vers vous, son ami d'hier.

Maintenant, pour devenir son ami de demain, il vous faut apprendre à voir autre chose en elle qu'un joli amusement de voyage, une jolie figure marquant une étape enchantée de votre vie d'artiste. Qu'elle ne soit plus maintenant pour vous l'enfant sur qui vous vous êtes penché, ni l'amante aisément heureuse par l'aumône de votre tendresse. Vous devrez, si vous tenez à ce qu'elle vous aime, recueillir les premières vibrations de son âme qui s'éveille enfin.

Votre « Medjé » est au cimetière. Merci en son nom, et au nom de toutes, pour les fleurs jetées par vous sur la tombe de la petite esclave. En ces jours de votre jeunesse, vous avez cueilli le bonheur sans effort, là où il était à portée de votre main. Mais la petite Circassienne, que l'entraînement jeta dans vos bras, ne se retrouve plus, et le temps est venu où, pour la musulmane même, l'amour d'instinct et l'amour d'obéissance ont cédé la place à l'amour *de choix*.

Et le temps aussi est venu pour vous de chercher et de décrire dans l'amour autre chose que le côté pittoresque et sensuel. Essayez, par exemple, d'extérioriser aujourd'hui votre cœur jusqu'à lui faire sentir l'amertume de cette souffrance suprême qui est la nôtre : ne pouvoir aimer qu'un rêve.

Car, toutes, nous sommes condamnées à n'aimer que cela.

On nous marie, vous savez de quelle manière ?... Et pourtant ce semblant de ménage à l'européenne, installé depuis une génération dans nos demeures occidentalisées, là où régnaient jadis les divans de satin et les odalisques, représente déjà un progrès qui nous flatte, — bien que ce soit encore très fragile, un tel ménage, à toute heure menacé par le caprice d'un époux changeant, qui peut le briser ou bien y introduire une étrangère. — Donc, on nous marie sans notre aveu, comme des brebis ou des pouliches. Souvent, il est vrai, l'homme que le hasard ainsi nous procure est doux et bon ; mais nous ne *l'avons pas choisi*. Nous nous attachons à lui, avec le temps, mais cette affection n'est pas de l'amour ; alors des sentiments naissent en nous, qui s'envolent et vont se poser parfois bien loin, à jamais ignorés de tous excepté de nous-mêmes. Nous aimons ; mais nous aimons, avec notre âme, une autre âme ; notre pensée s'attache à une autre pensée, notre cœur s'asservit à un autre cœur. Et cet amour reste à l'état de rêve, parce que nous sommes honnêtes, et surtout parce qu'il nous est trop cher, ce rêve-là, pour que nous risquions de le perdre en essayant de le réaliser. Et cet amour reste innocent, comme notre promenade d'hier à Pacha-Bagtché, quand il ventait si fort.

Voilà le secret de l'âme de la musulmane, en

Turquie, l'année 1322 de l'hégire[1]. Notre éducation actuelle a amené ce dédoublement de notre être.

Plus extravagante que notre rencontre va vous sembler cette déclaration... Nous nous amusions à l'avance de ce qu'allait être votre surprise. D'abord vous avez cru que l'on vous mystifiait. Ensuite vous êtes venu, encore indécis, tenté de croire à une aventure, l'espérant peut-être ; vaguement vous vous attendiez à trouver une Zahidé escortée d'esclaves complaisants, curieuse de voir de près un auteur célèbre, et pas trop rétive à lever son voile.

Et vous avez rencontré des *âmes*.

Et ces âmes seront vos amies, si vous savez être le leur.

Signé : ZAHIDÉ, NÉCHÉDIL ET IKBAL.

TROISIÈME PARTIE

VIII

L'histoire de « Zahidé » depuis son mariage jusqu'à l'arrivée d'André Lhéry.

Les caresses du jeune bey, qui lui étaient devenues de plus en plus douces, avaient peu à peu endormi ses projets de rébellion. Tout en réservant son âme, elle avait donné très complètement son corps à ce joli maître, bien qu'il ne fût qu'un grand enfant gâté, d'un égoïsme dissimulé sous beaucoup de grâce mondaine et de gentille câlinerie.

Était-ce toujours pour André Lhéry que son âme était gardée ? Elle-même ne le savait plus bien, car, avec le temps, l'enfantillage de ce rêve n'avait pas manqué de lui apparaître. De jour en jour, elle pensait moins à lui.

Son nouveau cloître, elle s'y était presque résignée ; la vie lui serait donc devenue tolérable si ce Hamdi, au bout de sa seconde année de mariage, n'avait épousé aussi Durdané, ce qui le faisait mari de deux femmes, situation aujourd'hui démodée en Turquie. Alors, pour éviter toute scène inélégante, elle avait simplement demandé, et obtenu, qu'on lui permît de se retirer deux mois à Khassim-Pacha, chez sa grand-mère, le temps d'envisager cette situation nouvelle, et de s'y préparer dans le calme.

Un soir donc, elle était silencieusement partie, — d'ailleurs décidée à tout plutôt que de rentrer dans cette maison, pour y tenir le rôle d'odalisque auquel on voulait de plus en plus la plier.

Zeyneb et Mélek venaient aussi toutes deux de retourner à Khassim-Pacha, Mélek, après des mois de torture et de larmes, ayant enfin divorcé avec un mari atroce, Zeyneb, délivrée du sien par la mort, après un an et demi de cohabitation lamentable avec ce valétudinaire qui répugnait à tous ses sens. Irrémédiablement atteintes, presque en même temps, dans leur prime jeunesse, déflorées, lasses, devenues comme des épaves de la vie, elles avaient cependant pu reprendre et resserrer, dans l'infini découragement, leur intimité de sœurs.

La nouvelle de l'arrivée d'André Lhéry à Constantinople, reproduite par les journaux turcs, avait été pour elles tout à fait stupéfiante, et, du même coup, leur Dieu d'autrefois était tombé de son piédestal : ainsi, cet homme était quelqu'un comme tout le monde ; il servirait là, en sous-ordre, dans une ambassade ; il avait une profession, et surtout il avait *un âge* !... Et Mélek alors s'amusait à dépeindre à sa cousine le personnage de ses anciens rêves comme un

vieux monsieur chauve et vraisemblablement
obèse.

— André Lhéry, — leur répondait quelques jours
après une de leurs amies de l'ambassade d'Angleterre, qui avait eu l'occasion de le rencontrer et
qu'elles interrogeaient sur lui avec insistance, —
André Lhéry, eh bien ! mais... il est généralement
insupportable. Chaque fois qu'il desserre les dents,
il a l'air de vous faire une grâce. Dans le monde,
il s'ennuie avec ostentation... Pour obèse, ou
déplumé, ça non, par exemple ; je suis forcée de
lui accorder que pas du tout...

— Son âge ?

— Son âge... Il n'en a pas... Ça varie de vingt
ans d'une heure à l'autre... Avec les recherches
excessives de sa personne, il arrive encore à donner l'illusion de la jeunesse, surtout si on réussit à
l'amuser, car il a un rire et des gencives d'enfant...
Même des yeux d'enfant, je les lui ai vus dans
ces moments-là... Autrement, hautain, poseur, et
moitié dans la lune... Il s'est acquis déjà la plus
mauvaise presse qu'il soit possible...

Malgré de telles indications, elles avaient fini
par se décider à tenter l'énorme aventure d'aller à
lui, pour rompre la monotonie désespérée de leurs
jours. Au fond de leur âme, persistait bien quand
même un peu de l'adoration d'autrefois, du temps
où il était pour elles un être planant, un être dans
les nuages. Et en outre, afin de se donner à elles-
mêmes un motif raisonnable de courir à ce danger, elles se disaient : « Nous lui demanderons
d'écrire un livre en faveur de la femme turque
d'aujourd'hui ; ainsi peut-être serons-nous utiles

à des centaines de nos sœurs, que l'on a brisées comme nous. »

IX

Très vite, depuis la folle équipée de Tchiboukli, le printemps était arrivé, ce printemps brusque, enchanteur et sans durée qui est celui de Constantinople. L'interminable vent glacé de la Mer Noire venait de faire trêve tout d'un coup. Alors on avait eu comme la surprise de découvrir que ce pays, aussi méridional en somme que le centre de l'Italie ou de l'Espagne, pouvait être à ses heures délicieusement lumineux et tiède. Sur le Bosphore, sur les quais de marbre des palais ou sur les vieilles maisonnettes de bois qui trempent dans l'eau, c'était une immense et soudaine griserie de soleil. Et Stamboul, dans l'air devenu sec et limpide, reprenait son indicible langueur orientale ; le peuple turc, rêveur et contemplatif, recommençait de vivre dehors, assis devant les milliers de petits cafés silencieux, autour des saintes mosquées, près des fontaines, sous les treilles aux pampres frais, sous les glycines, sous les platanes ; des narguilés par myriades, le long des rues, exhalaient leur fumée enjôleuse, et les hirondelles déliraient de joie autour des nids. Les vieux tombeaux, les grises coupoles, baignaient dans un calme sans nom, que l'on eût dit inaltérable, ne devant jamais finir. Et les lointains de la côte d'Asie ou de l'immobile Marmara, qu'on apercevait par échappées, resplendissaient.

André Lhéry se reprenait à l'Orient turc, avec plus de mélancolie encore peut-être qu'au temps de sa jeunesse, mais avec une aussi intime passion. Et, un jour qu'il était assis à l'ombre, parmi des centaines de rêveurs à turban, très loin de Péra et des agitations modernes, au centre même, au cœur fanatique du Vieux-Stamboul, Jean Renaud, maintenant son compagnon ordinaire de turquerie, lui demanda à brûle-pourpoint :

— Eh bien ! et les trois petits fantômes de Tchiboukli, plus de nouvelles ?

C'était devant la mosquée de Mehmed-Fatih[1], sur une grande place des vieux siècles, où les Européens ne fréquentent jamais, et c'était au moment où les muezzins chantaient, comme juchés dans le ciel, tout au bout des gigantesques fuseaux de pierre que sont les minarets : voix presque lointaines, à force d'être au-dessus des choses terrestres, d'être perdues dans ces limpidités bleues d'en haut.

— Ah ! les trois petites Turques, répondit André, non, rien depuis la lettre que je vous ai montrée... Oh ! j'imagine que l'aventure est finie et qu'elles n'y pensent plus.

Pour dire cela, il affectait un air détaché, mais la question lui avait troublé sa paix contemplative, car les jours qui passaient, sans autre appel de ces inconnues, lui rendaient presque douloureuse l'idée qu'il ne réentendrait sans doute jamais la voix de « Zahidé », d'un timbre si étrangement doux sous le voile... Le temps n'était plus, où il se

sentait sûr de l'impression qu'il pouvait faire ; rien
ne l'angoissait comme la fuite de sa jeunesse, et il
se disait tristement : « Elles m'attendaient jeune,
et elles ont dû être par trop déçues... »

Leur dernière lettre se terminait par ces mots :
« Nous serons vos amies, si vous voulez. » Certes,
il ne demandait pas mieux. Mais, où donc les
prendre à présent ? Dans un labyrinthe aussi
immense et soupçonneux que celui de Constantinople, rechercher trois femmes turques dont on
ne connaît ni le nom, ni le visage, autant s'essayer à une de ces tâches infaisables et ironiques,
comme les mauvais génies en proposaient autrefois aux héros des contes...

X

Or, ce même jour, à ce même instant, la pauvre
petite mystérieuse qui avait organisé l'escapade à
Tchiboukli, s'apprêtait à franchir le seuil redoutable d'Yldiz pour y jouer une partie suprême.
De l'autre côté de la Corne-d'Or, à Khassim-
Pacha, derrière ses oppressants grillages, dans
son ancienne chambre de jeune fille qu'elle avait
reprise, elle était très occupée en face d'un miroir.
Une toilette gris et argent, à traîne de cour, arrivée
la veille de chez un grand couturier parisien, la faisait plus mince encore que de coutume, plus fine
et flexible. Elle voulait être très jolie ce jour-là, et
ses deux cousines, aussi anxieuses qu'elle-même

de ce qui allait advenir, dans un lourd silence l'aidaient à se parer. Décidément la robe allait bien ; les rubis allaient bien aussi, sur les grisailles nuageuses du costume. Du reste, c'était l'heure… On releva donc la traîne par un ruban à la ceinture, ce qui est en Turquie une règle d'étiquette pour se présenter chez les souverains ; car, si cette traîne de cour est obligatoire, aucune femme, à moins d'être princesse du sang, n'a le droit de la laisser balayer les somptueux tapis du palais. Ensuite, on enveloppa la tête blonde sous un yachmak, le voile de mousseline blanche d'autrefois que les grandes dames portent encore, en voiture ou en caïque, dans certaines occasions spéciales, et qui est exigé, comme la robe à queue, pour entrer à Yldiz, où aucune visiteuse en tcharchaf ne serait reçue.

C'était l'heure ; « Zahidé », après le baiser d'adieu de ses cousines, descendit prendre place dans son coupé noir aux lanternes dorées, attelé de chevaux noirs, avec plaques d'or sur les harnais. Et elle partit, stores baissés, l'inévitable eunuque trônant à côté du cocher.

Voici de quel malheur, du reste facile à prévoir, elle se trouvait aujourd'hui menacée : les deux mois de retraite, consentis par sa belle-mère, avaient pris fin, et maintenant Hamdi réclamait impérieusement sa femme au domicile conjugal. Question de fortune peut-être, mais question d'amour aussi, car il avait bien compris que c'était *elle*, le charme de sa demeure, malgré l'empire qu'avait exercé l'autre sur ses sens. Et il les voulait toutes les deux.

Alors, le divorce à tout prix. Mais à qui avoir recours, pour l'obtenir ?... Son père, à qui elle avait peu à peu rendu sa tendresse, l'aurait protégée, lui, auprès de Sa Majesté Impériale ; mais il dormait depuis un an, dans le saint cimetière d'Eyoub. Restait sa grand-mère, bien vieille pour de telles démarches, et surtout beaucoup trop 1320 pour comprendre : de son temps, à celle-là, deux épouses dans une maison, ou trois, ou même quatre, pourquoi pas ? C'est d'Europe, qu'était venue, — comme les institutrices et l'incroyance, — cette mode nouvelle de n'en vouloir qu'une !...

Dans sa détresse, elle avait donc imaginé d'aller se jeter aux pieds de la Sultane mère, connue pour sa bonté, et l'audience avait été accordée sans peine à la fille de Tewfik-Pacha, maréchal de la Cour.

Une fois franchie la grande enceinte des parcs d'Yldiz, le coupé noir arriva devant une grille fermée, qui était celle des jardins de la Sultane. Un nègre, avec une grosse clef solide, vint ouvrir, et la voiture, derrière laquelle une bande d'eunuques à la livrée de la « Validé[1] » couraient maintenant pour aider la visiteuse à descendre, s'engagea dans les allées fleuries, pour s'arrêter en face du perron d'honneur.

La jolie suppliante connaissait le cérémonial d'introduction, étant déjà venue plusieurs fois, aux grandes réceptions du Baïram[2], chez la bonne princesse. Dans le vestibule, elle trouva, comme elle s'y attendait, une trentaine de petites fées, — des toutes jeunes esclaves, des merveilles de beauté et de grâce, — vêtues pareillement comme des sœurs et alignées en deux files pour la recevoir ; après un grand salut d'ensemble, les petites fées s'abattirent sur elle, comme un vol d'oiseaux caressants et légers, et l'entraînèrent dans le « salon des yachmaks », où chaque dame doit entrer d'abord pour quitter ses voiles. Là, en un clin d'œil, avec une adresse consommée, les fées, sans mot dire, lui eurent enlevé ses mousselines enveloppantes, qui étaient retenues par d'innombrables épingles, et elle se trouva prête, pas une mèche de ses cheveux dérangée, sous le turban de gaze impondérable qui se pose en diadème très haut, et qui est de rigueur à la Cour, les princesses du sang ayant seules le droit d'y paraître tête nue. L'aide de camp vint ensuite la saluer et la conduire dans un salon d'attente ; une femme, bien entendu, cet aide de camp, puisqu'il n'y a point d'hommes chez une sultane ; une jeune esclave circassienne, toujours choisie pour sa haute taille et son impeccable beauté, qui porte jaquette de drap militaire à aiguillettes d'or, longue traîne, relevée dans la ceinture, et petit bonnet d'officier galonné d'or. Dans le salon d'attente, ce fut Madame la Trésorière, qui vint suivant les rites lui tenir un moment compagnie : une Circassienne encore, il va sans dire, puisqu'on n'accepte aucune Turque au service du palais[1], mais une Circassienne de bonne famille, pour occuper une charge aussi hautement considérée ; et, avec celle-ci qui était *du monde*, même grande dame, il fallut causer... Mortelles, toutes ces lenteurs, et son espoir, son audace de plus en plus faiblissaient...

Près d'entrer enfin dans le salon, si difficilement pénétrable, où se tenait la mère du Khalife, elle tremblait comme d'une grande fièvre.

Un salon d'un luxe tout européen, hélas ! sauf les merveilleux tapis et les inscriptions d'Islam ; un salon gai et clair, donnant de haut sur le Bosphore, que l'on apercevait lumineux et resplendissant à travers les grillages des fenêtres. Cinq ou six personnes en tenue de cour, et la bonne princesse, assise au fond, se levant pour recevoir la visiteuse. Les trois grands saluts, de même que pour les Majestés occidentales ; mais le troisième, un prosternement complet à deux genoux, la tête à toucher terre, comme pour baiser le bas de la robe de la Dame, qui, tout de suite, avec un franc sourire, lui tendait les mains pour la relever. Il y avait là un jeune prince, l'un des fils du Sultan (qui ont, tout comme le Sultan lui-même, le droit de voir les femmes à visage découvert). Il y avait deux princesses du sang, frêles et gracieuses, tête nue, la longue traîne éployée. Et enfin trois dames à petit turban sur chevelure très blonde, la traîne retenue captive dans la ceinture ; trois « Saraylis », jadis esclaves de ce palais même, puis grandes dames de par leur mariage, et qui étaient depuis quelques jours en visite chez leur ancienne maîtresse et bienfaitrice, ayant conquis le droit, en tant que Saraylis, de venir chez n'importe quelle princesse sans invitation, comme on va dans sa propre famille. (On entend ainsi l'esclavage, en Turquie, et plus d'une épouse de nos socialistes intransigeants pourrait venir avec fruit s'éduquer dans les harems, pour ensuite traiter sa femme de chambre, ou son institutrice, comme les dames turques traitent leurs esclaves.)

C'est un charme qu'ont presque toujours les vraies princesses, d'être accueillantes et simples ; mais aucune sans doute ne dépasse celles de Constantinople en simplicité et douce modestie.

— Ma chère petite, dit gaîment la Sultane à chevelure blanche, je bénis le bon vent qui vous amène. Et, vous savez, nous vous gardons tout le jour ; nous vous mettrons même à contribution pour nous faire un peu de musique : vous jouez trop délicieusement.

Des fraîches beautés qui n'avaient point encore paru (les jeunes esclaves préposées aux rafraîchissements) firent leur entrée apportant sur des plateaux d'or, dans des tasses d'or, des boîtes d'or, le café, les sirops, les confitures de roses ; et la Sultane mit la conversation sur quelqu'un de ces sujets du jour qui ne manquent jamais de filtrer jusqu'au fond des sérails, même les plus hermétiquement clos.

Mais le trouble de la visiteuse se dissimulait mal ; elle avait besoin de parler, d'implorer ; cela se voyait trop bien... Avec une gentille discrétion, le prince se retira ; les princesses et les belles Saraylis, sous prétexte de regarder je ne sais quoi dans les lointains du Bosphore, allèrent s'accouder aux fenêtres grillées d'un salon voisin.

— Qu'y a-t-il, ma chère enfant ? — demanda alors tout bas la grande princesse, penchée maternellement vers « Zahidé », qui se laissa tomber à ses genoux.

Les premières minutes furent d'anxiété croissante et affreuse, quand la petite révoltée, qui cherchait avidement sur le visage de la Sultane l'effet de ses confidences, s'aperçut que celle-ci ne comprenait pas et s'effarait. Les yeux cependant, toujours bons, ne refusaient point ; mais ils semblaient dire : « Un divorce, et un divorce si peu justifié ! Quelle affaire difficile !... Oui, j'essaierai... Mais, dans des conditions telles, mon fils jamais n'accordera... »

Et « Zahidé », devant ce refus qui pourtant ne se formulait pas, croyait sentir les tapis, le parquet se dérober sous ses genoux, se jugeait perdue, — quand soudain quelque chose comme un frisson de terreur religieuse passa dans le palais tout entier ; on courait, à pas sourds, dans les vestibules ; toutes les esclaves, le long des couloirs, avec des froissements de soie, tombaient prosternées... Et un eunuque se précipita dans le salon, annonçant, d'une voix que la crainte faisait plus pointue :

— Sa Majesté Impériale !...

Il avait à peine prononcé ce nom à faire courber les têtes, quand, sur le seuil, le Sultan parut. La suppliante, toujours agenouillée, rencontra et soutint une seconde ce regard, qui s'abaissait directement sur le sien, puis perdit connaissance, et s'affaissa comme une morte toute blême, dans le nuage argenté de sa belle robe...

Celui qui venait d'apparaître à cette porte était l'homme sur terre le plus inconnaissable pour la masse des âmes occidentales, le Khalife aux responsabilités surhumaines, l'homme qui tient dans sa main l'immense Islam et doit le défendre, aussi bien contre la coalition inavouée des peuples chrétiens que contre le torrent de feu du Temps ; l'homme qui, jusqu'au fond des déserts d'Asie, s'appelle « l'ombre de Dieu[1] ».

Ce jour-là, il voulait simplement visiter sa mère vénérée, quand il rencontra l'angoisse et l'ardente prière dans l'expression de la jeune femme à genoux. Et ce regard pénétra son cœur mystérieux, que durcit par instants le poids de son lourd sacerdoce, mais qui en revanche demeure accessible à d'intimes et exquises pitiés, si ignorées de tous. D'un signe, il indiqua la suppliante à ses filles, qui, restant inclinées pour un salut profond, ne l'avaient pas vue s'affaisser, et les deux princesses aux longues traînes éployées relevèrent dans leurs bras, tendrement comme si elle eût été leur sœur, la jeune femme à la traîne retenue, — qui, sans le savoir, venait de gagner sa cause avec ses yeux.

Quand « Zahidé » revint à elle, longtemps après, le Khalife était parti. Se rappelant tout à coup, elle regarda alentour, incertaine d'avoir vu en réalité ou d'avoir rêvé seulement la redoutable présence. Non, le Khalife n'était pas là. Mais la Sultane mère, penchée sur elle et lui tenant les mains, affectueusement lui dit :

— Remettez-vous vite, chère enfant, et soyez heureuse : mon fils m'a promis de signer demain un iradé qui vous rendra libre.

En redescendant l'escalier de marbre, elle se sentait toute légère, toute grisée et toute vibrante, comme un oiseau à qui on vient d'ouvrir sa cage. Et elle souriait aux petites fées des yachmaks, en troupe soyeuse derrière elle, qui accouraient pour la recoiffer, et qui, en un tour de main, eurent rétabli, avec cent épingles, sur ses cheveux et son visage, le traditionnel édifice de gaze blanche.

Cependant, remontée dans son coupé noir et or, tandis que ses chevaux trottaient fièrement vers Khassim-Pacha, elle sentit qu'un nuage se levait sur sa joie. Elle était libre, oui, et son orgueil, vengé. Mais, elle s'en apercevait maintenant, un sombre désir la tenait encore à ce Hamdi, dont elle croyait s'être affranchie là pour toujours.

« Ceci est une chose basse et humiliante, se dit-elle alors, car cet homme n'a jamais eu ni loyauté ni tendresse, et je ne l'aime pas. Il m'a donc bien profanée et avilie sans rémission pour que je me rappelle encore son étreinte. J'ai eu beau faire, je ne m'appartiens plus complètement, puisque je demeure entachée par ce souvenir. Et si, plus tard, sur ma route, passe un autre que je vienne à aimer, il ne me reste plus que mon âme, qui soit digne de lui être donnée ; et jamais je ne lui donnerai que cela, jamais... »

XI

Le lendemain, elle avait écrit à André :

S'il fait beau jeudi, voulez-vous que nous nous rencontrions à Eyoub ? Vers deux heures, en caïque, nous arriverons aux degrés qui descendent dans l'eau, juste au bout de l'avenue pavée de marbre qui mène

à la mosquée. Du petit café qui est là, vous pourrez
nous voir débarquer, et, n'est-ce pas, vous reconnaî-
trez bien vos nouvelles amies, les trois pauvres petits
fantômes noirs de l'autre jour ? Puisque vous portez
volontiers le fez, mettez-le, ce sera toujours moins
dangereux. Nous irons droit à la mosquée, où nous
entrerons un moment. Vous nous aurez attendues
dans la cour. Alors, *marchez, nous vous suivrons.*
Vous connaissez Eyoub mieux que nous-mêmes ;
trouvez-y un coin (peut-être sur les hauteurs du cimetière) où nous pourrons causer en paix.

Et il faisait très beau, ce jeudi-là, sous un ciel
de haute mélancolie bleue. Il faisait chaud tout à
coup, après ce long hiver, et les senteurs d'Orient,
qui avaient dormi dans le froid, s'étaient partout
réveillées.

Recommander à André de mettre un fez pour
aller à Eyoub était bien inutile, car, en souvenir
du passé, jamais il n'aurait voulu paraître autrement dans ce quartier qui avait été le sien. Depuis
son retour à Constantinople, il revenait là pour la
première fois, et, au sortir du caïque, en posant
le pied sur ces marches toujours les mêmes, avec
quelle émotion il reconnut toutes choses, dans ce
recoin d'élection, si épargné encore ! Le vieux petit
café, maisonnette de bois vermoulu, s'avançant
sur pilotis vers l'eau tranquille, n'avait pas changé
depuis l'époque de sa jeunesse[1]. En compagnie de
Jean Renaud, aussi coiffé d'un fez, et qui avait la
consigne de ne pas parler, quand il entra prendre
place dans l'antique petite salle, tout ouverte à l'air
pur et à la fraîcheur du golfe, il y avait là, sur les
humbles divans recouverts d'indienne bien lavée,

des chats câlins sommeillant au soleil, et trois
ou quatre personnages en longue robe et turban
qui contemplaient le ciel bleu. Partout alentour
régnaient cette immobilité, cette indifférence à
la fuite du temps, cette sagesse résignée et très
douce, qui ne se trouvent qu'en pays d'Islam, dans
le rayonnement isolateur des mosquées saintes et
des grands cimetières.

Il s'assit sur les banquettes en indienne, avec
son complice d'aventure dangereuse, et bientôt
leurs fumées de narguilé se mêlèrent à celles des
autres rêveurs ; c'étaient des Imans, ces voisins de
fumerie, qui les avaient salués à la turque, ne les
croyant point des étrangers, et André s'amusait de
leur méprise, favorable à ses projets.

Ils avaient là, bien sous leurs yeux, le tout petit
débarcadère tranquille, où sans doute elles allaient
arriver ; un bonhomme à barbe blanche, qui en
était le surveillant, y faisait une facile police, du
bout de sa gaffe dirigeant l'accostage des rares
caïques, et on voyait miroiter doucement l'eau de
ce golfe très enclos, sans marées, toujours bai-
gnant les marches séculaires.

C'est le bout du monde, ce fond de la Corne-
d'Or ; on n'y passe point pour se rendre ailleurs,
cela ne mène nulle part. Sur les berges non plus, il
n'y a point de route pour s'avancer plus loin ; tout
vient mourir ici, le bras de mer et le mouvement
de Constantinople ; tout y est vieux et délaissé, au
pied de collines arides, d'une couleur brune de
désert, emplies de sépultures. Après ce petit café
sur pilotis, où ils attendaient, encore quelques
maisonnettes en bois déjeté, un vieux couvent de

derviches tourneurs, et puis plus rien, que des pierres tombales, dans une solitude.

Ils surveillaient les caïques légers, qui accostaient de temps à autre, venant de la rive de Stamboul ou de celle de Khassim-Pacha, et amenaient des fidèles pour la mosquée, pour les tombeaux, ou bien des habitants du paisible faubourg. Ils virent débarquer deux derviches ; ensuite des dames-fantômes toutes noires, mais qui avaient la démarche lente et courbée ; et ensuite de pieux vieillards à turban vert. Au-dessus de leurs têtes, les reflets du soleil sur la surface remuée venaient danser au plafond de bois, et y dessiner comme les réseaux changeants d'une moire, chaque fois qu'un nouveau caïque avait troublé le miroir de l'eau.

Enfin, là-bas quelque chose se montra qui ressemblait beaucoup aux visiteuses attendues : dans un caïque, sur le bleu lumineux du golfe, trois petites silhouettes noires, qui, même dans le lointain, avaient de la sveltesse et de l'élégance.

C'était bien cela. Tout près d'eux, elles descendirent, les reconnurent sans doute à travers leurs triples voiles, et s'acheminèrent lentement sur les dalles blanches, vers la mosquée. Eux, bien entendu, n'avaient pas bronché, osant à peine les suivre des yeux dans cette avenue presque toujours déserte, mais si sacrée, et environnée de tant d'éternels sommeils.

Un long moment après, sans hâte, d'un air indifférent, André se leva, et, lentement comme elles avaient fait, prit la belle avenue des morts, — qui est bordée tantôt de kiosques funéraires, sortes de rotondes en marbre blanc, tantôt d'arcades, comme des séries de portiques fermés par des grilles de fer... Devant ces kiosques, si on s'arrête pour regarder aux fenêtres, on voit à l'intérieur, dans la pénombre, des compagnies de hauts catafalques vert-émir, que drapent des broderies anciennes. Et derrière les grilles des arcades, ce sont des tombeaux à ciel ouvert, que l'on aperçoit partout, en foule étonnamment pressée ; des tombeaux encore magnifiques, de grandes stèles en marbre qui se dressent les unes à toucher les autres, mystérieusement exquises de forme, et couvertes d'arabesques, d'inscriptions dorées, au milieu d'un fouillis de verdure, de rosiers roses, de fleurs sauvages et de longues herbes. Entre les dalles aussi de l'avenue sonore, les herbes poussent, et, quand on approche de la mosquée, on est dans la pénombre verte, car les branches des arbres forment une voûte.

En arrivant, André regarda dans la sainte cour, cherchant si elles étaient là. Mais non, encore personne. Très ombreuse, cette cour, sous des arceaux, sous des platanes centenaires ; les vieilles faïences brillaient çà et là sur les murailles, d'un reflet de soleil filtré entre des feuilles ; par terre se promenaient des pigeons et des cigognes du voisinage, très en confiance dans ce lieu calme, où les hommes ne songent qu'à prier. La lourde tenture qui masquait l'entrée du sanctuaire se souleva pourtant, et les trois petits fantômes noirs sortirent.

« Marchez, nous vous suivrons », avait écrit « Zahidé ». Donc, il prit les devants, d'un pas un peu indécis, s'engagea, — par des sentiers funèbres et doux, toujours entre des arceaux grillés laissant voir la multitude des pierres tombales, — dans une partie plus humble, plus ancienne aussi et plus éboulée du cimetière, où les morts sont un peu comme en forêt vierge. Et, arrivé tout de suite au pied de la colline, il se mit à monter. À une vingtaine de pas, suivaient les trois petits fantômes, et, beaucoup plus loin, Jean Renaud, chargé de faire le guet et donner l'alarme.

Ils montaient, sans sortir pour cela des cimetières infinis, qui couvrent toutes les hauteurs d'Eyoub. Et, peu à peu, un horizon de Mille et une Nuits se déployait alentour ; on allait bientôt revoir tout Constantinople qui surgissait dans les lointains, au-dessus de l'enchevêtrement des branches, comme pour monter avec eux. Ce n'était plus un bocage, ainsi que dans le bas-fond autour du sanctuaire, une mêlée d'arbustes et de plantes ; non, sur cette colline, l'herbe s'étendait rase, et il n'y avait, parmi les innombrables tombes, que des cyprès géants qui laissaient entre eux beaucoup d'air, beaucoup de vue.

Ils étaient maintenant tout en haut de cette tranquille solitude ; André s'arrêta, et les trois sveltes formes noires sans visage l'entourèrent :

— Pensiez-vous nous revoir ? — demandèrent-elles presque ensemble, de leurs gentilles voix charmeuses, en lui tendant la main.

À quoi André répondit un peu mélancoliquement :

— Est-ce que je savais, moi, si vous reviendriez ?

— Eh bien ! les revoilà, vos trois petites âmes en peine, qui ont toutes les audaces... Et, où nous conduisez-vous ?

— Mais, ici même, si vous voulez bien... Tenez, ce carré de tombes, il est tout trouvé pour nous y asseoir... Je n'aperçois personne d'aucun côté... Et puis, je suis en fez ; nous parlerons turc si quelqu'un passe, et on s'imaginera que vous vous promenez avec votre père...

— Oh ! rectifia vivement « Zahidé », notre mari, vous voulez dire...

Et André la remercia, d'un léger salut.

En Turquie, où les morts sont entourés de tant de respect, on n'hésite pas à s'installer au-dessus d'eux, même sur leurs marbres, et beaucoup de cimetières sont des lieux de promenade et de station à l'ombre, comme chez nous les jardins et les squares.

— Cette fois, dit « Néchédil », en prenant place sur une stèle qui gisait dans l'herbe, nous n'avons pas voulu vous donner rendez-vous très loin, comme le premier jour : votre courtoisie à la fin se serait lassée.

— Un peu fanatique, cet Eyoub, peut-être, pour une aventure comme la nôtre, observa « Zahidé » ; mais vous l'aimez, vous y êtes chez vous... Et nous aussi, nous l'aimons... et nous y serons chez nous, plus tard, car c'est ici, quand notre heure sera venue, que nous désirons dormir.

André alors les regardait avec une stupeur nouvelle : était-ce possible, ces trois petites créatures, dont il avait senti déjà le modernisme extrême, qui lisaient madame de Noailles, et pouvaient à l'oc-

casion parler comme les jeunes Parisiennes trop
dans le train des livres de Gyp, ces petites fleurs
de XXᵉ siècle, étaient appelées, en tant que musulmanes et sans doute de grande famille, à dormir
un jour dans ce bois sacré, là, en bas, parmi tous
ces morts à turban des vieux siècles de l'hégire ;
dans quelqu'un de ces inquiétants kiosques de
marbre, elles auraient leur catafalque en drap
vert, garni d'un voile de La Mecque sur quoi la
poussière s'amasserait bientôt, et on viendrait le
soir leur allumer comme aux autres leur petite
veilleuse... Oh ! toujours ce mystère d'Islam, sous
lequel ces femmes restaient enveloppées, même en
plein jour, quand le ciel était bleu et quand brillait
un soleil de printemps...

Ils causaient, assis sur des tombes très anciennes,
les pieds dans une herbe fine, semée de ces fleurettes délicates qui sont amies des terrains secs et
tranquilles. Ils avaient là, pour leur conversation,
un site merveilleux, un site unique au monde, et
consacré par tout un passé. Quantité de précé-
dentes générations, des empereurs byzantins et
des khalifes magnifiques avaient travaillé pendant des siècles à composer pour eux seuls ce
décor de féerie : c'était tout Stamboul, un peu à
vol d'oiseau et découpant son amas de mosquées
sur le bleu lointain de la mer ; un Stamboul vu
en raccourci, en enfilade, les dômes, les minarets
chevauchant les uns sur les autres en profusion
confuse et superbe, avec, par-derrière, la nappe
immobile de la Marmara dessinant son vertigi-
neux cercle de lapis. Et aux premiers plans, tout
près d'eux, il y avait les milliers de stèles, les unes

droites, les autres déjà s'inclinant, mais toutes étranges et jolies, avec leurs arabesques dorées, leurs fleurs dorées, leurs inscriptions dorées ; il y avait les cyprès de quatre cents ans, aux troncs comme des piliers d'église, et d'une couleur de pierre, et aux feuillages si sombres qui montaient partout dans ce beau ciel comme des clochers noirs.

Elles semblaient presque gaies aujourd'hui, les trois petites âmes sans figure, gaies parce qu'elles étaient jeunes, parce qu'elles avaient réussi à s'échapper, qu'elles se sentaient libres pour une heure, et parce que l'air ici était suave et léger, avec des odeurs de printemps.

— Répétez un peu nos noms, commanda « Ikbal », pour voir si vous ne vous embrouillerez pas.

Et André, les montrant l'une après l'autre du bout de son doigt, prononça comme un écolier qui récite docilement sa leçon : « Zahidé, Néchédil, Ikbal. »

— Oh ! que c'est bien !... Mais nous ne nous appelons pas comme cela du tout, vous savez ?...

— Je m'en doutais, croyez-le... D'autant plus que Néchédil, entre autres, est un nom d'esclave[1].

— Néchédil... En effet, oui... Ah ! vous êtes si fin que ça !

Le radieux soleil tombait en plein sur leurs épais voiles, et André, à la faveur de cet éclairage à outrance, essayait de découvrir quelque chose de leurs traits. Mais non, rien. Trois ou quatre doubles de gaze noire les rendaient indéchiffrables...

Un moment il se laissa dérouter par les modestes
tcharchafs, en soie noire un peu élimée, et les
gants un peu défraîchis, qu'elles avaient cru devoir
prendre pour ne pas attirer l'attention : « Après
tout, se dit-il, peut-être ne sont-elles pas de si
belles dames que je croyais, les pauvres petites. »
Mais ses yeux tombèrent ensuite sur leurs souliers
très élégants et leurs fins bas de soie... Et puis,
cette haute culture dont elles faisaient preuve, et
cette parfaite aisance ?...

— Eh bien ! depuis l'autre jour, demanda l'une,
n'avez-vous pas fait quelques perquisitions pour
nous « identifier » ?

— Elles seraient commodes, les perquisitions,
par exemple !... Et puis, ça m'est si égal !... J'ai
trois petites amies charmantes ; ça, je le sais, et,
comme indication, je m'en contente...

— Oh ! à présent, proposa « Néchédil », nous
pourrions bien lui dire qui nous sommes... La
confiance en lui, nous l'avons...

— Non, j'aime mieux pas, interrompit André.

— Gardons-nous-en bien, dit « Ikbal »... C'est
tout notre charme à ses yeux, ça : notre petit mystère... Avouez-le, monsieur Lhéry, si nous n'étions
pas des musulmanes voilées, s'il ne fallait pas, à
chacun de nos rendez-vous, jouer notre vie, — et
peut-être, vous aussi, la vôtre, — vous diriez :
« Qu'est-ce qu'elles me veulent, ces trois petites
sottes ? » et vous ne viendriez plus.

— Mais non, voyons...

— Mais si... L'invraisemblance de l'aventure, et
le danger, c'est bien tout ce qui vous attire, allez !

— Non, je vous dis... plus maintenant...

— Soit, n'approfondissons pas, — conclut « Zahidé » qui depuis un moment ne disait plus rien, — n'éclaircissons pas le débat ; je préfère... Mais, sans vous mettre au courant de notre état civil, monsieur Lhéry, permettez qu'on vous apprenne nos noms vrais ; tout en nous laissant notre incognito, il me semble que cela nous rendra plus vos amies...

— Ça, je le veux bien, répondit-il, et je crois que je vous l'aurais demandé... Des noms d'emprunt, c'est comme une barrière...

— Donc, voici. « Néchédil » s'appelle Zeyneb : le nom d'une dame pieuse et sage, qui jadis à Bagdad enseignait la théologie ; et cela lui va très bien... « Ikbal » s'appelle Mélek*, et comment ose-t-on usurper un nom pareil, étant la petite peste qu'elle est ?... Quant à moi, « Zahidé », je m'appelle Djénane*, et, si vous savez jamais mon histoire, vous verrez quelle dérision, ce nom-là !... Allons, répétez à présent : Zeyneb, Mélek, Djénane.

— Inutile, je n'oublierai pas. D'ailleurs, puisque vous avez tant fait, il vous reste à m'apprendre une chose essentielle : quand on vous parle, est-ce *Madame* qu'il faut vous dire, ou bien...

— Il faut nous dire rien du tout : Zeyneb, Mélek, Djénane, sans plus.

— Oh ! cependant...

— Cela vous choque... Que voulez-vous, nous sommes des petites barbares... Eh bien ! alors, si vous y tenez, que ce soit *Madame*,... *Madame* à

---

* Mélek signifie : ange.
* Djénane (qui s'écrit Djenan) signifie : bien-aimée.

toutes les trois, hélas !... Mais nos relations déjà sont tellement contraires à tous les protocoles !... Un peu plus ou un peu moins, qu'importerait ? Et puis, voyez combien notre amitié risque de n'avoir pas de lendemain : un si terrible danger plane sur nos rencontres que nous ne saurons même pas, en nous quittant tout à l'heure, si nous nous reverrons jamais. Donc, pourquoi, pendant cet instant qui peut si bien être sans retour dans notre existence, pourquoi ne pas nous donner l'illusion que nous sommes pour vous d'intimes amies ?

Si étrange que ce fût, c'était présenté d'une manière parfaitement honnête, franche et comme il faut, avec une pureté inattaquable, comme d'âme à âme ; André alors se rappela le danger, qu'il oubliait en effet, tant ce lieu adorable avait des apparences de paix et de sécurité, et tant cette journée de printemps était douce ; il se rappela leur courage, qu'il avait perdu de vue, leur courage d'être ici, leur audace de désespérées, et, au lieu de sourire d'une telle demande, il sentit ce qu'elle avait d'anxieux et de touchant.

— Je dirai comme vous voudrez, répondit-il, et je vous remercie... Mais vous, en échange, vous supprimerez *Monsieur*, n'est-ce pas ?

— Ah !... et comment dirons-nous donc ?

— Mon Dieu, je ne sais pas trop... Je ne vous vois guère d'autre ressource que de m'appeler André.

Alors Mélek, la plus enfant des trois :

— Pour Djénane, ce ne sera pas la première fois que ça lui arrivera, vous savez !

— Ma petite Mélek, de grâce !...

— Si ! laisse-moi lui conter... Vous n'imaginez pas ce que nous avons déjà vécu avec vous, surtout elle, tenez ! Et jadis, dans son journal de jeune fille, écrit sous forme de lettre à votre intention, elle vous appelait André tout le temps.

— C'est une enfant terrible, monsieur Lhéry ; elle exagère beaucoup, je vous assure…

— Ah ! et la photo ! reprit Mélek, passant brusquement d'un sujet à un autre.

— Quelle photo ? demanda-t-il.

— Vous, avec Djénane. C'est comme chose irréalisable, vous comprenez, qu'elle a désiré l'avoir… Faisons vite, l'instant ne se retrouvera peut-être jamais plus… Mets-toi près de lui, Djénane.

Djénane, avec sa grâce languide, sa flexibilité harmonieuse, se leva pour s'approcher.

— Savez-vous à quoi vous ressemblez ? lui dit André. À une élégie[1], dans tout ce noir qui est léger et qui traîne… et avec la tête penchée, comme je vous vois là, parmi ces tombes.

Dans sa voix même, il y avait de l'élégie, dès qu'elle prononçait une phrase un peu mélancolique ; le timbre en était musical, infiniment doux, et pourtant brisé et comme lointain.

Mais cette petite élégie vivante pouvait tout à coup devenir très gaie, moqueuse, et faire des réflexions impayables ; on la sentait capable d'enfantillage et de fou rire.

Près d'André, elle se posait gravement, sans faire mine de relever ses voiles :

— Comment, mais vous allez rester ainsi, toute noire, sans visage ?

— Bien entendu ! En silhouette. Les âmes, vous savez, n'ont pas besoin d'avoir une figure…

Et Mélek, retirant, de dessous son tcharchaf d'austère musulmane, un petit Kodak du tout dernier système, les mit en joue : tac ! une première épreuve ; tac ! une seconde[1]...

Ils ne se doutaient pas combien, plus tard, par la suite imprévue des jours, elles leur deviendraient chères et douloureuses, ces vagues petites images, prises en s'amusant, dans un tel lieu, à un instant où il y avait fête de soleil et de renouveau...

Par précaution, Mélek allait prendre un cliché de plus, quand ils aperçurent une paire de grosses moustaches sous un bonnet rouge, qui surgissaient tout près d'eux, derrière des stèles : un passant, stupéfait d'entendre parler une langue inconnue et de voir des Turcs faire des photographies dans un saint cimetière.

Pourtant il s'en alla sans protester, mais avec un air de dire : Attendez un peu, je reviens ; on va éclaircir cette affaire-là... Comme la première fois, le rendez-vous finit donc par une fuite des trois gentils fantômes, une fuite éperdue. Et il était temps, car, au bas de la colline, ce personnage ameutait du monde.

Une heure après, quand André et son ami se furent assurés, en épiant de très loin, que les trois petites Turques avaient réussi, par des chemins détournés, à gagner sans encombre une des Échelles de la Corne-d'Or et à prendre un caïque, ils s'embarquèrent eux-mêmes, à une Échelle différente, pour s'éloigner d'Eyoub.

C'était maintenant la sécurité et le calme, dans cette barque effilée, où ils venaient de s'asseoir presque couchés, à la manière de Constantinople, et ils descendaient ce golfe, tout enclavé dans l'immense ville, à l'heure où la féerie du soir battait son plein. Leur batelier les menait en suivant la rive de Stamboul, dans cette ombre colossale que les amas de maisons et de mosquées projettent, au déclin du soleil, depuis des siècles, sur cette eau toujours captive et tranquille. Stamboul au-dessus d'eux commençait de s'assombrir et de s'unifier, étalant comme tous les soirs la magnificence de ses coupoles contre le couchant ivre de lumière ; Stamboul redevenait dominateur, lourd de souvenirs, oppressant comme aux grandes époques de son passé, et, sous cette belle nappe réfléchissante qu'était la surface de la mer, on devinait, entassés au fond, les cadavres et le déchet de deux civilisations somptueuses... Si Stamboul était sombre, en revanche les quartiers qui s'étageaient sur la rive opposée, Khassim-Pacha, Tershané, Galata, avaient l'air de s'incendier, et même le banal Péra, perché tout en haut et enveloppé de rayons couleur de cuivre, jouait son rôle dans cet émerveillement des fins de jour. Il n'y a guère d'autre ville au monde, qui arrive à se magnifier ainsi, dans les lointains et les éclairages propices, pour produire tout à coup grand spectacle et apothéose.

Pour André Lhéry, ces trajets en caïque le long de la berge, dans l'ombre de Stamboul, avaient été presque quotidiens jadis, quand il habitait au bout de la Corne-d'Or[1]. En ce moment, il lui semblait que c'était hier, ce temps-là ; l'intervalle de vingt-cinq années n'existait plus ; il se rappelait jusqu'à d'insignifiantes choses, des détails oubliés ; il avait peine à croire qu'en rebroussant chemin vers Eyoub, il ne retrouverait pas à la place ancienne sa maison clandestine, les visages autrefois connus. Et, sans s'expliquer pourquoi, il associait un peu l'humble petite Circassienne, qui dormait sous sa stèle tombée, à cette Djénane apparue si nouvellement dans sa vie ; il avait presque le sentiment sacrilège que celle-ci était une continuation de celle-là, et, à cette heure magique où tout était bien-être et beauté, enchantement et oubli, il n'éprouvait aucun remords de les confondre un peu... Que lui voulaient-elles, les trois petites Turques d'aujourd'hui ? Comment finirait ce jeu qui le charmait et qui était plein de périls ? Elles n'avaient presque rien dit, que des choses enfantines ou quelconques, et cependant elles le tenaient déjà, au moins par un lien de sollicitude affectueuse... C'étaient leurs voix peut-être ; surtout celle de Djénane, une voix qui avait l'air de venir *d'ailleurs*, du passé peut-être, qui différait, on ne savait par quoi, des habituels sons terrestres...

Ils avançaient toujours ; ils allaient comme étendus sur l'eau même, tant on en est près dans ces minces caïques presque sans rebords. Ils avaient dépassé la mosquée de Soliman[1], qui trône au-dessus de toutes les autres, au point culminant de Stamboul, dominant tout de ses coupoles géantes. Ils avaient franchi cette partie de la Corne-d'Or où des voiliers d'autrefois stationnent toujours en multitude serrée : hautes carènes à peinturlures, inextricable forêt de mâts grêles portant tous le croissant de l'Islam sur leurs pavillons rouges. Le golfe commençait de s'ouvrir devant eux sur l'échappée plus large du Bosphore et de la Marmara, où les paquebots sans nombre leur apparaissaient, transfigurés par l'éloignement favorable. Et maintenant c'était la côte d'Asie qui entrait brusquement en scène avec splendeur ; une autre ville encore, Scutari[1], étincelait là-bas ; ses minarets, ses dômes, qui venaient de se révéler d'un seul coup, étaient roses comme du corail ; Scutari donnait cette illusion, de presque chaque soir, qu'il y avait le feu dans ses vieux quartiers asiatiques : les petites vitres de ses fenêtres turques, les petites vitres par myriades, reflétant chacune la suprême fulguration du soleil à moitié disparu, auraient fait croire, si l'on n'eût été avisé de ce trompe-l'œil coutumier, qu'à l'intérieur toutes les maisons étaient en flammes.

XII

André Lhéry, la semaine suivante, reçut cette lettre à trois écritures :

Mercredi, 27 avril 1904.

Nous ne sommes jamais si sottes qu'en votre présence, et après, quand vous n'êtes plus là, c'est à en pleurer. Ne nous refusez pas de venir, encore une fois qui sera la dernière. Nous avons tout combiné pour *samedi*, et si vous saviez, quelles ruses de Machiavel ! Mais ce sera une rencontre d'adieu, car nous allons partir.

Sans en perdre le fil, suivez bien tout ceci :

Vous venez à Stamboul, devant Sultan-Selim[2].

Arrivé en face de la mosquée, vous voyez sur votre droite une ruelle qui a l'air abandonné, entre un couvent de derviches et un petit cimetière. Vous vous y engagez, et elle vous mène, après cent mètres, à la cour de la petite mosquée Tossoun-Agha[1]. Juste en face de vous, en arrivant dans cette cour, il y aura une grande maison, très ancienne, jadis peinte en brun-rouge ; contournez-la. Derrière, vous verrez s'ouvrir une impasse un peu obscure, bordée de maisons grillées, avec des balcons fermés qui débordent ; dans la rangée de gauche, la troisième maison, la seule qui ait une porte à deux battants et un frappoir en cuivre, est celle où nous serons à vous attendre. N'amenez pas votre ami ; venez seul, c'est plus sûr.

DJÉNANE.

À partir de deux heures et demie, je serai au guet derrière cette porte entre-bâillée. Mettez encore le fez, et autant que possible un manteau couleur de muraille. Elle sera plus que modeste, cette toute petite maison de notre rendez-vous d'adieu. Mais nous tâcherons de vous laisser un bon souvenir de ces ombres qui auront passé dans votre vie, si rapides et si légères, que peut-être douterez-vous, après quelques jours, de leur réalité.

MÉLEK.

Et pourtant, si légères, elles ne furent point « plumes au vent », emportées vers vous au gré d'un caprice. Mais, le premier, vous avez senti que la pauvre Turque pouvait bien avoir une âme, et c'est de cela qu'elles voulurent vous dire merci.

Et cette « aventure innocente » si courte et presque irréelle, ne vous aura pas laissé le temps d'arriver à la lassitude. Ce sera, dans votre vie, une page sans verso.

Samedi, avant de disparaître pour toujours, nous vous dirons bien des choses, si l'entretien n'est pas coupé, comme celui d'Eyoub, par une émotion et une fuite. Donc, à bientôt, notre *ami*.

ZEYNEB.

Moi qui suis le grand stratégiste de la bande, on m'a chargée de dessiner ce beau plan, que je joins à la lettre, pour que vous vous y retrouviez. Bien que l'endroit ait un peu l'air d'un petit coupe-gorge, que votre ami soit sans inquiétude : rien de plus honnête ni de plus tranquille.

RE-MÉLEK (MÉLEK *rursus*).

Et André répondit aussitôt, poste restante, au nom de « Zahidé » :

29 avril 1904.

Après-demain samedi, à deux heures et demie, dans la tenue prescrite, fez et manteau couleur de muraille, j'arriverai devant la porte au frappoir de cuivre, me mettre aux ordres des trois fantômes noirs.
Leur ami,

ANDRÉ LHÉRY.

XIII

Jean Renaud, qui augurait plutôt mal de l'aventure, avait en vain demandé la permission de suivre. André se contenta de lui accorder qu'on irait, avant l'heure du guet-apens, fumer ensemble un narguilé suprême, sur certaine place qui jadis lui avait été chère, et qui ne se trouvait qu'à un quart d'heure, à pied, du lieu fatal.

C'était à Stamboul, bien entendu, cette place choisie, au cœur même des quartiers musulmans et devant la grande mosquée de Mehmed-Fatih*, qui est l'une des plus saintes. Après les ponts franchis, une montée et un long trajet encore pour arriver là, en pleine turquerie des vieux temps ; plus d'Européens, plus de chapeaux, plus de bâtisses modernes ; en approchant, à travers des petits bazars restés comme à Bagdad, ou dans des rues bordées d'exquises fontaines, de kiosques funéraires, d'enclos grillés enfermant des tombes, on se sentait redescendre peu à peu l'échelle des âges, rétrograder vers les siècles révolus.

Ils avaient une bonne heure devant eux, quand, au sortir de ruelles ombreuses, ils se trouvèrent en face de la colossale mosquée blanche, dont les minarets à croissants d'or se perdaient dans le bleu infini du ciel. Devant la haute ogive d'entrée, la place où ils venaient s'asseoir est comme une sorte de parvis extérieur, que fréquentent surtout les pieux personnages, fidèles au costume des ancêtres, robe et turban. Des petits cafés centenaires s'ouvrent tout autour, achalandés par les rêveurs qui causent à peine. Il y a aussi des arbres, à l'ombre desquels d'humbles divans sont disposés, pour ceux qui veulent fumer dehors. Et, dans des cages pendues aux branches, il y a des pin-

---

* Mehmed-Fatih, ou Sultan-Fatih (Mehmed le Conquérant), Mahomet II.

sons, des merles, des linots, spécialement chargés
de la musique, dans ce lieu naïf et débonnaire.

Ils s'installèrent sur une banquette, où des
Imams s'étaient reculés avec courtoisie pour les
faire asseoir. Près d'eux, vinrent tour à tour des
petits mendiants, des chats affables en quête de
caresses, un vieux à turban vert qui offrait du
coco[1] « frais comme glace », des petites bohémiennes très jolies qui vendaient de l'eau de rose
et qui dansaient, — tous souriants, discrets et
n'insistant pas. Ensuite, sans plus s'occuper d'eux,
on les laissa fumer et entendre les oiseaux chanteurs. Il passait des dames en domino tout noir,
d'autres enveloppées dans ces voiles de Damas qui
sont en soie rouge ou verte avec grands dessins
d'or ; il passait des marchands de « mou », et alors
quelques bons Turcs, même de belle robe et de
belle allure, en achetaient gravement un morceau
pour leur chat, et l'emportaient à l'épaule, piqué
au bout de leur parapluie ; il passait des Arabes du
Hedjaz, en visite à la ville du Khalife, ou encore
des derviches quêteurs, à longs cheveux, qui revenaient de La Mecque. Et un bonhomme, de cent
ans au moins, pour un demi-sou faisait faire aux
bébés turcs deux fois le tour de la place, dans une
caisse à roulettes qu'il avait très magnifiquement
peinturlurée, mais qui cahotait beaucoup, sur
l'antique pavage en déroute. Auprès de ces mille
toutes petites choses, indiquant de ce peuple le
côté jeune, simple et bon, la mosquée d'en face
se dressait plus grande, majestueuse et calme,
superbe de lignes et de blancheur, avec ses deux
flèches pointées dans ce ciel pur du 1er mai.

Oh ! les doux et honnêtes regards, sous ces turbans, les belles figures de confiance et de paix,
encadrées de barbes noires ou blondes ! Quelle
différence avec ces Levantins en veston qui, à cette
même heure, s'agitaient sur les trottoirs de Péra,
— ou avec les foules de nos villes occidentales,
aux yeux de cupidité et d'ironie, brûlés d'alcool !
Et comme on se sentait là au milieu d'un monde
heureux, resté presque à l'âge d'or, — pour avoir
su toujours modérer ses désirs, craindre les changements et garder sa foi[1] ! Parmi ces gens assis là
sous les arbres, satisfaits avec la minuscule tasse
de café qui coûte un sou, et le narguilé berceur, la
plupart étaient des artisans, mais qui travaillaient
pour leur compte, chacun de son petit métier
d'autrefois, dans sa maisonnette ou en plein air.
Combien ils plaindraient les pauvres ouvriers en
troupeau de nos pays de « progrès », qui s'épuisent
dans l'usine effroyable pour enrichir le maître !
Combien leur paraîtraient surprenantes et dignes
de pitié les vociférations avinées de nos bourses du
travail, ou les inepties de nos parlotes politiques,
entre deux verres d'absinthe, au cabaret !...

L'heure approchait ; André Lhéry quitta son
compagnon et s'achemina seul vers le quartier
plus lointain de Sultan-Selim, toujours en pleine
turquerie, mais par des rues plus désertes, où l'on
sentait la désuétude et les ruines. Vieux murs de
jardins ; vieilles maisons fermées, maisons de bois
comme partout, peintes jadis en ces mêmes ocres
foncés ou bruns rouges qui donnent à l'ensemble
de Stamboul sa teinte sombre, et font éclater
davantage la blancheur de ses minarets.

Parmi tant et tant de mosquées, celle de Sultan-Selim est une des très grandes, dont les dômes et les flèches se voient des lointains de la mer, mais c'est aussi une des plus à l'abandon. Sur la place qui l'entoure, point de petits cafés, ni de fumeurs ; et aujourd'hui, personne dans ses parages ; devant l'ogive d'entrée, un triste désert. Sur sa droite, André vit la ruelle indiquée par Mélek, « entre un couvent de derviches et un petit cimetière » ; bien sinistre cette ruelle, où l'herbe verdissait les pavés. En arrivant sur la place de l'humble mosquée Tossoun-Agha, il reconnut la grande maison, certainement hantée, qu'il fallait contourner ; personne non plus sur cette place, mais les hirondelles y chantaient le beau mois de mai ; une glycine y formait berceau, une de ces glycines comme on n'en voit qu'en Orient, avec des branches aussi grosses que des câbles de navire, et ses milliers de grappes commençaient à se teinter de violet tendre. Enfin l'impasse, plus funèbre que tout, avec son herbe par terre, et ses pavés très en pénombre, sous les vieux balcons masqués d'impénétrables grillages. Personne, pas même d'hirondelles, et silence absolu. « Le lieu a un peu l'air d'un coupe-gorge », avait écrit Mélek en post-scriptum : oh ! pour ça, oui !

Quand on est un faux Turc et en maraude, presque dans le dommage, cela gêne de s'avancer sous de tels balcons, d'où tant d'yeux invisibles pourraient observer. André marchait avec lenteur, égrenait son chapelet, regardant tout sans en avoir l'air, et comptait les portes closes. « La cinquième, à deux battants, avec un frappoir de cuivre. » Ah !

celle-ci !... Du reste, on venait de l'entrebâiller, et, par la fente, passait une petite main gantée qui tambourinait sur le bois, une petite main gantée à plusieurs boutons, très peu chez elle, à ce qu'il semblait, dans ce quartier farouche. Il ne fallait pas paraître indécis, à cause des regards possibles ; avec assurance donc, André poussa le battant et entra.

Le fantôme noir embusqué derrière, et qui avait bien la tournure de Mélek, referma vite à clef, tira le verrou en plus, et dit gaîment :

— Ah ! vous avez trouvé ?... Montez, mes sœurs sont là-haut, qui vous attendent.

Il monta un escalier sans tapis, obscur et délabré. Là-haut, dans un pauvre petit harem tout simple, aux murailles nues, que les grilles en fer et les quadrillages en bois des fenêtres laissaient dans un triste demi-jour, il trouva les deux autres fantômes qui lui tendirent la main... Pour la première fois de sa vie, il était *dans un harem*, — chose qui, avec son habitude de l'Orient, lui avait toujours paru l'impossibilité même ; il était *derrière* ces quadrillages des appartements de femmes, ces quadrillages si jaloux, que les hommes, *excepté le maître, ne voient jamais que du dehors*. Et en bas, la porte était verrouillée, et cela se passait au cœur du Vieux-Stamboul, et dans quelle mystérieuse demeure !... Il se demandait, avec une petite frayeur, pour lui si amusante : « Qu'est-ce que je fais ici ? » Tout le côté enfant de sa nature, tout le côté encore avide de sortir de soi-même, encore amoureux de se dépayser et changer, était servi au-delà de ses souhaits.

Et pourtant, elles ressemblaient à trois spectres

de tragédie, les dames de son harem, aussi voilées que l'autre jour à Eyoub, et plus indéchiffrables que jamais, avec le soleil en moins. Quant au harem lui-même, au lieu de luxe oriental, il n'étalait qu'une décente misère.

Elles le firent asseoir sur un divan aux rayures fanées, et il promena les yeux alentour. Si pauvres qu'elles fussent, les dames de céans, elles étaient femmes de goût, car tout dans sa simplicité extrême restait harmonieux et oriental ; nulle part de ces bibelots de pacotille allemande qui commencent, hélas ! à envahir les intérieurs turcs.

— Je suis chez vous ? demanda André.

— Oh ! non, répondirent-elles, d'un ton qui indiquait un vague sourire sous le voile.

— Pardonnez-moi ; ma question était idiote, pour un tas de raisons ; la première, c'est que ça me serait égal ; je suis avec vous, le reste ne m'importe guère.

Il les observait. Elles avaient leurs mêmes tcharchafs que l'autre jour, en soie noire élimée par endroits. Et avec cela, chaussées comme des petites reines. Et puis, leurs gants ôtés, on voyait scintiller de belles pierres à leurs doigts. Qu'est-ce que c'était que ces femmes-là, et qu'est-ce que c'était que cette maison ?

Djénane demanda, de sa voix de petite sirène blessée qui va mourir :

— Combien de temps pouvez-vous nous donner ?

— Tout le temps que vous me donnerez vous-mêmes.

— Nous, nous avons à peu près deux heures

de quasi-sécurité ; mais vous trouverez que c'est long, peut-être ?

Mélek apportait un de ces tout petits guéridons en usage à Constantinople pour les dînettes que l'on offre toujours aux visiteurs : café, bonbons et confitures de roses. La nappe était de satin blanc brodé d'or, avec des violettes de Parme, naturelles, jetées dessus ; le service était de filigrane d'or, et cela complétait l'invraisemblance de tout.

— Voici les photos d'Eyoub, lui dit-elle, — en le servant comme une mignonne esclave, — mais elles sont manquées. Nous recommencerons aujourd'hui même, puisque nous ne nous reverrons plus ; il y a peu de lumière ; cependant, avec une pose plus longue...

Ce disant, elle présentait deux petites images confuses et grises, où la silhouette de Djénane se dessinait à peine, et André les accepta négligemment, loin de se douter du prix qu'il y attacherait plus tard...

— C'est vrai, demanda-t-il, que vous allez partir ?

— Très vrai.

— Mais vous reviendrez... et nous nous reverrons ?...

À quoi Djénane répondit par ce mot imprécis et fataliste, que les Orientaux appliquent à toutes les choses de l'avenir : « Inch'Allah !... » Partiraient-elles bien réellement, ou était-ce pour mettre fin à l'audacieuse aventure, par crainte des lassitudes peut-être, ou du terrible danger ? Et André, qui, en somme, ne savait rien d'elles, les sentait fuyantes comme des visions, impossibles à retenir ou à retrouver, le jour où leur fantaisie ne serait plus de le revoir.

— Et ce sera bientôt, votre départ ? se risqua-t-il à demander encore.

— Dans une dizaine de jours, sans doute.

— Alors, il vous reste le temps de me faire signe une autre fois !

Elles tinrent conseil à voix basse, en un turc elliptique, très mêlé de mots arabes, très difficile à entendre pour André :

— Oui, samedi prochain, dirent-elles, nous essayerons encore... Et merci de l'avoir désiré. Mais savez-vous bien tout ce qu'il nous faut déployer de ruse, acheter de complicités pour vous recevoir ?

Cela pressait, paraît-il, les photos, à cause d'un rayon de soleil, renvoyé par la triste maison d'en face, et qui jetait son reflet dans la petite salle grillée, mais qui remontait lentement vers les toits, prêt à fuir. On recommença deux ou trois poses, toujours Djénane auprès d'André, et toujours Djénane sous ses draperies noires d'élégie.

— Vous représentez-vous bien, leur dit-il, ce que c'est nouveau pour moi, étrange, inquiétant presque, de causer avec des êtres aussi invisibles ? Vos voix mêmes sont comme masquées par ces triples voiles. À certains moments, il me vient de vous une vague frayeur.

— C'était dans nos conventions, cela, que nous ne serions pour vous que des âmes.

— Oui, mais les âmes se révèlent à une autre âme surtout par l'expression des yeux... Vos yeux, à vous, je ne les imagine même pas. Je veux croire qu'ils sont francs et limpides, mais seraient-ils même effroyables comme ceux des goules, je n'en saurais rien. Non, je vous assure, cela me gêne, cela m'intimide et m'éloigne. Au moins, faites une chose ; confiez-moi vos portraits, dévoilées... Sur l'honneur, je vous les rends aussitôt, ou bien, si quelque drame nous sépare, je les brûle.

Elles demeurèrent d'abord silencieuses. Avec leurs longues hérédités musulmanes, révéler son visage leur paraissait une chose malséante, leur liaison avec André en devenait tout de suite plus coupable... Et enfin, ce fut Mélek qui s'engagea délibérément pour ses sœurs, mais sur un ton un peu narquois, qui donnait à penser :

— Nos photos sans tcharchaf ni yachmak, vous voulez ? Bien ; le temps de les faire, et la semaine prochaine vous les aurez... Et maintenant, asseyons-nous tous ; la parole est à Djénane, qui a une grande prière à vous adresser ; allumez une cigarette : vous vous ennuierez toujours moins.

— C'est de notre part, cette prière, dit Djénane, et de la part de toutes nos sœurs de Turquie... Monsieur Lhéry, prenez notre défense ; écrivez un livre en faveur de la pauvre musulmane du XXe siècle !... Dites-le au monde, puisque vous le savez, que, à présent, nous avons une âme ; que ce n'est plus possible de nous briser comme des choses... Si vous faites cela, nous serons des milliers à vous bénir... Voulez-vous ?

André demeurait silencieux, comme elles tout à l'heure, à la demande du portrait ; ce livre-là, il ne le voyait pas du tout ; et puis il s'était promis de faire l'Oriental à Constantinople, de flâner et non d'écrire...

— Comme c'est difficile, ce que vous attendiez de moi !... Un livre voulant prouver quelque chose, vous qui paraissez m'avoir bien lu et me connaître, vous trouvez que ça me ressemble ?... Et puis, la musulmane du XXe siècle, est-ce que je la connais ?

— Nous vous documenterons...

— Vous allez partir...

— Nous vous écrirons...

— Oh ! vous savez, les lettres, les choses écrites... Je ne peux jamais raconter à peu près bien que ce que j'ai vu et vécu...

— Nous reviendrons !...

— Alors, vous vous compromettrez... On cherchera de qui je les tiens, ces documents-là. Et on finira bien par trouver...

— Nous sommes prêtes à nous sacrifier pour cette cause !... Quel emploi meilleur pourrions-nous faire de nos pauvres petites existences lamentables et sans but ? Nous voulions nous dévouer toutes les trois à soulager des misères, fonder des œuvres, comme les Européennes... Non, cela même, on nous l'a refusé : il faut rester oisives et cachées, derrière des grilles. Eh bien ! nous voulons être les inspiratrices du livre : ce sera notre œuvre de charité, à nous, et tant pis s'il faut y perdre notre liberté ou la vie.

André essaya de se défendre encore :

— Pensez aussi que je ne suis pas indépendant, à Constantinople ; j'occupe un poste dans une ambassade... Et puis, autre chose : je reçois de la part des Turcs une hospitalité si confiante !... Parmi ceux que vous appelez vos oppresseurs, j'ai des amis, qui me sont très chers...

— Ah ! là, par exemple, il faut choisir. Eux ou nous ; à prendre ou à laisser. Décidez.

— C'est à ce point ?... Alors, je choisis *vous*, naturellement. Et j'obéis.

— Enfin !

Et elle lui tendit sa petite main, qu'il baisa avec respect.

Ils causèrent presque deux heures dans un semblant de sécurité qu'ils n'avaient encore jamais connu.

— N'êtes-vous pas des exceptions ? demandait-il, étonné de les voir montées à ce diapason de désespérance et de révolte.

— Nous sommes la règle. Prenez au hasard vingt femmes turques (femmes du monde, s'entend) ; vous n'en trouverez pas une qui ne parle ainsi !... Élevées en enfants-prodiges, en bas bleus, en poupées à musique, objets de luxe et de vanité pour notre père ou notre maître, et puis traitées en odalisques et en esclaves, comme nos aïeules d'il y a cent ans !... Non, nous ne pouvons plus ! nous ne pouvons plus !...

— Prenez garde, si j'allais plaider votre cause à rebours, moi qui suis un homme du passé... J'en serais bien capable, allez ! Guerre aux institutrices, aux professeurs transcendants, à tous ces livres qui élargissent le champ de l'angoisse humaine. Retour à la paix heureuse des aïeules.

— Eh bien ! nous nous en contenterions à la

rigueur, de ce plaidoyer-là,... d'autant plus que ce retour est impossible : on ne remonte pas le cours du temps. L'essentiel, pour qu'on s'émeuve et qu'on ait enfin pitié, c'est qu'on sente bien que nous sommes des martyres, nous, les femmes de transition entre celles d'hier et celles de demain. C'est cela qu'il faut arriver à faire entendre, et, après, vous serez notre ami, à toutes !...

André espérait encore en quelque imprévu secourable, pour être dispensé d'écrire *leur* livre. Mais il subissait avec ravissement le charme de leurs belles indignations, de leurs jolies voix qui vibraient de haine contre la tyrannie des hommes.

Et il s'habituait peu à peu à ce qu'elles n'eussent point de visage. Pour lui apporter le feu de ses cigarettes ou lui servir la tasse microscopique où se boit le café turc, elles allaient, venaient autour de lui, élégantes, légères, exaltées, mais toujours fantômes noirs, — et, quand elles se courbaient, leur voile de figure pendait comme une longue barbe de capucin que l'on aurait ajoutée par dérision à ces êtres de grâce et de jeunesse.

La sécurité pour eux était surtout apparente, dans cette maison et cette impasse, qui, en cas de surprise, eussent constitué une parfaite souricière. Si par hasard on entendait marcher dehors, sur les pavés sertis d'une herbe triste, elles regardaient inquiètes à travers les quadrillages protecteurs : quelque vieux turban qui rentrait chez lui, ou bien le marchand d'eau du quartier avec son outre sur les reins.

Théoriquement, ils devaient s'appeler tous les trois par leurs noms, *sans plus*. Mais aucun

d'eux n'avait osé commencer, et ils ne s'appelaient pas.

Une fois, ils eurent le grand frisson : le frappoir
de cuivre, à la porte extérieure, retentissait sous
une main impatiente, menant un bruit terrible au
milieu de ce silence des maisons mortes, et ils se
précipitèrent tous aux fenêtres grillées : une dame
en tcharchaf de soie noire, appuyée sur un bâton
et l'air très courbé par les ans.

— Ce n'est rien de grave, dirent-elles, l'incident
était prévu. Seulement il va falloir qu'elle entre ici.

— Alors, je me cache ?...

— Ce n'est même pas nécessaire. Va, Mélek,
va lui ouvrir, et tu lui diras ce qui est convenu.
Elle ne fera que traverser et ne reparaîtra plus...
Passant devant vous, peut-être demandera-t-elle
en turc *comment va le petit malade*, et vous n'avez
qu'à répondre, en turc aussi bien entendu, *qu'il est
beaucoup mieux depuis ce matin*.

L'instant d'après, la vieille dame passa, voile
baissé, tâtant les modestes tapis du bout de sa
canne-béquille. À André, elle ne manqua point de
demander :

— Eh bien ? il va mieux, ce cher garçon ?

— Beaucoup mieux, répondit-il, depuis ce
matin surtout.

— Allons, merci, merci !...

Puis elle disparut par une petite porte au fond
du harem.

André d'ailleurs ne sollicita aucune explication.
Il était ici en pleine invraisemblance de conte
oriental ; elles lui auraient dit : « Une fée Carabosse va sortir de dessous le divan, touchera le

mur d'un coup de baguette, et ça deviendra un palais », qu'il l'aurait admis sans plus de commentaires.

Après le passage de la dame à bâton, il leur restait quelques minutes pour causer. Quand il fut l'heure, elles le congédièrent avec promesse qu'on se reverrait une fois encore au risque de tout :

— Allez, notre ami ; acheminez-vous jusqu'au bout de l'impasse, d'une allure lente et rêveuse, en jouant avec votre chapelet ; à travers les grillages, nous surveillerons toutes les trois la dignité de votre sortie.

XIV

Un vieil eunuque, furtif et muet, le jeudi suivant, apporta chez André un avis de rendez-vous pour le surlendemain, au même lieu, à la même heure, et aussi des grands cartons, sous pli soigneusement cacheté.

« Ah ! se dit-il, les photos qu'elles m'avaient promises ! »

Et, dans l'impatience de connaître enfin leurs yeux, il déchira l'enveloppe.

C'étaient bien trois portraits, sans tcharchaf ni yachmak, et dûment signés, s'il vous plaît, en français et en turc, l'un Djénane, l'autre Zeyneb, le troisième Mélek. Ses amies avaient même fait toilette pour se présenter : des belles robes du soir, décolletées, tout à fait parisiennes. Mais Zeyneb et Mélek étaient vues de dos, très exactement, ne laissant paraître que le rebord et l'envers de leurs petites oreilles ; quant à Djénane, la seule qui se montrât de face, elle tenait sur son visage un éventail en plumes qui cachait tout, même les cheveux.

Le samedi, dans la maison mystérieuse qui les réunit une seconde fois, il ne se passa rien de tragique, et aucune fée Carabosse ne leur apparut.

— Nous sommes ici, expliqua Djénane, chez ma bonne nourrice, qui n'a jamais su rien me refuser ; l'enfant malade, c'était son fils ; la vieille dame, c'était sa mère, à qui Mélek vous avait annoncé comme un médecin nouveau. Comprenez-vous la trame ?... J'ai du remords pourtant, de lui faire jouer un rôle si dangereux... Mais, puisque c'est notre dernier jour...

Ils causèrent deux heures, sans parler cette fois du livre ; sans doute craignaient-elles de le lasser, en y revenant trop. Du reste, il s'était engagé ; c'était donc un point acquis.

Et ils avaient tant d'autres choses à se dire, tout un arriéré de choses, semblait-il, car c'était vrai que depuis longtemps elles vivaient en sa compagnie, par ses livres, et c'était un des cas rares où lui (en général si agacé maintenant de s'être livré à des milliers de gens quelconques) ne regrettait aucune de ses plus intimes confidences. Après tout, combien négligeable le haussement d'épaules de ceux qui ne comprennent pas, auprès de ces affections ardentes que l'on éveille çà et là, aux deux bouts du monde, dans des âmes de femmes

inconnues, — et qui sont peut-être la seule raison
que l'on ait d'écrire !

Aujourd'hui il y avait confiance, entente et amitié sans nuage, entre André Lhéry et les trois petits
fantômes de son harem. Elles savaient beaucoup
de lui, par leurs lectures ; et, comme, lui, ne savait
rien d'elles, il écoutait plus qu'il ne parlait. Zeyneb
et Mélek racontèrent leur décevant mariage, et
l'enfermement sans espérance de leur avenir. Djénane au contraire ne livra encore rien de précis
sur elle-même.

En plus des sympathies confiantes qui les
avaient si vite rapprochés, il y avait une surprise
qu'ils se faisaient les uns aux autres, celle d'être
gais. André se laissait charmer par cette gaîté de
race et de jeunesse, qui leur était restée envers et
contre tout, et qu'elles montraient mieux, à présent qu'il ne les intimidait plus. Et lui, qu'elles
s'étaient imaginé sombre, et qu'on leur avait
annoncé comme si hautain et glacial, voici qu'il
avait ôté tout de suite pour elles ce masque-là, et
qu'il leur apparaissait très simple, riant volontiers
à propos de tout, resté au fond beaucoup plus
jeune que son âge, avec même une pointe d'enfantillage mystificateur. C'était la première fois
qu'il causait avec des femmes turques *du monde*.
Et elles, jamais de leur vie n'avaient causé avec
un homme, quel qu'il fût. Dans ce petit logis,
de vétusté et d'ombre, perdu au cœur du Vieux-
Stamboul, environné de ruines et de sépultures, ils
réalisaient l'impossible, rien qu'en se réunissant
pour échanger des pensées. Et ils s'étonnaient,
étant les uns pour les autres des éléments si nou-

veaux, ils s'étonnaient de ne pas se trouver très dissemblables ; mais non, au contraire, en parfaite communion d'idées et d'impressions, comme des amis s'étant toujours connus. Elles, tout ce qu'elles savaient de la vie en général, des choses d'Europe, de l'évolution des esprits par là-bas, elles l'avaient appris dans la solitude, avec des livres. Et aujourd'hui, causant par miracle avec un homme d'Occident, et un homme au nom connu, elles se trouvaient de niveau ; et lui, les traitait comme des égales, comme des intelligences, comme des *âmes*, ce qui leur apportait une sorte de griserie de l'esprit jusque-là inéprouvée.

Zeyneb était aujourd'hui celle qui faisait le service de la dînette, sur la petite table couverte cette fois d'une nappe de satin vert et argent, et semée de roses naturelles, rouges. Quant à Djénane, elle se tenait de plus en plus immobile, assise à l'écart, ne remuant pas un pli de ses voiles d'élégie ; elle causait peut-être davantage que les deux autres, et surtout interrogeait avec plus de profondeur ; mais ne bougeait pas, s'étudiait, semblait-il, à rester la plus intangible des trois, physiquement parlant la plus inexistante. Une fois pourtant, son bras soulevant le tcharchaf laissa entrevoir une de ses manches de robe, très large, très bouillonnée à la mode de ce printemps-là, et faite en une gaze de soie jaune citron à pâles dessins verts, — deux teintes qui devaient rester dans les yeux d'André comme pièces à conviction pour le lendemain

Autour d'eux tout était plus triste que la semaine passée, car le froid était revenu en plein mois de mai ; on entendait le vent de la Mer Noire siffler

aux portes comme en hiver ; tout Stamboul fris-
sonnait sous un ciel plein de nuages obscurs ; et
dans l'humble petit harem grillé, on aurait dit le
crépuscule.

Soudain, à la porte extérieure, le frappoir de
cuivre, toujours inquiétant, les fit tressaillir.

— C'est elles, dit Mélek, tout de suite penchée
pour regarder à travers les grillages de la fenêtre.
C'est elles ! Elles ont pu s'échapper, que je suis
contente !

Elle descendit en courant pour ouvrir, et bientôt
remonta précédée de deux autres dominos noirs,
à voile impénétrable, qui semblaient, eux aussi,
élégants et jeunes.

— Monsieur André Lhéry, présenta Djénane.
Deux de mes amies ; leurs noms, ça vous est égal,
n'est-ce pas ?

— Deux dames-fantômes, tout simplement,
ajoutèrent les arrivantes, appuyant à dessein sur
ce mot dont André avait abusé peut-être dans un
de ses derniers livres.

Et elles lui tendirent des petites mains gantées
de blanc. Elles parlaient du reste français avec des
voix très douces et une aisance parfaite, ces deux
nouvelles ombres.

— Nos amies nous ont annoncé, dit l'une, que
vous alliez écrire un livre en faveur de la musulmane du XXe siècle, et nous avons voulu vous en
remercier.

— Comment cela s'appellera-t-il ? demanda
l'autre, en s'asseyant avec une grâce languissante
sur l'humble divan décoloré.

— Mon Dieu, je n'y ai pas songé encore. C'est

un projet si récent, et pour lequel on m'a un peu forcé la main, je l'avoue... Nous allons mettre le titre au concours, si vous voulez bien... Voyons !... Moi, je proposerais : *Les Désenchantées*.

— «Les Désenchantées», répéta Djénane avec lenteur. On est désenchanté de la vie quand on a vécu ; mais nous au contraire qui ne demanderions qu'à vivre !... Ce n'est pas désenchantées, que nous sommes, c'est annihilées, séquestrées, étouffées...

— Eh bien ! voilà, je l'ai trouvé, le titre, s'écria la petite Mélek, qui n'était pas du tout sérieuse aujourd'hui. Que diriez-vous de : « Les Étouffées » ? Et puis, ça peindrait si bien notre état d'âme sous les voiles épais que nous mettons pour vous recevoir, monsieur Lhéry ! Car vous n'imaginez pas ce que c'est pénible de respirer là-dessous !...

— Justement, j'allais vous demander pourquoi vous les mettiez. En présence de votre ami, vous ne pourriez pas vous contenter d'être comme toutes celles que l'on croise à Stamboul : voilées, oui, mais avec une certaine transparence laissant deviner quelque chose, le profil, l'arcade sourcilière, les prunelles parfois. Tandis que, vous, moins que rien...

— Et, vous savez, cela n'a pas l'air comme il faut du tout, d'être si cachées que ça... Règle générale, quand vous rencontrez dans la rue une mystérieuse à triple voile, vous pouvez dire : Celle-ci va où elle ne devrait pas aller. (Exemple, nous, du reste.) Et c'est tellement connu, que les autres femmes sur son passage sourient et se poussent le coude.

— Voyons, Mélek, reprocha doucement Djénane, ne fais pas des potins comme une petite Pérote... « Les Désenchantées », oui, la consonance serait jolie mais le sens un peu à côté..

— Voici comment je l'entendais. Rappelez-vous les belles légendes du vieux temps, la Walkyrie qui dormait dans son burg souterrain ; la princesse-au-bois-dormant, qui dormait dans son château au milieu de la forêt. Mais, hélas ! on brisa l'enchantement et elles s'éveillèrent. Eh bien ! vous, les musulmanes, vous dormiez depuis des siècles d'un si tranquille sommeil, gardées par les traditions et les dogmes !... Mais soudain le mauvais enchanteur, qui est le souffle d'Occident, a passé sur vous et rompu le charme, et toutes en même temps vous vous éveillez ; vous vous éveillez au mal de vivre, à la souffrance de savoir...

Djénane cependant ne se rendait qu'à moitié. Visiblement, elle avait un titre à elle, mais ne voulait pas le dire encore.

Les nouvelles venues étaient aussi des révoltées, et à outrance. On s'occupait beaucoup à Constantinople, ce printemps-là, d'une jeune femme du monde, qui s'était évadée vers Paris ; l'aventure tournait les têtes, dans les harems, et ces deux petites dames-fantômes en rêvaient dangereusement.

— Vous, leur disait Djénane, peut-être trouveriez-vous le bonheur là-bas, parce que vous avez dans le sang des hérédités occidentales. (Leur aïeule, monsieur Lhéry, était une Française qui vint à Constantinople, épousa un Turc et embrassa l'Islam[1].) Mais moi, mais Zeyneb, mais Mélek, quitter notre Turquie ! Non, pour nous trois, c'est un moyen de délivrance à écarter. De pires humiliations encore, s'il le faut, un pire esclavage. Mais mourir ici, et dormir à Eyoub !...

— Et comme vous avez raison ! conclut André.

Elles disaient toujours qu'elles allaient s'absenter, partir pour un temps. Était-ce vrai ? Mais André, en les quittant cette fois, emportait la certitude de les revoir : il les tenait à présent par ce livre, et peut-être par quelque chose de plus aussi, par un lien d'ordre encore indéfinissable, mais déjà résistant et doux, qui commençait de se former surtout entre Djénane et lui.

Mélek, qui s'était instituée l'étonnant petit portier de cette maison à surprise, fut chargée de le reconduire. Et, pendant le court tête-à-tête avec elle, dans l'obscur couloir délabré, il lui reprocha vertement la mystification des photos sans visage. Elle ne répondit rien, continua de le suivre jusqu'au milieu du vieil escalier sombre, pour surveiller de là s'il trouverait bien la manière de faire jouer les verrous et la serrure de la porte extérieure.

Et, quand il se retourna sur le seuil pour lui envoyer son adieu, il la vit là-haut qui lui souriait de toutes ses jolies dents blanches, qui lui souriait de son petit nez en l'air, moqueur sans méchanceté, et de ses beaux grands yeux gris, et de tout son délicieux petit visage de vingt ans. À deux mains, elle tenait relevé son voile jusqu'aux boucles d'or roux qui lui encadraient le front. Et son sourire disait : « Eh bien ! oui, là, c'est moi, Mélek, votre petite amie Mélek, que je vous présente ! Moi d'ailleurs, ce n'est pas comme si c'étaient les autres, Djénane par exemple ; moi, ça n'a aucune importance. Bonjour, André Lhéry, bonjour ! »

Ce fut le temps d'un éclair, et le voile noir retomba. André lui cria doucement merci, — en turc, car il était déjà presque dehors, s'engageant dans l'impasse funèbre.

Dehors on avait froid, sous ces nuages épais et ce vent de Russie. La tombée du jour se faisait lugubre comme en décembre. C'était par ces temps que Stamboul, d'une façon plus poignante, lui rappelait sa jeunesse, car le court enivrement de son séjour à Eyoub, autrefois, avait eu l'hiver pour cadre. Quand il traversa la place déserte, devant la grande mosquée de Sultan-Selim, il se souvint tout à coup, avec une netteté cruelle, de l'avoir traversée, à cette même heure et dans cette même solitude, par un pareil vent du Nord, un soir gris d'il y avait vingt-cinq ans. Alors ce fut l'image de la chère petite morte qui vint tout à coup balayer entièrement celle de Djénane.

XV

Le lendemain, il passait par hasard à pied dans la grand-rue de Péra[1], en compagnie d'aimables gens de son ambassade, qui s'y étaient fourvoyés aussi, les Saint-Enogat, avec lesquels il commençait de se lier beaucoup. Un coupé noir vint à les croiser, dans lequel il aperçut distraitement la forme d'une Turque en tcharchaf ; madame de Saint-Enogat fit un salut discret à la dame voilée, qui aussitôt ferma un peu nerveusement le store de sa voiture, et, dans ce mouvement brusque, André aperçut, sous le tcharchaf, une manche en une soie couleur citron à dessins verts qu'il était sûr d'avoir vue la veille.

— Quoi, vous saluez une dame turque dans la rue ? dit-il.

— Bien incorrect, en effet, ce que je viens de faire, surtout étant avec vous et mon mari.

— Et qui est-ce ?…

— Djénane Tewfik-Pacha, une des fleurs d'élégance de la jeune Turquie.

— Ah !… Jolie ?

— Plus que jolie. Ravissante.

— Et riche, à en juger par l'équipage ?

— On dit qu'elle possède en Asie la valeur d'une province. Justement, une de vos admiratrices, cher maître. — (Elle appuyait narquoisement sur le « cher maître », sachant que ce titre l'horripilait.) — La semaine dernière, à la Légation de ***, on avait licencié pour l'après-midi tous les domestiques mâles, vous vous rappelez, afin de donner un thé sans hommes, où des Turques pourraient venir… Elle était venue… Et une femme vous bêchait, mais vous bêchait…

— Vous ?

— Oh ! Dieu, non : ça ne m'amuse que quand vous êtes là… C'était la comtesse d'A… Eh bien ! madame Tewfik-Pacha a pris votre défense, mais avec un élan... Je trouve d'ailleurs qu'elle a l'air de bien vous intéresser ?

— Moi ! Oh ! comment voulez-vous ? Une femme turque, vous savez bien que, pour nous, ça n'existe pas ! Non, mais j'ai remarqué ce coupé, très comme il faut, que je rencontre souvent...

— Souvent ? Eh bien ! vous avez de la chance : elle ne sort jamais.

— Mais si, mais si ! Et généralement je vois deux autres femmes, de tournure jeune, avec elle.

— Ah ! peut-être ses cousines, les petites Mehmed Bey, les filles de l'ancien ministre.

— Et comment s'appellent-elles, ces petites Mehmed Bey ?

— L'aînée, Zeyneb... L'autre... Mélek, je crois.

Madame de Saint-Enogat avait sans doute flairé quelque chose ; mais, beaucoup trop gentille et trop sûre pour être dangereuse.

XVI

Elles avaient bien quitté Constantinople, car André Lhéry, quelques jours après, reçut de Djénane cette lettre, qui portait le timbre de Salonique[1] :

Le 18 mai.

Notre ami, vous qui tant aimez les roses, que n'êtes-vous avec nous ! Vous qui sentez l'Orient et l'aimez comme nul autre Occidental, oh ! que ne pouvez-vous pénétrer dans le palais du vieux temps où nous voici installées pour quelques semaines, derrière de hauts murs sombres et tapissés de fleurs !

Nous sommes chez une de mes aïeules, très loin de la ville, en pleine campagne. Autour de nous tout est vieux : êtres et choses. Il n'y a ici que nous de jeunes, avec les fleurs du printemps et nos trois petites esclaves circassiennes, qui trouvent leur sort heureux et ne comprennent pas nos plaintes.

Depuis cinq ans que nous n'étions pas venues, nous l'avions oubliée, cette vie d'ici, auprès de laquelle notre vie de Stamboul paraîtrait presque facile et libre. Rejetées brusquement dans ce milieu, dont toute une génération nous sépare, nous nous y sentons comme des étrangères. On nous aime, et en même temps on hait en nous notre âme nouvelle. Par déférence, par désir de paix, nous cherchons bien à nous soumettre à des formes, à façonner notre apparence sur des modes et des attitudes d'antan. Mais cela ne suffit pas, on la sent tout de même, là-dessous, cette âme née d'hier, qui s'échappe, qui palpite et vibre, et on ne lui pardonne point de s'être affranchie, ni même d'exister.

Pourtant, de combien d'efforts, de sacrifices et de douleurs ne l'avons-nous pas payé, cet affranchissement-là ? Mais vous n'avez pas dû connaître ces luttes, vous, l'Occidental ; votre âme, à vous, de tout temps sans doute a pu se développer à l'aise, dans l'atmosphère qui lui convenait. Vous ne pouvez pas comprendre…

Oh ! notre ami, combien ici nous vous paraîtrions à la fois incohérentes et harmonieuses ! Si vous pouviez nous voir, au fond de ces vieux jardins d'où je vous écris, sous ce kiosque de bois ajouré, mélangé de faïence, où de l'eau chante dans un bassin de marbre ; tout autour, ce sont des divans à la mode ancienne, recouverts d'une soie rose, fanée, où scintillent encore quelques fils d'argent. Et dehors, c'est une profusion, une folie de ces roses pâles qui fleurissent par touffes et qu'on appelle chez vous des bouquets de mariée. Vos amies ne portent plus ni toilettes européennes, ni modernes tcharchafs ; elles ont repris le costume de leur mère-grand. Car, André, nous avons fouillé dans de vieux coffres pour en exhumer des parures qui firent les beaux jours du harem impérial au temps d'Abd-ul-Medjib. (La dame du palais qui les porta était notre bisaïeule,) Vous connaissez ces robes ? Elles ont de longues traînes, et des pans qui traîneraient aussi, mais que l'on relève et croise pour marcher. Les nôtres furent roses, vertes, jaunes : teintes qui sont devenues mortes comme celles des fleurs que l'on conserve entre les feuillets d'un livre ; teintes qui semblent n'être plus que des reflets sur le point de s'en aller.

C'est dans ces robes-là, imprégnées de souvenirs, et c'est sous ce kiosque au bord de l'eau que nous avons lu votre dernier livre : « Le pays de Kaboul[1] », — le *nôtre*, l'exemplaire que vous-même nous avez donné. L'artiste que vous êtes n'aurait pu rêver pour cette lecture un cadre plus à souhait. Les roses innombrables, qui retombaient de partout, nous faisaient aux fenêtres d'épais rideaux, et le printemps de cette province méridionale nous grisait de tiédeurs... Maintenant donc nous avons vu Kaboul.

Mais c'est égal, ami, j'aime moins ce livre que ses aînés : il n'y a pas assez de *vous* là-dedans[2]. Je n'ai pas pleuré, comme en lisant tant d'autres choses que vous avez écrites, qui ne sont pas tristes toujours, mais qui m'émeuvent et m'angoissent quand même. Oh ! n'écrivez plus seulement avec votre esprit ! Vous ne voulez plus, je crois, vous mettre en scène... Qu'importe ce que des gens peuvent en dire ? Oh ! écrivez encore avec votre cœur ; est-il donc si lassé et impassible à présent, qu'on ne le sente plus battre dans vos livres comme autrefois ?...

Voici le soir qui vient, et l'heure est si belle, dans ces jardins de grand silence, où maintenant les fleurs mêmes ont l'air d'être pensives et de se souvenir. On resterait là sans fin, à écouter la voix du petit filet d'eau dans la vasque de marbre, encore que sa chanson ne soit point variée et ne dise que la monotonie des jours. Ce lieu, hélas ! pourrait si bien être un paradis ! On sent qu'en soi, comme autour de soi, tout pourrait être si beau ! Que vie et bonheur pourraient n'être qu'une seule et même chose, *avec la liberté !*

Nous allons rentrer au palais ; il faut, ami, vous dire adieu. Voici venir un grand nègre qui nous cherche, car il se fait tard… et les esclaves ont commencé à chanter et à jouer du luth pour amuser les vieilles dames. On nous obligera tout à l'heure à danser et on nous défendra de parler français, ce qui n'empêchera pas chacune de nous de s'endormir avec un de vos livres sous son oreiller.

Adieu, notre ami ; pensez-vous parfois à vos trois petites ombres sans visage ?

DJÉNANE.

XVII

Dans le cimetière, là-bas, devant les murailles de Stamboul, la réfection de l'humble tombe était achevée, grâce à des complicités d'amis turcs. Et André Lhéry, qui n'avait pas osé se montrer dans ces parages tant que travaillaient les marbriers, allait aujourd'hui, le 30 du beau mois de mai, faire sa première visite à la petite morte sous ses dalles neuves.

En arrivant dans le bois funéraire, il aperçut de loin la tombe clandestinement réparée, qui avait un éclat de chose neuve, au milieu de toute la vétusté grise d'alentour. Les deux petites stèles de marbre, celle que l'on met à la tête et celle que l'on met aux pieds, se tenaient bien droites et blanches parmi toutes les autres du voisinage, rongées de lichen, qui se penchaient ou qui étaient tout à fait tombées. On avait aussi renouvelé la peinture bleue[1], entre les lettres en relief de l'inscription, qui brillaient maintenant d'or vif, — ces lettres qui disaient, après une courte poésie sur la mort : « *Priez pour l'âme de Nedjibé, fille de Ali-Djianghir Effendi, morte le 18 Moharrem 1297.* » On ne voyait déjà plus bien que des ouvriers avaient dû travailler là récemment, car, autour de l'épaisse dalle servant de base, les menthes, les serpolets, toute la petite végétation odorante des terrains pierreux s'était hâtée de pousser, au soleil de mai. Quant aux grands cyprès, eux qui ont vu couler des règnes de khalifes et des siècles, ils étaient tels absolument qu'André les avait toujours connus, et sans doute tels que cent ans plus tôt, avec leurs mêmes attitudes, les mêmes gestes pétrifiés de leurs branches couleur d'ossements secs, qu'ils tendent vers le ciel comme de longs bras de morts. Et les antiques murailles de Stamboul déployaient à perte de vue leur ligne de bastions et de créneaux brisés, dans cette solitude toujours pareille, peut-être plus que jamais délaissée.

Il faisait limpidement beau. La terre et les cyprès sentaient bon ; la résignation de ces cimetières sans fin était aujourd'hui attirante, douce et persuasive ; on avait envie de s'attarder là, on souhaitait partager un peu la paix de tous ces dormeurs, au grand repos sous les serpolets et les menthes.

André s'en alla rasséréné et presque heureux, pour avoir enfin pu remplir ce pieux devoir, tellement difficile, qui avait été depuis longtemps la préoccupation de ses nuits ; pendant des années, au cours de ses voyages et des agitations de son existence errante, même au bout du monde, il avait tant de fois dans ses insomnies songé à cela, qui ressemblait aux besognes infaisables des mauvais rêves : au milieu d'un saint cimetière de Stamboul, relever ses humbles marbres qui se désagrégeaient... Aujourd'hui donc, c'était chose accomplie. Et puis elle lui semblait tout à fait sienne, la chère petite tombe, à présent qu'elle était remise debout par sa volonté, et que c'était lui qui l'avait fait consolider pour durer.

Comme il se sentait l'âme très turque, par ce beau soir de limpidité tiède, où bientôt la pleine lune allait rayonner toute bleue sur la Marmara, il revint à Stamboul quand la nuit fut tombée et monta au cœur même des quartiers musulmans, pour aller s'asseoir dehors, sur l'esplanade qui lui était redevenue familière, devant la mosquée de Sultan-Fatih. Il voulait songer là, dans la fraîcheur pure du soir et dans la délicieuse paix orientale, en fumant des narguilés, avec beaucoup de magnificence mourante autour de soi, beaucoup de délabrement, de silence religieux et de prière.

Sur cette place, quand il arriva, tous les petits

cafés d'alentour avaient allumé leurs modestes
lampes ; des lanternes pendues aux arbres, — des
vieilles lanternes à huile, — éclairaient aussi,
discrètement ; et partout, sur les banquettes ou
sur les escabeaux, les rêveurs à turban fumaient,
en causant peu et à voix basse ; on entendait le
petit bruissement spécial de leurs narguilés, qui
étaient là par centaines : l'eau qui s'agite dans
la carafe, à l'aspiration longue et profonde du
fumeur. On lui apporta le sien, avec des petites
braises vives sur les feuilles du tabac persan, et
bientôt commença pour lui, comme pour tous
ces autres qui l'environnaient, une demi-griserie
très douce, inoffensive et favorable aux pensées.
Sous ces arbres, où s'accrochaient les petites lanternes à peine éclairantes, il était assis juste en
face de la mosquée, dont le séparait la largeur
de l'esplanade. Vide et très en pénombre, cette
place, où des dalles déjetées alternaient avec de
la terre et des trous ; haute, grande, imposante,
cette muraille de mosquée, qui en occupait tout
le fond, et sévère comme un rempart, avec une
seule ouverture : l'ogive d'au moins trente pieds
donnant accès dans la sainte cour. Ensuite, de
droite et de gauche, dans les lointains, c'était de
la nuit confuse, du noir, — des arbres peut-être,
de vagues cyprès indiquant une région pour les
morts, — de l'obscurité plus étrange qu'ailleurs, de
la paix et du mystère d'Islam. La lune qui, depuis
une heure ou deux, s'était levée de derrière les
montagnes d'Asie, commençait de poindre au-
dessus de cette façade de Sultan-Fatih ; lentement
elle se dégageait, montait toute ronde, toute en

argent bleuâtre, et si libre, si aérienne, au-dessus de cette massive chose terrestre ; donnant si bien l'impression de son recul infini et de son isolement dans l'espace !... La clarté bleue gagnait de plus en plus partout ; elle inondait peu à peu les sages et pieux fumeurs, tandis que la place déserte demeurait dans l'ombre des grands murs sacrés. En même temps, cette lueur lunaire imprégnait une fraîche brume de soir, exhalée par la Marmara, qu'on n'avait pas remarquée plus tôt, tant elle était diaphane, mais qui devenait aussi du bleuâtre clair enveloppant tout, et qui donnait l'aspect vaporeux à cette muraille de mosquée, si lourde tout à l'heure. Et les deux minarets plantés dans le ciel semblaient transparents, perméables aux rayons de lune, donnaient le vertige à regarder, dans ce brouillard de lumière bleue, tant ils étaient agrandis, inconsistants et légers...

À cette même heure, il existait de l'autre côté de la Corne-d'Or, — en réalité pas très loin d'ici, mais à une distance qui pourtant semblait incommensurable, — il existait une ville dite européenne et appelée Péra, qui commençait sa vie nocturne. Là, des Levantins de toute race (et quelques jeunes Turcs aussi, hélas !) se croyant parvenus à un enviable degré de civilisation, à cause de leurs habits parisiens (ou à peu près[1]), s'empilaient dans des brasseries, des « beuglants » ineptes, ou autour des tables de poker, dans les cercles de la haute élégance pérote... Quels pauvres petits êtres il y a par le monde !...

Pauvres êtres, ceux-là, agités, déséquilibrés, vides et mesquins, maintenant sans rêve et sans espérance ! Très pauvres êtres, auprès de ces simples et ces sages d'ici, qui attendent que le muezzin chante là-haut dans l'air, pour aller pleins de confiance s'agenouiller devant l'inconnaissable Allah, et qui plus tard, l'âme rassurée, mourront comme on part pour un beau voyage !...

Les voici qui entonnent le chant d'appel, les voix attendues par eux. Des personnages qui habitent le sommet de ces flèches perdues dans la vapeur lumineuse du ciel ; des hôtes de l'air, qui doivent en ce moment voisiner avec la Lune, vocalisent tout à coup comme des oiseaux, dans une sorte d'extase vibrante qui les possède. Il a fallu choisir des hommes au gosier rare, pour se faire entendre du haut de si prodigieux minarets ; on ne perd pas un son ; rien de ce qu'ils disent en chantant ne manque de descendre sur nous, précis, limpide et facile...

L'un après l'autre, les rêveurs se lèvent, entrent dans la zone d'ombre où l'esplanade est encore plongée, la traversent et se dirigent lentement vers la sainte porte. Par petits groupes d'abord de trois, de quatre, de cinq, les turbans blancs et les longues robes s'en vont prier. Et puis il en vient d'autres, de différents côtés, sortant des entours obscurs, du noir des arbres, du noir des rues et des maisons closes. Ils arrivent en babouches silencieuses, ils marchent calmes, recueillis et graves. Cette haute ogive, qui les attire tous, percée dans la si grande muraille austère, c'est un fanal du vieux temps qui est censé l'éclairer ; il est pendu à l'arceau, et sa petite flamme paraît toute jaune et morte, au-dessous du bel éblouissement lunaire dont le ciel est rempli. Et, tandis que les voix d'en haut chantent toujours, cela devient une procession ininterrompue de têtes enroulées de mousseline blanche, qui s'engouffrent là-bas sous l'immense portique.

Quand les bancs de la place se sont vidés, André Lhéry se dirige aussi vers la mosquée, le dernier et se sentant le plus misérable de tous, lui qui ne priera pas. Il entre et reste debout près de la porte. Deux ou trois mille turbans sont là, qui d'eux-mêmes viennent de s'aligner sur plusieurs rangs pareils et font face au mihrab. Une voix plane sur leur silence, une voix si plaintive, et d'une mélancolie sans nom, qui vocalise en notes très hautes comme les muezzins, semble mourir épuisée, et puis se ranime, vibre à nouveau en frissonnant sous les vastes coupoles, traîne, traîne, s'éteint comme d'une lente agonie, et meurt, pour recommencer encore. C'est elle, cette voix, qui règle les deux mille prières de tous ces hommes attentifs ; à son appel, d'abord ils tombent à genoux ; ensuite, se prosternent en humilité plus grande, et enfin se jettent le front contre terre, tous en même temps, d'un régulier mouvement d'ensemble, comme fauchés à la fois par ce chant triste et pourtant si doux, qui passe sur leurs têtes, qui s'affaiblit par instants jusqu'à n'être qu'un murmure, mais qui remplit quand même la nef immense.

Très peu éclairé, le vaste sanctuaire ; rien que des veilleuses, pendues à de longs fils qui descendent çà et là des voûtes sonores ; sans la pure blancheur de toutes les parois, on y verrait à peine. Il se fait par instants des bruits d'ailes : les pigeons familiers, ceux qu'on laisse nicher là-haut dans les tribunes ; réveillés par ces petites lumières et par les frôlements légers de toutes ces robes, ils prennent leur vol et tournoient, mais sans effroi, au-dessus des milliers de turbans assemblés. Et le recueillement est si absolu, la foi si profonde, quand les fronts se courbent sous l'incantation de la petite voix haute et tremblante, qu'on croit la sentir monter comme une fumée d'encensoir, leur silencieuse et innombrable prière...

Oh ! puissent Allah et le Khalife protéger et isoler longtemps le peuple turc religieux et songeur, loyal et bon, l'un des plus nobles de ce monde, et capable d'énergies terribles, d'héroïsmes sublimes sur les champs de bataille, si la terre natale est en cause, ou si c'est l'Islam et la foi[1] !

La prière finie, André retourna avec les autres fidèles s'asseoir et fumer dehors, sous la belle lune qui montait toujours. Il pensait, avec un contentement très calme, à la tombe réparée, qui devait à cette heure se dresser si blanche, droite et jolie, dans la nuit claire, pleine de rayons. Et maintenant, ce devoir accompli, il aurait pu quitter le pays, puisqu'il s'était dit autrefois qu'il n'attendrait que cela. Mais non, le charme oriental l'avait peu à peu repris tout à fait, et puis, ces trois petites mystérieuses qui reviendraient bientôt avec l'été de Turquie, il désirait entendre encore leurs voix. Les premiers temps, il avait eu des remords de l'aventure, à cause de l'hospitalité confiante que lui donnaient ses amis les Turcs ; ce soir, au contraire, il n'en éprouvait plus : « En somme, se disait-il, je ne porte atteinte à l'honneur d'aucun

d'eux ; entre cette Djénane, assez jeune pour être
ma fille, et moi qui ne l'ai même pas vue et ne la
verrai sans doute jamais, comment pourrait-il y
avoir de part et d'autre rien de plus qu'une gentille
et étrange amitié ? »

Du reste, il avait reçu dans la journée une
lettre d'elle, qui semblait mettre définitivement
les choses au point :

> Un jour de caprice, — écrivait-elle du fond de son
> palais de belle-au-bois-dormant, qui ne l'empêchait
> plus d'être si bien réveillée, — un jour de caprice
> et de pire solitude morale, irritées contre cette bar-
> rière infranchissable à laquelle nous nous heurtons
> toujours et qui nous meurtrit, nous sommes parties
> bravement à la découverte du personnage que vous
> pouviez bien être. De tout cela, défi, curiosité, était
> fait notre premier désir d'entrevue.
>
> Nous avons rencontré un André Lhéry tout autre
> que nous l'imaginions. Et maintenant, le *vrai vous*
> que vous nous avez permis de connaître, jamais nous
> ne l'oublierons plus. Mais il faut pourtant l'expli-
> quer, cette phrase, qui, d'une femme à un homme,
> a l'air presque d'une galanterie pitoyable. Nous ne
> vous oublierons plus parce que, grâce à vous, nous
> avons connu ce qui doit faire le charme de la vie des
> femmes occidentales : le contact intellectuel avec un
> artiste. Nous ne vous oublierons jamais parce que
> vous nous avez témoigné un peu de sympathie affec-
> tueuse, sans même savoir si nous sommes belles ou
> bien des vieilles masques ; vous vous êtes intéressé
> à cette meilleure partie de nous-mêmes, *notre âme*,
> que nos maîtres jusqu'ici avaient toujours considé-
> rée comme négligeable ; vous nous avez fait entre-
> voir combien pouvait être précieuse une pure amitié
> d'homme.

C'était donc décidément ce qu'il avait pensé : un gentil flirt d'âmes, et rien de plus ; un flirt d'âmes, avec beaucoup de danger autour, mais du danger matériel et aucun danger moral. Et tout cela resterait blanc comme neige, blanc comme ces dômes de mosquée au clair de lune.

Il l'avait sur lui, cette lettre de Djénane, reçue tout à l'heure à Péra, et il la reprit, pour la relire plus tranquillement, à la lueur du fanal pendu aux branches voisines :

Et maintenant, disait-elle, maintenant que nous ne vous avons plus, quelle tristesse de retomber dans notre torpeur ! Votre existence à vous, si colorée, si palpitante, vous permet-elle de concevoir les nôtres, si pâles, faites d'ans qui se traînent sans laisser de souvenirs. D'avance, nous savons toujours ce que demain nous apportera, — rien, — et que tous les demains, jusqu'à notre mort, glisseront avec la même douceur fade, dans la même tonalité fondue. Nous vivons des jours gris-perle, ouatés d'un éternel duvet qui nous donne la nostalgie des cailloux et des épines.

Dans les romans qui nous arrivent d'Europe, on voit toujours des gens qui, sur le soir de leur vie, pleurent des illusions perdues. Eh bien ! au moins ils en avaient, ceux-là ; ils ont éprouvé une fois l'ivresse de partir pour quelque belle course au mirage ! Tandis que nous, André, jamais on ne nous a laissé la possibilité d'en avoir, et, quand notre déclin sera venu, il nous manquera même ce mélancolique passe-temps, de les pleurer... Oh ! combien nous sentons cela plus vivement depuis votre passage !

Ces heures, en votre compagnie, dans la vieille maison du quartier de Sultan-Selim !... Nous réalisions là un rêve dont nous n'aurions pas osé autrefois faire une espérance ; posséder André Lhéry à nous seules ; être traitées par lui comme des *êtres pensants*, et non comme des jouets, et même un peu comme des amies, au point qu'il découvrait pour nous des côtés secrets de son âme ! Si peu que nous connaissions la vie européenne et les usages de votre monde, nous avons senti tout le prix de la confiance avec laquelle vous répondiez à nos indiscrétions. Oh ! de celles-ci, par exemple, nous étions bien conscientes, et, sans nos voiles, nous n'aurions certes pas été si audacieuses.

Maintenant, en toute simplicité et sincérité de cœur, nous voulons vous proposer une chose. Vous entendant parler l'autre jour de la tombe qui vous est chère, nous avons eu toutes les trois la même idée, que le même sentiment de crainte nous a retenues d'exprimer. Mais nous osons maintenant, par lettre... Si nous savions où elle est, cette tombe de votre amie, nous pourrions y aller prier quelquefois, et, quand vous serez parti, y veiller, puis vous en donner des nouvelles. Peut-être vous serait-il doux de penser que ce coin de terre, où dort un peu de votre cœur, n'est pas entouré que d'indifférence. Et nous serions si heureuses, nous, de ce lien un peu *réel* avec vous, quand vous serez loin ; le souvenir de votre amie d'autrefois défendrait peut-être ainsi de l'oubli vos amies d'à présent...

Et, dans nos prières pour celle qui vous a appris à aimer notre pays, nous prierons aussi pour vous, dont la détresse intime nous est bien apparue, allez !... Comme c'est étrange que je me sente revenir à une espérance, depuis que je vous connais, moi qui n'en avais plus ! Est-ce donc à moi de vous rappeler qu'on n'a pas le droit de borner son attente et son idéal à la vie, quand on a écrit certaines pages de vos livres...

DJÉNANE.

Il avait souhaité cela depuis bien longtemps, pouvoir recommander la tombe de Nedjibé à quelqu'un d'ici qui en aurait soin ; surtout il avait fait ce rêve, en apparence bien irréalisable, de la confier à des femmes turques, sœurs de la petite morte par la race et par l'Islam. Donc, la proposition de Djénane, non seulement l'attachait beaucoup à elle, mais comblait son vœu, achevait de mettre sa conscience en repos vis-à-vis des cimetières[1].

Et, dans l'admirable nuit, il songeait au passé et au présent ; en général, il lui semblait qu'entre la première phase, si enfantine, de sa vie turque, et la période actuelle, le temps avait creusé un abîme ; ce soir, au contraire, était un des moments où il les voyait le plus rapprochées comme en une suite ininterrompue. À se sentir là, encore si vivant et jeune, quand elle, depuis si longtemps, n'était plus rien qu'un peu de terre, parmi d'autre terre dans l'obscurité d'en dessous, il éprouvait tantôt un remords déchirant et une honte, tantôt, — dans son amour éperdu de la vie et de la jeunesse, — presque un sentiment d'égoïste triomphe…

Et, pour la seconde fois, ce soir, il les associait dans son souvenir, Nedjibé, Djénane : elles étaient du même pays d'ailleurs, toutes deux circassiennes ; la voix de l'une, à plusieurs reprises, lui avait rappelé celle de l'autre ; il y avait des mots turcs qu'elles prononçaient pareillement.

Il s'aperçut tout à coup qu'il devait être fort tard, en entendant, du côté des arbres en fouillis sombre, des sonnailles de mules, — ces sonnailles toujours si argentines et claires dans les nuits de

En Turquie, on n'a pas l'effroi des morts :
au cœur des villes on les laisse dormir.

C'étaient trois fantômes légers très sveltes
et qui avaient des traînes de soie…

*Djénane sur le point d'entrer enfin dans le salon
si difficilement pénétrable où se tenait la mère du Khalife.*

*C'est sous ce kiosque au bord de l'eau que
nous avons lu votre dernier livre.*

Comment dire le charme de ce Beïcos,
qui fut un de leurs lieux de rendez-vous les plus chers.

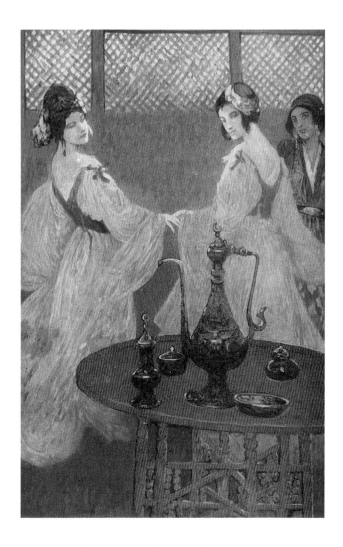

*Ses trois petits fantômes d'autrefois étaient là,
métamorphosés en trois odalisques…*

Sur le pont de la Corne d'Or, ils se rencontrèrent en voyageurs
qui ne se connaissaient point…

Dans ce quartier bas de Galata, toujours encombré
d'une vile populace levantine.

Illustrations de Manuel Orazi dans *Les Désenchantées* de Pierre Loti,
Éditions Pierre Lafitte, 1923.

Stamboul : l'arrivée des maraîchers, apportant
les mannequins de fraises, de fleurs, de fèves, de
salades, de toutes ces choses de mai, que viennent
acheter de grand matin, autour des mosquées, les
femmes du peuple au voile blanc. Alors il regarda
autour de lui et vit qu'il restait seul et dernier
fumeur sur cette place. Presque toutes les lanternes des petits cafés s'étaient éteintes. La rosée
se déposait sur ses épaules qui se mouillaient, et
un jeune garçon, debout derrière lui, adossé à un
arbre, attendait docilement qu'il eût fini, pour
emporter le narguilé et fermer sa porte.

Près de minuit. Il se leva pour redescendre vers
les ponts de la Corne-d'Or et passer sur l'autre
rive où il demeurait[1]. Plus aucune voiture bien
entendu, à une heure pareille. Avant de sortir du
Vieux-Stamboul, endormi sous la lune, un très
long trajet à faire dans le silence, au milieu d'une
ville de rêve, aux maisons absolument muettes
et closes, où tout était comme figé maintenant
par les rayons d'une grande lumière spectrale trop
blanche. Il fallait traverser des quartiers où les
petites rues descendaient, montaient, s'enlaçaient
comme pour égarer le passant attardé, qui n'eût
trouvé personne du reste pour le remettre dans
son chemin[2] ; mais André en savait par cœur les
détours. Il y avait aussi des places pareilles à des
solitudes, autour de mosquées qui enchevêtraient
leurs dômes et que la lune drapait d'immenses
suaires blancs. Et partout il y avait des cimetières,
fermés par des grilles antiques aux dessins arabes,
avec des veilleuses à petite flamme jaune, posées
çà et là sur des tombes. Parfois des kiosques de

marbre jetaient par leurs fenêtres une vague lueur
de lampe ; mais c'étaient encore des éclairages
pour les morts et il valait mieux ne pas regarder
là-dedans : on n'aurait aperçu que des compagnies de hauts catafalques, rongés par la vétusté
et comme poudrés de cendre. Sur les pavés, des
chiens, tous fauves, dormaient par tribus, roulés
en boule, — de ces chiens de Turquie, aussi débon-
naires que les musulmans qui les laissent vivre, et
incapables de se fâcher même si on leur marche
dessus, pour peu qu'ils comprennent qu'on ne l'a
pas fait exprès[1]. Aucun bruit, si ce n'est, à de longs
intervalles, le heurt, sur quelque pavé sonore, du
bâton ferré d'un veilleur. Le Vieux-Stamboul, avec
toutes ses sépultures, dormait dans sa paix religieuse, tel cette nuit qu'il y a trois cents ans.

QUATRIÈME PARTIE

XVIII

Après les ciels changeants du mois de mai, où le souffle de la Mer Noire s'obstine à promener encore tant de nuages chargés de pluie froide, le mois de juin avait déployé tout à coup sur la Turquie le bleu profond de l'Orient méridional. Et l'exode annuel des habitants de Constantinople vers le Bosphore s'était accompli. Le long de cette eau, presque tous les jours remuée par le vent, chaque ambassade avait pris possession de sa résidence d'été, sur la côte d'Europe ; André Lhéry donc s'était vu obligé de suivre le mouvement et de s'installer à Thérapia[1], sorte de village cosmopolite, défiguré par des hôtels monstres où sévissent le soir des orchestres de café-concert ; mais il vivait surtout en face, sur la côte d'Asie restée délicieusement orientale, ombreuse et paisible.

Il retournait souvent aussi à son cher Stamboul, dont il était séparé là par une petite heure de navigation sur ce Bosphore, peuplé de la multitude des navires et des barques qui sans trêve montent ou descendent.

Au milieu du détroit, entre les deux rives bordées sans fin de maisons ou de palais, c'est le défilé ininterrompu des paquebots, des énormes vapeurs modernes, ou bien des beaux voiliers d'autrefois cheminant par troupes dès que s'élève un vent propice ; tout ce que produisent et exportent les pays du Danube, le sud de la Russie, même la Perse lointaine et le Boukhara, s'engouffre dans ce couloir de verdure, avec le courant d'air perpétuel qui va des steppes du Nord à la Méditerranée. Plus près des berges, c'est le va-et-vient des embarcations de toute forme, yoles, caïques effilés que montent des rameurs brodés d'or, mouches électriques, grandes barques peinturlurées et dorées où des équipes de pêcheurs rament debout, étendant leurs longs filets qui accrochent tout au passage. Et, traversant cette mêlée de choses en marche, de continuels et bruyants bateaux à roues, du matin au soir, transportent entre les Échelles d'Asie et les Échelles d'Europe, les hommes au fez rouge et les dames au visage caché.

De droite et de gauche, le long de ce Bosphore, vingt kilomètres de maisons, dans les jardins et les arbres, regardent par leurs myriades de fenêtres, ces empressements qui ne cessent jamais sur l'eau verte ou bleue. Fenêtres libres, ou fenêtres si grillagées des impénétrables harems. Maisons de tous les temps et de tous les styles. Du côté d'Europe, hélas ! déjà quelques villas baroques de Levantins en délire, façades composites ou même art nouveau[1], écœurantes à côté des harmonieuses demeures de la vieille Turquie, mais noyées encore et négligeables dans la beauté du grand ensemble. Du côté d'Asie, où n'habitent guère que des Turcs, dédaigneux des pacotilles nouvelles et jaloux de silence, on peut sans déception longer de près la terre, car il est intact, le charme de passé et d'Orient qui plane encore là partout. À chaque détour de la rive, à chaque petite baie qui s'ouvre au pied des collines boisées, on ne voit apparaître que choses d'autrefois, grands arbres, recoins d'oriental mystère. Point de chemins pour suivre le bord de l'eau, chaque maison, d'après la coutume ancienne, ayant son petit quai de marbre, séparé et fermé, où les femmes du harem ont le droit de se tenir, en léger voile, pour regarder à leurs pieds les gentils flots toujours courants et les fins caïques qui passent, arqués en croissant de lune. De temps à autre, des criques ombreuses, et si calmes, emplies de barques à longue antenne. De très saints cimetières, dont les stèles dorées semblent s'être mises là bien au bord, pour regarder elles aussi cheminer tous ces navires, et se mouvoir en cadence tous ces rameurs. Des mosquées, sous de vénérables platanes plusieurs fois centenaires. Des places de village, où des filets sèchent, pendus aux ramures qui font voûte, et où des rêveurs à turbans sont assis autour de quelque fontaine de marbre, inaltérablement blanche avec pieuses inscriptions et arabesques d'or.

Quand on descend vers Constantinople, venant de Thérapia et de l'embouchure de la Mer Noire, cette féerie légendaire du Bosphore se déroule peu à peu en crescendo de magnificence, jusqu'à

l'apothéose finale, qui est au moment où s'ouvre
la Marmara : alors sur la gauche apparaît Scutari
d'Asie, et, sur la droite, au-dessus des longs quais
de marbre et des palais du Sultan, le haut profil
de Stamboul se lève avec ses amas de flèches et
de coupoles.

Tel était le décor à changements et à surprises
dans lequel André Lhéry devait vivre jusqu'à l'automne, et attendre ses amies, les trois petites
ombres noires, qui lui avaient dit : « Nous serons
aussi pendant l'été au Bosphore », mais qui depuis
tant de jours ne donnaient plus signe de vie. Et
comment savoir à présent ce qu'elles étaient devenues, n'ayant pas le mot de passe pour leur vieux
palais perdu dans les bois de Macédoine ?

XIX

DJÉNANE À ANDRÉ

Bounar-Bachi, près de Salonique,
20 juin 1904 (à la franque).

Votre amie pensait à vous ; mais, pendant des
semaines, elle était trop bien gardée pour écrire.

Aujourd'hui, elle voudrait vous conter sa pâle petite
histoire, son histoire de mariage ; subissez-la, vous
qui avez écouté celles de Zeyneb et de Mélek avec tant
de bienveillance, à Stamboul, si vous vous rappelez,
dans la maisonnette de ma bonne nourrice.

Moi, l'inconnu que mon père m'avait donné pour
mari, André, n'était ni un brutal ni un malade : au

contraire, un joli officier blond, aux manières élégantes et douces, que j'aurais pu aimer. Si je l'ai exécré d'abord, en tant que maître imposé par la force, je ne garde plus à présent contre lui aucune haine. Mais je n'ai pas su admettre l'amour comme il l'entendait, lui, un amour qui n'était que du désir et restait si indifférent à la possession de mon cœur.

Chez nous, musulmans, vous savez combien, dans une même maison, hommes et femmes vivent séparés. Cela tend à disparaître, il est vrai, et je connais des privilégiées dont l'existence se passe vraiment avec leur mari. Mais ce n'est point le cas dans les vieilles familles strictement pratiquantes comme les nôtres ; là, le *harem* où nous devons nous tenir, et le *selamlike* où résident les hommes nos maîtres, sont des demeures tout à fait distinctes. J'habitais donc notre grand harem princier, avec ma belle-mère, deux belles-sœurs et une jeune cousine de Hamdi, nommée Durdané, celle-ci jolie, d'une blancheur d'albâtre, avec des cheveux au henneh ardent, des yeux glauques, des prunelles comme phosphorescentes dont on ne rencontrait jamais le regard.

Hamdi était fils unique, et sa femme fut très choyée. On m'avait donné tout un étage du vieil hôtel immense, j'avais pour moi seule quatre luxueux salons à l'ancienne mode turque, où je m'ennuyais bien ; pourtant ma chambre à coucher était venue de Paris, ainsi que certain salon Louis XVI, et mon boudoir où l'on m'avait permis d'apporter mes livres ; — oh ! je me rappelle qu'en les rangeant dans des petites armoires de laque blanche, je me sentais si angoissée à songer que, là où ma vie de femme venait de commencer, elle devrait aussi finir, et qu'elle m'avait déjà donné tout ce que j'en devais attendre !... C'était donc cela, le mariage : des caresses et des baisers qui ne cherchaient jamais mon âme ; de longues heures de solitude, d'enfermement, sans intérêt et sans but, et puis ces autres heures où il me fallait jouer un rôle de poupée, — ou de moins encore...

J'avais essayé de rendre mon boudoir agréable et de décider Hamdi à y passer ses heures de liberté. Je lisais les journaux, je causais avec lui des choses du palais et de l'armée, je tâchais de découvrir ce qui l'intéressait, pour apprendre à en parler. Mais non, cela dérangeait ses idées héréditaires, je le vis bien. « Tout cela, disait-il, était bon pour les conversations entre hommes, au selamlike. » Il ne me demandait que d'être jolie et amoureuse... Il me le demanda tant, qu'il me le demanda trop...

Une qui devait savoir l'être, amoureuse, c'était Durdané ! Dans la famille, on l'admirait pour sa grâce, — une grâce de jeune panthère qui faisait ondoyer tous ses mouvements. Elle dansait le soir, jouait du luth ; elle parlait à peine, mais souriait toujours, d'un sourire à la fois prometteur et cruel, qui découvrait ses petites dents pointues.

Souvent elle entrait chez moi, pour me tenir compagnie, soi-disant. Oh ! le dédain qu'elle affichait alors pour mes livres, mon piano, mes cahiers et mes lettres ! Loin de tout cela elle m'entraînait toujours, dans l'un des salons à la turque, pour s'étendre sur un divan et fumer des cigarettes, en jouant avec un éternel miroir. À elle, qui avait été mariée et qui était jeune, je pouvais, croyais-je, dire mes peines. Mais elle ouvrait ses grands yeux d'eau et éclatait de rire : « De quoi peux-tu te plaindre ? Tu es jeune, jolie, et tu as un mari que tu finis par aimer ! — Non, répondais-je, il n'est pas à moi, puisque je n'ai rien de sa pensée. — Que t'importe sa pensée ? Tu l'as, *lui*, et tu l'as à *toi seule* ! » Elle appuyait sur ces derniers mots, les yeux mauvais.

Un vrai chagrin pour la mère de Hamdi était que je n'eusse pas d'enfant au bout d'une année de mariage ; certes, disait-elle, on m'avait jeté un sort. Et je refusais de me laisser conduire aux sources, aux mosquées et vers les derviches réputés pour conjurer de tels maléfices ; un enfant, non, je n'en voulais point. Si par malheur il nous était né une petite fille, comment l'aurais-je élevée ? En Orientale, comme Durdané, sans autre but dans la vie que les chansons et les caresses ? Ou bien comme nous l'avions été, Zeyneb, Mélek et moi-même, et ainsi la condamner à cruellement souffrir ?

Voyez-vous, André, je le sais bien, qu'elle est inévitable, notre souffrance, que nous sommes l'échelon, nous et sans doute celles qui vont immédiatement suivre, l'échelon par lequel les musulmanes de Turquie sont appelées à monter et à s'affranchir. Mais une petite créature de mon sang, et que j'aurais bercée dans mes bras, la vouer à ce rôle sacrifié, je ne m'en sentais pas le courage.

Hamdi, à cette époque-là, avait l'intention bien arrêtée de demander un poste à l'étranger, dans quelque ambassade. « Je t'emmènerai, me promettait-il, et là-bas tu vivras de la vie des Occidentales, comme la femme de notre ambassadeur à Vienne, ou comme la princesse Éminé en Suède. » Je pensais donc qu'alors, seuls dans une maison plus petite, notre existence deviendrait forcément plus intime. Je pensais aussi qu'à l'étranger il serait content, peut-être fier, d'avoir une femme cultivée, au courant de toutes choses.

Et comme je m'y appliquais, à être au courant ! Toutes les grandes revues françaises, je les lisais, tous les grands journaux, et les romans et les pièces de théâtre. C'est alors, André, que j'ai commencé à vous connaître d'une manière si profonde. Jeune fille, j'avais déjà lu *Medjé* et quelques-uns de vos livres sur nos pays d'Orient. Je les ai relus, pendant cette période de ma vie, et j'ai mieux compris encore pourquoi nous toutes, les musulmanes, nous vous devons de la reconnaissance, et pourquoi nous vous aimons plus que tant d'autres. C'est que nous nous sommes trouvées en intime parenté d'âme avec vous par votre compréhension de l'Islam. Oh ! notre Islam faussé, méconnu, auquel pourtant nous restons si fidèlement attachées, car ce n'est pas lui qui a voulu nos souffrances !... Oh ! notre Prophète, ce n'est pas lui qui nous a condamnées au martyre qu'on nous inflige ! Le voile, qu'il nous donna jadis, était une protection, non un signe d'esclavage. Jamais, jamais, il n'a entendu que nous ne fussions que des poupées de plaisir : le pieux Imam qui nous a instruites dans notre saint livre nous l'a nettement dit. Vous, dites-le vous-même, André ; dites-le pour l'honneur du Coran et pour la vengeance de celles qui souffrent. Dites-le, enfin, parce que nous vous aimons...

Après vos livres d'Orient, il m'a fallu tous les autres. Sur chacune de leurs pages est tombée une larme... Les auteurs très lus, en écrivant, songent-ils à l'infinie diversité des âmes où s'en ira plonger leur pensée ? Pour les femmes occidentales qui *voient* le monde, qui y vivent, les impressions produites par un écrivain pénètrent sans doute moins avant. Mais pour nous, les éternellement cloîtrées, vous tenez le miroir qui le reflète, ce monde à jamais inconnu ; c'est par vous que nous le voyons. Et c'est à travers vous que nous sentons, que nous vivons ; ne comprenez-vous pas alors que l'écrivain aimé devienne une partie de nous-mêmes ? Je vous ai suivi partout autour de la terre, et j'ai des albums pleins de coupures de journaux qui parlaient de vous ; j'en ai entendu dire beaucoup de mal que je n'ai pas cru. Bien avant de vous avoir rencontré, j'avais exactement pressenti l'homme que vous deviez être. Quand je vous ai connu enfin, mais je vous connaissais déjà ! Quand vous m'avez donné vos portraits, mais, André, je les avais tous, dormant au fond d'un coffret secret, dans un sachet de satin !... Et après cet aveu, vous demanderiez à

nous revoir ? Non, ces choses se disent seulement à
l'ami *qu'on ne reverra jamais…*

Mon Dieu, ma petite histoire de mariage, combien
m'en voici éloignée !… J'en étais, je crois, à la fin de
l'hiver qui suivit la belle fête de mes noces. Un long
hiver, cette année-là, et Stamboul, deux mois sous la
neige. J'avais beaucoup pâli et je languissais. La mère
de Hamdi, Émiré Hanum, devinait bien d'ailleurs que
je n'étais pas heureuse. Elle s'inquiéta, paraît-il, de
me voir si blanche, car un jour les médecins furent
mandés, et, sur leurs conseils, elle m'envoya passer
deux mois aux îles*, où vos amies Zeyneb et Mélek
venaient déjà de s'installer.

Vous les connaissez, nos îles, et les douceurs de
leur printemps ? C'est l'amour de la vie et l'amour
de l'amour qu'on y respire. Dans cet air pur, sous les
pins qui embaument, je me sentais renaître. Les mauvais souvenirs, les notes fausses de ma vie de femme,
tout se fondit en une langueur tendre. Je me jugeai
folle d'avoir été auprès de mon mari si compliquée et
si exigeante. Ce climat et cet avril m'avaient changée.
Par les soirs de clair de lune, dans le beau jardin de
notre villa, je me promenais seule, sans autre désir,
sans autre rêve que d'avoir près de moi mon Hamdi,
et, son bras autour de ma taille, de n'être rien qu'une
amoureuse. Je sentais le regret amer des baisers que
je n'avais pas su rendre, la nostalgie des caresses qui
m'avaient ennuyée.

Avant le délai fixé, sans prévenir, je repartis pour
Stamboul, suivie seulement de mes esclaves.

Le bateau qui me ramenait, retardé par des avaries,
n'arriva qu'à nuit close, — et vous savez que nous
n'avons pas le droit, nous autres musulmanes, d'être
dehors après le coucher du soleil. Il était bien neuf

---

* Les îles des Princes, dans la mer de Marmara. À Constantinople, on dit « les îles ».

heures, quand j'entrai sans bruit dans notre hôtel. Hamdi, à cette heure-là, devait être au selamlike, avec son père et ses amis, comme d'habitude ; ma belle-mère, sans doute enfermée à méditer son Coran, et ma cousine, en train de se faire dire son horoscope par quelque esclave habile à lire dans le marc de café.

Je montai donc tout droit chez moi, et, en entrant dans ma chambre, je ne vis rien autre chose que Durdané entre les bras de mon mari...

Vous direz, André, qu'elle est bien banale, mon aventure, et très courante en Occident ; aussi ne vous l'ai-je contée que pour la suite qu'elle comporte.

Mais je suis fatiguée, ami que je ne dois plus revoir, et cette suite sera pour demain.

DJÉNANE.

XX

Cependant le mois de juillet tout entier s'écoula sans que la suite annoncée parvînt à André Lhéry, non plus qu'aucune autre nouvelle des trois petites ombres noires.

Comme tous les riverains du Bosphore à cette saison, il vivait beaucoup sur l'eau, en va-et-vient de chaque jour entre l'Europe et l'Asie. Étant au moins aussi oriental qu'un Turc, il avait son caïque ; et ses rameurs portaient le traditionnel costume : chemises en gaze de Brousse[1] aux manches flottantes et vestes en velours brodé d'or. Le caïque était blanc, long, effilé, pointu comme une flèche, et le velours des livrées était rouge.

Un matin, dans cet équipage, il longeait la rive asiatique, parcourant d'un regard distrait les vieilles demeures avancées tout au bord, les fenêtres closes des harems, la retombée des verdures par-dessus les grilles des mystérieux jardins, — quand il vit venir devant lui une barque frêle où ramaient trois femmes drapées de soie blanche ; un eunuque, en redingote correctement boutonnée, se tenait assis à l'arrière, et les trois rameuses donnaient toute leur force comme pour une joute. Elles le croisèrent de près et tournèrent la tête vers lui ; il constata qu'elles avaient des mains élégantes, mais les voiles de mousseline étaient baissés sur les visages, ne laissant deviner rien.

Et il ne se douta point d'avoir rencontré là ses trois petits fantômes noirs, qui étaient devenus, avec l'été, des fantômes blancs.

Le lendemain, elles lui écrivirent :

Le 3 août 1904.

Depuis deux jours, vos amies sont revenues s'installer au Bosphore, côté d'Asie. Et hier matin, elles étaient montées en barque, ramant elles-mêmes, comme c'est leur habitude, pour aller vers Pacha-Bagtché, où c'est plein de mûres dans les haies, et plein de bleuets dans l'herbe.

Nous ramions. Au lieu du tcharchaf et du voile noir, nous n'avions qu'un yeldirmé[1] de soie claire et une écharpe de mousseline autour de la tête : au Bosphore, à la campagne, on nous le permet. Il faisait beau, il faisait jeune, un vrai temps d'amour et d'aube de vie. L'air était frais et léger, et les avirons dans nos mains ne pesaient pas plus que des plumes. Au lieu de jouir paisiblement de la belle matinée, je ne sais quelle ardeur folle nous avait prises de nous hâter, et nous faisions voler notre barque sur l'eau, comme à la poursuite du bonheur, ou de la mort...

Ce n'est ni la mort, ni le bonheur que nous avons attrapé dans cette course, mais notre ami, qui faisait son pacha, dans un beau caïque aux rameurs rouges et dorés. Et moi, j'ai croisé en plein vos yeux, qui regardaient dans la direction des miens sans les voir.

Depuis notre retour ici, nous sommes un peu grisées, comme des captives qui sortiraient de cellule pour reprendre la prison simple : si vous saviez, malgré la magnificence des roses, ce que c'était, là-bas d'où nous venons !... Quand on est, comme vous, quelqu'un de l'Occident fiévreux et libre, est-on capable de sentir l'horreur de nos existences mortes, de nos horizons où n'apparaît qu'une seule chose : aller là-bas dormir à l'ombre d'un cyprès, au cimetière d'Eyoub, après que l'Imam aura bien dit les prières qu'il faut !

DJÉNANE.

Nous vivons comme ces verreries précieuses, vous savez, que l'on tient emballées dans des caisses pleines de son. Tous les chocs, on s'imagine ainsi nous les éviter, mais ils nous arrivent quand même, et alors les cassures vives, avec les deux morceaux en perpétuel contact, nous font un mal sourd, profond et horrible...

ZEYNEB.

Je suis la seule personne de bon sens dans le trio, ami André, vous vous en êtes certainement déjà aperçu. Les deux autres, — ceci tout à fait entre nous, n'est-ce pas, — sont un peu « maboul ». Surtout Djénane, qui veut bien continuer à vous écrire, mais ne plus vous revoir. Heureusement que je suis là, moi, pour arranger les choses. Répondez-nous à l'ancienne adresse (Madame Zahidé, vous vous rappelez ?). Après-demain nous avons une amie sûre qui doit aller en ville et passer à la poste restante.

MÉLEK.

XXI

André leur écrivit sur l'heure. À Djénane, il disait : « Ne plus vous revoir, — ou mieux ne plus entendre votre voix, car je ne vous ai jamais vue, — et cela parce que vous m'avez fait une gentille déclaration d'amitié intellectuelle ! Quel enfantillage ! J'en reçois bien d'autres, allez, et ça ne m'émotionne pas du tout. » Il tentait de prendre la chose en badinage et de se confiner dans un rôle de vieil ami, très aîné, un peu paternel. Dans le fond, il était inquiet des résolutions extrêmes que cette petite âme fière et obstinée était capable de prendre ; il ne s'y fiait pas, et sentait d'ailleurs qu'elle lui était déjà très chère, que ne plus la revoir assombrirait tout son été.

Dans sa lettre, il réclamait aussi la suite de l'histoire promise, et, en finissant, contait, pour l'acquit de sa conscience, comment par hasard il les avait toutes les trois « identifiées ».

Le surlendemain elles répondirent :

Que vous nous ayez identifiées, est un malheur : ces amies dont vous ne connaîtrez jamais le visage, vous intéressent-elles encore, maintenant que leur petit mystère est usé, percé à jour ?...

La suite de mon histoire : cela, rien de plus facile, vous l'aurez.

Nous revoir, André, c'est moins simple : laissez-moi réfléchir...

DJÉNANE.

Eh bien ! moi, je vais m'identifier à fond, en vous apprenant où est notre demeure. Quand vous descendez le Bosphore, côté d'Asie, dans la seconde crique après Tchiboukli, il y a une mosquée ; après la mosquée, un grand yali très vieux style, très grillagé, pompeux et triste[1], avec toujours quelque aimable nègre en redingote qui rôde sur le quai étroit : c'est chez nous. Au premier étage, qui s'avance en encorbellement sur la mer, les six fenêtres de gauche, défendues par de farouches quadrillages, sont celles de nos chambres. Puisque vous aimez cette côte d'Asie, passez là de préférence et regardez à ces fenêtres, sans regarder trop : vos amies, qui reconnaîtront de loin votre caïque, montreront le bout de leur doigt par un trou, en signe d'amitié, ou bien le coin de leur mouchoir.

Ça s'arrange avec Djénane, et comptez sur une entrevue à Stamboul pour la semaine prochaine.

MÉLEK.

Il ne se fit point prier pour « passer là ». Le lendemain précisément se trouvait être un vendredi, jour de promenade élégante aux Eaux-Douces d'Asie où il ne manquait jamais de se rendre, et la vieille demeure de Djénane, sans doute très facile à reconnaître, était sur le chemin. Étendu dans son caïque, il passa aussi près que la discrétion put l'y autoriser. Le yali, tout en bois suivant la coutume turque, un peu déjeté par le temps, et peint à l'ocre sombre, avait grand air, mais combien triste et secret ! Par la base, il baignait presque dans le Bosphore, et les fenêtres de ses amies captives surplombaient l'eau marine, qu'agitait l'éternel courant. Derrière, c'étaient des jardins haut murés, qui montaient se perdre dans les bois du coteau voisin.

Sous la maison s'ouvrait une de ces espèces d'antres voûtés, qui étaient d'usage général dans le vieux temps pour remiser les embarcations des maîtres, et André, comme il approchait, en vit sortir un beau caïque équipé pour la promenade, rameurs en veste de velours bleu brodé d'or, et long tapis de même velours, brodé pareillement, qui traînait dans l'eau. Iraient-elles aux Eaux-Douces, elles aussi, ses petites amies ? Cela en avait tout l'air.

Il passa, en jetant un coup d'œil aux grillages indiqués ; des doigts fins, chargés de bagues, en sortirent, et le coin d'un mouchoir de dentelles. Rien qu'à la façon enfantine de remuer ces doigts-là et de faire danser ce bout de mouchoir, André tout de suite reconnut Mélek.

À Constantinople, il y a des Eaux-Douces d'Europe : c'est, dans les arbres et les prairies, une petite rivière où l'on vient en foule, les vendredis de printemps. Et il y a les Eaux-Douces d'Asie[1] : une rivière encore plus en miniature, presque un ruisseau, qui coule des collines asiatiques pour se jeter dans le Bosphore, et où l'on se réunit tous les vendredis d'été.

À l'heure où André s'y rendait aujourd'hui, quantité d'autres caïques y venaient aussi des deux rives, les uns amenant des dames voilées, les autres des hommes en fez rouge. Au pied d'une fantastique citadelle du Moyen Âge sarrasin, hérissée de tours et de créneaux, et près d'un somptueux kiosque au quai de marbre[1], appartenant à Sa Majesté le Sultan, s'ouvre ce petit cours d'eau privilégié qui attire chaque semaine tant de belles mystérieuses.

Avant de s'engager là, entre les berges de roseaux et de fougères, André s'était retourné pour voir si vraiment elles venaient aussi, ses amies, et il avait cru reconnaître, là-bas, loin derrière lui, leurs trois silhouettes en tcharchaf noir, et la livrée bleu et or de leurs bateliers.

Déjà beaucoup de monde, quand il arriva ; du monde sur l'eau, des barques de toute forme et des livrées de toute couleur ; du monde alentour, sur ces pelouses presque trop fines et trop jolies qui s'arrangent en amphithéâtre, comme exprès pour les gens qui veulent s'asseoir et regarder ces barques passer. Çà et là, de grands arbres, à l'ombre desquels des petits cafés venaient de s'établir, et où d'indolents fumeurs de narguilés avaient étendu des nattes sur l'herbe pour s'y reposer à l'orientale. Et des deux côtés, les collines boisées, touffues, un peu sauvages, enfermaient tout cela entre leurs pentes délicieusement vertes. C'étaient des femmes surtout, qui garnissaient le haut des gradins naturels, sur les deux charmants petits rivages, et rien n'est aussi harmonieux qu'une foule de femmes turques à la campagne,

sans tcharchafs sombres comme à la ville, mais
en longs vêtements toujours d'une seule couleur,
— des roses, des bleus, des bruns, des rouges, —
chacune ayant la tête uniformément enveloppée
d'un voile en mousseline blanche.

L'étrangeté amusante de la promenade, c'est cet
encombrement même, sur une eau si tranquille,
si enclose et enveloppée de verdure, — avec tant
de paires de jolis yeux qui observent alentour, par
la fente des voiles. Souvent on n'avance plus, les
avirons se croisent, se mêlent, les rameurs crient,
les caïques se frôlent, et on est stationnaire les
uns près des autres, avec tout loisir de se regarder. Il y a des dames sans visage qui restent une
heure rangées contre la berge, leur caïque presque
dans les joncs et les fleurs d'eau, et qui détaillent
avec un face-à-main ceux qui passent. Il en est
d'autres qui ne craignent pas de se lancer dans la
mêlée, mais toujours impassibles et énigmatiques
sous le voile baissé, tandis que se démènent leurs
bateliers chamarrés d'or. Et, si l'on fait cinq ou
six cents mètres à peine, en remontant la gentille
rivière, on est dans l'épaisseur des branchages,
entre des arbres qui se penchent sur vous, on
touche les galets blancs du fond, il faut rebrous-
ser chemin ; alors on tourne à grand-peine, tant
l'étroit caïque a de longueur, et on redescend le
fil de l'eau, — mais pour le remonter ensuite, et
puis le redescendre, comme qui ferait les cent pas
dans une allée.

Quand son caïque eut tourné, dans la petite nuit
verte où le ruisseau finit d'être navigable, André
songea : « Je vais sûrement croiser mes amies,

qui ont dû arriver aux Eaux-Douces quelques
minutes après moi. » Il ne regarda donc plus les
femmes assises par groupes sur l'herbe, plus les
paires d'yeux noirs, gris ou bleus que montraient
toutes ces têtes enveloppées de blanc ; il ne s'oc-
cupa que de ce qui arrivait à sa rencontre sur
l'eau. Un défilé encore si joli dans son ensemble,
bien que ce ne soit déjà plus comme au vieux
temps et qu'il faille parfois tourner la tête pour
ne pas voir les prétentieuses yoles américaines
des jeunes Turcs dans le train, ni les vulgaires
barques de louage où des Levantines exhibent
d'ahurissants chapeaux. Cependant les caïques
dominent encore, et il y en avait aujourd'hui
de remarquables, avec leurs beaux rameurs aux
vestes de velours très dorées ; là-dedans passaient,
à demi étendues, des dames en tcharchaf plus ou
moins transparent, et quelques grandes élégantes,
en yachmak comme pour se rendre à Yldiz, laissant voir leur front et leurs yeux d'ombre. — Au
fait, comment donc n'étaient-elles pas aussi en
yachmak, ses petites amies, des fleurs d'élégance
pourtant, au lieu d'arriver ici toutes noires, telles
qu'il les avait aperçues là-bas ? Sans doute à
cause de l'obstination de Djénane à rester pour
lui une invisible.

À un détour de la rivière, elles apparurent
enfin. C'était bien cela : trois sveltes fantômes,
sur un tapis de velours bleu, qui accrochait les
algues en traînant dans l'eau ses franges d'or.
Trois, c'est beaucoup pour un caïque ; deux
étaient royalement assises à l'arrière sur la banquette de velours, le même velours que le tapis

et la livrée des rameurs, — les aînées sans doute, celles-là, — et la troisième, la plus enfant, se tenait accroupie à leurs pieds. Elles passèrent à le toucher. Il reconnut d'abord, de si près, sous la gaze noire qui aujourd'hui n'était pas triple, ces yeux rieurs de Mélek entrevus un jour dans un escalier, et regarda vite les deux autres assises aux bonnes places. L'une avait aussi un voile semi-transparent qui permettait de deviner presque le visage tout jeune, d'une finesse et d'une régularité exquises, mais laissait encore les yeux dans l'imprécision. Il n'hésita pas : ce devait être Zeyneb, qui consentait enfin à être moins cachée, et la troisième, aussi parfaitement indé-chiffrable que toujours, c'était Djénane.

Il va sans dire, ils n'échangèrent ni un salut, ni un signe. Seule, Mélek, la moins sévèrement voilée, lui sourit, mais si discrètement qu'il fallait être tout près pour le voir.

Deux autres fois encore ils se croisèrent, et puis ce fut le temps de s'en aller. Le soleil n'éclairait bientôt plus que la cime des collines et des bois : on sentait la fraîcheur délicieuse qui montait de l'eau avec le soir. La petite rivière et ses entours se dépeuplaient peu à peu, pour redevenir soli-taires jusqu'à la semaine prochaine ; les caïques se dispersaient sur tous les points du Bosphore, ramenant les belles promeneuses qui, avant le crépuscule, doivent être de retour et mélancoli-quement enfermées dans tous ces harems dissé-minés le long du rivage. André laissa partir ses amies bien avant lui, de peur d'avoir l'air de les suivre ; puis rentra en rasant le bord asiatique,

très lentement pour laisser reposer ses rameurs
et voir se lever la lune.

XXII

DJÉNANE À ANDRÉ

Le 17 août 1904 (à la franque).

Vraiment, André, vous tenez à la suite de ma petite
histoire ? C'est pourtant une bien pauvre aventure,
que j'ai commencé de vous conter là.

Mais combien fait mal un amour qui meurt ! Ah !
s'il mourait du moins tout d'un coup ! Mais non, il
lutte, il se débat, et c'est cette agonie qui est cruelle.

Parce que de mes mains mon petit sac tomba, au
bruit d'un flacon à parfum qui se brisait par terre,
Durdané tourna vers moi la tête. Elle ne fut pas troublée. Ses yeux couleur d'eau s'ouvrirent et elle me
fit son joli sourire de panthère. Sans un mot, elle et
moi nous nous regardions. Hamdi encore ne voyait
rien. Elle avait un bras passé autour de son cou et,
doucement, elle le força lui aussi à tourner la tête :
« Djénane ! » dit-elle, d'une voix indifférente.

Je ne sais ce qu'il fit, car je me sauvai pour ne
plus voir. D'instinct, c'est auprès de sa mère que
j'allai me réfugier. Elle lisait son Coran, et d'abord
gronda d'être interrompue dans sa méditation, puis
se leva effarée, pour aller vers eux, me laissant seule.
Quand elle revint, je ne sais combien de minutes
après : « Rentre dans ton appartement, me dit-elle
avec une douceur tranquille ; va, ma pauvre petite,
ils n'y sont plus. »

Dans mon boudoir, seule, les portes fermées, je me jetai sur une chaise longue, et j'y pleurai jusqu'à m'endormir épuisée. Oh ! ensuite, à l'aube, ce réveil ! Retrouver cela dans sa mémoire, recommencer à penser, se dire qu'il faut prendre un parti. J'aurais voulu les haïr, et il n'y avait en moi que de la douleur, pas de la haine ; de la douleur et de l'amour.

Il était grand matin, le jour commençait à peine. J'entendis des pas s'approcher de ma porte, ma belle-mère entra, et je vis d'abord que ses yeux avaient pleuré. « Durdané est partie, me dit-elle ; je l'ai envoyée loin d'ici, chez une de nos parentes. » Puis, s'asseyant près de moi, elle ajouta que ces choses arrivent tous les jours dans la vie ; que les caprices d'un homme ont moins de conséquences que ceux du vent ; que je devais rentrer dans ma chambre, me faire très belle, et sourire à Hamdi ce soir, quand il rentrerait du palais ; il était très malheureux, paraît-il, et ne voulait pas m'approcher avant que je fusse consolée.

Dans l'après-midi, on m'apporta des blouses de soie, des dentelles, des éventails, des bijoux.

Alors, je priai seulement qu'on me laissât seule dans ma chambre. Je voulais essayer de voir clair au fond de moi-même. Pensez donc que la veille j'étais rentrée au harem toute vibrante d'un sentiment nouveau ; j'y avais apporté tout le printemps des îles, ses parfums et ses chansons, et les baisers cueillis là dans l'air, et tout le frisson d'un réveil amoureux...

Le soir Hamdi vint chez moi, tranquille, un peu pâle. Tranquille moi-même, je lui demandai simplement de me dire la vérité ; m'aimait-il encore, ou non ? Je serais retournée chez ma grand-mère, pour le laisser libre. Il sourit et me prit dans ses bras. « Quelle enfant tu es, me dit-il ; voyons, pourrais-je cesser de t'aimer ? » Et il me couvrait de baisers, me grisait de caresses.

Je tentai pourtant de demander comment il avait pu aimer l'autre, s'il m'aimait toujours... Oh ! André, alors j'ai appris à juger les hommes, — ceux de chez nous du moins : celui-là n'avait même pas le courage de son amour ! Cette Durdané, mais non il ne l'aimait point. Une fantaisie seulement à cause de ses prunelles vertes, de son corps onduleux lorsqu'elle dansait le soir. Et puis elle prétendait connaître des arts subtils pour ensorceler les hommes, et il avait voulu tenter l'épreuve. D'ailleurs, qu'est-ce que cela pouvait bien me faire ? Sans ma rentrée à l'improviste, l'aurais-je même su jamais ?

Oh ! de l'entendre, quelle pitié et quel dégoût au fond de moi-même, pour elle, pour lui, et pour moi qui *voulais* pardonner ! Je souffrais moins cependant, depuis que j'étais renseignée : ainsi donc, ce corps souple et ces yeux d'eau, c'était là tout ce que Hamdi avait aimé chez l'autre ! Eh bien ! je me savais plus jolie qu'elle ; moi aussi j'avais des prunelles vertes, d'un vert de mer plus sombre et plus rare que le sien, et, s'il suffisait avec lui d'être jolie et amoureuse, j'étais les deux à présent.

Et la campagne de reconquête commença. Oh ! ce ne fut pas long ; le souvenir de Durdané ne pesa plus lourd bientôt sur la mémoire de son amant... Mais jamais de ma vie je n'ai connu de jours plus lamentables. Je sentais tout ce qui était en moi de haut et de pur s'en aller, s'effeuiller comme des roses qui se fanent près du feu. Je n'avais plus une pensée en dehors de celle-ci : lui plaire, lui faire oublier l'amour de l'autre dans un amour plus grand.

Mais bientôt, quelle horreur de m'apercevoir qu'avec le mépris croissant de moi-même, me venait peu à peu la haine de celui pour qui je m'avilissais ! Car j'étais devenue tout à fait et uniquement une poupée de plaisir. Je ne songeais qu'à être belle, à l'être chaque jour d'une manière différente. À pleines caisses, arrivaient de Paris les toilettes du soir, les « déshabillés », les parfums, les fards ; tous les artifices de la coquetterie d'Occident et ceux de notre coquetterie orientale étaient devenus mon seul souci. Je n'entrais plus jamais dans mon boudoir, par crainte des reproches muets de mes livres délaissés ; là flottaient des pensées si différentes, hélas ! de celles d'à présent…

La Djénane amoureuse avait beau faire, elle pleurait sur la Djénane d'autrefois qui avait essayé d'avoir une âme… Et comment vous exprimer cette torture, quand je sentis enfin bien nettement que mes caresses étaient fausses, que mes baisers mentaient, que chez moi l'amour n'était plus !

Mais il m'aimait, lui, maintenant, avec une ardeur qui devenait pour moi une épouvante ; quel parti prendre pour échapper à ses bras, que faire pour ne pas prolonger cette honte ? Je ne vis d'autre issue que la mort, et je voulus l'avoir là, toujours préparée, et tout près de moi, sur cette table de toilette devant laquelle à présent j'étais constamment assise ; une mort bien douce et prompte, à portée de ma main, dans un flacon d'argent pareil à mes flacons de parfum.

C'est là que j'en étais, quand un matin, entrant dans le salon de ma belle-mère Émiré Hanum, je trouvai deux visiteuses qui remettaient leur tcharchaf pour partir : Durdané et la tante éloignée qui en avait pris charge. Elle souriait, comme toujours, cette Durdané, mais aujourd'hui avec un petit air de triomphe, tandis que les deux vieilles dames paraissaient bouleversées. Moi au contraire, je me sentais si calme. Je remarquai que sa robe, en drap beige, était un peu flottante, que sa taille semblait épaissie et ses mouvements plus lourds : elle acheva lentement de fixer son tcharchaf,

son voile, nous salua et sortit. « Qu'est-elle venue
faire ? » demandai-je simplement, quand nous fûmes
seules. Émiré Hanum me fit asseoir près d'elle en me
tenant les mains, hésita avant de répondre, et je vis
des larmes couler sur ses rides : cette Durdané allait
avoir un enfant, et il fallait que mon mari l'épousât ;
une femme de leur famille ne pouvait être mère sans
être épousée, et d'ailleurs un enfant de Hamdi avait
de droit sa place dans la maison.

Elle me disait cela en pleurant et m'avait prise dans
ses bras. Mais avec quelle tranquillité je l'écoutais !
C'était la délivrance au contraire qui venait à moi,
quand je me croyais perdue ! Et je répondis aussitôt
que je comprenais tout cela très bien, que Hamdi
était libre, que j'étais prête à divorcer sur l'heure, sans
en vouloir à personne.

— Divorcer ! reprit-elle, avec une explosion de
larmes. Divorcer ! Tu veux divorcer ! Mais mon fils
t'adore. Mais nous t'aimons tous, ici ! Mais tu es la
joie de nos yeux !

Pauvre femme, en quittant cette maison, elle est
la seule que j'aie regrettée... Pour me retenir, elle
commença de me citer l'exemple des épouses de son
temps, qui savaient être heureuses dans des situations
semblables. Elle-même, n'avait-elle pas eu à partager l'amour du pacha avec d'autres ? Dès qu'avait
pâli sa beauté, n'avait-elle pas vu une, deux, trois
jeunes femmes se succéder au harem ? Elle les appelait *ses sœurs* ; jamais aucune ne lui avait manqué
d'égards, et c'était toujours à elle-même que revenait
le pacha quand il avait une confidence à faire, un
avis à demander, ou bien quand il se sentait malade.
De tout cela avait-elle souffert ? À peine, puisqu'elle
ne se souvenait plus que d'un seul chagrin dans sa
vie : c'était quand mourut la petite Sahida, la dernière de ses rivales, en lui confiant son bébé ! Oui,
le plus jeune frère d'Hamdi, le petit Férid n'était pas

son propre fils à elle, mais le fils de la pauvre Sahida ; c'est du reste à cette heure que je l'apprenais...

Durdané devait faire le lendemain sa rentrée dans le harem. Que m'importait cette femme, au point où nous en étions ? D'ailleurs Hamdi ne l'aimait plus et ne voulait que moi. Mais elle était le prétexte qu'il fallait saisir, l'occasion qu'il ne fallait perdre à aucun prix. Pour abréger, par horreur des scènes et plus encore par crainte de Hamdi qui s'affolerait, je fis séance tenante ma demi-soumission. À genoux devant cette mère qui pleurait, je demandai seulement, et j'obtins, d'aller passer deux mois de retraite à Khassim-Pacha, dans ma chambre de jeune fille ; j'avais besoin de cela, disais-je, pour me résigner ; ensuite je reviendrais.

Et j'étais partie avant que Hamdi ne fût rentré d'Yldiz.

C'est à ce moment-là, André, que vous arriviez à Constantinople. Les deux mois expirés, mon mari, bien entendu, voulut me reprendre : je lui fis dire qu'il ne m'aurait pas vivante, le petit flacon d'argent ne me quitta plus, et ce fut une lutte atroce, jusqu'au jour où Sa Majesté le Sultan daigna signer l'iradé qui me rendit libre.

Vous avouerai-je que j'ai souffert encore, les premières semaines. Contre mon attente, l'image de cet homme, ses baisers que j'avais trop aimés et trop haïs, devaient continuer quelque temps de me poursuivre.

Aujourd'hui tout s'apaise. Je lui ai pardonné d'avoir fait de moi presque une courtisane ; il ne m'inspire plus ni désir ni haine ; c'est fini. Un peu de honte me reste pour avoir cru rencontrer l'amour parce qu'un joli garçon me serrait dans ses bras. Mais j'ai reconquis ma dignité, j'ai retrouvé mon âme et repris mon essor.

Maintenant répondez-moi, André, que je sache si vous me comprenez, ou bien si, comme tant d'autres, vous me tenez pour une pauvre petite déséquilibrée, en quête de l'impossible.

DJÉNANE.

XXIII

André répondit à Djénane que son Hamdi lui faisait l'effet de ressembler beaucoup à tous les hommes, à ceux d'Occident aussi bien qu'à ceux de Turquie, et que c'était elle, la petite créature d'exception et d'élite. Et puis il la pria de remarquer, — ce qui n'était pas neuf, — que rien ne fuyait comme le temps ; les deux années de son séjour à Constantinople avaient déjà commencé leur fuite, et ne se retrouveraient jamais plus ; ils devaient donc en profiter tous deux pour échanger leurs pensées, qui seraient si promptes à s'anéantir, comme les pensées de tous les êtres, dans les abîmes de la mort.

Et il reçut un avis de rendez-vous pour le jeudi suivant, à Stamboul, à Sultan-Selim, dans la vieille maison, au fond de l'impasse de silence.

Ce jour-là, il descendit le Bosphore dès le matin, dans une mouche à vapeur, et trouva un Stamboul de grand été, qui semblait s'être rapproché de l'Arabie, tant il y faisait chaud et calme, tant les mosquées étaient blanches sous l'ardent soleil d'août. Comment imaginer aujourd'hui qu'une ville pareille pouvait avoir de si longs hivers et de si persistants linceuls de neige ? Les rues étaient plus désertes, à cause de tout ce monde qui avait émigré vers le Bosphore ou les îles de la Marmara, et les senteurs orientales s'y exagéraient dans l'atmosphère surchauffée.

Pour attendre l'heure, il alla à Sultan-Fatih, s'asseoir à sa place d'autrefois, sous les arbres, à l'ombre, devant la mosquée. Des Imams qui étaient là, et ne l'avaient pas vu depuis tant de jours, lui firent grand accueil ; après quoi, ils retombèrent dans leur rêverie. Et le « cafedji », le traitant comme un habitué, lui apporta, avec le narguilé berceur, la petite Tékir, la chatte de la maison, qui avait été souvent sa compagne au printemps et qui s'installa tout de suite près de lui, la tête sur ses genoux pour être caressée. En face, les murs de la mosquée éblouissaient avec leur réverbération blanche. Des enfants puisaient l'eau d'une fontaine et la versaient sur les vieux pavés, autour des fumeurs, mais il faisait quand même si chaud que les pinsons et les merles, dans les cages pendues aux branches, restaient muets et somnolents. Des feuilles jaunes cependant tombaient déjà, annonçant que ce bel été ne tarderait pas à courir vers son déclin.

À Sultan-Selim, où il arriva sous l'accablement de deux heures, l'impasse était inquiétante de sonorité et de solitude. Derrière la porte au frappoir de cuivre, il trouva Mélek en faction, qui lui sourit comme une bonne petite camarade, heureuse de le revoir enfin. Son voile était mis en simple et sa figure se voyait à peu près comme celle d'une Européenne en voilette de deuil. En haut, il trouva Zeyneb arrangée pareillement et, pour la première fois, il vit briller ses prunelles brunes, il rencontra le regard de ses jeunes yeux graves et doux. Mais, ainsi qu'il s'y attendait, Djénane persistait à n'être qu'une svelte apparition noire, absolument sans visage.

La question qu'elle lui posa, d'un petit ton drôle, dès qu'il fut assis sur le modeste divan décoloré :

— Eh bien ! comment va votre ami Jean Renaud ?...

— Mais parfaitement, je vous remercie, répondit-il de même ; vous savez son nom ?

— On sait tout, dans les harems. Exemple : je puis vous dire que vous dîniez hier au soir chez madame de Saint-Enogat, à côté d'une personne en robe rose ; que vous vous êtes isolés après, tous deux, sur un banc du jardin et qu'elle a accepté une de vos cigarettes au clair de lune. Ainsi de suite... Tout ce que vous faites, tout ce qui vous arrive, nous savons... Alors, vous m'assurez qu'il va toujours bien, monsieur Jean Renaud ?

— Mais oui, je vous dis...

— Alors, Mélek, tu as perdu ta peine : ça n'agit pas.

Il apprit donc que Mélek, depuis quelques jours, avait entrepris des prières et un envoûtement pour obtenir sa mort, — un peu comme enfantillage et plus encore pour tout de bon, s'étant imaginé qu'il incarnait une influence hostile et maintenait André en défiance contre elles.

— Voilà, dit Djénane en riant, vous avez voulu connaître des Orientales, eh bien ! c'est ainsi que nous sommes. Dès qu'on gratte un peu le vernis : des petites barbares !

— En tout cas, pour celui-ci, vous vous trompiez bien. Mais au contraire, il rêve de vous tout le temps, le pauvre Jean Renaud ! Et tenez, sans lui, nous ne nous connaîtrions pas ; notre premier rendez-vous, à Pacha-Bagtché, le jour de ce grand vent, il m'a entraîné, je refusais d'y venir…

— Bon Jean Renaud ! s'écria Mélek. Écoutez, alors emmenez-le demain vendredi aux Eaux-Douces, dans votre beau caïque, et j'irai tout exprès, moi, pour lui faire un sourire en passant…

Dans le petit harem triste et semi-obscur, où la splendeur de ce jour d'été se devinait à peine, Djénane, plus encore que la dernière fois, faisait son sphinx et ne bougeait pas. On sentait qu'une timidité nouvelle, une gêne lui étaient venues, pour s'être trop livrée dans ses longues lettres, et de la voir ainsi, cela rendait André un peu nerveux, par instants, presque agressif.

Aujourd'hui, elle cherchait à maintenir la conversation sur le livre :

— Ce sera un roman, n'est-ce pas ?…

— Comment saurais-je faire autre chose ? Mais encore, je ne le vois pas du tout ce roman-là.

— Permettez-vous que je vous dise ce que je pensais ? Un roman, oui, et dans lequel vous seriez un peu.

— Ah ! cela non, par exemple.

— Laissez-moi expliquer. Vous ne parleriez pas à la première personne, je sais déjà que vous ne le voulez plus. Mais il pourrait y avoir là-dedans un Européen de passage dans notre pays, un chantre de l'Orient qui verrait avec vos yeux et sentirait avec votre âme…

— Et on ne me reconnaîtrait pas du tout, soyez-en sûre !

— Qu'est-ce que ça peut vous faire ? Laissez-moi continuer, voulez-vous... Il aurait rencontré clandestinement, avec les mille dangers inévitables, une de nos sœurs de Turquie et ils se seraient aimés...

— Ensuite ?

— Ensuite, eh bien ! il part, comme c'est fatal, voilà tout...

— Ce sera tout à fait nouveau dans mon œuvre, cette petite intrigue-là...

— Pardon, il pourrait y avoir ceci de nouveau, que l'amour entre eux deux resterait pur et toujours inavoué...

— Ah !... Et elle après son départ ?

— Elle !... Eh bien ! mais... que voulez-vous qu'elle fasse ? *Elle meurt !*

Elle meurt... C'était prononcé avec l'accent d'une conviction si poignante qu'André en reçut comme un choc profond qui le surprit et lui commanda le silence.

Et Zeyneb ensuite fut celle qui recommença de parler :

— Dis-lui, Djénane, le titre auquel tu songeais ; il nous avait paru si joli, à nous : *Le bleu dont on meurt*... Non ? Il n'a pas l'air de vous plaire ?

— Il est gentil, c'est vrai, dit André... Je le trouve peut-être un peu... Comment dire cela, voyons... Un peu romance...

— Allons, reprit Djénane, dites tout de suite que vous le trouvez 1830... Il est rococo ; passons...

— Un titre qui a des papillotes, ajouta Mélek.

Il comprit alors que, depuis un moment, il lui faisait de la peine en contrecarrant avec demi-moquerie ses petites idées littéraires, qu'elle s'était acquises toute seule, avec tant d'effort et parfois avec une intuition merveilleuse. Soudain elle lui parut si naïve et si jeune, elle qu'il jugeait à première vue peut-être un peu trop frottée de lectures ! Il fut désolé d'avoir pu la froisser, même très légèrement, et tout de suite changea de ton, pour redevenir tout à fait doux, presque avec tendresse.

— Mais non, chère petite amie invisible, il n'est pas rococo, il n'est pas ridicule, votre titre, ni rien de ce que vous pouvez imaginer ou dire... Seulement, ne mettons pas de mort là-dedans, voulez-vous ? D'abord ça changera ; j'en ai tant fait mourir dans mes livres ; vous n'y pensez pas, on me prendrait pour le sire de Barbe-Bleue ! Non, pas de mort, dans ce livre ; mais au contraire, si possible, de la jeunesse et de la vie... Cette restriction posée, j'essaierai de l'écrire sous la forme qui vous plaira, et nous travaillerons ensemble, comme deux collaborateurs bien d'accord, bien camarades, n'est-ce pas ?

Et ils se quittèrent beaucoup plus amis qu'ils ne l'avaient été jusqu'à ce jour.

XXIV

DJÉNANE À ANDRÉ

Le 16 septembre 1904.

J'étais parmi les fleurs du jardin, et je m'y sentais si seule, et si lasse de ma solitude ! Un orage avait passé dans la nuit et saccagé les rosiers. Les roses jonchaient la terre. De marcher sur ces pétales encore frais, il me semblait piétiner des rêves.

C'est dans ce jardin-là, au Bosphore, que, depuis mon arrivée de Karadjiamir, j'ai passé tous mes étés d'enfant et de jeune fille, avec vos amies Zeyneb et Mélek. En ce temps-là de notre vie, je ne dirai pas que nous fussions malheureuses. Tout était souriant. Chacun autour de nous goûtait ce bonheur négatif où l'on se contente de la paix du moment qui passe et de la sécurité pour celui qui vient. Nous n'avions jamais vu saigner des cœurs. Et nos journées qui glissaient douces et lentes, entre nos études et nos petits plaisirs, nous laissaient en demi-sommeil, dans cette torpeur qu'apportent nos étés toujours chauds ; nous n'avions jamais pensé que nous pourrions être à plaindre. Nos institutrices étrangères avaient beaucoup souffert dans leur pays. Elles se trouvaient bien parmi nous ; ce calme était pour elles comme celui d'un port après la tempête. Et lorsque nous leur disions parfois nos rêves vagues et nos désirs imprécis : vivre comme les Européennes, voyager, voir, elles nous répondaient en vantant la tranquillité et la douceur dont nous étions entourées. Tranquillité, douceur de la vie des musulmanes, toute notre enfance, nous n'avions pas entendu autre chose. Aussi rien d'extérieur ne nous avait préparées à souffrir. La douleur est venue de nous. L'inquiétude et l'inassouvissable désir sont nés de nous-mêmes. Et mon drame à moi a vraiment commencé le jour de mon mariage, quand les fils d'argent de mon voile de mariée m'enveloppaient encore...

Oh ! notre première rencontre, André, dans ce sentier, par ce grand vent, vous vous souvenez, auriez-vous pensé en ce temps-là que vous seriez si tôt pour nous un ami très cher ? Et vous, je sens que vous commencez à vous attacher à ces petites Turques, bien qu'elles aient déjà perdu l'attrait d'être mystérieuses. Quelque chose d'infiniment doux s'est glissé en moi depuis notre dernière entrevue, depuis l'instant où votre voix et vos yeux ont changé, parce que vous aviez peur de m'avoir blessée ; alors j'ai compris que vous étiez bon et consentiriez à être mon confident en même temps que mon ami. Quel bien cela me ferait de vous dire, à vous qui devez le comprendre, tant de choses lourdes que personne n'a jamais entendues ; des choses dans ma destinée qui me déroutent ; vous qui êtes un homme et qui *savez*, vous me les expliqueriez peut-être.

J'ai votre portrait, là, tout près, sur ma table à écrire, et il me regarde avec ses yeux clairs. Vous-même, je vous sais non loin d'ici, sur l'autre rive ; un coin de Bosphore seul nous sépare, et cependant, entre nous deux, quelle distance toujours, quel abîme de difficultés, avec une si constante incertitude de nous revoir jamais ! Malgré tout cela, je voudrais, quand vous aurez quitté notre pays, ne plus être seulement un vague fantôme dans votre mémoire ; je voudrais au moins y demeurer comme une réalité, une pauvre, triste petite réalité.

Ces roses sur lesquelles je marchais tout à l'heure, savez-vous ce qu'elles me rappelaient ? Un effeuillement pareil, dans les allées de ce même jardin, il y a un peu plus de deux ans. Mais ce n'était pas une bourrasque d'été, cette fois, qui en était cause, c'était bien l'automne. Octobre avait jauni les arbres, il faisait froid, et nous devions rentrer le lendemain en ville, à Khassim-Pacha. Tout était emballé, la maison en désordre. Nous étions allées dire adieu au jardin et cueillir les dernières fleurs. Un vent aigre gémissait dans les branches. La vieille Irfané, une de nos esclaves un peu sorcière qui lit dans le marc de café, avait prétendu que ce jour était favorable pour des prédictions sur notre destinée. Elle vint donc nous apporter du café qu'il fallut boire ; cela se passait au fond du jardin, dans un recoin abrité par la colline, et je la vois encore, assise à nos pieds, parmi les feuilles mortes, anxieuse de ce qu'elle allait découvrir. Dans les tasses de Zeyneb et Mélek, elle ne vit qu'amusements et cadeaux : elles étaient encore si jeunes. Mais elle hocha la tête, en lisant dans la mienne : « Oh ! l'amour veille, dit-elle, mais l'amour est perfide ! Tu ne reviendras plus au Bosphore de longtemps, et quand tu y reviendras, la fleur de ton bonheur sera envolée. Oh ! pauvre, pauvre ! Il n'y a dans ton destin que l'amour et la mort. » Je ne devais en effet revenir ici que cet été, après mon triste mariage. Cependant, est-ce bien la *fleur de mon bonheur* qui s'est envolée, puisque, le bonheur, je ne l'ai point connu ?... Non, n'est-ce pas ? Mais jamais sa prédiction finale ne m'avait frappée autant qu'aujourd'hui : « Il n'y a dans ton destin que l'amour et la mort. »

DJÉNANE.

XXV

Ils se rencontrèrent beaucoup, pendant toute cette délicieuse fin de l'été. Aux Eaux-Douces d'Asie, chaque semaine au moins une fois, leurs caïques se frôlèrent, eux ne bronchant point, Zeyneb et Mélek, dont les traits se voyaient un peu, osant à peine sourire à travers leurs gazes noires. À Stamboul, chez la bonne nourrice, ils se revirent aussi ; elles étaient plus libres au Bosphore que dans leurs grandes maisons d'hiver à Khassim-Pacha, trouvaient mille prétextes pour venir en ville et semaient leurs esclaves en route ;

il est vrai, chaque entrevue nouvelle nécessitait des tissus d'audaces et de ruses, qui toujours paraissaient près de se rompre et de changer en drame l'innocente aventure, mais qui toujours finissaient par réussir miraculeusement. Et le succès leur donnait plus d'assurance, leur faisait imaginer de plus téméraires entreprises. « Vous pourriez raconter cela dans le monde, à Constantinople, s'amusaient-elles à lui dire, personne ne vous croirait. »

Dans la petite maison de Stamboul, quand ils étaient ensemble, à causer comme de vieux amis, il arrivait maintenant que Zeyneb et Mélek relevaient leur voile, montraient l'ovale entier de leur visage, les cheveux seuls restant cachés sous la mante noire, et ainsi elles ressemblaient à des petites nonnains, toutes jeunes et élégantes. Djénane seule ne transigeait point ; rien ne pouvait se deviner de ses traits, aussi funèbrement enveloppés de noir que le premier jour, et, lui, tremblait d'en faire la remarque, prévoyant quelque réponse absolue qui enlèverait toute espérance de jamais connaître ses yeux.

Il osait aller quelquefois, le soir, après entente avec elles, les écouter faire de la musique, par ces nuits immobiles et perfides du Bosphore, qui n'ont pas un souffle, qui sont tièdes, enjôleuses, mais vous imprègnent tout de suite d'une pénétrante rosée froide. Presque chaque jour, l'été, le courant d'air violent de la Mer Noire passe dans ce détroit et le blanchit d'écume ; mais il ne manque jamais de s'apaiser au coucher du soleil, comme si on fermait soudain les écluses du vent ; dès le crépuscule, rien n'agite plus les arbres sur les rives, tout s'immobilise et se recueille ; la surface de la mer devient un miroir sans rides, pour les étoiles, pour la lune, pour les mille lumières des maisons ou des palais ; une langueur orientale se répand, avec l'obscurité, sur ces bords extrêmes de l'Europe et de l'Asie qui se regardent, et l'humidité continuelle de ces parages enveloppe les choses d'une buée qui les harmonise et les grandit, les choses proches comme les choses lointaines, les montagnes, les bois, les mosquées, les villages turcs et les villages grecs, les petites baies asiatiques plus silencieuses que celles de la côte européenne et plus figées chaque soir dans leur calme absolu.

Entre Thérapia, où André habitait, et le yali de ses trois amies, il fallait, à l'aviron, presque une demi-heure.

La première fois, il avait pris son caïque, et c'était toujours un enchantement de circuler, la nuit, en cet équipage, de s'en aller ainsi presque à toucher l'eau même, et comme étendu sur ce beau miroir bleu pâle et argent que devenait la surface apaisée. La rive d'Europe, à mesure qu'on s'en éloignait, reprenait, elle aussi, du mystère et de la paix ; tous ses feux traçaient sur le Bosphore d'innombrables petites raies lumineuses qui avaient l'air de descendre jusqu'aux profondeurs d'en dessous ; ses musiques d'Orient dans les petits cafés en plein air, les vocalises étranges de ses chanteurs continuaient de vous suivre, portées et embellies par les sonorités de la mer ; même les affreux orchestres de Thérapia s'adoucissaient dans le lointain et dans la magie nocturne, jusqu'à être agréables à entendre. Et, là-bas en face, il y avait cette rive d'Asie, vers laquelle on se rendait, si voluptueusement couché ; ses fouillis d'épaisse verdure, ses collines tapissées d'arbres faisaient des masses noires, qui paraissaient démesurément grandes au-dessus de leurs reflets renversés ; quant à ses lumières, plus discrètes et plus rares, elles étaient projetées par des fenêtres garnies de grillages, derrière lesquels on devinait la présence des femmes qu'il ne faut pas voir.

Cette fois-là, en caïque, André n'osa pas s'arrêter sous les fenêtres éclairées de ses amies, et il passa son chemin. Ses rameurs, dont les broderies du reste brillaient trop à la lune, et pouvaient éveiller le soupçon de quelque nègre aux aguets sur la rive, ses rameurs étaient des Turcs, et, malgré leur dévouement, capables de le trahir, dans leur indignation, s'ils avaient flairé la moindre connivence entre leur maître européen et les femmes de ce harem.

Il revint les autres soirs dans la plus humble de ces barques de pêche qui se répandent par milliers toutes les nuits sur le Bosphore. Ainsi il put longuement s'arrêter, en faisant mine de tendre des filets ; il écouta Zeyneb qui chantait, accompagnée au piano par Mélek ou Djénane ; il connut sa jeune voix chaude. Une voix si belle et si naturellement posée, surtout en ses notes graves, — et où l'on sentait par instant une imperceptible fêlure, qui la rendait peut-être plus prenante encore, en la marquant pour bientôt mourir.

Vers la mi-septembre, ils osèrent une chose inouïe : gravir ensemble une colline toute rose de bruyères et se promener dans un bois. Cela se fit sans encombre, au-dessus de Béicos, le point de la côte d'Asie qui est en face de Thérapia et qu'André avait adopté pour y venir chaque soir, au déclin du soleil. Comment dire le charme de ce Béicos, qui fut plus tard un de leurs lieux de rendez-vous les plus chers et les moins troublés par la crainte... De Thérapia, si niaisement agité avec ses préten- tions mondaines, on arrive là, par contraste, dans le silence ombreux des grands arbres, dans la paix réfléchie du temps passé. Un petit débarcadère aux vieilles dalles blanches, et tout de suite on trouve une plaine édénique, sous des platanes de quatre cents ans, qui n'ont plus l'air d'apparte- nir à nos climats, tant ils ont pris avec les siècles des formes de baobab ou de banian indien. C'est une plaine parfaitement unie, qui est veloutée en automne d'une herbe plus fine que celle des pelouses dans nos jardins les mieux soignés ; une plaine qui a l'air d'avoir été créée exprès pour les promenades de méditation et de sage mélancolie, elle a juste la grandeur qu'il faut (une demi-lieue à peine) pour rester intime, sans que l'on s'y sente prisonnier ; elle est close de tous côtés par des col- lines solitaires, couvertes de bois, — et les Turcs, frappés de son charme unique, l'ont nommée « la Vallée-du-Grand-Seigneur[1] ». On ne s'y doute point que le Bosphore est là tout près, avec son va- et-vient qui dérangerait le recueillement ; les col- lines vous le cachent. On y est isolé de tout, et on n'y entend aucun bruit, si ce n'est, à la tombée du soir, les chalumeaux des bergers qui rassemblent leurs chèvres, dans les montagnes alentour. Les

majestueux platanes, qui étendent sur la terre
leurs racines comme d'énormes serpents, forment
à l'entrée de cette plaine une sorte de bois sacré ;
mais, plus loin, ils s'espacent, puis se rangent en
allée, pour laisser libres les grandes pelouses où
se promènent lentement, le soir, les musulmanes
au voile blanc. Il y a aussi un ruisseau qui coule
dans cette Vallée-du-Grand-Seigneur, un ruisseau
frais, habité par des tortues ; des petits ponts en
planches le traversent ; sur ses bords, à l'ombre de
quelques vieux arbres, les marchands de café turc
s'installent pour l'été dans des cabanes, et c'est
là que les hommes prennent place pour fumer
leur narguilé, le vendredi surtout, en regardant de
loin les femmes voilées qui vont et viennent sur
cette prairie des longs rêves. Elles marchent par
groupes de trois, de quatre, de dix, ces femmes,
un peu clairsemées là, un peu perdues, car ces
pelouses déploient pour elles de très vastes tapis.
Elles ont des vêtements tout d'une pièce et tout
d'une couleur, — souvent des soies de Damas roses
ou bleues, lamés d'or, — qui tombent en plis à
l'antique, et des mousselines blanches enveloppent
toutes les têtes ; ces costumes, au milieu de ce site
très particulier, et cette quiétude charmée qu'elles
ont dans l'allure, font songer, quand approche le
crépuscule, aux Ombres bienheureuses du paganisme[1] se promenant dans les Champs Élyséens...

André était un des fidèles habitués de la Vallée-
du-Grand-Seigneur ; il y vivait presque journelle-
ment, depuis qu'il était censé résider à Thérapia.

À l'heure fixée il avait débarqué là sous les
platanes-baobabs, en compagnie de Jean Renaud,

chargé encore de faire le guet et s'amusant toujours de ce rôle. Ses domestiques musulmans,
impossibles en pareille circonstance, il les avait
laissés sur la rive d'Europe, pour n'amener qu'un
fidèle serviteur français qui lui apportait comme
d'habitude un fez turc dans un sac de voyage.
Depuis ses intimités nouvelles, il était coutumier de ces changements de coiffure qui avaient
jusqu'ici conjuré le danger, et qui se faisaient
n'importe où, dans un fiacre, dans une barque,
ou simplement au milieu d'une rue déserte.

Il les vit arriver toutes les trois en talika, puis
mettre pied à terre ; et, comme des petites personnes qui vont innocemment se promener, elles
prirent à travers la plaine, qui déjà, par places,
devenait violette sous la floraison des colchiques
d'automne. Zeyneb et Mélek portaient le yeldirmé
léger que l'on tolère à la campagne et le voile de
gaze blanche qui laisse paraître les yeux ; Djénane
seule avait gardé le tcharchaf noir des citadines
pour continuer d'être strictement invisible.

Quand elles s'engagèrent dans certain sentier,
convenu entre eux, un sentier qui grimpe vers la
montagne, il les rejoignit, présenta Jean Renaud,
— à qui elles avaient désiré toucher le bout des
doigts pour s'excuser d'avoir préparé sa mort, —
et qui fut envoyé en avant comme éclaireur. Par
l'exquise soirée qu'il faisait, ils montèrent gaîment
au milieu des châtaigniers et des chênes ; l'herbe
autour d'eux était pleine de scabieuses. Bientôt
ce fut la région des bruyères, et les dessous de
tous ces bois en devinrent entièrement roses. Et
puis les lointains peu à peu se découvrirent. De ce

côté-ci du Bosphore, le côté asiatique, c'étaient des forêts et des forêts : à perte de vue, sur les collines et les montagnes, s'étendait ce superbe et sauvage manteau vert, qui abrite encore ses brigands et ses ours. Ensuite ce fut la Mer Noire, qui tout à coup se déploya infinie sous leurs pieds ; d'un bleu plus décoloré et plus septentrional que celui de la Marmara pourtant si voisine, elle paraissait aujourd'hui doucereusement tranquille et pensive, au soleil de ces derniers beaux jours d'été, comme si elle méditait déjà ses continuelles fureurs et son tapage de l'hiver, pour quand recommencerait à se lever le terrible vent de Russie.

Le but de leur promenade était une vieille mosquée des bois, lieu de pèlerinage demi-abandonné, sur un plateau dominant cette mer des tempêtes, et battu en plein par les souffles du Nord. Il y avait là, dans une maison croulante, un petit café bien pauvre, tenu par un bonhomme tout blanc. Ils s'assirent devant la porte, pour regarder dormir au-dessous d'eux cette immensité pâle. Les quelques arbres, ici, se penchaient échevelés, tous dans la même direction, ayant cédé à la longue sous l'effort continu des mêmes rafales du large. L'air était vif et pur.

Ils ne causèrent point du livre, ni de rien de précis. Il n'y avait aujourd'hui que Zeyneb qui fût un peu grave ; Djénane et Mélek étaient toutes à la griserie de cette promenade en fraude, toutes à la contemplation de cette âpre magnificence des montagnes et des falaises qui dévalaient sous leurs pieds jusqu'à la mer. Pour être seules ici avec André, les petites révoltées avaient dû semer dans les villages de la route deux nègres et autant de négresses dont elles payaient le silence ; mais leurs audaces, qui jusqu'ici réussissaient toujours, ne les gênaient plus du tout. Et le bonhomme à barbe blanche leur servit du café dans ses vieilles tasses bleues, là, dehors, devant la triste Mer Noire[1], ne doutant point d'avoir affaire à un bey authentique, en pèlerinage avec les dames de son harem.

Cependant l'air ici devenait très frais, après la chaleur de la vallée, et Zeyneb fut prise d'une petite toux qu'elle cherchait à dissimuler, mais qui disait la même chose sinistre que la fêlure encore si légère de sa jolie voix. Au regard échangé entre les deux autres, André comprit qu'il y avait là un sujet d'anxiété déjà ancien ; elles voulurent resserrer les plis du costume sur la frêle poitrine, mais la malade, ou la seulement menacée, haussa les épaules :

— Laissez donc, dit-elle, du ton de la plus tranquille indifférence. Eh ! mon Dieu, qu'est-ce que cela peut faire ?

Cette Zeyneb était la seule du trio qu'André croyait un peu connaître : une *désenchantée* dans les deux sens de ce mot-là, une découragée de la vie, ne désirant plus rien, n'attendant plus rien, mais résignée avec une douceur inaltérable ; une créature toute de lassitude et de tendresse ; exactement l'âme indiquée par son délicieux visage, si régulier, et par ses yeux qui souriaient avec désespérance. Mélek au contraire, qui semblait pourtant avoir un bon petit cœur, ne cessait de se montrer fantasque à l'excès, violente, et puis enfant, capable de se moquer, de rire de tout.

Quant à Djénane, la plus exquise des trois, combien elle restait mystérieuse, sous son éternel voile noir, si compliquée, si frottée de toutes les littératures : avec cela, inégale, à la fois soumise et altière, n'hésitant pas, par moment, à se livrer avec une confiance presque déconcertante, et puis rentrant aussitôt après dans sa tour d'ivoire pour y redevenir encore plus lointaine.

« Celle-là, songeait André, je ne démêle ni ce qu'elle me veut, ni pourquoi elle m'est déjà chère ; on dirait parfois qu'il y ait entre nous des ressouvenirs en commun d'on ne sait quel passé... Je ne commencerai à la déchiffrer que le jour où j'aurai vu enfin quels yeux elle peut bien avoir ; mais j'ai peur qu'elle ne me les montre jamais. »

Il fallut redescendre de bonne heure vers la plaine de Béicos pour leur laisser le temps de rassembler leurs esclaves et de rentrer avant la nuit. Ils se replongèrent donc bientôt dans les sentiers du bois, et elles voulurent qu'André leur donnât lui-même à chacune un brin de ces bruyères qui faisaient la montagne toute rose ; c'était pour le mettre à leur corsage ce soir, par bravade enfantine, pendant le dîner en compagnie des aïeules et des vieux oncles rigides.

En arrivant à la plaine, il les quitta par prudence, mais les suivit des yeux, marchant un peu loin derrière elles. Peu de monde aujourd'hui, dans cette Vallée-du-Grand-Seigneur où le soleil prenait déjà ses nuances dorées du soir ; seulement quelques femmes, la tête voilée de blanc, assises par terre, en groupes espacés dans le lointain. Elles s'en allaient, les trois petites audacieuses, d'un pas harmonieux et lent, Zeyneb et Mélek drapées de soies à peine teintées, presque blanches, marchant de chaque côté de Djénane toujours en élégie noire ; leurs vêtements traînaient sur la pelouse exquise, sur l'herbe courte et fine, froissant les fleurs violettes des colchiques, promenant les feuilles jaune d'or tombées déjà des platanes. Elles ressemblaient bien à trois ombres élyséennes, traversant la vallée du grand repos ; celle du milieu, celle en deuil, étant sans doute une ombre encore inconsolée de l'amour terrestre...

Il les perdit de vue quand elles arrivèrent sous les grands platanes, dans le bois sacré qui est à l'autre bout de cette plaine fermée. Le soleil descendait derrière les collines, disparaissait lentement de cet éden ; le ciel prenait sa limpidité verte des beaux soirs d'été et les tout petits nuages, qui le traversaient en queues de chat, ressemblaient à des flammes orangées. Les autres ombres heureuses qui étaient restées longtemps assises, çà et là, sur l'herbe fleurie de colchiques, se levaient toutes pour s'en aller aussi, mais bien doucement comme il sied à des ombres. Les flûtes des bergers dans le lointain commençaient leur musiquette du temps passé pour faire rentrer les chèvres. Et tout ce lieu se préparait à devenir infiniment solitaire, au pied de ces grands bois, sous une nuit d'étoiles.

André Lhéry se dirigea à regret vers le Bosphore, qui apparut bientôt, comme une nappe d'argent rose, entre les silhouettes déjà noires des platanes géants du rivage. À ses rameurs, il recommanda de ne point se presser : il regagnait

sans aucune avidité la côte d'Europe, Thérapia où
les grands hôtels allumaient leurs feux électriques
et accordaient (ou à peu près[1]), pour la soirée dite
élégante, leurs orchestres de foire.

XXVI

LETTRES QU'ANDRÉ REÇUT LE LENDEMAIN

Le 18 septembre 1904.

Notre ami, savez-vous un thème que vous devriez
développer, et qui donnerait bien la page la plus
« harem » de tout le livre ? Le sentiment de *vide*[2]
qu'amène dans nos existences l'obligation de ne causer qu'avec des femmes, de n'avoir pour intimes que
des femmes, de nous retrouver toujours entre nous,
entre pareilles. Nos amies ? mais, mon Dieu, elles
sont aussi faibles et aussi lasses que nous-mêmes.
Dans nos harems, la faiblesse, les faiblesses plutôt,
ainsi réunies, amassées, ont mal à l'âme, souffrent
davantage d'être ce qu'elles sont et réclament une
force. Oh ! quelqu'un avec qui ces pauvres créatures
oubliées, humiliées, pourraient parler, échanger
leurs petites conceptions, le plus souvent craintives
et innocentes ! Nous aurions tant besoin d'un ami
homme, d'une main ferme, mâle, sur laquelle nous
appuyer, qui serait assez forte pour nous relever si
nous sommes près de choir. Pas un père, pas un
mari, pas un frère ; non, un *ami*, vous dis-je ; un
être que nous choisirions très supérieur à nous, qui
serait à la fois sévère et bon, tendre et grave, et
nous aimerait d'une amitié surtout protectrice…

On trouve des hommes ainsi, dans votre monde,
n'est-ce pas ?

ZEYNEB.

Des existences où il n'y a *rien* ! Sentez-vous toute
l'horreur de cela ? De pauvres âmes, ailées maintenant, et que l'on tient captives ; des cœurs où
bouillonne une jeune sève, et auxquels l'action est
interdite, qui ne peuvent rien faire, pas même le bien,
qui se dévorent ou s'usent en rêves irréalisables. Vous
représentez-vous les jours mornes que couleraient
vos trois amies, si vous n'étiez pas venu, leurs jours
tous pareils, sous la tutelle vigilante de vieux oncles,
de vieilles femmes dont elles sentent constamment
peser la désapprobation muette.

Du drame de mon mariage que je vous ai conté, il
restait, tout au fond de moi-même, la rancune contre
l'amour (du moins l'amour tel qu'on l'entend chez
nous), le scepticisme de ses joies, et à mes lèvres une
amertume ineffaçable. Cependant je savais à peu près
déjà qu'il était autre en Occident, l'amour qui m'avait
tant déçue, et je me mis à l'étudier avec passion dans
les littératures, dans l'histoire, et, comme je l'avais
pressenti, je le vis inspirateur de folies, mais aussi
des plus grandes choses ; c'est lui que je trouvai au
cœur de tout ce qu'il y a de mauvais dans ce monde,
mais aussi de tout ce qu'il y a de bon et de sublime...
Et plus amère devint ma tristesse, à mesure que je
percevais mieux le rayonnement de la femme latine.
Ah ! qu'elle était heureuse, dans vos pays, cette créature pour qui depuis des siècles on a pensé, lutté et
souffert ; qui pouvait librement aimer et choisir, et
qui, pour se donner, avait le droit d'exiger qu'on le
méritât. Ah ! quelle place elle tenait chez vous dans la
vie, et combien était incontestée sa royauté séculaire !

Tandis que, en nous les musulmanes, presque tout
sommeillait encore. La conscience de nous-mêmes,

de notre valeur s'éveillait à peine, et autour de nous on était volontairement ignorant et suprêmement dédaigneux de l'évolution commencée !

Nulle voix ne s'élèverait donc, pour crier leur aveuglement à ces hommes, pourtant bons et parfois tendres, nos pères, nos maris, nos frères ! Toujours, pour le monde entier, la femme turque serait donc l'esclave achetée à cause de sa seule beauté, ou la Hanum lourde et trop blanche, qui fume des cigarettes et vit dans un kieff perpétuel ?...

Mais vous êtes venu, et vous savez le reste. Et nous voici toutes trois à vos ordres, comme de fidèles secrétaires, toutes trois et tant d'autres de nos sœurs si nous ne vous suffisions pas ; nous voici prêtant nos yeux à vos yeux, notre cœur à votre cœur, offrant notre âme tout entière à vous servir...

Nous pourrons nous rencontrer peut-être une fois ou deux, ici au Bosphore, avant l'époque de redescendre en ville. Nous avons tant d'amies très sûres, disséminées le long de cette côte, et toujours prêtes à nous aider pour établir nos alibis.

Mais j'ai peur... Non pas de votre amitié : comme vous l'avez dit, elle est pour nous au-dessus de toute équivoque... Mais j'ai peur du chagrin,... dans la suite, après votre départ.

Adieu, André, notre ami, *mon ami*. Que le bonheur vous accompagne !

DJÉNANE.

Djénane ne vous l'a sûrement pas raconté. La dame en rose qui fumait vos cigarettes l'autre soir chez les Saint-Enogat, — madame de Durmont, pour ne pas la nommer, — était venue passer l'après-midi chez nous aujourd'hui, soi-disant pour chanter des duos de Grieg avec Zeyneb. Mais elle a tellement parlé de vous et avec un tel enthousiasme qu'une jeune amie russe, qui se trouvait là, n'en revenait pas. La peur nous a prises qu'elle se doutât de quelque chose et voulût nous tendre un piège ; alors nous vous avons bien bêché, en nous mordant les lèvres pour ne pas rire, et elle a donné là-dedans en plein, et vous a défendu avec violence. Autant dire que sa visite n'a été que confrontation et interrogatoire sur nos sentiments respectifs pour vous. Quel heureux mortel vous faites !

Nous venons d'imaginer et de combiner un tas de délicieux projets pour nous revoir. Votre valet de chambre, celui que vous dites si sûr, sait-il conduire ? En le coiffant lui aussi d'un fez, nous pourrions faire une promenade avec vous en voiture fermée, lui sur le siège. Mais tout cela, il faut le combiner de vive voix, la prochaine fois que nous nous verrons.

Vos trois amies vous envoient beaucoup de choses jolies et tendres.

MÉLEK.

Ne manquez pas au moins le jour des Eaux-Douces, demain ; nous tâcherons d'y être aussi. Comme les autres fois, passez avec votre caïque du côté d'Asie, sous nos fenêtres. Si on vous fait voir un coin de mouchoir blanc, par un trou des quadrillages, c'est qu'on ira vous rejoindre ; si le mouchoir est bleu, cela signifiera : « Catastrophe, vos amies sont enfermées. »

M...

Jusqu'à la fin de la saison, ils eurent donc aux Eaux-Douces d'Asie leurs rendez-vous muets et dissimulés. Chaque fois que le ciel fut beau, le vendredi, — et le mercredi qui est aussi un jour de réunion sur la gentille rivière ombreuse, — le caïque d'André croisa et recroisa celui de ses trois amies, mais sans le plus léger signe de tête qui

eût trahi leur intimité pour ces centaines d'yeux
féminins, aux aguets sur la rive par l'entrebâillement des mousselines blanches. Si l'instant se
présentait favorable, Zeyneb et Mélek risquaient
un sourire à travers la gaze noire. Quant à Djénane, elle était fidèle à son voile triple, aussi parfaitement dissimulateur qu'un masque ; on s'en
étonnait bien un peu, dans les autres caïques où
passaient des femmes, mais personne n'osait penser à mal, le lieu étant si impropre à toute entreprise coupable, et celles qui la reconnaissaient,
à la livrée des rameurs, se bornaient à dire sans
méchanceté : « Cette petite Djénane Tewfik-Pacha
a toujours été une originale. »

XXVII

DJÉNANE À ANDRÉ

28 septembre 1904.

Pour nous, quelle impression nouvelle de savoir
que, dans la foule des Eaux-Douces, on a un *ami* !
Parmi ces étrangers, qui nous resteront à jamais
inconnus et nous considèrent de leur côté comme
d'inconnaissables petites bêtes curieuses, savoir que
peut-être un regard nous cherche, — nous en particulier, pas les autres pareillement voilées : — savoir
que peut-être un homme nous envoie une pensée d'affectueuse compassion ! Quand nos caïques se sont
abordés, vous ne me voyiez point, cachée sous mon
voile épais, mais j'étais là pourtant, heureuse d'être

invisible, et souriant à vos yeux qui regardaient dans la direction des miens.

Est-ce parce que vous avez été si bon et si simple, si bien *l'ami* tel que je le désirais, l'autre jour, là-haut, devant la Mer Noire, pendant notre entrevue qui fut cependant presque sans paroles ? Est-ce parce que j'ai senti enfin, sous le laconisme de vos lettres, un peu d'affection vraie et émue ? J'ignore, mais vous ne me semblez plus si lointain. Oh ! André, dans des âmes longtemps comprimées comme les nôtres, si vous saviez ce qu'est un sentiment idéal, fait d'admiration et de tendresse !...

DJÉNANE.

Ils correspondaient souvent, à cette fin de saison, pour leurs périlleux rendez-vous. Elles pouvaient encore assez facilement lui faire passer leurs lettres, par quelque nègre fidèle qui arrivait en barque à Thérapia, ou qui venait le trouver dans l'exquise Vallée-du-Grand-Seigneur, le soir. Et lui, qui n'avait de possible que la poste restante de Stamboul, répondait le plus souvent par un signal secret, en passant dans son caïque, sous leurs fenêtres farouches. Il fallait profiter de ces derniers jours du Bosphore, avant le retour à Constantinople où la surveillance serait plus sévère. Et on sentait venir à grands pas l'automne, surtout dans la tristesse des soirs. De gros nuages sombres arrivaient du Nord, avec le vent de Russie, et des averses commençaient de tomber, qui mettaient à néant parfois leurs combinaisons les plus ingénieusement préparées.

Près de la plaine de Béicos, dans un bas-fond solitaire et ignoré, ils avaient découvert une petite

forêt vierge, autour d'un marais plein de nénu-
phars. C'était un lieu de sécurité mélancolique,
enclos entre des pentes abruptes et d'inextri-
cables verdures ; un seul sentier d'entrée où veillait Jean Renaud, avec un sifflet d'alarme. Ils se
rencontrèrent là deux fois, au bord de cette eau
verte et dormante, parmi les joncs et les fougères
immenses, dans l'ombre des arbres qui s'effeuillaient. Cette flore ne différait en rien de celle de la
France, et ces fougères géantes étaient la grande
Osmonde de nos marais ; tout cela plus développé
peut-être, à cause de l'atmosphère plus humide
et des étés plus chauds. Les trois petits fantômes
noirs circulaient au milieu de cette jungle, un peu
embarrassés de leurs traînes et de leurs souliers
toujours trop fins, et, dans quelque endroit propice, ils s'asseyaient autour d'André, pour un instant de causerie profonde, ou de silence, inquiets
de voir passer au-dessus d'eux les nuages d'octobre, qui parfois assombrissaient tout et mena-
çaient de quelque lourde ondée. Zeyneb et Mélek,
de temps à autre, relevaient leur voile pour sourire à leur ami, le regardant bien dans les yeux,
avec un air de franchise et de confiance. Mais
Djénane, jamais.

André, avec tous ses voyages en pays exotiques,
n'avait pas depuis de longues années vécu ainsi
dans l'intimité des plantes de nos climats. Or,
ces roseaux, ces scolopendres, ces mousses, ces
belles fougères Osmondes, lui rappelaient à s'y
méprendre certain marais de son pays où, pendant son enfance, il s'isolait de longues heures
pour rêver aux forêts vierges, encore jamais vues.

Et c'était tellement la même chose, ce marais asiatique et le sien, qu'il lui arrivait de se croire ici
chez lui, replongé dans la première période de
son éveil à la vie... Mais alors, il y avait ces trois
petites fées orientales, dont la présence constituait
un anachronisme étrange et charmant...

Le vendredi 7 octobre 1904 arriva, dernier vendredi des Eaux-Douces d'Asie, car les ambassades
redescendaient la semaine suivante à Constantinople, et, chez les trois petites Turques, on se
disposait à faire de même. Du reste toutes les
maisons du Bosphore allaient fermer leurs portes
et leurs fenêtres, pour six mois de vent, de pluie
ou de neige.

André et ses amies avaient échangé leur parole
de faire tout au monde pour se revoir ce jour-là
aux Eaux-Douces, puisque ce serait fini ensuite,
jusqu'à l'été prochain si entouré d'incertitudes.

Le temps menaçait, et lui, partant quand même
dans son caïque pour le rendez-vous, se disait :
« On ne les laissera pas s'échapper, avec ce vent
qui se lève. » Mais lorsqu'il passa sous leurs
fenêtres, il vit sortir des grillages le coin de mouchoir blanc que Mélek faisait danser, et qui signifiait, en langage convenu : « Allez toujours. On
nous a permis. Nous vous suivons. »

Aucun encombrement aujourd'hui sur la petite
rivière, ni sur les pelouses environnantes, où les
colchiques d'automne fleurissaient parmi la jonchée des feuilles mortes. Peu ou point d'Européens ; rien que des Turcs, et surtout des femmes.
Et, dans les paires de beaux yeux, que laissaient à

découvert les voiles blancs mis comme à la campagne, on lisait beaucoup de mélancolie, sans doute à cause de cette approche de l'hiver, la saison où l'austérité des harems bat son plein, et où l'enfermement devient presque continuel.

Ils se croisèrent deux ou trois fois. Même le regard de Mélek, à travers son voile baissé, son voile noir de citadine, n'exprimait que de la tristesse ; cette tristesse que donnent universellement les saisons au déclin, toutes les choses près de finir.

Quand il fut l'heure de s'en aller, le Bosphore, à la sortie des Eaux-Douces, leur réservait des aspects de beauté tragique. La forteresse sarrasine de la rive d'Asie, au pied de laquelle il fallait passer, toute rougie par le soleil couchant, avait des créneaux couleur de feu. Et au contraire, elle semblait trop sombre, l'autre forteresse[1], plus colossale, qui lui fait vis-à-vis sur la côte d'Europe, avec ses murailles et ses tours, échelonnées, juchées jusqu'en haut de la montagne. La surface de l'eau écumait, toute blanche, fouettée par des rafales déjà froides. Et un ciel de cataclysme s'étendait au-dessus de tout cela ; nuages couleur de bronze ou couleur de cuivre, très tourmentés et déchirés sur un fond livide.

Heureusement elles n'avaient pas long chemin à faire, les petites Turques, en suivant le bord asiatique, pour atteindre leur vieux quai de marbre, toujours si bien gardé, où leurs nègres les attendaient. Mais André, qui avait à traverser le détroit et à le remonter vent debout, n'arriva qu'à la nuit, ses bateliers ruisselants de sueur et d'eau de mer, les vestes de velours, les broderies d'or trempées et lamentables. À l'arrière-saison, les retours des Eaux-Douces ont de ces surprises, qui sont les premières agressions du vent de Russie, et qui serrent le cœur, comme l'accourcissement des jours.

Chez lui, où il ramenait en hâte ses rameurs transis pour les réchauffer, il entendit en arrivant une musiquette étrange, qui emplissait la maison ; une musiquette un peu comme celle que les bergers faisaient à l'heure du soleil couchant, en face, dans les bois et les vallées de Béicos d'Asie ; sur des notes graves, un air monotone, rapide, beaucoup plus vif qu'une tarentelle ou une fugue, et avec cela, lugubre, à en pleurer. C'était un de ses domestiques turcs qui soufflait à pleins poumons dans une longue flûte, se révélant tout à coup grand virtuose en turlututu plaintif et sauvage.

— Et où as-tu appris ? lui demanda-t-il.

— Dans mon pays, dans la montagne, près d'Eski-Chéhir[1], je jouais comme ça, le soir, quand je faisais rentrer les chèvres de mon père.

Eh bien ! il ne manquait plus qu'une musique pareille, pour compléter l'angoisse, sans cause et sans nom, d'une telle soirée...

Et longtemps cet air de flûte, qu'André se faisait rejouer au crépuscule, conserva le pouvoir d'évoquer pour lui tout l'indicible de ces choses réunies : le retour des Eaux-Douces pour la dernière fois ; les trois petits fantômes noirs, sur une mer agitée, rentrant à la nuit tombante s'ensevelir dans leur sombre harem, au pied de la montagne et des bois ; le premier coup de vent d'automne ;

les pelouses d'Asie semées de colchiques violets et de feuilles jaunes ; la fin de la saison au Bosphore, l'agonie de l'été...

XXVIII

André était réinstallé à Péra depuis une quinzaine de jours et avait pu revoir une fois à Stamboul, dans la vieille maison de Sultan-Selim, ses trois amies qui lui avaient amené une gentille inconnue, une petite personne dissimulée sous de si épais voiles noirs que le son de sa voix était presque étouffé. Le lendemain, il reçut cette lettre :

Je suis la petite dame fantôme de la veille, monsieur Lhéry ; je n'ai pas su vous parler ; mais, pour le livre que vous nous avez promis à toutes, je vais vous raconter la journée d'une femme turque en hiver. Ce sera de saison, car voici bientôt novembre, les froids, l'obscurité, tout un surcroît d'ombre et d'ennui s'abattant sur nous... La journée d'une femme turque en hiver. Je commence donc.

Se lever tard, même très tard. La toilette lente, avec indolence. Toujours de très longs cheveux, de trop épais et lourds cheveux, à arranger. Puis après, se trouver jolie, dans le miroir d'argent, se trouver jeune, charmante, et en être attristée.

Ensuite, passer la revue silencieuse dans les salons, pour vérifier si tout est en ordre ; la visite aux menus objets aimés, souvenirs, portraits, dont l'entretien prend une grande importance. Puis déjeuner, souvent

seule, dans une grande salle, entourée de négresses
ou d'esclaves circassiennes ; avoir froid aux doigts en
touchant l'argenterie éparse sur la table, avoir surtout
froid à l'âme ; parler avec les esclaves, leur poser des
questions dont on n'écoute pas les réponses...

Et maintenant, que faire jusqu'à ce soir ? Les
harems du temps jadis, à plusieurs épouses, devaient
être moins tristes : on se tenait compagnie entre soi...
Que faire donc ? De l'aquarelle ? (Nous sommes
toutes aquarellistes distinguées, monsieur Lhéry : ce
que nous avons peint d'écrans, de paravents, d'éventails !) Ou bien jouer du piano, jouer du luth ? Lire du
Paul Bourget, ou de l'André Lhéry ? Ou bien broder,
reprendre quelqu'une de nos longues broderies d'or,
et s'intéresser toute seule à voir courir ses mains, si
fines, si blanches, avec les bagues qui scintillent ?...
C'est quelque chose de nouveau que l'on souhaiterait,
et que l'on attend sans espoir, quelque chose d'imprévu qui aurait de l'éclat, qui vibrerait, qui ferait du
bruit, mais qui ne viendra jamais... On voudrait aussi
se promener malgré la boue, malgré la neige, n'étant
pas sortie depuis quinze jours ; mais aller seule est
interdit. Aucune course à imaginer comme excuse ;
rien. On manque d'espace, on manque d'air. Même si
on a un jardin, il semble qu'on n'y respire pas, parce
que les murs en sont trop hauts.

On sonne ! Oh ! quelle joie si cela pouvait être une
catastrophe, ou seulement une visite !

Une visite ! c'est une visite, car on entend courir
les esclaves dans l'escalier. On se lève ; vite une glace,
pour s'arranger les yeux avec fièvre. Qui ça peut-il
être ? Ah ! une amie jeune et délicieuse, mariée depuis
peu. Elle entre. Élans réciproques, mains tendues,
baisers des lèvres rouges sur les joues mates.

— Est-ce que je tombe bien ? Que faisiez-vous, ma
chère ?

— Je m'ennuyais.

— Bon, je viens vous chercher, pour une promenade ensemble, n'importe où.

Un instant plus tard, une voiture fermée les emmène.
Sur le siège, à côté du cocher, un nègre : Dilaver, l'inévitable Dilaver, sans lequel on n'a pas le droit de sortir
et qui fera son rapport sur l'emploi du temps.

Elles causent, les deux promeneuses :

— Eh bien ! aimez-vous Ali Bey ?

— Oui, répond la nouvelle mariée, mais parce
qu'il faut absolument que j'aime quelqu'un ; j'ai soif
d'affection. Ceci est en attendant. Si je trouve mieux
plus tard...

— Eh bien ! moi, je n'aime pas le mien, mais là
pas du tout ; aimer par force, non, je ne suis pas de
celles qui se plient...

Leur voiture roule, au grand trot de deux chevaux
magnifiques. Elles ne devront pas en descendre, ce
ne serait plus comme il faut. Et elles envient les mendiantes libres qui les regardent passer.

Elles sont arrivées à la porte du Bazar, où des gens
du peuple achètent des marrons grillés.

— J'ai bien faim, dit l'une. Avons-nous de l'argent ?

— Non.

— Dilaver en a.

— Dilaver, achète-nous des marrons.

Dans quoi les mettre ? Elles tendent leurs mou-
choirs de dentelles, tout parfumés ; les marrons leur
reviennent là-dedans, où ils ont pris une odeur d'hé-
liotrope. — Et c'est tout leur grand événement du jour,
cette dînette qu'elles s'amusent à faire là comme des
femmes du peuple, mais sous le voile, et en voiture
fermée.

Au retour, en se quittant, elles s'embrassent encore,
et échangent ces éternelles phrases de femmes
turques entre elles :

— Allons, pas de chimères, pas de regrets vains.
Réagissez !

Cependant cela les fait sourire elles-mêmes, tant le conseil est connu et usé.

La visiteuse est donc partie. C'est le soir. On allume de très bonne heure, car la nuit tombe plus tôt dans les harems, à cause de ces quadrillages de bois aux fenêtres. Votre nouveau fantôme noir d'hier, monsieur Lhéry, se retrouve seul. Mais voici le bey qui rentre, le maître annoncé par un bruit de sabre dans l'escalier. La pauvre petite dame de céans a encore plus froid à l'âme. Par habitude, elle se regarde dans une glace ; l'image reflétée lui paraît vraiment bien jolie, et elle pense : « Toute cette beauté, pour lui, quel dommage ! »

Lui, insolemment étendu sur une pile de coussins, commence une histoire :

— Vous savez, ma chère, aujourd'hui au palais...

Oui, le palais, les camarades et les fusils, les nouvelles armes, c'est tout ce qui l'intéresse ; rien de plus, jamais.

Elle n'écoute pas, elle a envie de pleurer. Alors, on la traite de « détraquée ». Elle demande la permission de se retirer dans sa chambre, et bientôt elle pleure à sanglots, la tête sur son oreiller de soie, lamé d'or et d'argent, pendant que les Européennes, à Péra, vont au bal ou au théâtre, sont belles et aimées, sous des flots de lumière...

« *** »

XXIX

Pour la seconde fois depuis le retour du Bosphore, André et son trio de fantômes étaient ensemble, dans la maison clandestine, au cœur du Vieux-Stamboul.

— Vous ne savez pas, disait Mélek, notre prochain rendez-vous, ce sera ailleurs, pour changer. Une amie à nous qui habite à Mehmed-Fatih,
votre quartier d'élection, nous a offert de nous
réunir chez elle. Sa maison tout à fait turque, où il
n'y a aucun maître, est une vraie trouvaille, calme
et sûre. Je vous y prépare du reste une surprise,
dans un harem plus luxueux que celui-ci et au
moins aussi oriental. Vous verrez ça !

André ne l'écoutait pas, décidé à brûler ses vais-
seaux aujourd'hui pour essayer de connaître les
yeux de Djénane, et très préoccupé de l'aventure,
sentant que, s'il s'y prenait mal, si elle se cabrait
dans son refus, avec son caractère incapable de
fléchir, ce serait fini à tout jamais. Or, cet éternel
voile noir sur cette figure de jeune femme devenait
pour lui un malaise obsédant, une croissante souffrance, à mesure qu'il s'attachait à elle davantage.
Oh ! savoir ce qu'il y avait là-dessous ! Rien qu'un
instant, saisir l'aspect de cette sirène à voix céleste,
pour le fixer ensuite dans sa mémoire !... Et puis,
pourquoi se cachait-elle, et pas ses sœurs ? Quelle
différence y avait-il donc ? À quel sentiment autre
et inavoué pouvait-elle bien obéir, la petite âme
altière et pure ?... Une explication parfois lui tra-
versait l'esprit, mais il la chassait aussitôt comme
absurde et entachée de fatuité : « Non, se disait-il
toujours, elle pourrait être ma fille ; ça n'a pas le
sens commun. »

Et elle se tenait là tout près de lui ; il n'aurait eu
qu'à soulever de la main ce morceau d'étoffe, qui
pendait à peine plus bas que la barbe d'un loup
de bal masqué ! Pourquoi fallait-il que ce geste si

tentant, si simple, fût aussi impossible et odieux qu'un crime !...

L'heure passait, et il serait bientôt temps de les quitter. Le rayon du soleil de novembre s'en allait vers les toits, — toujours ce même rayon sur le mur d'en face, dont le reflet jetait dans l'humble harem un peu de lumière.

— Écoutez-moi, petite amie, dit-il brusquement, il faut à tout prix que je connaisse vos yeux ; je ne peux plus, je vous assure, je ne peux plus continuer comme ça... D'abord la partie est inégale, puisque vous voyez les miens tout le temps, vous, à travers cette gaze double, ou triple, je ne sais, qui est votre complice. Mais rien que vos yeux, si vous voulez, vous m'entendez bien... Au lieu de votre désolant tcharchaf noir, venez en yachmak la prochaine fois ; en yachmak aussi austère qu'il vous plaira, ne découvrant que vos prunelles, — et les sourcils qui concourent à l'expression du regard... Le reste de la figure, j'y consens, cachez-le-moi pour toujours, mais pas vos yeux... Voyez, je vous le demande, je vous en supplie... Pourquoi faites-vous cela, pourquoi ? Vos sœurs ne le font plus... De votre part, ce n'est que de la méfiance, et c'est mal...

Elle demeura interdite et silencieuse, un moment pendant lequel, lui, entendait battre ses propres artères.

— Tenez, dit-elle enfin, du ton des résolutions graves, regardez, André, si je me méfie[1] !

Et, levant son voile, qu'elle rejeta en arrière, elle découvrit tout son visage pour planter bien droit, dans les yeux de son ami, ses jeunes yeux admirables, couleur de mer profonde.

C'était la première fois qu'elle osait l'appeler par son nom, autrement que dans une lettre. Et sa décision, son mouvement avaient quelque chose de si solennel, que les deux autres petites ombres, dans leur surprise, restaient muettes, tandis qu'André reculait imperceptiblement sous le regard fixe de cette apparition, comme quand on a un peu peur, ou que l'on est ébloui sans vouloir le paraître.

CINQUIÈME PARTIE

XXX

Au cœur de Stamboul, sous le ciel de novembre. Le dédale des vieilles rues, bien entendu pleines de silence, et aux pavés sertis d'herbe funèbre, sous les nuages bas et obscurs ; l'enchevêtrement des maisons en bois, jadis peintes d'ocre sombre, toutes déjetées, toutes de travers, avec toujours leurs fenêtres à doubles grillages impénétrables au regard. — Et c'était tout cela, tout ce délabrement, toute cette vermoulure, qui, vu de loin, figurait dans son ensemble une grande ville féerique, mais qui, vu en détail, eût fortement déçu les touristes des agences. Pour André toutefois et pour quelques autres comme lui, ces choses, même de près, gardaient leur charme fait d'immuabilité, de recueillement et de prière. Et puis, de temps à autre, un détail exquis : un groupe de tombes anciennes, très finement ciselées, à un carrefour, sous un platane de trois cents ans ; ou bien une fontaine en marbre, aux arabesques d'or presque éteint.

André, coiffé du fez des Turcs, s'engageait dans ces quartiers d'après les indications d'une carte faite par Mélek avec notes à l'appui. Une fois, il s'arrêta pour contempler l'une de ces nichées de petits chiens errants, qui pullulent à Constantinople, et auxquels les bonnes âmes du voisinage avaient, comme d'habitude, fait l'aumône d'une litière en guenille et d'un toit en vieux tapis. Ils gîtaient là-dessous, avec des minois aimables et joyeux. Cependant il ne les caressa point, de peur de se trahir, car les Orientaux, s'ils sont pleins de pitié pour les chiens, dédaignent de les toucher, et réservent pour les chats leurs câlineries. Mais la maman vint quand même ramper devant lui, en faisant des grâces, pour bien marquer à quel point elle se sentait honorée de son attention.

« La quatrième maison à gauche, après un kiosque funéraire et un cyprès », était le lieu où le convoquait aujourd'hui le caprice de ses trois amies. Un domino noir, au voile baissé et qui semblait n'être pas Mélek, l'attendait derrière la porte entrouverte, le fit monter sans mot dire, et le laissa seul dans un petit salon très oriental et très assombri par des grillages de harem : divans tout autour et inscriptions d'Islam décorant les murailles. À côté, on entendait des chuchotements, des pas légers, des froufrous de soie.

Et, quand le même domino inconnu revint l'appeler d'un signe et l'introduisit dans la salle proche, il put se croire Aladin entrant dans son sérail. Ses trois austères petits fantômes noirs d'autrefois étaient là, métamorphosés en trois odalisques, qui étincelaient de broderies d'or et

de paillettes avec une magnificence adorablement
surannée. Des voiles anciens de La Mecque, en
gaze blanche toute pailletée, tombaient derrière
elles, sur leurs épaules, enveloppant leurs cheveux
arrangés en longues nattes ; debout, le visage tout
découvert, inclinées devant lui comme devant le
maître, elles lui souriaient avec leur fraîche jeunesse aux gencives roses.

C'étaient les costumes, les bijoux des aïeules,
exhumés pour lui des coffres de cèdre ; encore
avaient-elles su, avec leur tact d'élégantes modernes,
choisir parmi les satins doucement fanés et les
archaïques fleurs d'or brodées en relief, pour composer des assemblages particulièrement exquis.
Elles lui donnaient là un spectacle que personne
ne voit plus et auquel ses yeux d'Européen n'auraient jamais osé prétendre. Derrière elles, plus
dans l'ombre, et rangées sur les divans, cinq ou six
complices discrètes se tenaient immobiles, uniform-
mément noires en tcharchaf et le voile baissé, leur
silencieuse présence augmentant le mystère. Tout
cela, qu'on n'eût fait pour aucun autre, était d'une
audace inouïe, d'un stupéfiant défi au danger. Et
on sentait, autour de cette réunion défendue, la
tristesse attentive d'un Stamboul enveloppé dans
la brume d'hiver, la muette réprobation d'un quartier plein de mosquées et de tombeaux.

Elles s'amusèrent à le traiter comme un pacha,
et dansèrent devant lui, — une danse des grand-
grand-mères dans les plaines de Karadjiamir, une
danse très chaste et très lente, avec des gestes de
bras nus, une pastorale d'Asie, que leur jouait
sur un luth, dans l'ombre au fond de la salle, une

des femmes voilées. Souples, vives et faussement languissantes, elles étaient redevenues, sous ces costumes, de pures Orientales, ces trois petites extra-cultivées, à l'âme si inquiète, qui avaient médité Kant et Schopenhauer.

— Pourquoi n'êtes-vous pas gai aujourd'hui ? demanda Djénane tout bas à André. Cela vous ennuie, ce que nous avions imaginé pour vous ?

— Mais vous me ravissez au contraire ; mais je ne verrai jamais rien d'aussi rare et d'aussi délicieux. Non, ce qui m'attriste, je vous le dirai quand les dames noires seront parties ; si cela vous rend songeuse peut-être, au moins je suis sûr que cela ne vous fera pas de peine.

Les dames noires ne restèrent qu'un moment. Parmi ces invisibles, — qui étaient toutes des révoltées, il va sans dire, — André reconnut à leur voix, dès que la conversation commença, les deux jeunes filles qui étaient venues un jour à Sultan-Selim, celles qui avaient eu une aïeule française et rêvaient d'une évasion ; Mélek les pressait de relever aussi leur voile, par bravade contre la règle tyrannique ; mais elles refusèrent, disant avec un gentil rire :

— Vous avez bien mis six mois, vous, à relever le vôtre !

Il y avait aussi une femme vraisemblablement jeune, qui parlait le français comme une Parisienne et que le livre promis par André Lhéry passionnait beaucoup. Elle lui demanda :

— Vous voulez sans doute — et c'est ce que *nous* voudrions aussi nous — prendre la femme turque au point actuel de son évolution ? Eh bien,

— pardonnez à une ignorante petite Orientale de donner son avis à André Lhéry, — si vous écrivez un roman impersonnel, en le faisant tourner autour d'une héroïne, ou d'un groupe d'héroïnes, ne risquez-vous pas de ne plus rester l'écrivain d'impulsion que nous aimions tant ? Si cela pouvait être plutôt une sorte de suite à *Medjé*, votre retour en Orient, à des années de distance...

— Je lui avais exactement dit cela, interrompit Djénane ; mais j'ai été si mal accueillie que je n'ose plus guère lui exposer mes petites idées sur ce livre...

— Mal accueillie, oui, répondit-il en riant ; mais, malgré cela, ne vous ai-je pas promis que, sauf me mettre en scène, je ferais tout ce que vous voudriez ? Alors, exposez-les-moi bien, au contraire, vos idées, aujourd'hui même, et les dames-fantômes qui nous écoutent consentiront peut-être à y joindre aussi les leurs...

— Le roman ou le poème d'amour d'une Orientale ne varie guère, reprit la dame noire qui avait déjà parlé. Toujours ce sont des lettres nombreuses et des entrevues furtives. L'amour plus ou moins complet, et, au bout, la mort ; quelquefois, mais rarement, la fuite. Je parle, bien entendu, de l'amour avec un étranger, le *seul* dont soit capable l'Orientale cultivée, celle d'aujourd'hui, qui a pris conscience d'elle-même.

— Combien la révolte vous rend injuste pour les hommes de votre pays ! essaya de dire André. Rien que parmi ceux que je connais, moi, je pourrais vous en citer de plus intéressants que nous, et de plus...

— La fuite, non, interrompit Djénane, mettons seulement la mort. J'en reviens à ce que je proposais l'autre jour à monsieur Lhéry ; pourquoi ne pas choisir une forme qui lui permette, sans être absolument en scène, de traduire ses propres impressions ? Celle-ci par exemple : « *Un étranger qui lui ressemblerait comme un frère*[1] », un homme gâté comme lui par la vie, et un écrivain très lu par les femmes, revient un jour à Stamboul, qu'il a aimé jadis. Y retrouve-t-il sa jeunesse, ses enthousiasmes ?... (À vous de répondre, monsieur Lhéry !) Il y rencontre une de nos sœurs qui lui aurait écrit précédemment, comme tant d'autres pauvres petites, éblouies par son auréole. Et alors ce qui, il y a vingt ans, fût devenu de l'amour, n'est plus chez lui que curiosité artistique. Bien entendu, je ne ferais pas de lui un de ces hommes fatals qui sont démodés depuis 1830, mais seulement un artiste, qu'amusent les impressions nouvelles et rares. Il accepte donc les entrevues successives, parce qu'elles sont dangereuses et inédites. Et que peut-il en advenir, si ce n'est l'amour ?... mais en elle, pas en lui, qui n'est qu'un dilettante et ne voit là-dedans qu'une aventure...

» Ah ! non, dit-elle tout à coup, en se levant avec une impatience enfantine, vous m'écoutez là, tous, vous me faites pérorer comme un bas bleu... Tenez, je me sens ridicule. Plutôt je vais danser encore une danse de mon village ; je suis en odalisque, et ça m'ira mieux... Toi, Chahendé, je t'en prie, joue cette ronde des pastoures, que nous répétions avant l'arrivée de monsieur Lhéry, tu sais...

Et elle voulut prendre ses deux sœurs par la
main pour danser. Mais les assistantes protes-
tèrent, réclamant la fin du scénario. Et, pour la
faire se rasseoir, elles s'y mirent toutes, aussi bien
les deux autres petites houris[1] pailletées d'or que
les fantômes en deuil.

— Oh ! vous m'intimidez à présent... Vous
m'ennuyez bien... La fin de l'histoire ?... Mais il
me semble qu'elle était finie... N'avions-nous pas
dit tout à l'heure que l'amour d'une musulmane
n'avait d'autre issue que la fuite ou la mort ?... Eh
bien ?... Mon héroïne à moi est trop fière pour
suivre l'étranger. Elle mourra donc, non pas directement de cet homme, mais plutôt, si vous voulez,
de ces exigences inflexibles du harem qui ne lui
laissent pas le moyen *de se consoler de son amour
et de son rêve, par l'action*.

André la regardait parler. Aujourd'hui son aspect
d'odalisque, dans ses atours qui avaient cent ans,
rendait plus inattendu encore son langage ; ses
prunelles vert sombre restaient levées obstinément
vers le vieux plafond compliqué d'arabesques, et
elle disait tout cela avec le détachement d'une personne qui invente un joli conte, mais ne saurait
être mise en cause... Elle était insondable...

Ensuite, quand les dames noires s'en furent
allées, elle s'approcha de lui, toute simple et
confiante, comme une bonne petite camarade :

— Et maintenant qu'elles sont parties, qu'avez-
vous ?

— Ce que j'ai... Vos deux cousines peuvent l'entendre, n'est-ce pas ?

— Certainement, répondit-elle, à demi blessée.

Quels secrets pourrions-nous avoir vis-à-vis d'elles, vous et moi ? Ne vous ai-je pas dit, dès le début, que toutes les trois nous ne serions jamais pour vous qu'une seule âme ?

— Eh bien ! j'ai qu'en vous regardant je suis charmé et presque épouvanté par une ressemblance. L'autre jour déjà, quand vous avez levé votre voile pour la première fois, ne m'avez-vous pas vu reculer devant vous ? Je retrouvais le même ovale du visage, le même regard, les mêmes sourcils, qu'elle avait coutume de rejoindre par une ligne de henneh. Et encore, cette fois-là, je ne connaissais pas vos cheveux, pareils aux siens, que vous me montrez aujourd'hui, nattés comme elle avait coutume de faire...

Elle répondit d'une voix grave :

— Ressembler à votre Nedjibé, moi !... Ah ! j'en suis aussi troublée que vous, allez !... Si je vous disais, André, que depuis cinq ou six ans c'était mon rêve le plus cher...

Ils se regardaient profondément, muets l'un devant l'autre ; les sourcils de Djénane s'étaient un peu relevés, comme pour laisser les yeux s'ouvrir plus larges, et il voyait luire ses prunelles couleur de mer sombre, — tandis que les deux autres jeunes femmes, dans ce harem où commençait hâtivement le crépuscule, se tenaient à l'écart, respectant cette confrontation mélancolique.

— Restez comme vous êtes là, ne bougez pas, André, dit-elle tout à coup. Et vous deux, venez le regarder, notre ami ; placé et éclairé comme il est, on lui donnerait à peine trente ans ?

Lui, alors, qui avait tout à fait oublié son âge,

ainsi qu'il lui arrivait parfois, et qui se faisait à ce moment l'illusion d'être réellement jeune, reçut un coup cruel, se rappela qu'il avait commencé de redescendre la vie, et que c'est la seule pente inexorable qu'aucune énergie n'a jamais remontée. « Qu'est-ce que je fais, se demanda-t-il, auprès de ces étranges petites qui sont la jeunesse même ? Si innocente qu'elle puisse être, l'aventure où elles m'ont jeté, ce n'est plus une aventure pour moi... »

Il les quitta plus froidement peut-être que d'habitude, pour s'en aller, si seul, par la ville immense où baissait le jour d'automne. Il avait à traverser combien de quartiers différents, combien de foules différentes, et des rues qui montaient, et des rues qui redescendaient, et tout un bras de mer, avant de regagner, sur la hauteur de Péra, son logis de hasard qui lui parut plus détestable et plus vide que jamais, à la nuit tombante...

Et puis, pourquoi pas de feu chez lui, pas de lumière ? Il demanda ses domestiques turcs, chargés de ce soin. Son valet de chambre français, qui s'empressait pour les suppléer, arriva levant les bras au ciel :

— Tous partis, faire la fête ! C'est le carnaval des Turcs, qui commence ce soir ; pas eu moyen de les retenir...

Ah ! il avait oublié en effet ; on était au 8 novembre, qui correspondait cette année avec l'ouverture de ce mois de Ramazan[1], pendant lequel il y a jeûne austère tous les jours, mais naïves réjouissances et illuminations toutes les nuits. Il alla donc à une de ses fenêtres, qui regardaient Stamboul, pour savoir si la grande féerie qu'il avait connue dans sa jeunesse, un quart de siècle auparavant, se jouait encore en l'an 1322 de l'hégire. — Oui, c'était bien cela, rien n'avait changé ; l'incomparable silhouette de ville, là-bas, dans l'imprécision nocturne, commençait de briller sur plusieurs points, s'illuminait rapidement partout à la fois. Tous les minarets, qui venaient d'allumer leurs doubles ou triples couronnes lumineuses, ressemblaient à de gigantesques fuseaux d'ombre, portant, à différentes hauteurs dans l'air, des bagues de feu. Et des inscriptions arabes, au-dessus des mosquées, se traçaient dans le vide, si grandes et soutenues par de si invisibles fils que, dans ce lointain et cette brume, on les eût dites composées avec des étoiles, comme les constellations. Alors il se rappela que Stamboul, la ville du silence tout le reste de l'année, était, pendant les nuits du Ramazan, plein de musiques, de chants et de danses ; parmi ces foules, il est vrai, on n'apercevrait point les femmes, même pas sous leur forme ordinaire de fantôme qui est encore jolie, puisque toutes, depuis le coucher du soleil, devaient être rentrées derrière leurs grilles ; mais il y aurait mille costumes de tous les coins de l'Asie, et des narguilés, et des théâtres anciens, et des marionnettes, et des ombres chinoises[1]. D'ailleurs, l'élément pérote, autant par crainte des coups que par inepte incompréhension, n'y serait aucunement représenté. Donc, oubliant encore une fois le nombre de ses années, qui l'avait rembruni tout à l'heure, il reprit son fez, et, comme ses domestiques turcs, s'en alla vers cette ville illuminée, de l'autre côté de l'eau, faire la fête orientale.

XXXI

Le 12 novembre, 4 du Ramazan, fut le jour enfin de cette visite ensemble à la tombe de Nedjibé, qu'ils projetaient entre eux depuis des mois, mais qui était bien une de leurs plus périlleuses entreprises ; ils l'avaient jusqu'ici différée, à cause de sa difficulté même, et à cause de tant d'heures de liberté qu'elle exigeait, le cimetière étant très loin.

La veille, Djénane, en lui donnant ses dernières instructions, lui avait écrit : « Il fait si beau et si bleu, ce matin, j'espère de tout cœur que demain aussi nous sourira. » Et, quant à André, il s'était toujours imaginé ce pèlerinage s'accomplissant par une de ces immobiles et nostalgiques journées de novembre, où le soleil d'ici donne par surprise une tiédeur de serre, dans ce pays en somme très méridional, apporte une illusion d'été, et puis fait Stamboul tout rose le soir, et plus merveilleusement rose encore l'Asie qui est en face, à l'heure du Moghreb[1], pour un instant fugitif, avant la nuit qui ramène tout de suite le frisson du Nord.

Mais non, quand s'ouvrirent ses contrevents le matin, il vit le ciel chargé et sombre : c'était le vent de la Mer Noire, sans espoir d'accalmie. — Il savait du reste qu'à cette heure même, les jolis yeux de ses amies cloîtrées devaient aussi interroger le temps avec anxiété, à travers les grillages de leurs fenêtres.

Il n'y avait pas à hésiter cependant, tout cela ayant coûté tant de peine à combiner, avec l'aide de complicités, payées ou gratuites, que l'on ne retrouverait peut-être plus. À l'heure dite, une heure et demie, en fez et le chapelet à la main, il était donc à Stamboul, à Sultan-Fatih, devant la porte de cette maison de mystère où quatre jours plus tôt elles l'avaient reçu en odalisques. Il les trouva prêtes, toutes noires, impénétrablement voilées ; Chahendé Hanum, la dame inconnue de céans, avait voulu aussi se joindre à elles ; c'était donc quatre fantômes qui se disposaient à le suivre, quatre fantômes un peu émus, un peu tremblants de l'audace de ce qu'on allait faire. André, à qui reviendrait de prendre la parole en route, soit avec les cochers, soit avec quelque passant imprévu, s'inquiétait aussi de son langage, de ses hésitations peut-être, ou de son accent étranger, car le jeu était grave.

— Il vous faudrait un nom turc, dirent-elles, pour le cas où nous aurions besoin de vous parler.

— Eh bien, dit-il, prenons Arif, sans chercher plus. Jadis, je m'amusais à me faire appeler Arif Effendi ; aujourd'hui je peux bien être monté en grade ; je serai Arif Bey.

L'instant d'après, chose sans précédent à Stamboul, ils cheminaient ensemble dans la rue, l'étranger et les quatre musulmanes, Arif Bey et son harem. Un vent inexorable amenait toujours des nuages plus noirs, charriait de l'humidité glacée ; on était transi de froid. Mélek seule restait gaie et appelait son ami : *Iki gueuzoum beyim effendim*[1] (Monsieur le Bey mes deux yeux, une locution usitée qui signifie : Monsieur le Bey qui m'êtes aussi cher que la vue). Et André lui en voulait de sa gaîté, parce que la figure de la petite morte, ce jour-là, se tenait obstinément présente à sa mémoire, comme posée devant lui.

Arrivés à une place où stationnaient des fiacres, ils en prirent deux, un pour le bey, un pour ses quatre fantômes, les convenances ne permettant guère à un homme de monter dans la même voiture que les femmes de son harem.

Un long trajet, à la file, à travers les vieux quartiers fanatiques, pour arriver enfin, en dehors des murs, dans la solitude funèbre, dans les grands cimetières, à cette saison pleins de corbeaux, sous les cyprès noirs.

Entre la porte d'Andrinople[2] et Eyoub, devant les immenses murailles byzantines, ils descendirent de voiture, la route, jadis dallée, n'étant plus possible. À pied, ils longèrent un moment ces remparts en ruines ; par les éboulements, par les brèches, des choses de Stamboul se montraient de temps à autre, comme pour mieux imposer à l'esprit la pensée de l'Islam, ici dominateur et exclusif : c'était, plus ou moins dans le lointain, quelqu'une des souveraines mosquées, dômes superposés en pyramide, minarets qui pointaient du sol comme une gerbe de fuseaux, blancs sous le ciel noir.

Et ce lieu d'imposante désolation, où André passait avec les quatre jeunes femmes voilées de deuil, pour accomplir le pieux pèlerinage, était précisément celui où jadis, un quart de siècle auparavant, Nedjibé et lui avaient fait leur seule promenade de plein jour ; c'était là que tous deux, si jeunes et si enivrés l'un de l'autre, avaient osé venir comme deux enfants qui bravent le danger ; là qu'ils s'étaient arrêtés une fois, au pâle soleil d'hiver, pour écouter chanter dans les cyprès une pauvrette de mésange qui se trompait de saison ; là que, sous leurs yeux, on avait enterré certaine petite fille grecque au visage de cire[1]... Et plus d'un quart de siècle avait passé sur ces infimes choses, uniques pourtant dans leurs existences, et ineffaçables dans la mémoire de celui des deux qui continuait de vivre.

Ils quittèrent bientôt le chemin qui longe ces murailles de Byzance, pour s'enfoncer en plein domaine des morts, sous un ciel de novembre singulièrement obscur, au milieu des cyprès, parmi la peuplade sans fin des tombes. Le vent de Russie ne leur faisait pas grâce, leur cinglait le visage, les imprégnait d'humidité toujours plus froide. Devant eux, les corbeaux fuyaient sans hâte, en sautillant.

Apparurent les stèles de Nedjibé, ces stèles encore bien blanches, qu'André désigna aux jeunes femmes. Les inscriptions, redorées au printemps, brillaient toujours de leur éclat neuf.

Et, à quelques pas de ces humbles marbres, les gentils fantômes visiteurs, s'étant immobilisés spontanément, se mirent en prière, — dans la pose consacrée de l'Islam, qui est les deux mains ouvertes et comme tendues pour quêter une grâce, — en prière fervente pour l'âme de la petite morte. C'était si imprévu d'André et si touchant, ce qu'elles faisaient là, qu'il sentit ses yeux tout à coup brouillés de larmes, et, de peur de le laisser voir, il resta à l'écart, lui qui ne priait pas.

Ainsi, il avait réalisé ce rêve qui semblait si impossible : faire relever cette tombe, et la confier à d'autres femmes turques, capables de la vénérer et de l'entretenir. Les marbres étaient là, bien debout et bien solides, avec leurs dorures fraîches ; les femmes turques étaient là aussi, comme des fées du souvenir ramenées auprès de cette pauvre petite sépulture longtemps abandonnée ; — et lui-même y était avec elles, en intime communion de respect et de pitié.

Quand elles eurent fini de réciter la « fathia[1] », elles s'approchèrent pour lire l'inscription brillante. D'abord la poésie arabe, qui commençait sur le haut de la stèle, pour descendre, en lignes inclinées, vers la terre. Ensuite, tout au bas, le nom et la date : « Une prière pour l'âme de Nedjibé Hanum, fille de Ali-Djianghir Effendi, morte le 18 Chabaan 1297[2]. » Les Circassiens, contrairement aux Turcs, ont un nom patronymique, ou plutôt un nom de tribu. Et Djénane apprit là, avec une émotion intime, le nom de la famille de Nedjibé :

— Mais, dit-elle, les Djianghir habitent mon village ! Jadis ils sont venus du Caucase avec mes ancêtres, voici deux cents ans qu'ils vivent près de nous !

Cela expliquait mieux encore leur ressemblance, bien étonnante pour n'être qu'un signe de race ; sans doute étaient-elles du même sang, de par la fantaisie de quelque prince d'autrefois. Et quel mystérieux aïeul, depuis longtemps en poussière, avait légué, à travers qui sait combien de générations, à deux jeunes femmes de caste si différente, ces yeux persistants, ces yeux rares et admirables ?...

Il faisait un froid mortel aujourd'hui, dans ce cimetière, où ils se tenaient depuis un moment immobiles. Et tout à coup la poitrine de Zeyneb, sous ses voiles noirs, fut secouée d'une toux déchirante.

— Allons-nous-en, dit André qui s'épouvanta, de grâce allons-nous-en, et maintenant marchons très vite...

Avant de s'en aller, chacune avait voulu prendre une de ces brindilles de cyprès, dont la tombe était jonchée ; or, pendant que Mélek, toujours la moins voilée de toutes, se baissait pour ramasser la sienne, il entrevit ses yeux pleins de larmes, — et il lui pardonna bien sa gaîté de tout à l'heure dans la rue.

Arrivés à leurs voitures, ils se séparèrent, pour ne pas prolonger inutilement le péril d'être ensemble. Après leur avoir fait promettre de donner au plus tôt des nouvelles de leur retour au harem, dont il s'inquiétait, car la fin de la journée était proche, il s'en alla par Eyoub, tandis que leur cocher les ramenait par la porte d'Andrinople.

Six heures maintenant. André rentré chez lui, à Péra. Oh ! le sinistre soir ! À travers les vitres de ses fenêtres, il regardait s'effacer dans la nuit l'immense panorama, qui lui donnait cette fois un des rappels, les plus douloureux qu'il eût jamais éprouvés, du Constantinople d'autrefois, du Constantinople de sa jeunesse. La fin du crépuscule. Mais pas encore l'heure où les minarets allument tous leurs couronnes de feux, pour la féerie d'une nuit de Ramazan ; ils n'étaient pour le moment qu'à peine indiqués, en gris plus sombre, sur le gris presque pareil du ciel. Stamboul, ainsi qu'il arrivait souvent, lui montrait une silhouette aussi estompée et incertaine que dans ses songes, jadis quand il voyageait au loin. Mais à l'extrême horizon, vers l'Ouest, il y avait comme une frange noire assez nettement découpée sur un peu de rose qui traînait là, dernier reflet du soleil couché, — une frange noire : les cyprès des grands cimetières. Et il pensait, les yeux fixés là-bas : elle dort, au milieu de cet infini de silence et d'abandon, sous ses humbles morceaux de marbre, que cependant par pitié j'ai fait relever et redorer...

Eh bien ! oui, la tombe était réparée et confiée à des musulmanes, dont les soins pieux avaient chance de se prolonger quelques années encore, car elles étaient jeunes. Et puis après ? Est-ce que ça empêcherait cette période de sa vie, ce souvenir de jeunesse et d'amour, de s'éloigner, de tomber toujours plus effroyablement vite dans l'abîme des temps révolus et des choses qui sont oubliées de tous ? D'ailleurs, ces cimetières eux-mêmes, si anciens cependant et si vénérés, à quelle continuation pouvaient-ils prétendre ? Quand l'Islam, menacé de toutes parts, se replierait sur l'Asie voisine, les nouveaux arrivants que feraient-ils de cet encombrement de vieilles tombes ? Les stèles de Nedjibé s'en iraient alors, avec tant de milliers d'autres...

Et voici qu'il lui semblait maintenant que, du fait seul d'avoir accompli ce devoir si longtemps différé, et d'être quitte pour ainsi dire envers la petite morte, il venait de briser le dernier lien avec le cher passé ; tout était fini plus irrémédiablement...

Il y avait ce soir, à l'ambassade d'Angleterre, dîner et bal auxquels il devait se rendre. Bientôt l'heure de sa toilette. Son valet de chambre allumait les lampes et lui préparait son frac. — Après la visite dans les bois de cyprès, avec ces petites Turques en tcharchaf noir, quel changement absolu d'époque, de milieu, d'idées !...

Au moment de quitter sa fenêtre pour aller s'habiller, il vit des flocons de neige qui commençaient de tomber : la première neige... Il neigeait là-bas, sur la solitude des grands cimetières.

Le lendemain matin, lui arriva la lettre qu'il avait demandée à ses amies, pour avoir des nouvelles de leur retour au harem.

> 4 Ramazan, neuf heures du soir.
>
> Rentrées saines et sauves, ami André, mais non sans tribulations. Il était très tard, juste à la limite permise, et puis une de nos amies complices s'était étourdiment coupée. Ça s'est arrangé, mais quand même les vieilles dames de la maison et les vieilles barbes se méfient.
>
> Merci de tout notre cœur pour la confiance que vous nous avez témoignée. Maintenant cette tombe nous appartient un peu, n'est-ce pas, et nous irons y prier souvent quand vous aurez quitté notre pays.
>
> Ce soir je vous sens si loin de moi, et pourtant vous êtes si près ! De ma fenêtre je pourrais voir, là-bas sur la hauteur de Péra, les lumières des salons d'ambassade où vous êtes, et je me demande comment vous

pouvez vous distraire, quand nous sommes si tristes. Vous direz que je suis bien exigeante ; je le suis en effet, mais pas pour moi, pour une *autre*.

Vous êtes gai, en ce moment sans doute, entouré de femmes et de fleurs, l'esprit et les yeux charmés. Et nous, dans un harem à peine éclairé, tiède et bien sombre, nous pleurons.

Nous pleurons sur notre vie. Oh ! combien triste et vide, ce soir ! Ce soir plus que les autres soirs. Est-ce de vous sentir si près et si loin, qui nous rend plus malheureuses ?

DJÉNANE.

Et moi, Mélek, savez-vous ce que je viens vous dire maintenant ? Comment pouvez-vous vous distraire aux lumières, quand nous, devant trois branchettes tombées d'un cyprès, nous pleurons. Elles sont là, posées dans un coffret saint en bois de La Mecque ; elles ont une odeur âcre et humide, qui pénètre, qui attriste... Vous savez, n'est-ce pas, *où* nous les avons prises ?...

Oh ! comment pouvez-vous être à un bal ce soir, et ne pas vous rappeler les peines que vous créez, les existences que vous avez brisées sur votre route. Je ne peux m'imaginer que vous ne pensiez pas à ces choses-là, quand nous, des sœurs étrangères et lointaines, nous en pleurons...

MÉLEK.

XXXII

Elles lui avaient annoncé que le Ramazan allait les rendre plus captives, à cause des prières, des saintes lectures, du jeûne de toute la journée, et surtout à cause de la vie mondaine du soir, qui prend une importance exceptionnelle pendant ce mois de carême : grands dîners d'apparat, nommés *iftars*, qui sont pour compenser l'abstinence du jour, et auxquels on convie quantité de monde.

Et au contraire, voici que ce Ramazan semblait faciliter leur projet le plus fantastique, un projet à en frémir : recevoir une fois André Lhéry à Khassim-Pacha même, chez Djénane, à deux pas de madame Husnugul !

Stamboul, en carême d'Islam, ne se reconnaît plus. Le soir, fêtes et milliers de lanternes, rues pleines de monde, mosquées couronnées de feux, grandes bagues lumineuses partout dans l'air, soutenues par ces minarets qui alors deviennent à peine visibles tant ils ont pris la couleur du ciel et de la nuit. Mais, en revanche, somnolence générale tant que dure le jour ; la vie orientale est arrêtée, les boutiques sont closes ; dans les innombrables petits cafés, qui d'ordinaire ne désemplissent jamais, plus de narguilés, plus de causeries, seulement quelques dormeurs allongés sur des banquettes, la mine fatiguée par les veilles et par le jeûne. Et dans les maisons, jusqu'au coucher du soleil, même accablement que dehors. Chez Djénane en particulier, où les domestiques étaient vieux comme les maîtres, tout le monde dormait, nègres imberbes, ou gardiens moustachus avec pistolets à la ceinture.

Le 12 Ramazan 1322, jour fixé pour l'extravagante entreprise, la grand-mère et les grands-oncles, grippés à point, gardaient la chambre, et, circonstance inespérée, madame Husnugul, depuis deux jours, était retenue au lit par une indigestion, contractée au cours d'un *iftar*.

André devait se présenter à deux heures précises, à la minute, à la seconde ; il avait la consigne de raser les murailles, pour n'être point vu des fenêtres surplombantes, et de ne se risquer dans la grande porte que si on lui montrait, à travers les grilles du premier étage, le coin d'un mouchoir blanc, — le signal habituel.

Vraiment, cette fois, il avait peur ; peur pour elles, et peur pour lui-même, non du danger immédiat, mais du scandale européen, universel, qui ne manquerait point de survenir s'il se laissait prendre. Il arrivait lentement, les yeux au guet. Disposition favorable, la maison de Djénane était sans vis-à-vis et donnait, comme toutes celles du voisinage, sur le grand cimetière de cette rive ; en face, rien que les vieux cyprès et les tombes ; aucun regard ne pouvait venir de ce côté-là, qui était une solitude enveloppée aujourd'hui par la brume de novembre.

Le signal blanc était à son poste ; il ne s'agissait donc plus de reculer. Il entra, comme qui se jette tête baissée dans un gouffre. Un vestibule monumental, vieux style, vide aujourd'hui de ses gardiens armés et dorés. Mélek seule, en tcharchaf noir derrière la porte, et qui lui jeta, de sa voix rieuse :

— Vite, vite ! Courez !

Ensemble, ils montèrent un escalier quatre à quatre, traversèrent comme le vent de longs couloirs, et firent irruption dans l'appartement de Djénane, qui attendait toute palpitante, et referma sur eux à double tour.

Un éclat de rire, aussitôt : leur rire de gaminerie, qu'elles lançaient comme un défi à tout et à tous, chaque fois qu'un danger plus immédiat venait d'être conjuré. Et Djénane montrait d'un amusant petit air de triomphe la clef qu'elle tenait à la main : une clef, une serrure, quelle innovation subversive, dans un harem ! Elle avait obtenu ça depuis hier, paraît-il, et n'en revenait pas de ce succès. Elle, Djénane, et aussi Zeyneb, puis Mélek lestement débarrassée de son tcharchaf, étaient plus pâles que de coutume, à cause du jeûne sévère. D'ailleurs elles se présentaient à André sous un aspect tout à fait nouveau pour lui, qui ne les avait jamais vues qu'en odalisques ou en fantômes : coiffées et habillées en Européennes très élégantes ; seul détail pour les rendre encore un peu orientales, des tout petits voiles de Circassie, en gaze blanche et argent, posés sur leurs cheveux, descendaient sur leurs épaules.

— Je croyais qu'à la maison vous ne mettiez pas de voile du tout, demanda André.

— Si, si, toujours. Mais ces petits-là seulement.

Elles le firent entrer d'abord dans le salon de musique, où l'attendaient trois autres femmes, conviées à la périlleuse aventure : mademoiselle Bonneau de Saint-Miron, mademoiselle Tardieu, ex-institutrice de Mélek, et enfin une dame-fantôme, Ubeydé Hanum, diplômée de l'École normale et professeur de philosophie au lycée de jeunes filles, dans une ville d'Asie Mineure. Pas rassurées, les deux Françaises, qui étaient restées longtemps indécises entre la tentation et la peur de venir. Et mademoiselle de Saint-Miron avait tout l'air de quelqu'un qui se dit à soi-même : « C'est moi, hélas ! la cause première de cet inénarrable désastre, André Lhéry en personne dans l'appartement de mon élève ! » Elles causèrent cependant, car elles en mouraient d'envie, et il parut à André qu'elles avaient l'âme à la fois haute et naïve, ces deux demi-vieilles filles ; du reste, distinguées et supérieurement instruites, mais avec une exaltation romanesque un peu surannée en 1904. Elles crurent pouvoir lui parler de son livre, dont elles savaient le titre et qui les excitait beaucoup :

— Plusieurs pages de vos *Désenchantées* sont déjà écrites, maître, n'est-ce pas ?

— Mon Dieu ! non, répondit-il en riant, pas une seule !

— Et moi, je le préfère, — dit Djénane à André, de sa voix qui surprenait toujours comme une musique extra-terrestre, même après d'autres voix déjà très douces. — Vous le composerez une fois parti, ce livre ; ainsi au moins il servira encore de lien entre nous pendant quelques mois : quand vous aurez besoin d'être documenté, vous songerez à nous écrire...

André jugeant devoir, par politesse, adresser une fois la parole à la dame-fantôme, lui demanda le plus banalement du monde si elle était contente des petites Turques d'Asie, ses élèves. Il prévoyait quelque réponse de pédagogue, aussi banale que sa question. Mais la voix sérieuse et douce, qui partait de dessous le voile noir, lui dit en pur français ce qu'il n'attendait pas :

— Trop contente, hélas !... Elles n'apprennent que trop vite et sont beaucoup trop intelligentes.

Je regrette d'être l'un des instruments qui aura inoculé le microbe de la souffrance à ces femmes de demain. Je plains toutes ces petites fleurs, qui seront ainsi plus tôt fanées que leurs candides aïeules...

Ensuite on parla du Ramazan. Jeûne toute la journée, bien entendu, petits ouvrages pour les pauvres et lectures pieuses ; au cours de ce mois lunaire, une musulmane doit avoir relu son Coran tout entier, sans passer une ligne ; elles n'avaient garde d'y manquer, ces trois petites qui, malgré le déséquilibrement et l'incroyance, vénéraient avec admiration le livre sacré de l'Islam ; et leurs Corans étaient là, marqués d'un ruban vert à la page du jour.

Et puis, le soleil couché, ce sont les *iftars*. Dans le selamlike, *iftar* des hommes, suivi d'une prière pour laquelle invités, maîtres et serviteurs se réunissent en commun dans la grande salle, chacun agenouillé sur son tapis à mihrab ; chez Djénane, paraît-il, cette prière était chantée chaque soir par un des jardiniers, le seul qui fût jeune, et dont la voix de muezzin emplissait toute la demeure.

Dans le harem, *iftar* des femmes :

— Ces réunions de jeunes Turques, dit Zeyneb, deviennent rarement frivoles en Ramazan, alors que le mysticisme est réveillé au fond de nos âmes, et les questions qu'on y aborde sont de vie et de mort. Toujours la même ardeur, la même fièvre au début. Et toujours la même tristesse à la fin, le même découragement dont nous sommes prises, quand, après deux heures de discussions, sur tous les dogmes et toutes les philosophies, nous nous

retrouvons au même point, avec la conscience
de n'être que de faibles, impuissantes et pauvres
créatures ! Mais l'espoir est un sentiment si tenace
que, malgré la faillite de nos tentatives, il nous
reste la force de reprendre, le lendemain, une
autre voie pour essayer encore d'atteindre l'inap-
prochable but...

— Nous, les jeunes Turques, ajouta Mélek,
nous sommes une poignée de graines d'une très
mauvaise plante, qui germe, résiste et se propage,
malgré les privations d'eau, les froids, et même les
« *coupes* » répétées.

— Oui, dit Djénane, mais on peut nous diviser
en deux espèces. Celles qui, pour ne pas mourir,
saisissent toutes les occasions de s'étourdir, d'oublier. Et celles, mieux trempées, qui se réfugient
dans la charité, comme par exemple Djavidé, notre
cousine ; je ne sais pas si, chez vous, les petites
sœurs des pauvres font plus de bien qu'elle, avec
plus de renoncement ; et, dans nos harems, nous
en avons tant d'autres qui l'égalent. Il est vrai, elles
sont obligées d'opérer en secret, et quant à former
des comités de bienfaisance, interdiction absolue,
car nos maîtres désapprouvent ces contacts avec
les femmes du peuple, par crainte que nous ne
leur communiquions nos pessimismes, nos détraquements et nos doutes.

Mélek, dont les interruptions brusques étaient
la spécialité, proposa de faire essayer à André sa
cachette en cas de grande alarme : c'était derrière
un chevalet d'angle, qui supportait un tableau et
que drapaient des brocarts :

— Un surcroît de précaution, dit-elle cependant,

car rien n'arrivera. Le seul valide de la famille en
ce moment, c'est mon père, et il ne quittera Yldiz
qu'après le coup de canon de Moghreb...

— Oui, mais enfin, objecta André, si quelque
chose d'imprévu le ramenait avant l'heure ?

— Eh bien ! dans un harem on n'entre pas sans
être annoncé. Nous lui ferions dire qu'une dame
turque est ici en visite, Ubeydé Hanum, et il se
garderait de franchir notre porte. Pas plus difficile
que ça, quand on sait s'y prendre... Non, il n'y a
vraiment que votre sortie, tout à l'heure, *qui sera
délicate*.

Sur le piano traînaient les feuillets manuscrits
d'un nocturne que Djénane venait de composer,
et André eût aimé se le faire jouer là par elle, qu'il
n'avait jamais entendue que de loin, en passant la
nuit sous ses fenêtres au Bosphore. Mais non, en
Ramazan, on osait à peine faire de la musique.
Et puis, quelle imprudence de réveiller cette
grande maison dormeuse, dont le sommeil, en ce
moment, était si nécessaire !

Quant à Djénane, elle désirait que son ami se
fût accoudé une fois pour écrire à son bureau
de jeune fille, — son bureau sur lequel jadis, au
temps où il n'était à ses yeux qu'un personnage de
rêve, elle griffonnait son journal en pensant à lui.
Donc, elles l'emmenèrent dans la grande chambre
où tout était blanc, luxueux et très moderne. Il
dut regarder en leur compagnie, par les fenêtres
aux persiennes quadrillées toujours closes, ces
perspectives familières à leur enfance, et devant
lesquelles sans doute la grise et lente vieillesse finirait par venir peu à peu les éteindre : des cyprès,

des stèles de tous les âges ; en bas, comme dans un précipice, l'eau de la Corne-d'Or, aujourd'hui terne et lourde, semblable à une nappe d'étain, et puis, au-delà, Stamboul noyé de brume hivernale. Il dut regarder aussi, par les fenêtres libres qui donnaient à l'intérieur, ce vieux jardin si haut muré que Djénane lui avait décrit dans ses lettres : « Un jardin tellement solitaire, lui disait-elle, que l'on peut y errer sans voile. D'ailleurs, chaque fois que nous y descendons, nos nègres sont là, pour éloigner les jardiniers. »

En effet, dans le fond là-bas, où les platanes enchevêtraient leurs énormes ramures dépouillées, tristement grisâtres, cela prenait des allures de forêt prisonnière ; elles devaient pouvoir se promener là-dessous sans être aperçues de personne au monde.

André bénissait le concours d'audaces qui lui permettait de connaître cette demeure, si interdite à ses yeux... Pauvres petites amies de quelques mois, rencontrées sur le tard de sa vie errante, et qu'il allait fatalement quitter pour jamais ! Au moins comme cela, quand il repenserait à elles, le cadre de leur séquestration s'indiquerait précis dans sa mémoire...

Maintenant, c'était l'heure de se retirer, l'heure grave. André avait presque oublié, au milieu d'elles, l'invraisemblance de la situation ; à présent qu'il s'agissait de sortir, le sentiment lui revenait de s'être faufilé tout vif dans une ratière, dont l'issue après son passage se serait rétrécie et hérissée de pointes.

Elles firent plusieurs rondes d'exploration ; tout

se présentait bien ; le seul personnage de trop était un certain nègre, du nom de Yousouf, qui gardait avec obstination le grand vestibule. Pour celui-là, il fallait imaginer sur-le-champ une course longue et urgente :

— J'ai trouvé, dit tout à coup Mélek. Rentrez dans votre cachette, André. Nous allons le faire comparaître ici même, ce sera un comble !

Et, quand il se présenta :

— Mon bon Yousouf, une commission vraiment pressée. Monte à Péra bien vite, pour nous acheter un livre nouveau, dont je vais t'inscrire le nom sur une carte ; au besoin, tu feras tous les libraires de la grand-rue, mais surtout ne reviens pas bredouille !

Et voici ce qu'elle écrivit sans rire : « *Les Désenchantées*, le dernier roman d'André Lhéry. »

Une ronde encore dans les couloirs, après de nouveaux ordres jetés aux uns et aux autres pour les occuper ailleurs ; puis elle vint prendre André par la main, d'une course folle l'entraîna jusqu'en bas, et un peu nerveusement le poussa dehors.

Lui s'en alla, rasant de plus près que jamais les vieilles murailles, se demandant si cette porte, fermée peut-être avec trop de bruit, n'allait pas se rouvrir pour une bande de nègres, avec revolvers et bâtons, lancés à sa poursuite.

Elles lui avouèrent le lendemain leur mensonge, au sujet de ces petits voiles de Circassie. À la maison, elles n'en mettaient point. Mais, pour une musulmane, montrer à un homme tous ses cheveux, *montrer sa nuque* surtout, est plus malséant encore que montrer son visage, et elles n'avaient pu s'y résoudre.

XXXIII

DJÉNANE À ANDRÉ

14 du Ramazan 1322 (22 novembre 1905).

Notre ami, vous savez que demain est la mi-Ramazan, et que toutes les dames turques prennent leur volée. Ne viendrez-vous pas de deux heures à quatre heures à la promenade, à Stamboul, de Bayazid[1] à Chazadé-Baché ?

Nous sommes très occupées en ce moment, avec nos *iftars*, mais nous allons arranger une belle escapade ensemble à la côte d'Asie, pour bientôt : c'est une invention de Mélek, et vous verrez comme ce sera bien machiné.

DJÉNANE.

Ce « demain-là », il y avait vent de Sud et beau soleil d'automne, griserie de tiédeur et de lumière, temps à souhait pour les belles voilées, qui n'ont par an que deux ou trois jours d'une telle liberté. En voiture fermée, bien entendu, leur promenade, avec eunuque sur le siège près du cocher ; mais elles avaient le droit de relever les stores, de baisser les glaces, — et de *stationner* longuement pour se regarder les unes les autres, ce qui est interdit les jours ordinaires. De Bayazid à Chazadé-Baché, un parcours d'un kilomètre environ, au centre de

Stamboul, en pleine turquerie, par les rues d'autrefois qui longent les colossales mosquées, et les enclos ombreux pour les morts, et les saintes fontaines. Dans ces quartiers habituellement calmes, si peu faits pour les élégances modernes, quelle anomalie que ces files de voitures, assemblées le jour de la mi-Ramazan ! Par centaines des coupés, des landaus, arrêtés ou marchant au petit pas ; il en était venu de tous les quartiers de l'immense ville, même des palais échelonnés le long du Bosphore. Et là-dedans, rien que des femmes, très parées ; le yachmak qui voile jusqu'aux yeux, assez transparent pour laisser deviner le reste du visage ; toutes les beautés des harems, presque visibles aujourd'hui par exception, les Circassiennes roses et blondes, les Turques brunes et pâles. Très peu d'hommes rôdant autour des portières ouvertes, et pas un Européen : de l'autre côté des ponts, à Péra, on ignore toujours ce qui se passe dans Stamboul.

André chercha ses trois amies qui, paraît-il, avaient fait grande toilette pour lui plaire ; il les chercha longtemps, et ne put les découvrir, tant il y avait foule. À l'heure où les promeneuses reprenaient le chemin des harems jaloux, il s'en alla un peu déçu ; mais, pour avoir rencontré le regard de tant de beaux yeux qui souriaient d'aise à cette douce journée, qui exprimaient si naïvement la joie de flâner dehors une fois par hasard, il comprit mieux que jamais, ce soir-là, le mortel ennui des séquestrations.

XXXIV

Elles connaissaient au bord de la Marmara, du côté asiatique, une petite plage solitaire, très abritée, disaient-elles, de ce vent qui désole le Bosphore, et tiède comme une orangerie. Justement une de leurs amies habitait aux environs et s'engageait à fournir un alibi très acceptable, en affirmant mordicus les avoir retenues toute la journée. Donc, elles avaient décidé qu'on tenterait de faire par là une dernière promenade ensemble, avant cette séparation prochaine, qui pouvait si bien être la grande et la définitive : André comptait prendre bientôt un congé de deux mois pour la France ; Djénane devait aller avec sa grand-mère passer la saison des froids dans son domaine de Bounar-Bachi ; entre eux, le revoir ne serait plus qu'au printemps de l'année suivante, et d'ici là, tant de drames pouvaient advenir...

Le dimanche 12 décembre 1904, jour choisi pour cette promenade, après mille combinaisons et roueries, se trouva être l'un de ces jours de splendeur qui, sous ce climat variable, viennent tout à coup en plein hiver, entre deux périodes de neige, ramener l'été. Sur le pont de la Corne-d'Or, d'où partent les petits vapeurs pour les Échelles d'Asie, ils se rencontrèrent en plein soleil de midi, mais sans broncher, en voyageurs qui ne se connaissent point, et ils prirent comme par hasard le même bateau, où elles s'installèrent correctement dans le roufle-harem réservé aux musulmanes, après avoir congédié nègres et négresses.

À cause de ce beau ciel, il y avait aujourd'hui un monde fou qui allait se promener sur l'autre rive. En même temps qu'eux, étaient parties une cinquantaine de dames-fantômes et, quand on accosta l'Échelle de Scutari[1], André, s'embrouillant au milieu de tous ces voiles noirs qui débarquaient ensemble, prit d'abord une fausse piste, suivit trois dames qu'il ne fallait pas et risqua d'amener un affreux scandale. Par bonheur, elles avaient l'allure moins élégante que le petit trio en marche là-bas, et il les lâcha tout confus au détour du premier chemin, pour rejoindre ses trois amies, — les vraies, cette fois.

Ils frétèrent une voiture de louage, la même pour eux quatre, ce qui est toléré à la campagne. Lui, étant le bey, s'assit à la place d'honneur, contrairement à nos idées occidentales, Djénane à côté de lui, Zeyneb et Mélek en face, sur la banquette de devant. Et, les chevaux lancés au trot, elles éclatèrent de rire toutes les trois sous leurs voiles, à cause du tour bien joué, à cause de la liberté conquise jusqu'à ce soir, à cause de leur jeunesse, et du temps clair, et des lointains bleus. Elles étaient du reste le plus souvent adorables de gaîté enfantine, entre leurs crises sombres, même Zeyneb qui savait oublier son mal et son désir de mourir. C'est avec une souriante aisance de défi qu'elles bravaient tout, la séquestration absolue, l'exil, ou peut-être quelque autre châtiment plus lourd encore.

À mesure qu'on s'avançait le long de la Marmara, le perpétuel courant d'air du Bosphore se

faisait de moins en moins sentir. Leur petite baie
était loin, mais baignée d'air tiède, comme elles
l'avaient prévu, et si paisible dans sa solitude, si
rassurante pour eux dans son absolu délaisse-
ment ! Elle s'ouvrait au plein Sud, et une falaise en
miniature l'entourait comme un abri fait exprès.
Sur ce sable fin, on était chez soi, préservé des
regards comme dans le jardin clos d'un harem.
On ne voyait rien d'autre que la Marmara, sans un
navire, sans une ride, avec seulement la ligne des
montagnes d'Asie à l'extrême horizon ; une Marmara toute d'immobilité comme aux beaux jours
apaisés de septembre, mais peut-être trop pâlement bleue, car cette pâleur apportait, malgré le
soleil, une tristesse d'hiver ; on eût dit une coulée
d'argent qui se refroidit. Et ces montagnes, tout
là-bas, avaient déjà leurs neiges éblouissantes.

En montant sur la petite falaise, on n'apercevait
âme qui vive, dans la plaine un peu nue et désolée qui s'étendait alentour. Donc, ayant relevé leur
voile jusqu'aux cheveux, toutes trois se grisaient
d'air pur ; jamais encore André n'avait vu au soleil,
au grand air, leurs si jeunes visages, un peu pâlis ;
jamais encore ils ne s'étaient sentis tous dans une
si complète sécurité ensemble, — malgré les risques
fous de l'entreprise, et les périls du retour, ce soir.

D'abord, elles s'assirent par terre, pour manger
des bonbons achetés en passant chez le confiseur
en vogue de Stamboul. Et ensuite elles passèrent
en revue tous les recoins de la gentille baie, devenue leur domaine clandestin pour l'après-midi. Un
étonnant concours de circonstances, et de volontés,
et d'audaces, avait réuni là, — par cette journée

de décembre si étrangement ensoleillée, presque
inquiétante d'être si belle et d'être si furtive entre
deux crises du vent de Russie, — ces hôtes qui lui
arrivaient de mondes très différents et qui semblaient voués par leur destinée première à ne se
rencontrer jamais. Et André, en regardant les yeux,
le sourire de cette Djénane, qui allait repartir après-
demain pour son palais de Macédoine, appréciait
tout ce que l'instant avait de rare et de non retrou-
vable ; les impossibilités qu'il avait fallu déjouer
pour se réunir là, devant la pâleur hivernale de
cette mer, les impossibilités reparaîtraient encore
demain et toujours ; qui sait ? on ne se reverrait
peut-être même jamais plus, au moins avec tant de
confiance et le cœur si léger ; c'était donc une heure
dans la vie à noter, à graver, à défendre, autant
que faire se pourrait, contre un trop rapide oubli...

À tour de rôle, un d'eux montait sur la minuscule
falaise, pour signaler les dangers de plus loin. Et une
fois, la dame du guet, qui était Zeyneb, annonça un
Turc arrivant le long de la mer, en compagnie lui
aussi de trois dames au voile relevé. Elles jugèrent
que ce n'était pas dangereux, qu'on pouvait affronter la rencontre ; seulement elles rabattirent pour
un temps les gazes noires sur leur visage. Quand
le Turc passa, sans doute quelque bey authentique
promenant les dames de son harem, celles-ci avaient
également baissé leur voile, à cause d'André ; mais
les deux hommes se regardèrent distraitement, sans
méfiance d'un côté ni de l'autre ; l'inconnu n'avait
pas hésité à prendre ces gens rencontrés dans cette
baie pour les membres d'une même famille.

Des petits cailloux tout plats, comme taillés à

souhait, que le flot tranquille de la Marmara avait soigneusement rangés en ligne sur le sable, rappe-lèrent tout à coup à André un jeu de son enfance ; il apprit donc à ses trois amies la manière de les lan-cer, pour les faire sautiller longtemps à la surface polie de la mer, et elles s'y mirent avec passion, sans succès du reste... Mon Dieu ! combien elles étaient enfants, et rieuses, et simples, aujourd'hui, ces trois pauvres petites compliquées, surtout cette Djénane, qui s'était donné tant de mal pour gâcher sa vie !

Après cette heure unique, ils allèrent rejoindre leur voiture qui attendait là-bas, loin, pour les rame-ner à Scutari. Sur le bateau, bien entendu, ils ne se connaissaient plus. Mais pendant la courte traver-sée, ils eurent ensemble la réapparition merveilleuse de Stamboul, éclairage des soirs limpides. Un Stam-boul vu de face, en enfilade ; d'abord les farouches remparts crénelés du Vieux Sérail, que baignait la nappe tout en argent rose de la Marmara ; et puis, au-dessus, l'enchevêtrement des minarets et des coupoles, profilé sur un rose différent, un rose de décembre aussi, mais moins argenté, moins blême que celui de la mer, tirant plutôt sur l'or...

XXXV

DJÉNANE À ANDRÉ, LE LENDEMAIN

Encore une fois sauvées ! Nous avons eu de ter-ribles difficultés au retour ; mais maintenant il fait

calme dans la maison… Avez-vous remarqué, en arrivant, comme notre Stamboul était beau ?

Aujourd'hui la pluie, la neige fondue battent nos
vitres, le vent glacé joue de la flûte triste sous nos
portes. Combien nous aurions été malheureuses, si
ce temps-là s'était déchaîné hier ! À présent que notre
promenade est dans le passé et qu'il nous en reste
comme le souvenir d'un joli rêve, elles peuvent souffler, toutes les tempêtes de la Mer Noire…

André, nous ne nous reverrons pas avant mon
départ, les circonstances ne permettent plus d'organiser un rendez-vous à Stamboul ; c'est donc mon adieu
que je vous envoie, sans doute jusqu'au printemps.
Mais voulez-vous faire une chose que je vous demande
en grâce ? Dans un mois, quand vous partirez pour la
France, puisque vous comptez prendre les paquebots,
emportez un fez et choisissez la ligne de Salonique ;
on s'y arrête quelques heures, et je sais un moyen de
vous y rencontrer. Un de mes nègres viendra vous
porter à bord le mot d'ordre. Ne me refusez pas.

Que le bonheur vous accompagne, André, dans
votre pays !…

DJÉNANE.

Après le départ de Djénane, André resta cinq
semaines encore à Constantinople, où il revit
Zeyneb et Mélek. Quand le moment vint de
prendre son congé de deux mois, il s'en alla par
la ligne indiquée, emportant son fez ; mais à Salonique aucun nègre ne se présenta au paquebot. La
relâche fut donc pour lui toute de mélancolie, à
cause de cette attente déçue, — et aussi à cause du
souvenir de Nedjibé qui planait encore sur cette
ville et sur ces arides montagnes alentour. Et il
repartit sans rien savoir de sa nouvelle amie.

Quelques jours après être arrivé en France, il reçut cette lettre de Djénane :

Bounar-Bachi, près Salonique, 10 janvier 1905.

Quand et par qui pourrai-je faire jeter à la poste ce que je vais vous écrire, gardée comme je le suis ici ?

Vous êtes loin et on n'est pas sûr que vous reviendrez. Mes cousines m'ont raconté vos adieux et leur tristesse depuis votre départ. Quelle étrange chose, André, si on y songe, qu'il y ait des êtres dont la destinée soit de traîner la souffrance avec eux, une souffrance qui rayonne sur tout ce qui les approche ! Vous êtes ainsi et ce n'est pas votre faute. Vous souffrez de peines infiniment compliquées, ou peut-être infiniment simples. Mais vous souffrez ; les vibrations de votre âme se résolvent toujours en douleur. On vous approche : on vous hait ou l'on vous aime. Et, si l'on vous aime, on souffre avec vous, par vous, de vous. Ces petites de Constantinople, vous avez été cette année un rayon dans leur vie ; rayon éphémère, elles le savaient d'avance. Et à présent elles souffrent de la nuit où elles sont retombées.

Pour moi, ce que vous avez été, peut-être un jour vous le dirai-je. Ma souffrance à moi est moins de ce que vous soyez parti que de vous avoir rencontré.

Vous m'en avez voulu sans doute de n'avoir pas arrangé une entrevue, à votre passage par Salonique. La chose en soi était possible, dans la campagne qui est déserte comme au temps de votre Nedjibé. Nous aurions eu dix minutes à nous, pour échanger quelques mots d'adieu, un serrement de main. Il est vrai, mon chagrin n'en aurait pas été allégé, au contraire. Pour des raisons qui m'appartiennent, je me suis abstenue. Mais ce n'est point la peur du danger qui a pu m'arrêter, oh ! loin de là ; si, pour

aller à vous, j'avais su la mort embusquée sur le chemin de mon retour, je n'aurais pas eu d'hésitation
ni de trouble, et je vous aurais porté alors, André,
l'adieu de mon cœur, tel que mon cœur voudrait vous
le dire. Nous autres, femmes turques d'aujourd'hui,
nous n'avons pas peur de la mort. N'est-ce pas vers
elle que l'amour nous pousse ? Quand donc, pour
nous, l'amour a-t-il été synonyme de vie ?

DJÉNANE.

Et Mélek, chargée de faire passer cette lettre en
France, avait ajouté sous la même enveloppe ces
réflexions qui lui étaient venues :

En songeant longuement à vous, notre ami, j'ai
trouvé, j'en suis sûre, plusieurs des causes de votre
souffrance. Oh ! je vous connais maintenant, allez !
D'abord vous voulez toujours tout éterniser, et vous
ne jouissez jamais pleinement de rien, parce que vous
vous dites : « Cela va finir. » Et puis la vie vous a tellement comblé, vous avez eu tant de choses bonnes
dans les mains, tant de choses dont une seule suffirait
au bonheur d'un autre, que vous les avez toutes laissé
tomber, parce qu'il y en avait surabondance. Mais
votre plus grand mal, c'est qu'on vous a trop aimé
et qu'on vous l'a trop dit ; on vous a trop fait sentir
que vous étiez indispensable aux existences dans lesquelles vous apparaissiez ; on est toujours venu au-
devant de vous ; jamais vous n'avez eu besoin de faire
aucun pas dans le chemin d'aucun sentiment : chaque
fois, vous avez attendu ! À présent vous sentez que
tout est vide, parce que vous *n'aimez pas vous-même*,
vous vous laissez aimer. Croyez-moi, aimez à votre
tour, n'importe, une quelconque de vos innombrables
amoureuses, et vous verrez comme ça vous guérira.

MÉLEK.

La lettre de Djénane déplut à André, qui la jugea pas assez naturelle. « Si son affection, se disait-il, était si profonde, elle aurait, avant tout et malgré tout, désiré me dire adieu, soit à Stamboul, soit à Salonique ; il y a de la *littérature* là-dedans. » Il se sentait déçu ; sa confiance en elle était ébranlée, et il en souffrait. Il oubliait que c'était une Orientale, plus excessive en tout qu'une Européenne, et d'ailleurs bien plus indéchiffrable[1].

Il fut sur le point, dans sa réponse, de la traiter en enfant, comme il faisait quelquefois : « Un être qui traîne la souffrance avec lui ! Alors nous y voilà, à votre *homme fatal* que vous déclariez vous-même démodé depuis 1830... » Mais il craignit d'aller trop loin et répondit sur un ton sérieux, lui disant qu'elle l'avait péniblement atteint en le laissant partir ainsi.

Aucune communication directe n'était possible avec elle, à Bounar-Bachi, dans son palais de belle-au-bois-dormant ; tout devait passer par Stamboul, par les mains de Zeyneb ou de Mélek, et de bien d'autres complices encore.

Au bout de trois semaines, il reçut ces quelques mots, dans une lettre de Zeyneb.

André, comment vous blesser de n'importe ce que je puisse dire ou faire, moi qui suis un rien auprès de vous ? Ne savez-vous pas que toute ma pensée, toute mon affection est une chose humble, que vos pieds peuvent fouler ; un long tapis ancien, aux dessins quand même encore jolis, sur lequel vos pieds ont le droit de marcher. Voilà ce que je suis, et vous pourriez vous fâcher contre moi, m'en vouloir ?

DJÉNANE.

Elle était redevenue orientale tout entière là-dedans, et André, qui en fut charmé et ému, lui récrivit aussitôt, cette fois avec un élan de douce affection, — d'autant plus que Zeyneb ajoutait : « Djénane est malade là-bas, d'une fièvre nerveuse persistante qui inquiète notre grand-mère, et le médecin ne sait qu'en penser. »

Des semaines après, Djénane le remercia par cette petite lettre, encore très courte, et orientale autant que la précédente :

> Bounar-Bachi, 21 février 1905.
>
> Je me disais depuis des jours : Où est-il, le bon remède qui doit me guérir ? Il est arrivé, le bon remède, et mes yeux, qui sont devenus trop grands, l'ont dévoré. Mes pauvres doigts pâles le tiennent, merci ! Merci de me faire l'aumône d'un peu de vous-même, l'aumône de votre pensée. Soyez béni pour la paix que votre seconde lettre m'a apportée !
>
> Je vous souhaite du bonheur, ami, en remerciement de l'instant de joie que vous venez de me donner. Je vous souhaite un bonheur profond et doux, un bonheur qui charme votre vie comme un jardin parfumé, comme un matin clair d'été.
>
> DJÉNANE.

Malade, vaincue par la fièvre, la pauvre petite cloîtrée redevenait quelqu'un de la plaine de Kara-djiamir, — comme on redevient enfant. Et, sous cet aspect, antérieur à l'étonnante culture dont elle était si fière, André l'aimait davantage.

Cette fois encore, au petit mot de Djénane, il y avait un post-scriptum de Mélek. Après des reproches sur la rareté de ses lettres toujours courtes, elle disait :

> Nous admirons votre agitation, en vous demandant comment il faudrait nous y prendre pour être agitées nous aussi, occupées, surmenées, empêchées d'écrire à nos amis. Enseignez-nous le moyen, s'il vous plaît. Nous au contraire, c'est tout le jour que nous avons le temps d'écrire, pour notre malheur et pour le vôtre...
>
> MÉLEK.

XXXVI

Quand André revint en Turquie, son congé terminé, aux premiers jours de mars 1905, Stamboul avait encore son manteau de neige, mais, ce jour-là, c'était sous un ciel admirablement bleu. Autour du paquebot qui le ramenait, des milliers de goélands et de mouettes tourbillonnaient ; le Bosphore était criblé de ces oiseaux comme d'une sorte de neige à plus gros flocons ; des oiseaux fous, innombrables, une nuée de plumes blanches qui s'agitaient en avant d'une ville blanche ; un merveilleux aspect d'hiver, avec l'éclat d'un soleil méridional.

Zeyneb et Mélek qui savaient par quel paquebot il devait rentrer, lui envoyèrent le soir même, par leur nègre le plus fidèle, leurs *sélams* de bienvenue, en même temps qu'une longue lettre de Djénane qui, disaient-elles, était guérie, mais prolongerait encore son séjour dans son vieux palais lointain.

Une fois guérie, la petite barbare de la plaine de Karadjiamir était redevenue volontaire et compliquée, plus du tout la « chose humble que son ami pouvait fouler aux pieds ». Oh ! non, car elle écrivait maintenant avec rébellion et violence. C'est qu'il y avait eu, derrière la grille des harems, d'incohérents bavardages sur ce livre qu'André préparait ; une jeune femme, que cependant il avait à peine entrevue et seulement sous l'épais voile noir, se serait vantée, prétendaient quelques-unes, d'être son amie, la grande inspiratrice de l'œuvre projetée ; et Djénane, la pauvre séquestrée là-bas, s'affolait d'une jalousie un peu sauvage :

André, ne comprenez-vous pas quelle rage d'impuissance doit nous prendre, quand nous pensons que d'autres peuvent se glisser entre vous et nous ? Et c'est pis encore quand cette rivalité s'exerce sur ce qui est notre domaine : vos souvenirs, vos impressions d'Orient. Ne savez-vous pas, ou avez-vous oublié que nous avons joué notre vie (sans parler de notre repos), et cela uniquement pour vous les donner complètes, ces impressions de notre pays, — car ce n'était même pas pour gagner votre cœur (nous le savions las et fermé) ; non, c'était pour frapper votre sensibilité d'artiste, et lui procurer, si l'on peut dire, une sorte de *rêve à demi réel*. Afin d'arriver à cela, qui semblait impossible, afin de vous montrer ce que, sans nous, vous n'auriez pu qu'imaginer, nous avons risqué, les yeux ouverts, de nous mettre dans l'âme un chagrin et un regret éternels. Croyez-vous que beaucoup d'Européennes en eussent fait autant ?

Oui, il y a des heures où c'est une torture de songer que d'autres pensées viendront en vous qui chasseront notre souvenir, que d'autres impressions vous seront plus chères que celles de notre Turquie *vue avec nous et à travers nous.* Et je voudrais, votre livre fini, que vous n'écriviez plus rien, que vous ne pensiez plus, que vos yeux durs et clairs ne s'adoucissent jamais plus pour d'autres. Et quand la vie m'est trop intolérable, je me dis qu'elle ne durera pas longtemps, et qu'alors, si je pars la première et s'il est possible aux âmes libérées d'agir sur celles des vivants, mon âme à moi s'emparera de la vôtre pour l'attirer, et, où je serai, il faudra qu'elle vienne.

Ce qui me reste à vivre, je le donnerais sur l'heure pour lire dix minutes en vous. Je voudrais avoir la puissance de vous faire souffrir, — *et le savoir*, moi qui aurais donné, il y a quelques mois, cette même vie pour vous savoir heureux.

Mon Dieu, André, êtes-vous donc si riche en amitiés, que vous en soyez si gaspilleur ? Est-ce généreux à vous de faire tant de peine à qui vous aime, et à qui vous aime de si loin, d'une tendresse si désintéressée ? Ne gâtez pas follement une affection qui, — pour être un peu exigeante et jalouse, — n'en est pas moins la plus vraie peut-être et la plus profonde que vous ayez rencontrée dans votre vie.

DJÉNANE.

André se sentit nerveux après avoir lu. Le reproche était enfantin et ne tenait pas debout, puisqu'il n'avait parmi les femmes turques d'autres amies que ces trois-là. Mais c'est le ton général, qui n'allait plus. « Cette fois, il n'y a pas à se le dissimuler, se dit-il, voici une vraie fausse note, un grand éclat discord, au milieu de ces trois amitiés sœurs, dont je m'obstinais à croire la pure harmo-

nie tellement inaltérable... Pauvre petite Djénane,
est-ce possible pourtant ? »

Il essaya d'envisager cette situation nouvelle,
qui lui parut sans issue. « *Cela ne peut pas être,*
se dit-il, *cela ne sera jamais, parce que je ne veux
pas que cela soit. Voilà pour ce qui me concerne ;
de mon côté, la question est tranchée.* » Et quand
on s'est prononcé d'une façon aussi nette envers
soi-même, cela protège bien contre les pensées
troubles et les alanguissements perfides.

Son mérite à se parler ainsi n'était d'ailleurs
pas très grand, car il avait la conviction absolue
que Djénane, même l'aimât-elle, resterait toujours intangible. Il connaissait à présent cette
petite créature à la fois confiante et hautaine,
audacieuse et immaculée : elle était capable de
se livrer de loin à un ami qu'elle jugeait décidé à
ne pas sortir de son rôle de grand aîné fraternel,
mais sans doute elle eût laissé retomber à jamais
son voile sur son visage, avec une déception irrémédiable, rien que pour une pression de main un
peu prolongée ou tremblante...

L'aventure ne lui en paraissait pas moins pleine
de menaces. Et des phrases, dites autrefois par elle
et qui l'avaient à peine frappé, lui revenaient à la
mémoire aujourd'hui avec des résonances graves :
« L'amour d'une musulmane pour un étranger n'a
d'autre issue que la fuite ou la mort. »

Mais le lendemain, par un beau temps presque
déjà printanier, tout lui sembla beaucoup moins
sérieux. Comme l'autre fois, il se dit qu'il y avait
peut-être pas mal de « littérature » dans cette

lettre, et surtout de l'exagération orientale. Depuis quelques années du reste, pour lui faire entendre qu'on l'aimait, il fallait le lui prouver jusqu'à l'évidence, — tant le chiffre de son âge lui était constamment présent à l'esprit, en obsession cruelle...

Et, le cœur plus léger qu'hier, il se rendit à Stamboul, à Sultan-Selim, où l'attendaient Zeyneb et Mélek qu'il lui tardait de revoir. Stamboul, toujours diversement superbe dans le lointain, était ce jour-là pitoyable à voir de près, sous l'humidité et la boue des grands dégels, et l'impasse où s'ouvrait la maisonnette des rendez-vous, avait des plaques de neige encore, le long des murs à l'ombre.

Dans l'humble petit harem, où il faisait froid, elles le reçurent le voile relevé, confiantes et affectueuses, comme on reçoit un grand frère qui revient de voyage. Et tout de suite, il fut frappé de l'altération de leurs traits. Le visage de Zeyneb, qui restait toujours la finesse et la perfection mêmes, avait pris une pâleur de cire, les yeux s'étaient agrandis et les lèvres décolorées : l'hiver, très rude cette année-là en Orient, avait dû aggraver beaucoup le mal qu'elle dédaignait de soigner. Quant à Mélek, pâlie elle aussi, un pli douloureux au front, on la sentait concentrée, presque tragique, mûrie soudain pour quelque résistance suprême.

— Ils veulent encore me marier ! dit-elle, âprement et sans plus, en réponse à l'interrogation muette qu'elle avait devinée dans les yeux d'André.

— Et vous ? demanda-t-il à Zeyneb.

— Oh ! moi... j'ai la délivrance là, sous ma

main, répondit-elle en touchant sa poitrine, que soulevait de temps à autre une petite toux sinistre.

Toutes deux se préoccupaient de cette lettre de Djénane, qui hier venait de passer par leurs mains, et qui était *cachetée*, chose sans précédent entre elles où il n'y avait jamais eu un mystère :

— Que pouvait-elle bien vous dire ?

— Mon Dieu !... Rien... Des enfantillages... Je ne sais quels absurdes caquets de harem, dont elle s'est émue bien à tort...

— Ah ! sans doute l'histoire de cette nouvelle inspiratrice de votre livre, qui aurait surgi, en dehors de nous ?...

— Justement. Et ça ne tient pas debout, je vous assure ; car, en dehors de vous trois et des quelques vagues fantômes à qui vous m'avez vous-même présenté...

— Nous n'y avons jamais cru, ni ma sœur, ni moi... Mais elle, là-bas, loin de tout... Dans la réclusion, qu'est-ce que vous voulez, on se monte la tête...

— Et elle se l'est montée si bien qu'elle m'en veut très sérieusement...

— Pas à mort, toujours, interrompit Mélek, ou du moins cela n'en a pas l'air... Tenez, regardez plutôt ce qu'elle m'écrit ce matin...

Elle lui tendit ce passage de lettre, après avoir replié la feuille, sur la suite que sans doute il ne devait pas lire :

Dites-lui que je pense à lui sans cesse, que ma seule joie au monde est son souvenir. Ici, je vous envie, c'est tout ce que je fais ; je vous envie pour les moments

que vous passez ensemble, pour ce qu'il vous donne
de sa présence ; je vous envie de ce que vous êtes si
près de lui, de ce que vous pouvez *voir* son regard,
de ce que vous pouvez serrer sa main. Ne m'oubliez
pas quand vous êtes ensemble ; je veux ma part de
vos réunions et de leur danger.

— Évidemment, conclut-il en rendant la lettre
pliée, cela n'a pas l'air d'une haine bien mortelle...

Il avait fait son possible pour parler d'un ton
léger, mais ces quelques phrases, communiquées
par Mélek, le laissaient plus convaincu et plus
troublé que la longue lettre violente à lui adres-
sée. Pas de « littérature » là-dedans ; c'était tout
simple, et si clair !... Et avec quelle candeur elle
écrivait à ses cousines ces phrases transparentes,
quand elle avait pris la peine de cacheter si soigneusement ses grands reproches amoureux de
l'autre jour !

Ainsi avait décidément tourné, contre son attente,
cette étrange et paisible amitié de l'année dernière,
avec trois femmes, qui, au début, ne devaient former qu'une indissoluble petite trinité, *une seule
âme, à jamais sans visage*. Ce résultat l'épouvantait
bien, mais le charmait aussi ; en ce moment, il se
sentait incapable de dire s'il préférait que ce fût
ainsi ou que ce ne fût pas...

— Quand revient-elle ? demanda-t-il.

— Aux premiers jours de mai, répondit Zeyneb.
Nous devons nous réinstaller, comme l'année
dernière, dans notre yali de la côte d'Asie. Nos
humbles projets sont d'y passer encore un dernier
été ensemble, si la volonté de nos maîtres ne vient

pas nous séparer par quelque mariage avant l'automne. Je dis dernier, parce que moi, l'hiver sans doute m'emportera, et, dans tous les cas, les deux autres, l'été prochain, seront remariées.

— Ça, on verra bien ! dit Mélek, avec un sombre défi.

Pour André également, ce serait le dernier été du Bosphore. Son poste à l'ambassade prenait fin en novembre, et il était décidé à suivre passivement sa destinée, un peu par fatalisme, et puis aussi parce qu'il y a des choses qu'il vaut mieux ne pas s'entêter à prolonger, surtout lorsqu'elles ne sauraient avoir que des solutions douloureuses ou coupables. Il entrevoyait donc, avec beaucoup de mélancolie, le recommencement de cette saison enchantée au Bosphore, où l'on circule en caïque sur l'eau bleue, le long des deux rives aux maisons grillagées, ou bien dans la Vallée-du-Grand-Seigneur et dans les montagnes de la côte d'Asie, tapissées de bruyères roses. Tout cela reviendrait une suprême fois, mais pour finir sans aucune espérance de retour. Sur les rendez-vous avec ses trois amies, pèserait, comme l'année dernière, la continuelle attente des délations, des espionnages capables en une minute de le séparer d'elles pour jamais ; de plus, cette certitude de ne pas revoir l'été suivant serait là pour donner plus d'angoisse à la fuite des beaux jours d'août et de septembre, à la floraison des colchiques violets, à la jonchée de feuilles des platanes, à la première pluie d'octobre. Et puis surtout, il y aurait cet élément nouveau si imprévu, l'amour de Djénane, qui, même incomplètement avoué, même tenu en bride comme elle en serait capable avec sa petite main de fer, ne manquerait pas de rendre plus haletante et plus cruelle la fin de ce rêve oriental.

XXXVII

Vers le 10 du mois d'avril, le valet de chambre d'André, en le réveillant le matin, lui annonça d'une voix joyeuse, comme un événement pour lui faire plaisir :

— J'ai vu deux hirondelles ! Oh ! elles chantaient, mais elles chantaient !...

Déjà les hirondelles étaient à Constantinople ! Et quel chaud soleil entrait ce matin-là par les fenêtres ! Mon Dieu, les jours fuyaient donc encore plus vite qu'autrefois ! Déjà commencé, le printemps ; déjà une chose *entamée*, au lieu d'être en réserve pour l'avenir, comme André pouvait se le figurer hier encore par le temps sombre qu'il faisait, et avant les hirondelles apparues ! Et le prochain été, qui arriverait demain, qui arriverait tout de suite, serait le dernier, irrévocablement le dernier de sa vie d'Orient et le dernier sans doute de sa simili-jeunesse... Retourner en Turquie, plus tard, dans les grisailles crépusculaires de son avenir et de son déclin... peut-être oui... Mais cependant pour quoi faire ? Quand on revient, qu'est-ce qu'on retrouve, de soi-même et de ce qu'on a aimé ? Quelle décevante aventure, que ces retours, puisque tout est changé ou mort !... Et d'ailleurs, se disait-il, quand j'aurai écrit le livre dont ces pauvres petites m'ont arraché la promesse, ne me serai-je pas fermé à tout jamais ce pays, n'aurai-je pas perdu la confiance de mes amis les Turcs et le droit de cité dans mon cher Stamboul ?...

Il passa comme un jour, ce mois d'avril. Pour André, il passa en pèlerinages et rêveries à Stamboul, stations à Eyoub ou à Sultan-Fatih, et narguilés de plein air, — malgré les temps incertains, les reprises du froid et du vent de neige.

Et puis ce fut le 1er mai, et Djénane ne parla point de quitter son vieux palais inaccessible. Elle écrivait moins que l'an dernier, et des lettres plus courtes. « Excusez mon silence, lui dit-elle une fois. Tâchez de le comprendre, il y a tant de choses dedans... »

Zeyneb et Mélek cependant affirmaient toujours qu'elle viendrait et semblaient bien en être sûres.

Ces deux-là aussi, André les voyait moins que l'année dernière. L'une était plus retirée de la vie, et la seconde plus inégale, sous cette menace d'un mariage. En outre, les surveillances avaient redoublé cette année, autour de toutes les femmes en général, — et peut-être en particulier autour de celles-là, que l'on soupçonnait (oh ! très vaguement encore) d'allées et venues illicites. Elles écrivaient beaucoup à leur ami, qui pourtant les aimait bien, mais se contentait parfois de répondre *en esprit*, d'intention seulement.

Et alors elles lui faisaient des reproches, — et si discrets :

> Khassim-Pacha, le 8 mai 1905.

Cher ami, qu'y a-t-il ? Nous sommes inquiètes, nous vos pauvres petites amies lointaines et humbles. Quand des jours se passent ainsi sans des lettres de vous, un lourd manteau de tristesse nous écrase les épaules, et tout devient terne, et la mer, et le ciel, et nos cœurs.

Nous ne nous plaignons pas pourtant, je vous assure, et ceci n'est que pour vous redire encore une fois une chose déjà vieille et que vous savez du reste, c'est que vous êtes notre grand et seul ami.

Êtes-vous heureux dans ce moment ? Vos jours ont-ils des fleurs ?

Suivant ce que nous offre la vie, le temps passe vite ou il se traîne. Pour nous, c'est se traîner qu'il fait, Je ne sais vraiment pourquoi nous sommes là, dans ce monde ?... Mais peut-être bien pour l'unique joie d'être vos esclaves très dévouées, très fidèles, jusqu'à la mort et au-delà...

> ZEYNEB ET MÉLEK.

Déjà le 8 mai !... Il lut cette lettre à sa fenêtre, par un long crépuscule tiède qui invitait à s'attarder là, devant l'immense déploiement des lointains et du ciel. Chez lui, on n'était vraiment plus à Péra ; très loin de la « grand-rue » tapageuse, on dominait ce bois de vieux cyprès odorants, qui est enclavé dans la ville et s'appelle le petit-champ-des-morts, et on avait Stamboul, avec ses dômes, dressé en face de soi sur tout l'horizon.

La nuit descendit peu à peu sur la Turquie, une

nuit sans lune, mais très étoilée. Stamboul, dans l'obscurité, se drapa de magnificence, redevint comme chaque soir une imposante découpure d'ombre sur le ciel. Et la clameur des chiens, le heurt du bâton ferré des veilleurs, commencèrent de s'entendre dans le silence. Et puis, ce fut l'heure des muezzins, et, de toute cette ville fantastique, étalée là-bas, s'éleva l'habituelle symphonie des vocalises en mineur, hautes, faciles et pures, ailées comme la prière même.

La première nuit, cette année, qui fut une vraie nuit de langueur et d'enchantement. André, de sa fenêtre, l'accueillit avec moins de joie que de mélancolie : son *dernier* été commençait...

Le lendemain, à son ambassade, on lui annonça comme très prochaine l'installation de tous les ans à Thérapia. Pour lui, cela équivalait presque au grand départ de Constantinople, puisqu'il n'y reviendrait que pour quelques tristes journées, à la fin de la saison, avant de quitter définitivement la Turquie.

D'ailleurs, Turcs et Levantins s'agitaient déjà pour l'émigration annuelle vers le Bosphore ou les îles. Partout, le long du détroit, rive d'Europe et rive d'Asie, les maisons se rouvraient ; sur les quais de pierre ou de marbre, se démenaient les eunuques préparant la villégiature de leurs maî-tresses, apportant, à pleins caïques peinturlurés et dorés, les tentures de soie, les matelas pour les divans, les coussins à broderies. C'était bien l'été, venu pour André plus vite que d'habitude, et qui fuirait certainement plus vite encore, puisque toujours les durées semblent de plus en plus diminuer de longueur, à mesure que l'on avance dans la vie.

XXXVIII

Le 1ᵉʳ du beau mois de juin ! Mai n'avait eu aucune durée ; Djénane n'était d'ailleurs pas revenue, et ses lettres, maintenant toujours courtes, n'expliquaient rien.

Le 1ᵉʳ du beau mois de juin ! André qui avait repris son appartement de Thérapia, au bord de l'eau, devant l'ouverture de la Mer Noire, s'éveilla dans la splendeur du matin, le cœur plus serré, du seul fait d'être en juin ; rien que ce changement de date lui donnait le sentiment d'un grand pas de plus vers *la fin*. — D'ailleurs, son mal sans remède, qui était l'angoisse de la fuite des jours, ne manquait jamais de s'exaspérer dans l'effarement extra-lucide des réveils. — Ce qu'il sentait fuir, cette fois, c'était ce printemps oriental, qui le grisait comme au temps de sa jeunesse, et qu'il ne retrouverait jamais, jamais plus... Et il songeait : « Demain finira tout cela, demain s'éteindra pour moi ce soleil ; les heures me sont strictement comptées, avant la vieillesse et le néant... »

Mais comme toujours, quand le réveil fut complet, reparurent à son esprit les mille petites choses amusantes et jolies de la vie quotidienne, les mille petits mirages qui font oublier la marche du temps, et la mort. Pour commencer, ce fut la

Vallée-du-Grand-Seigneur qui se représenta à son souvenir ; elle était là, en face de lui, derrière ces collines boisées de la rive d'Asie qu'il apercevait chaque matin en ouvrant les yeux, et il irait dans l'après-midi s'y asseoir comme l'année dernière à l'abri des platanes, pour fumer des narguilés en regardant de loin passer sur la prairie les promeneuses voilées qui ressemblent à des ombres élyséennes. Ensuite ce fut la préoccupation puérile de son nouveau caïque ; on l'avertit qu'il venait d'accoster sous les fenêtres, arrivant tout fraîchement doré de Stamboul, et que les rameurs demandaient à essayer leurs livrées neuves. Pour son dernier été d'Orient, il voulait paraître en bel équipage, les vendredis, aux Eaux-Douces, et il avait imaginé une très orientale combinaison de couleurs ; les vestes des bateliers et le long tapis traînant allaient être en velours capucine brodé d'or, et sur ce tapis, le domestique assis à la turque, tout au bout de la petite proue effilée, serait en bleu-de-ciel brodé d'argent[1]. Quand ces figurants eurent endossé leurs parures nouvelles, il descendit pour voir l'effet sur l'eau. En ce moment, elle était un miroir imperceptiblement ondulé, cette eau du Bosphore, d'habitude plutôt remuante. Paix infinie dans l'air, fête de juin et de matin dans les verdures des deux rives. André fut content de l'essayage, s'amusa les yeux avec le contraste de ce bonhomme, bleu et argenté, trônant sur ce velours jaune sombre, — dont les broderies dorées reproduisaient un vieux poème arabe consacré à la perfidie de l'amour. Et puis il s'étendit dans le caïque, pour aller faire un tour jusqu'en Asie, avant l'ardeur du soleil méridien.

Le soir, il reçut une lettre de Zeyneb, qui lui donnait rendez-vous au prochain jour des Eaux-Douces, rien que pour se croiser en caïque, bien entendu. Tout devenait plus dangereux, disait-elle, la surveillance était redoublée ; on venait aussi de leur interdire de se promener le long de la côte, comme l'an passé dans cette barque légère, où elles ramaient elles-mêmes en voile de mousseline. Par ailleurs, jamais aucune amertume dans ses plaintes, à Zeyneb ; elle était une trop douce créature pour s'irriter, et puis aussi trop lasse et tellement résignée à tout, avec cette bonne et prochaine mort, qu'elle avait accueillie dans sa poitrine... En post-scriptum elle racontait que le pauvre vieux Mevlut (eunuque d'Éthiopie) venait de se laisser mourir, dans sa quatre-vingt-troisième année ; et c'était un vrai malheur, car il les chérissait, les ayant élevées, et ne les aurait trahies ni pour or ni pour argent. Elles aussi l'aimaient bien ; il était pour ainsi dire quelqu'un de la famille. « Nous l'avons soigné, écrivait-elle, soigné comme un grand-père. » Mais ce dernier mot avait été effacé après coup, et à la place, on lisait, au-dessus, de l'écriture moqueuse de Mélek : « grand-*oncle* !... »

Le vendredi suivant, il alla donc aux Eaux-Douces, pour la première fois de la saison, et dans son équipage aux couleurs plus étranges que l'an passé. Il y croisa et recroisa ses deux amies, qui avaient changé aussi leur livrée bleue pour du vert et or, et qui étaient en tcharchaf noir, voile semi-transparent, mais baissé sur le visage. D'autres belles dames, aussi très voilées de noir, tournaient la tête pour le regarder, — des dames qui passaient comme étendues sur cette eau aujourd'hui si encombrée d'énigmatiques promeneuses, entre ses rives de fougères et de fleurs : presque toutes ces invisibles s'occupaient de lui, pour avoir lu ses livres, le connaissaient, pour se l'être fait montrer par d'autres ; peut-être même, avec quelques-unes d'entre elles, avait-il causé l'automne dernier, sans voir leur visage, pendant ses aventureuses visites à ses petites amies. Il cueillait çà et là un regard attentif, un gentil sourire, à peine perceptible sous les épaisses gazes noires. Et puis aussi elles approuvaient l'assemblage de couleurs qu'il avait imaginé, et qui glissait avec un éclat de capucine et d'hortensia bleu, sur le ruisseau vert, entre les prairies vertes et les rideaux ombreux des arbres ; elles s'étonnaient avec sympathie de cet Européen qui se révélait un pur Oriental.

Et lui, encore si enfant à ses heures, s'amusait d'attirer l'attention des jolies inconnaissables, et d'avoir parfois régné secrètement sur leurs pensées, à cause de ses livres qu'on lisait beaucoup cette année-là dans les harems. Le ciel de juin était adorable de tranquillité et de profondeur. Les spectatrices aux voiles blancs, qui observaient assises en groupes sur les pelouses des bords, montraient, par l'entrebâillement des mousselines, de jolis yeux calmes. On sentait la bonne odeur des foins, et celle de tous ces narguilés qui se fumaient à l'ombre.

Et on savait que l'été durerait bien trois mois

encore, on savait que la saison des Eaux-Douces commençait à peine ; on reviendrait donc plusieurs vendredis et tout cela aurait en somme une petite durée, ne finirait pas dès demain...

Quand André remisa pour un temps son beau caïque dans les herbages, afin d'aller lui aussi fumer un narguilé à l'ombre des arbres, et faire à son tour celui qui regarde passer le monde sur l'eau, il était en pleine illusion de jeunesse, et griserie d'oubli.

XXXIX

LETTRE QU'IL REÇUT DE DJÉNANE, LA SEMAINE SUIVANTE

Le 22 juin 1905.

Me voici de retour au Bosphore, André, comme je vous l'avais promis, et il me tarde infiniment de vous revoir. Voulez-vous descendre jeudi à Stamboul et venir vers deux heures à Sultan-Selim, dans la maison de ma bonne nourrice ? J'aime mieux là que chez notre amie, à Sultan-Fatih, parce que c'était le lieu de nos premières rencontres...

Mettez votre fez, naturellement, et observez les précautions d'autrefois ; mais n'entrez que si notre signal habituel, le coin d'un mouchoir blanc, sort d'entre les grilles, à l'une des fenêtres du premier étage. Sinon, l'entrevue sera manquée, hélas ! et peut-être pour longtemps ; alors, continuez votre chemin jusqu'au bout de l'impasse, puis, revenez sur vos pas, de l'air de quelqu'un qui s'est trompé.

Tout est plus difficile cette année, et nous vivons dans des transes continuelles...

Votre amie,

DJÉNANE.

Ce jeudi-là, il sentit plus que jamais, dès son réveil, l'inquiétude de son aspect. « Depuis l'année dernière, se disait-il, j'ai dû sensiblement vieillir ; il y a des fils argentés dans ma moustache, qui n'y étaient pas quand elle est partie. » Il eût donné beaucoup pour n'avoir jamais troublé le repos de son amie ; mais l'idée de déchoir physiquement à ses yeux lui était quand même insupportable.

Les êtres comme lui, qui auraient pu être de grands mystiques mais n'ont su trouver nulle part la lumière tant cherchée, se replient avec toute leur ardeur déçue vers l'amour et la jeunesse, s'y accrochent en désespérés quand ils les sentent fuir. Et alors commencent les puérils et lamentables désespoirs, parce que les cheveux blanchissent et que les yeux s'éteignent ; on épie, dans la terreur désolée, le moment où les femmes détourneront vers d'autres leur regard...

Le jeudi venu, André, à travers les désolations charmantes du Vieux-Stamboul, sous le beau ciel de juin, s'achemina vers Sultan-Selim, effrayé de la revoir, et peut-être plus encore d'être revu par elle...

En arrivant à l'impasse funèbre, levant les yeux, il aperçut tout de suite la petite chose blanche indicatrice, qui se détachait sur les bruns et les ocres sombres des maisons. Et, derrière la porte, il trouva Mélek aux aguets :

— Elles sont là ? demanda-t-il.

— Oui, *toutes deux* ; elles vous attendent.

À l'entrée du petit harem, de plus en plus pauvre et fané, Zeyneb se tenait le visage découvert.

Au fond, très dans l'ombre, Djénane, qui cependant vint à lui avec un élan tout spontané, tout jeune, lui donner sa main. Elle était bien là ; il réentendit sa voix de musique lointaine... Mais les yeux couleur d'eau profonde n'y étaient plus, ni les sourcils inclinés comme ceux des madones de douleur, ni l'ovale pur, ni rien : le voile était retombé aussi impénétrable qu'aux premiers jours ; prise d'épouvante pour s'être trop avancée, la petite princesse blanche se retirait dans sa tour d'ivoire... Et André comprit dès l'abord que toute prière serait inutile, que ce voile ne se relèverait plus jamais, à moins peut-être que ne survînt quelque circonstance tragique et suprême. Il eut le sentiment que, dans cette affection si défendue, la période légère et douce avait pris fin. On marchait à partir d'aujourd'hui vers l'inévitable drame.

SIXIÈME PARTIE

XL

Toutefois des jours de calme apparent leur étaient réservés encore.

Il est vrai, juillet passa sans qu'il leur fût possible de se revoir, même de loin, aux Eaux-Douces, — juillet qui est à Constantinople une saison de grand vent et d'orages, une période pendant laquelle le Bosphore, du matin au soir, se couvre d'écume blanche. Ce mois-là, c'est à peine si Djénane put lui écrire, tant elle était surveillée par une vieille tante revêche, venue d'Erivan[1] pour faire une visite interminable, et qui ne supportait pas de sortir en caïque si l'eau n'était lisse comme un miroir.

Mais la dame, qu'André et ses trois amies appelaient « Peste Hanum », déguerpit au commencement d'août, et le reste de l'été, de leur dernier été, ne cessa plus d'être si beau ! Août, septembre et octobre, c'est au Bosphore la saison délicieuse, où le ciel a des limpidités édéniques, où les jours déclinent, se recueillent et s'apaisent, mais en gardant la splendeur.

Ils redevinrent les habitués des Eaux-Douces d'Asie, et arrangèrent des entrevues à Stamboul dans la maisonnette de Sultan-Selim. Extérieurement, tout se retrouvait pour eux comme pendant l'été de 1904, même le voile noir baissé à demeure sur le visage de Djénane ; mais il y avait dans leurs âmes des sentiments nouveaux, des sentiments encore inexprimés, dont on n'était pas tout à fait certain, et qui cependant amenaient parfois au milieu de leurs causeries des silences trop lourds.

Et puis, l'année précédente ils se disaient : « Nous avons un autre été en réserve devant nous. » Tandis que maintenant tout allait finir, puisque André quittait la Turquie en novembre ; et constamment ils pensaient à cette séparation prochaine, qui leur apparaissait comme aussi définitive qu'une mise au tombeau. Étant de vieux amis, ils avaient déjà des souvenirs en commun, et ils formaient des projets pour *recommencer*, avant l'inexorable fin, des choses d'antan, promenades ou pèlerinages faits naguère à eux quatre : « Il faudrait tâcher de revoir ensemble, encore une fois dans la vie, notre petite forêt vierge de l'automne passé, à Béicos... La tombe de Nedjibé, il faudrait y retourner une suprême fois, nous tous... »

Pour André, qui cette année-là éprouvait la petite mort chaque fois que changeait le nom du mois, le matin du 1er septembre marqua un grand échelon franchi, dans cette descente de la vie qui s'accélérait comme une chute. Il lui parut que, depuis la veille, l'air avait soudainement pris sa limpidité et sa fraîcheur de l'automne, et qu'il était plus sonore aussi, comme cela arrive d'habitude à l'arrière-saison ; mieux qu'hier on entendait les trompettes turques, au timbre grave, qui sonnaient en face, sur la côte d'Asie où les soldats ont un poste, à l'ombre des platanes de Béicos. L'été s'enfuyait décidément, et il songea, avec un frisson, que les colchiques violets allaient commencer de fleurir parmi des feuilles mortes, dans la Vallée-du-Grand-Seigneur.

Cependant combien tout était radieux ce matin, et quel calme inaltéré sur le Bosphore ! Pas un souffle, et, à mesure que montait le soleil, une tiédeur délicieuse. Sur l'eau passait maintenant une longue caravane de navires voiliers, remorqués par un bateau à vapeur ; navires turcs d'autrefois, avec des châteaux-d'arrière aux peinturlures archaïques, navires comme on n'en voit plus qu'en ces parages ; toute toile serrée, ils s'en allaient docilement ensemble vers la Mer Noire, dont l'entrée s'apercevait là-bas entre deux plans d'abruptes montagnes, et qui semblait une mer si tranquille et inoffensive, pour qui ne l'eût point connue. Directement au-dessous de ses fenêtres, André regarda le petit quai ensoleillé, le long duquel de beaux caïques attendaient, entre autres le sien, qui ce soir le conduirait aux Eaux-Douces...

Les Eaux-Douces !... Encore cinq ou six fois à reparaître là, en Oriental, sur ce ruisseau bordé de verdure, où il exerçait comme une petite royauté éphémère et où les dames voilées reconnaissaient de loin la livrée de ses rameurs. Et beaucoup de jours encore à s'asseoir, au baisser du soleil, sous

les platanes géants du Grand-Seigneur, à fumer
là des narguilés au milieu d'une paix sans nom,
tout en regardant la lente promenade des femmes,
des « ombres heureuses », dans les lointains de la
prairie élyséenne... Au moins trente ou trente-cinq
jours d'été, un répit vraiment acceptable avant la
grande fin, qui ne serait tout de même pas immé-
diate... Les collines d'Asie, ce matin-là, au-dessus
de Béicos, étaient entièrement roses sous la floraison des bruyères, mais roses comme des rubans
roses. Les maisonnettes des villages turcs qui
s'avancent dans l'eau, les grands platanes verts
aux branches desquels depuis trois cents ans les
pêcheurs suspendent leurs filets, tout cela, et le
ciel bleu, se regardait tranquillement dans la glace
du Bosphore qui avait sa netteté des inaltérables
beaux jours. Et ces choses ensemble paraissaient
tellement confiantes dans la durée de l'été, et du
calme, et de la vie, et de la jeunesse, qu'André une
fois de plus s'y laissa prendre, oublia la date et
ne sentit plus la menace des proches lendemains.

L'après-midi, il alla donc aux Eaux-Douces,
où tout rayonnait dans une lumière idéale ; il y
croisa ses trois amies, et cueillit d'autres regards de
femmes voilées. Il en revint par un incomparable
soir, en longeant la côte d'Asie : vieilles maisons
muettes où l'on ne sait jamais quel drame se passe ;
vieux jardins secrets sous des retombées de verdure ; vieux quais de marbre très gardés, où d'invisibles belles sont toujours assises les vendredis
pour assister au retour des caïques. Entraîné par la
cadence vive de ses rameurs, il fendait l'air cares-
sant et suave ; respirer était une ivresse. Il se sentait

reposé, il avait conscience d'être jeune d'aspect à ce moment, et en lui s'éveillait la même ardeur à vivre qu'au temps de sa prime jeunesse, la même soif de jouir éperdument de tout ce qui passe. Son âme, qui le plus souvent n'était qu'un obscur abîme de lassitude, pouvait ainsi changer, sous le voluptueux enjôlement des choses extérieures, ou devant quelque fantasmagorie jouée pour ses yeux d'artiste, — changer, redevenir comme neuve, se sentir prête pour toute une suite d'aventures et d'amours.

Il ramenait dans son caïque Jean Renaud, qui lui confiait avec des plaintes brûlantes sa peine d'être amoureux d'une belle dame des ambassades, très aimablement indifférente à son désir, et d'être amoureux en même temps de Djénane qu'il n'avait jamais vue, mais dont la silhouette et la voix troublaient son sommeil. Et André écoutait sans hausser les épaules de tels aveux, qui étaient bien dans le ton de cette soirée ; il se sentait au diapason avec ce jeune, et préoccupé uniquement des mêmes questions, tout le reste ne comptant plus. L'amour était partout dans l'air. Confidence pour confidence, il avait envie de lui crier, dans une sorte de triomphe : « Eh bien ! moi, tenez, je suis plus aimé que vous !... »

Ils continuèrent leur chemin sans plus se parler, chacun pour soi égoïstement plongé dans des pensées que dominait l'amour ; et la splendeur d'un soir d'été sur le Bosphore magnifiait leur rêverie. Auprès d'eux, les quais interdits des vieilles demeures continuaient de défiler ; des femmes assises tout au bord les regardaient glisser, dans les rayons maintenant couleur de cuivre rouge, et ils s'amusaient en eux-mêmes de savoir que, pour les spectatrices voilées, leur passage, leur caïque avec ses nuances rares, devait faire bien, au milieu de cette apothéose du soleil couchant.

XLI

Septembre vient de finir !... Maintenant la belle teinte rose des bruyères, sur les collines d'Asie, se meurt de jour en jour, se change en une couleur de rouille. Et, dans la vallée de Béicos, les colchiques violets sont fleuris à profusion parmi l'herbe fine des pelouses ; la jonchée des feuilles de platanes, la jonchée d'or est partout répandue. Le soir, pour fumer son narguilé devant la cabane de quelqu'un de ces humbles petits cafetiers qui sont encore là, mais qui vont repartir, on choisit une place au soleil, on recherche la dernière chaleur de l'été déclinant ; ensuite, dès que les rayons commencent à raser la terre et que l'on voit comme un reflet rouge d'incendie sur l'énorme ramure des platanes, on sent une fraîcheur soudaine qui vous saisit et qui est triste ; on s'en va, et les pas sur l'herbe font bruisser les feuilles mortes. À présent, les grandes pluies d'automne, qui laissent la prairie toute détrempée, alternent avec ces jours encore chauds et étrangement limpides, où les abeilles bourdonnent sur les scabieuses d'arrière-saison, mais où des buées froides s'exhalent du sol et des bois quand le soir tombe.

Toutes ces feuilles jaunes par terre, André a déjà connu les pareilles, dans cette même vallée, l'an passé ; — et cela attache à un lieu, d'y avoir vu deux fois la chute des feuilles. Il sait donc que ce sera une souffrance de quitter pour jamais ce petit coin pastoral de l'Asie, où il est venu presque chaque jour pendant deux étés radieux. Il sait aussi que cette souffrance, comme tant d'autres déjà éprouvées ailleurs, s'oubliera vite, hélas ! dans les grisailles de plus en plus sombres d'un proche avenir...

Toute l'année, ils s'étaient vus dans l'impossibilité de refaire par ici aucune promenade ensemble, André et ses amies. Mais ils en avaient combiné deux, coûte que coûte, pour le 3 et 5 octobre, les dernières et les suprêmes.

Le but fixé pour celle d'aujourd'hui 3, était la petite forêt vierge découverte par eux en 1904. Et ils se retrouvèrent là tous ensemble, au bord de ce marécage dissimulé comme exprès, dans un recreux de montagne. Ils reprirent leurs places de jadis, sur les mêmes pierres moussues, près de cette eau dormante d'où sortaient des roseaux si grands et de si hautes fougères Osmondes que l'on eût dit une flore tropicale.

André vit tout de suite qu'elles n'étaient pas comme d'habitude, les pauvres petites, ce soir, mais nerveuses et outrées, chacune à sa manière, Djénane avec une affectation de froideur, Mélek avec violence :

— Maintenant on veut nous remarier toutes, dirent-elles, pour rompre notre trio de révoltées.

Et puis nous avons des allures trop indépen-
dantes, à ce qu'il paraît, et il nous faut des maris
qui sachent nous mater.

— Quant à moi, précisa Mélek, la chose a été
arrêtée en conseil de famille samedi ; on a désigné le bourreau, un certain Omar Bey, capitaine
de cavalerie, un bellâtre au regard dur, que l'on
a cependant daigné me montrer un jour de ma
fenêtre ; donc ça ne traînera pas...

Et elle frappait du pied, les yeux détournés, en
froissant dans ses doigts toutes les feuilles à sa
portée.

Il ne trouva rien à lui dire et regarda les deux
autres. À Zeyneb, la plus près de lui, il allait
demander : « Et vous ? » Mais il craignit la
réponse, qu'il devinait trop bien, le geste doux et
navré qu'elle aurait pour lui indiquer sa poitrine.
Et c'est à Djénane, comme toujours la seule au
voile baissé, qu'il posa la question :

— Et vous ?

— Oh ! moi, répondit-elle, avec cette indifférence un peu hautaine qui lui était venue depuis
quelques jours, moi, il est question de me redon-
ner à Hamdi...

— Et alors, qu'est-ce que vous ferez ?

— Mon Dieu, que voulez-vous que je fasse ! Il
est probable que je me soumettrai. Puisqu'il en
faut un, n'est-ce pas, autant subir celui-là qui a
déjà été mon mari ; la honte me semblera moindre
qu'auprès d'un inconnu...

André l'entendit avec stupeur. L'épais voile noir
l'empêchait du reste de lire dans ses yeux ce qu'il
y avait de sincère ou non, sous cette résignation

soudaine. Ce consentement inespéré à un retour vers Hamdi, c'était ce qu'il pouvait souhaiter de meilleur, pour trancher une situation inextricable ; mais d'abord il y croyait à peine, et puis il s'apercevait que ce serait plutôt un dénouement pour le faire souffrir.

Ils ne dirent plus rien sur ces sujets qui brûlaient, et un silence plein de pensées s'ensuivit. Ce fut la voix douce de Djénane qui après s'éleva la première, dans ce lieu, si calme que l'on entendait l'une après l'autre tomber chaque feuille. Sur un ton bien détaché, bien tranquille, elle reparla du livre :

— Ah ! dit-il en essayant de n'être plus sérieux, c'est vrai, le livre ! Depuis des temps, nous n'y pensions plus... Voyons, qu'est-ce que je vais raconter ? Que vous voulez aller dans le monde le soir, et porter le jour des beaux chapeaux, avec beaucoup de roses et de plumets dessus, comme les dames pérotes ?

— Non, ne soyez pas moqueur, André, aujourd'hui, si près de notre dernier jour...

Il les écouta donc avec recueillement. Sans s'illusionner le moins du monde sur la portée de ce qu'il pourrait faire pour elles, il voulait au moins ne pas les présenter sous un jour fantaisiste, ne rien écrire qui ne fût conforme à leurs idées. Il lui parut qu'elles tenaient à la plupart des coutumes de l'Islam, et qu'elles aimaient infiniment leur voile, à condition de le relever parfois devant des amis choisis et à l'épreuve. Le maximum de leurs revendications était qu'on les traitât davantage comme des êtres pensants, libres et responsables ;

qu'il leur fût permis de recevoir certains hommes, même voilées si on l'exigeait, et de causer avec eux, — surtout lorsqu'il s'agirait d'un fiancé.

— Avec ces seules concessions, insista Djénane, nous nous estimerions satisfaites, nous et celles qui vont nous suivre, pendant au moins un demi-siècle, jusqu'à une période plus avancée de nos évolutions. Dites-le bien, notre ami, que nous ne demanderions pas plus, afin qu'on ne nous juge point folles et subversives. D'ailleurs, ce que nous souhaitons là, je défie que l'on trouve dans le livre de notre Prophète un texte un peu formel qui s'y oppose.

Quand il prit congé d'elles, le soir approchant, il sentit la petite main que lui tendit Mélek brûler comme du feu.

— Oh ! lui dit-il, effrayé, mais vous avez une main de grande fièvre !

— Depuis hier, oui, une fièvre qui augmente… Tant pis, hein, pour le capitaine Omar Bey !… Et ce soir, cela ne va pas du tout ; je sens une lourdeur dans la tête, une lourdeur… Il fallait bien que ce fût pour vous revoir, sans quoi je ne me serais pas levée aujourd'hui.

Et elle s'appuya au bras de Djénane. Une fois arrivés dans la plaine, ils ne devaient plus avoir l'air de se connaître, — dans la plaine tapissée de fleurs violettes et jonchée de feuilles d'or, — puisqu'il y avait là d'autres promeneurs, et des groupes de femmes, toujours ces groupes harmonieux et lents qui viennent le soir peupler la Vallée de Béicos. Comme d'habitude, André de loin les regarda partir, mais avec le sentiment cette

fois qu'il ne reverrait plus jamais, jamais cela :
à l'heure dorée par le soleil d'automne, ces trois
petites créatures de transition et de souffrance,
ayant leurs aspects d'ombres païennes et s'éloi-
gnant au fond de cette vallée du Repos, sur ces
fines pelouses qui n'ont pas l'air réel, l'une dans
ses voiles noirs, les deux autres dans leurs voiles
blancs...

Quand elles eurent disparu, il se dirigea vers les
cabanes de ces petits cafetiers turcs, qui sont là
sous les arbres, et demanda un narguilé, bien que
déjà la fraîcheur du soir d'octobre eût commencé
de tomber. Dans un dernier rayon de soleil, contre
l'un des platanes géants, il s'assit à réfléchir. Pour
lui un effondrement venait de se faire ; cette résignation de Djénane avait anéanti son rêve, son
dernier rêve d'Orient. Sans bien s'en apercevoir,
il avait tellement compté que cela durerait après
son départ de Turquie ; une fois séparée de lui,
et ne le voyant plus vieillir, elle lui aurait gardé
longtemps, avait-il espéré, cette sorte d'amour
idéal, qui ainsi serait resté à l'abri des déceptions
par lesquelles meurt l'amour ordinaire. Mais non,
reprise maintenant par ce Hamdi, qui était jeune
et que sans doute elle n'avait pas cessé de désirer,
elle allait être tout à fait perdue pour lui : « Elle
ne m'aimait pas tant que ça, songeait-il ; je suis
encore bien naïf et présomptueux ! C'était très
gentil, mais c'était de la « littérature », et c'est fini,
ou plutôt cela n'a jamais existé... J'ai l'âge que
j'ai, voilà d'ailleurs ce que ça prouve, et demain,
ni pour elle ni pour aucune autre, je ne compterai
plus. »

Il restait le seul fumeur de narguilé en ce
moment sous les platanes. Décidément c'était
passé, la saison des beaux soirs tièdes qui amenaient dans cette vallée tant de rêveurs d'alentour ;
ce soleil oblique et rose n'avait plus de force ; il
faisait froid : « Je m'obstine à vouloir prolonger ici
mon dernier été, se disait-il, mais c'est aussi vain
et absurde que de vouloir prolonger ma jeunesse ;
le temps de ces choses est révolu à jamais... »

Maintenant le soleil s'était couché derrière l'Europe voisine, et dans le lointain les chalumeaux
des bergers rappelaient les chèvres ; autour de lui
cette plaine, devenue déserte sous ses quelques
grands arbres jaunis, prenait cet air tristement
sauvage qu'il lui avait déjà connu à l'arrière-saison
d'antan... Tristesse du crépuscule et des jonchées
de feuilles sur la terre, tristesse du départ, tristesse
d'avoir perdu Djénane et de redescendre la vie,
tout cela ensemble n'était plus tolérable et disait
trop l'universelle mort...

XLII

Ils venaient d'imaginer depuis quelques jours
un moyen très ingénieux de correspondre pour
les cas d'urgence. Une de leurs amies appelée
Kiamouran avait autorisé André à contrefaire
son écriture, très connue de la domesticité soup-
çonneuse, et à signer de son nom ; de plus, elle
avait fourni plusieurs enveloppes à son chiffre,

avec l'adresse de Djénane mise de sa propre main. Il pouvait donc leur écrire ainsi (à mots couverts cependant, par crainte des indiscrétions), et son valet de chambre, qui avait pris l'habitude du fez et du chapelet, allait porter cela directement au yali des trois petites coupables ; parfois même André l'envoyait à une heure précise et convenue d'avance ; l'une de ses trois amies se trouvait alors comme par hasard dans le vestibule, d'où les nègres venaient d'être écartés, et pouvait donner une réponse verbale au messager si sûr.

Le lendemain donc, il risqua une de ces lettres signées Kiamouran, pour s'informer de la fièvre de Mélek et demander si la promenade à la mosquée de la montagne[1] tiendrait toujours. Et il reçut le soir un mot de Djénane, disant que Mélek était couchée avec beaucoup plus de fièvre, et que les deux autres ne pourraient s'éloigner d'elle.

Seul, il voulut la faire quand même, cette promenade, le 5 octobre, jour qu'ils avaient fixé pour monter là une dernière fois ensemble.

Et c'était par un temps merveilleux de l'automne méridional ; les bois sentaient bon, les abeilles bourdonnaient. Aujourd'hui, il se croyait moins attaché à ses petites amies turques, même à Djénane, et il avait conscience qu'il se reprendrait à la vie *ailleurs*, où elles ne seraient pas. Il lui semblait aussi qu'au départ son regret maintenant serait moins pour elles que pour l'Orient lui-même, pour cet Orient immobile qu'il avait adoré depuis ses années de prime jeunesse, et pour le bel été d'ici qui s'achevait, pour ce recoin pastoral de l'Asie où il venait de passer deux saisons dans le calme des vieux temps, dans l'ombre des arbres, dans la senteur des feuilles et des mousses... Oh ! le clair soleil encore aujourd'hui ! Et ces chênes, ces scabieuses, ces fougères aux teintes rougies et dorées, lui rappelaient les bois de son pays de France, à tel point qu'il retrouvait tout à coup les mêmes impressions que jadis, à la fin de ses vacances d'enfant, lorsqu'il fallait à cette même époque de l'année quitter la campagne où l'on avait fait tant de jolis jeux sous le ciel de septembre...

À mesure qu'il s'élevait cependant, par les petits sentiers de lichens et de bruyères, à mesure que se découvraient les lointains, s'en allait son illusion de France ; ce n'était plus cela, et la notion du pays turc s'imposait à la place ; les méandres profonds du Bosphore s'ouvraient à ses pieds, montrant les villages ou les palais des rives, et les caravanes de bateaux en marche. Vers l'intérieur des terres, c'étaient aussi des aspects étrangers, une succession infinie de collines couvertes d'un même et épais manteau de verdure, des forêts trop grandes et tranquilles, comme notre France n'en connaît plus.

Quand il atteignit enfin ce plateau, battu par tous les souffles du large, qui sert de péristyle à la vieille mosquée solitaire, quantité de femmes turques étaient assises là sur l'herbe, venues en pèlerinage dans de très primitives charrettes à bœufs. Vite, dès qu'il fut aperçu, vite les mousselines enveloppantes s'abaissèrent pour cacher tous les visages. Et cela devint une muette compagnie de fantômes voilés, qui se détachaient, avec une grâce archaïque, sur l'immensité de la Mer Noire, soudainement apparue autour de l'horizon.

André se dit alors que, pour lui, le charme de ce pays et de son mystère résisterait à tout, même à la déception causée par Djénane, même aux désenchantements du déclin de la vie...

XLIII

Le lendemain, qui tombait un vendredi, il ne voulut pas manquer d'aller aux Eaux-Douces d'Asie, car c'était bien la dernière des dernières fois : son contrat de la saison, pour le caïque et les rameurs, expirait ce soir-là même, et du reste les ambassades redescendaient toutes à Constantinople la semaine suivante ; le temps du Bosphore touchait à sa fin.

Et jamais jour de plein été ne fut si lumineux ni si calme ; à part qu'il y avait moins de barques peut-être le long de la rive déjà un peu délaissée, on aurait pu se croire à un vendredi du beau mois d'août. Par habitude, par attachement aussi, toujours et quand même, il fit passer son caïque sous les fenêtres closes du yali de ses amies... Le petit signal blanc était là, à son poste ! Quelle inexplicable surprise ! Est-ce donc qu'elles allaient venir ?...

Là-bas, aux Eaux-Douces, les prairies étaient couleur d'or autour de la gentille rivière, tant il y avait de feuilles mortes en jonchée, et les arbres disaient bien l'automne. Cependant la plupart des caïques élégants, habitués de ce lieu, entraient l'un après l'autre, amenant les belles des harems, et André reçut au passage, encore une fois pour l'adieu final, des sourires discrets qui lui venaient de dessous les voiles.

Longtemps il attendit, regardant de tous côtés ; mais ses amies toujours n'arrivaient point, et la journée s'avançait, et les promeneuses commençaient à se retirer.

Il s'en allait donc, lui aussi, et il était presque à la sortie de la rivière, lorsqu'il vit poindre, dans un beau caïque à livrée bleu et or, une femme seule, la tête enveloppée du yachmak blanc qui laisse paraître les yeux ; des coussins sans doute l'élevaient, car elle semblait un peu grande et haute sur l'eau, comme s'étant arrangée ainsi pour être mieux vue.

Ils se croisèrent, et elle le regarda fixement : Djénane !... Ces yeux couleur de bronze vert et ces longs sourcils roux, que depuis une année elle lui avait cachés, n'étaient comparables à aucuns et ne pouvaient être confondus avec d'autres... Il frissonna devant l'apparition si imprévue qui se dressait à deux pas de lui ; mais il ne fallait pas broncher, à cause des bateliers, et ils passèrent immobiles, sans échanger un signe.

Cependant il fit retourner son caïque, l'instant d'après, pour la croiser encore tout à l'heure quand elle redescendrait le cours du ruisseau. Presque plus personne lorsqu'ils se retrouvèrent près l'un de l'autre, dans ce croisement rapide. Et, à cette seconde rencontre, la figure qu'enveloppait le yachmak de mousseline blanche se détacha pour lui sur les cyprès sombres et les stèles d'un vieux cimetière, qui est posé là au bord de l'eau ; — car dans ce pays les cimetières sont partout, sans doute pour maintenir plus présente la pensée de la mort.

Le soleil, déjà bas, et ses rayons, devenus roses, il fallait s'en aller. Leurs deux caïques sortirent presque en même temps de l'étroite rivière, et se mirent à remonter le Bosphore, dans la magnificence du soir, celui d'André à une centaine de mètres derrière celui de Djénane... Il la vit de loin mettre pied sur son quai de marbre et rentrer dans son yali sombre.

Ce qu'elle venait de faire en disait très long : seule, être allée aux Eaux-Douces, — de plus, y être allée en yachmak, afin de montrer ses yeux et d'en graver l'expression dans la mémoire de son ami. Mais André, qui d'abord avait senti tout ce qu'il y avait là de particulier et de touchant, se rappela soudain un passage de *Medjé* où il racontait quelque chose d'analogue[1], à propos d'un regard solennel échangé dans une barque au moment de la séparation : « C'était très gentil de sa part, se dit-il donc tristement ; mais c'était encore un peu "littéraire" ; elle voulait imiter Nedjibé... Cela ne l'empêchera pas, dans quelques jours, de rouvrir les bras à son Hamdi. »

Et il continua de remonter le Bosphore en longeant de tout près la rive d'Asie ; déjà beaucoup de maisons vides, hermétiquement closes ; beaucoup de jardins aux grilles fermées, sous l'enchevêtrement des vignes vierges couleur de pourpre ; partout s'indiquait l'automne, le départ, la fin.

Çà et là, sur ces petits quais où il est si défendu d'aborder, quelques femmes attardées à la campagne étaient encore venues s'asseoir au bord de l'eau pour ce dernier vendredi de la saison ; mais leurs yeux (tout ce qu'on voyait de leur visage) exprimaient la tristesse du retour si prochain au harem de la ville, l'appréhension de l'hiver. Et le soleil couchant éclairait toute cette mélancolie, comme un feu de Bengale rouge.

Lorsque André fut rentré dans sa maison de Thérapia, ses rameurs vinrent lui présenter leurs sélams d'adieu ; ils avaient repris leurs humbles costumes, et chacun rapportait, soigneusement pliées, sa belle chemise en gaze de Brousse, et sa belle veste de velours capucine. Ils rapportaient aussi le long tapis en velours de même couleur, recommandant avec naïveté de bien le faire sécher parce qu'il était imprégné d'humidité salée. André regarda ces pauvres loques, où les broderies d'or avaient commencé de prendre, sous les embruns et le soleil, la patine des vieilles choses précieuses. Qu'en faire ? Les détruire, ne serait-ce pas moins triste que de les rapporter dans son pays, pour se dire plus tard, dans l'avenir morne, en retrouvant ces reliques, fanées de plus en plus : « C'était la livrée de mon caïque, jadis, du temps lumineux où j'habitais au Bosphore… »

Le crépuscule arrivait. Il pria son domestique turc, celui qui était un ancien berger d'Eski-Chéhir[1], de prendre sa flûte au son grave et de rejouer l'air de l'an dernier, l'espèce de fugue sauvage qui exprimait maintenant pour lui tout l'indicible d'une fin d'été, dans ce lieu, et dans ces circonstances spéciales. Puis, s'étant accoudé à sa fenêtre, il regarda partir son caïque, dont les rameurs étaient redevenus de pauvres bateliers, et qui allait redescendre par étapes vers Constantinople pour s'y louer à un nouveau maître. Longtemps il suivit des yeux, sur l'eau de plus en plus couleur de nuit, cette longue chose blanche, effilée, dont la disparition dans les grisailles crépusculaires représentait pour lui la fuite pareille de deux étés d'Orient.

XLIV

Le samedi 7 octobre, dernier jour du Bosphore, il reçut un mot de Djénane le prévenant que Mélek avait toujours plus de fièvre, que les aïeules étaient inquiètes, et que l'on rentrait en ville aujourd'hui même pour une consultation de médecins.

Toutes les ambassades aussi pliaient bagage. André brusqua ses préparatifs de départ, pour avoir le temps de passer encore une fois sur la rive d'Asie, en face, avant la tombée de la nuit, et faire ses adieux à la Vallée-du-Grand-Seigneur. Il y arriva tard, sous un ciel où couraient de gros nuages sombres qui jetaient en passant des gouttes de pluie. La vallée était déserte et, depuis la veille, les petits cafés sous les arbres avaient déménagé. Il dit adieu à deux ou trois humbles âmes en turban qui habitaient là dans des cabanes ; — ensuite à un bon chien jaune et un bon chat gris, petites âmes aussi de cette vallée, qu'il avait connues pendant deux saisons et qui semblaient comprendre son définitif départ. Et puis il refit, au petit pas de funérailles, le tour de ces tranquilles prairies encloses, désertes ce soir, mais où les voiles de ses amies avaient si souvent frôlé l'herbe fine et les fleurs violettes des colchiques. Et cette promenade le retint jusqu'à l'heure semi-obscure où les étoiles s'allument et où commencent de s'entendre les premiers aboiements des chiens errants. Au retour de ce pèlerinage, quand il se retrouva sous les énormes platanes de l'entrée, qui forment là une sorte de bocage sacré, il faisait déjà vraiment noir, et les pieds butaient contre les racines, allongées comme des serpents sous les amas de feuilles mortes. Dans l'obscurité, il revint au petit embarcadère, dont chaque pavé de granit lui était familier, et monta en caïque pour regagner la côte d'Europe.

XLV

Le vent a hurlé toute la nuit sur le Bosphore, ce vent de la Mer Noire dont la voix lugubre s'entendra bientôt d'une façon presque continue pendant quatre ou cinq mois d'hiver. Et ce matin il y a redoublement de rafales, qui viennent secouer la maison d'André pour ajouter à la tristesse de son dernier réveil à Thérapia.

— Eh bien ! il en fait, un temps ! lui dit son valet de chambre, en ouvrant ses fenêtres.

En face, sur les collines d'Asie, on voit des nuages bas et obscurs, qui se traînent, à toucher les arbres échevelés.

Et c'est sous la tourmente sinistre, sous le coup de fouet des averses qu'il descend aujourd'hui le Bosphore pour la dernière fois, passant devant le yali de ses amies, où déjà tout est fermé, calfeutré, des envolées de feuilles mortes dansant la farandole sur le quai de marbre.

Le soir donc il se réinstalle à Constantinople, oh ! pour si peu de temps avant le grand départ ! Juste cinquante jours, car il a décidé de rentrer en France par mer et de prendre le paquebot du 30 novembre, ceci afin d'avoir une date fixée d'avance, inchangeable, à laquelle il faudra bien se soumettre.

Et une lettre de Djénane, à la nuit tombante, lui apporte le verdict des médecins : fièvre cérébrale, d'apparence tout de suite très grave ; la pauvre petite Mélek sans doute va mourir, vaincue par tant de surexcitation nerveuse, de révolte, d'épouvante, que lui a causé ce nouveau mariage.

XLVI

Ces deux semaines de fin octobre, que dura l'agonie de Mélek, furent de beau temps presque inaltérable et de mélancolique soleil. André, chaque soir, à la manière des écoliers, effaçait maintenant le jour révolu, sur un calendrier où la date du 30 novembre était marquée d'une croix. Il vivait le plus possible à Stamboul, de cette vie turque si près de finir pour lui. Mais, ici comme au Bosphore, la tristesse de l'automne s'ajoutait à celle du départ si prochain, et il faisait déjà presque froid, pour les rêveries, pour les narguilés de plein air, devant les saintes mosquées, sous les arbres qui s'effeuillaient.

Naturellement, il ne voyait plus jamais ses amies, car Djénane et Zeyneb ne s'éloignaient pas de celle qui allait mourir. Sur la fin, elles mettaient pour lui, aux grillages d'une fenêtre, un imperceptible signal blanc qui signifiait : elle vit toujours ; et il était convenu qu'un signal bleu signifierait : tout est fini. Dès le matin donc, et ensuite deux fois dans la journée, lui-même, ou son ami Jean Renaud, ou son valet de chambre, passaient par le cimetière de Khassim-Pacha, pour regarder anxieusement à cette fenêtre.

Pendant ce temps-là, dans la maison de la petite mourante, où régnait un attentif silence, des Imams, sur la requête des aïeules, étaient constamment en prière ; l'Islam, le vieil Islam divinement berceur des agonies, enveloppait de plus en plus l'enfant révoltée, qui cédait par degrés à son influence, et s'endormait sans terreur ; du reste, le doute chez elle n'était qu'un mal encore curable, une greffe encore récente sur de longues hérédités de calme et de foi. Et voici que peu à peu, même les observances naïves, qui sont au Coran ce que chez nous les pratiques de Lourdes sont à l'Évangile, même les superstitions des deux vénérables aïeules, ne choquaient plus cette petite incrédule d'hier, qui acceptait qu'on lui mît des amulettes, et que ses vêtements fussent exorcisés par les derviches ; on faisait bénir dans la mosquée d'Eyoub ses chemises d'élégante, qui venaient de chez le bon faiseur parisien, ou bien on les envoyait plus loin encore, à Scutari, chez les saints Hurleurs dont le souffle a le don de guérir, tant qu'ils sont dans l'extase, après leurs longs cris vers Allah.

Quand finit le mois d'octobre, elle était depuis deux jours sans paroles, et probablement sans connaissance, plongée dans une sorte de brûlant et lourd sommeil que les médecins disaient tout proche de la mort.

XLVII

Le 2 novembre[1], Zeyneb, qui était de veille à son chevet, se retourna tout à coup frissonnante, parce que du fond de la chambre demi-obscure une voix s'élevait au milieu du si continuel silence, une voix très douce, très fraîche, qui disait des prières. Elle ne l'avait pas entendue venir, cette jeune fille au voile baissé. Pourquoi était-elle là, son Coran à la main ? — Ah ! oui, elle comprit tout de suite : la prière des morts ! C'est un usage en Turquie, lorsqu'il y a dans une maison quelqu'un qui agonise, que les jeunes filles ou les femmes du quartier viennent à tour de rôle lire les prières : elles entrent comme de droit, sans se nommer, sans lever leur voile, anonymes et fatales ; et leur présence est signe de mort, comme chez nous celle du prêtre qui apporte l'extrême-onction.

Mélek aussi avait compris, et ses yeux depuis longtemps fermés se rouvrirent ; elle était arrivée à ce *mieux* plein de mystère qui, chez les mourants, survient presque toujours. Et elle retrouva un peu de sa voix, que l'on aurait pu croire éteinte pour jamais :

— Venez plus près, dit-elle à l'inconnue, je n'entends pas assez bien... Ne craignez pas que j'aie peur, venez... Lisez plus haut... que je ne perde pas...

Ensuite elle voulut confesser elle-même la foi musulmane et, ouvrant dans la pose de la prière ses petites mains de cire blanche, elle répéta les paroles sacramentelles :

« Il n'y a de Dieu que Dieu seul, et Mahomet est son élu*... »

Mais, avant la fin de sa confession, insaisissable comme un souffle, les pauvres mains qui s'étaient tendues venaient de retomber. Alors, celle dont on ne savait pas le nom rouvrit son Coran pour continuer de lire... Oh ! la douceur rythmée, le bercement de ces prières d'Islam, surtout lorsqu'elles sont dites par des lèvres de jeune fille sous un voile épais !... Jusqu'à une heure avancée de la nuit, les pieuses inconnues se succédèrent, entrant et se retirant sans bruit comme des ombres, mais il n'y

---

* « *La illahé illallah Mohammedun Ressoulallah. Ech hedu en la illahé illallah vé ech hedu en le Mohammedul alihé hou ve ressoulouhou*[1]. »

eut point de cesse dans l'harmonieuse mélopée qui aide à mourir.

Souvent d'autres personnes aussi entraient sur la pointe du pied, et se penchaient, sans mot dire, vers ce lit de mortel sommeil. C'était la mère, créature passive et bonne, toujours si effacée qu'elle comptait à peine. C'étaient les deux aïeules, mal résignées, muettes et presque dures dans la concentration de leur désespoir. Ou c'était le père, Mehmed Bey, visage bouleversé de douleur et peut-être de remords ; au fond il l'adorait, sa fille Mélek, et par son implacable observance des vieilles coutumes, il l'avait conduite à mourir... Ou bien encore, qui entrait en tremblant, c'était la pauvre mademoiselle Tardieu, l'ex-institutrice, mandée les derniers jours parce que Mélek l'avait voulu, mais tolérée avec hostilité, comme responsable et néfaste.

Les yeux de l'enfant agonisante s'étaient refermés ; à part un frémissement des mains quelquefois, ou une crispation des lèvres, elle ne donnait plus signe de vie.

XLVIII

Environ quatre heures du matin. C'était maintenant Djénane qui veillait. Depuis un instant, la visiteuse voilée, dont la prière emplissait cette chambre de harem, forçait la voix au milieu du silence plus solennel, lisait avec exaltation comme si elle avait le sentiment que *quelque chose se passait*, quelque chose de suprême. Et Djénane, qui tenait toujours une des petites mains transparentes de Mélek dans les siennes, sans s'apercevoir qu'elle devenait froide, sursauta de terreur, parce qu'on lui frappait sur l'épaule : deux petits coups d'avertissement, avec une discrétion sinistre... Oh ! l'atroce figure de vieille, jamais vue, qui venait de surgir là derrière elle, entrée sans bruit par cette porte toujours ouverte ; une grande vieille, large de carrure, mais décharnée, livide, et qui, sans rien dire, lui faisait signe : « Allez-vous-en ! » Elle avait dû longuement épier dans le couloir, et puis, sûre, avec son tact professionnel, que son heure était venue, elle s'approchait pour commencer son rôle.

— Non ! Non ! dit Djénane, en se jetant sur la petite morte, pas encore ! Je ne veux pas que vous l'emportiez, non !...

— Là, là, doucement, dit la vieille femme, en l'écartant avec autorité, je ne lui ferai point de mal.

Du reste, il n'y avait aucune méchanceté dans sa laideur, mais plutôt de la compassion morne, et surtout une grande lassitude. Tant et tant de jolies fleurs fauchées dans les harems, tant elle avait dû en emporter cette vieille aux bras robustes, cette « Laveuse de morte », ainsi qu'on les appelle.

Elle la prit à son cou, comme une enfant malade, et la belle chevelure rousse, dénouée, s'épandit sur son horrible épaule. Deux de ses aides, — d'autres vieilles praticiennes encore plus effrayantes, — attendaient dans l'antichambre avec des lumières. Djénane et celle qui priait se mirent à suivre, par les corridors et les vestibules plongés dans le froid silence d'avant-jour, le groupe macabre qui s'en allait, se dirigeant vers l'escalier pour descendre...

Ainsi la petite Mélek-Sadiha-Saadet, à vingt ans et demi, mourut de la terreur d'être jetée une seconde fois dans les bras d'un maître imposé...

L'escalier descendu, les vieilles avec leur fardeau arrivèrent à la porte d'une salle du rez-dechaussée, dans les communs de cette antique demeure, une sorte d'office pavé de marbre, où il y avait au milieu une table en bois blanc, une cuve pleine d'eau chaude encore fumante, et un drap déplié sur un trépied ; dans un coin, un cercueil, — un léger cercueil aux parois minces comme on les fait en Turquie, — et enfin, par terre, un châle ancien roulé autour d'un bâton, un de ces châles « Validé » qui servent de drap mortuaire pour les riches : toutes ces choses, préparées bien à l'avance, car dans les pays d'Islam, un ensevelissement doit marcher très vite.

Quand les vieilles eurent étendu l'enfant sur la table, qui était courte, les beaux cheveux roux, toujours dénoués, descendirent jusque par terre. Avant de commencer leur besogne, elles firent à Djénane et à l'inconnue voilée un geste qui les congédiait. Celles-ci d'ailleurs se retiraient d'elles-mêmes, pour attendre dehors. Et Zeyneb, éveillée par quelque intuition de ce qui se passait, était venue se joindre à elles, — une Zeyneb qui ne pleurait pas, mais qui était plus blanche que la morte, avec des yeux plus cernés de bleuâtre. Toutes les trois restèrent là immobiles et glacées, suivant en esprit les phases de la toilette suprême,

écoutant les bruits sinistres de l'eau qui ruisse-
lait, des objets qui se déplaçaient dans cette salle
sonore ; et, quand ce fut fini, la grande vieille les
rappela :

— Venez maintenant la voir.

Elle était blottie dans son étroit cercueil, et
tout enveloppée de blanc, sauf le visage, encore
découvert pour recevoir les baisers d'adieu ; on
n'avait pu fermer complètement ses paupières, ni
sa bouche ; mais elle était si jeune, et ses dents si
blanches, qu'elle demeurait quand même délicieusement jolie, avec une expression d'enfant et une
sorte de demi-sourire douloureux.

Alors on alla éveiller tout le monde pour venir
l'embrasser, le père, la mère, les aïeules, les vieux
oncles rigides, qui depuis quelques jours ne
l'étaient plus, les servantes, les esclaves. La grande
maison s'emplit de lumières qui s'allumaient,
d'effarements, de pas précipités, de soupirs et de
sanglots.

Quand arriva l'une des aïeules, la plus violente des deux, celle qui était aussi grand-mère
de Djénane et qui, ces derniers jours, campait
dans la maison, quand arriva cette vieille cadine
1320, musulmane intransigeante s'il en fut et, ce
matin, si exaspérée contre l'évolution nouvelle
qui lui enlevait ses petites-filles, — justement
l'institutrice craintive, mademoiselle Tardieu,
était là, auprès du cercueil, à genoux. Et les deux
femmes se regardèrent une seconde en silence,
l'une terrible, l'autre humble et épouvantée :

— Allez-vous-en ! lui dit l'aïeule, dans sa langue
turque, en frémissant de haine. Qu'est-ce donc

qu'il vous reste à faire là, vous ? Votre œuvre est finie... Vous m'entendez : allez-vous-en !

Mais la pauvre fille, en reculant devant elle, la regardait avec tant de candeur et de désespoir dans des yeux pleins de larmes, que la vieille cadine eut soudainement pitié ; sans doute comprit-elle, en un éclair, ce que depuis des années elle se refusait à admettre, que l'institutrice dans tout cela n'était qu'un instrument irresponsable au service du Temps... Alors elle lui tendit les mains, en lui criant : « Pardon !... » Et ces deux femmes, jusque-là si ennemies, pleurèrent à sanglots dans les bras l'une de l'autre. Des incompatibilités d'idées, de races et d'époques les avaient séparées longuement ; mais toutes deux étaient bonnes et maternelles, capables de tendresse et de spontané retour.

Cependant un peu de lueur blême à travers les vitres annonçait la fin de cette nuit de novembre, Djénane donc, se souvenant d'André, monta chercher un bout de ruban bleu comme c'était convenu, et, enlevant l'autre signal, attacha celui-là aux quadrillages de la même fenêtre.

XLIX

Ce fut le valet de chambre qui vint regarder au lever du jour, et remonta tout effaré vers Péra :

— Mademoiselle Mélek doit être morte, dit-il à son maître en le réveillant ; elles ont mis un signal bleu, que je viens de voir...

Il avait eu plus d'une fois l'occasion de parler à cette petite Mélek, par quelque fente de porte, lorsqu'il venait faire les dangereuses commissions d'André ; même elle lui avait montré gentiment son visage en lui disant merci. Et pour lui c'était *mademoiselle* Mélek, tant il lui avait trouvé l'air jeune.

André, informé une heure plus tard par Djénane qu'on l'emporterait à la mosquée vers midi, descendit à Khassim-Pacha avant onze heures. Il avait pris un fez et des vêtements d'homme du peuple, pour être plus sûr qu'on ne le reconnaîtrait pas, car il voulait à un moment donné s'approcher beaucoup, et essayer de remplir un pieux devoir d'Islam envers sa petite amie.

D'abord il attendit à l'écart, dans le cimetière voisin de la maison. Et bientôt il vit sortir le léger cercueil, porté à l'épaule par des gens quelconques, ainsi que le veut l'usage en Turquie : un vieux châle l'enveloppait exactement, un châle « Validé » à raies vertes et rouges, et aux minutieux dessins de cachemire ; un petit voile blanc était posé dessus, du côté de la tête, pour indiquer que c'était une femme, et, innovation surprenante, il y avait aussi un modeste bouquet de roses épinglé au châle.

Chez les Turcs, on se hâte bien plus que chez nous d'enterrer les morts, et on n'envoie point de lettres de faire-part. Vient qui veut, les parents, les amis, chez qui la nouvelle s'est répandue, les voisins, les domestiques. Jamais de femmes dans ces cortèges improvisés, et surtout point de porteurs : ce sont les passants qui en font l'office.

Un beau soleil de novembre, une belle journée lumineuse et calme ; Stamboul, resplendissant là-bas et prenant son grand air immuable, au-dessus du léger brouillard d'automne qui enveloppait à ses pieds la Corne-d'Or.

Bien souvent il passait d'une épaule à une autre, le cercueil de Mélek, au gré des gens rencontrés en chemin et qui voulaient tous faire une action pieuse en portant quelques minutes cette petite morte inconnue. Devant, marchaient deux prêtres à turban vert ; une centaine d'hommes suivaient, des hommes de toutes classes ; et il était venu aussi des vieux derviches, avec leurs bonnets de mages, qui psalmodiaient en route, à voix haute et lugubre, — comme ces cris de loups, les soirs d'hiver dans les bois.

On se rendit à une antique mosquée, en dehors des maisons, presque à la campagne, dans un bas-fond tout de suite sauvage. La petite Mélek fut déposée sur les dalles de la cour, et les Imams, en voix de fausset très douces, chantèrent les prières des morts.

Dix minutes à peine, et on se remit en marche pour descendre vers le golfe, prendre ensuite des barques, et gagner l'autre rive, les grands cimetières d'Eyoub où serait sa définitive demeure.

En approchant de la Corne-d'Or, dans les quartiers bas où il y avait beaucoup de monde, le cortège se fit plus lent, à cause de tous ceux qui voulurent en être. La petite Mélek fut portée là, à tour de rôle, par une quantité de bateliers ou de matelots. André, qui avait hésité jusqu'à cette heure, s'approcha enfin, rassuré par cette foule où il était comme perdu, il toucha de la main le vieux châle « Validé », avança l'épaule, et sentit le poids de sa petite amie s'y appuyer un peu, le temps de faire une vingtaine de pas avec elle vers la mer.

Après, il s'éloigna pour tout à fait, de peur que son obstination à suivre ne fût remarquée...

L

Une semaine plus tard, les deux qui restaient, Djénane et Zeyneb, l'appelèrent à Sultan-Selim. Dans la toujours pareille petite maison si humble, si cachée, si sombre, ils se retrouvèrent ensemble pour l'avant-dernière fois de leur vie, elles toutes noires et invisibles, sous des voiles également épais et également baissés.

Entre eux, il ne fut guère question que de celle qui était partie, celle qui était « libérée », comme elles disaient, et André apprit tous les détails de sa fin. Il lui sembla que leurs voix n'avaient point de larmes sous les masques de gaze noire ; toutes deux se montraient graves et apaisées. De la part de Zeyneb, rien que de très normal dans ce détachement-là, car elle n'appartenait pour ainsi dire plus à ce monde. Mais Djénane l'étonnait d'être si tranquille. À un moment donné, croyant bien faire, il lui dit avec beaucoup de douceur affectueuse : « On m'a fait connaître Hamdi Bey, ce dernier vendredi à Yldiz ; il est distingué, élégant et de jolie figure. » Mais elle coupa court, s'animant pour la première fois : « Si vous voulez bien, André, nous ne parlerons pas de cet homme. » Il apprit alors par Zeyneb que dans la famille, si atterrée par la mort de Mélek, on ne songeait plus à ce mariage pour le moment.

C'était vrai qu'il avait rencontré Hamdi Bey et l'avait trouvé tel. Depuis lors, il s'efforçait même de se dire : « Je suis très heureux qu'il soit ainsi, le mari de ma chère petite amie. » Mais cela sonnait faux, car au contraire il souffrait davantage de l'avoir vu, d'avoir constaté son charme extérieur et surtout sa jeunesse.

Après les avoir quittées, lorsqu'il refit, comme tant d'autres fois, la si longue route entre cette maison et la sienne, Stamboul, plus que jamais, lui produisit l'effet d'une ville qui s'en va, qui piteusement s'occidentalise, et plonge dans la banalité, l'agitation, la laideur ; après ces rues encore immobiles, autour de Sultan-Selim, dès qu'il atteignit les quartiers bas qui sont proches des ponts, il s'écœura au milieu du grouillement des foules qui, de ce côté, n'a point de cesse ; dans la boue, dans l'obscurité des ruelles étroites, dans le brouillard froid du soir, tous ces empressés qui vendaient ou achetaient mille pauvres choses pitoyables et d'immondes victuailles, n'étaient plus des Turcs, mais un mélange de toutes les races levantines. Sauf le fez rouge qu'ils portaient encore, la moitié d'entre eux n'avaient pas la dignité de garder le costume national, et s'affublaient de ces loques européennes, rebuts de nos grandes villes, qui se déversent ici à pleins paquebots[1]. Jamais aussi bien que cette fois il n'avait aperçu les usines, qui fumaient déjà de place en place, ni les grandes maisons bêtes, copies en plâtre de celles de nos faubourgs. « Je m'obstine à voir Stamboul comme il n'est plus, se dit-il ; il s'écroule, il est fini. Maintenant il faut faire une complaisante et continuelle sélection de ce qu'on y regarde, des coins que l'on y fréquente ; sur la hauteur, les mosquées tiennent encore, mais tous les bas quartiers sont déjà minés par le "progrès", qui arrive grand train avec sa misère, son alcool, sa désespérance et ses explosifs. Le mauvais souffle d'Occident a passé aussi sur la ville des Khalifes ; la voici "désenchantée" dans le même sens que le seront bientôt toutes les femmes de ses harems... »

Mais ensuite il songea, plus tristement encore : « Après tout, qu'est-ce que ça peut me faire ? Je ne suis déjà plus quelqu'un d'ici, moi ; il y a une date absolue, qui va arriver très vite, celle du 30 novembre, et qui m'emmènera sans doute pour jamais. À part les humbles stèles blanches de Nedjibé, là-bas, dont l'avenir m'inquiétera encore, que m'importera tout le reste ? Et moi-même d'ailleurs, dans cinq ans, dans dix ans si l'on veut, que serai-je autre chose qu'un débris ? La vie n'a pas de durée, et la mienne est déjà en arrière de ma route, les choses de ce monde ne me regarderont bientôt plus. Le Temps peut bien continuer sa course à donner le vertige, emporter tout cet Orient que j'aimais, et toutes les beautés de Circassie qui ont de grands yeux couleur de mer, emporter toutes les races humaines et le monde entier, le cosmos immense ; qu'est-ce que ça me fera, puisque je ne le verrai pas, moi qui ai presque fini à présent, et qui demain aurai perdu la conscience d'être... »

À certains moments en revanche, il lui semblait

que cette date du 30 novembre ne pourrait jamais
arriver, tant il était *chez lui* à Constantinople, ancré
dans cette ville, et même ancré dans sa demeure
où rien encore n'avait été dérangé pour le départ.
Et en continuant de marcher parmi ces foules,
tandis que s'allumaient d'innombrables lanternes,
au milieu des cris, des appels, des marchandages
en toutes les langues du Levant, il se sentait flotter
à la dérive entre des impressions contradictoires.

LI

Novembre allait finir, et ils étaient ensemble la
dernière et suprême fois. Ce toujours même rayon
de soleil, sur la maison d'en face, leur envoyait,
pour un moment encore avant le soir, dans le
petit harem pauvre et si caché au cœur de Stamboul, sa lueur réfléchie et comme factice. La pâle
Zeyneb au visage dévoilé et l'invisible Djénane
perdue dans le noir de ses draperies, causaient
avec leur ami André aussi tranquillement qu'au
cours de leurs entrevues ordinaires ; on eût dit
que cette journée aurait des lendemains, que la
date du 30 novembre, désignée pour trancher
tout, n'était pas si proche, ou peut-être même
n'arriverait point ; vraiment, rien n'indiquait que
jamais, jamais plus, après cette fois-là, ils ne réen-
tendraient sur terre sonner leurs voix…

Zeyneb, sans apparente émotion, combinait des
moyens de s'écrire quand il serait en France : « La

poste restante est maintenant trop surveillée ; en ces temps de terreur que nous traversons, plus personne n'a le droit d'entrer dans les bureaux sans se nommer. Notre correspondance au contraire sera très sûre par le chemin que j'ai imaginé ; un peu long seulement ; ne vous étonnez donc pas si nous tardons quelquefois quinze jours à vous répondre. »

Djénane exposait avec sang-froid ses plans pour au moins apercevoir encore son ami, le soir même de ce 30 novembre : « À quatre heures de l'horloge de Top-hané, qui est l'heure où les paquebots partent, nous passerons toutes deux le long du quai[1]. Ce sera dans la plus ordinaire des voitures de louage, vous m'entendez bien. Nous passerons aussi près que possible du bord ; vous, de la dunette où vous vous tiendrez, veillez bien tous les fiacres pour ne pas nous manquer ; il y a toujours foule par là, vous savez, et, comme des femmes turques n'ont jamais le droit de s'arrêter, ça durera le temps d'un éclair, notre adieu… »

Ce soir, c'était leur rayon de soleil en face qui devait leur marquer le moment précis de la séparation ; quand il disparaîtrait au faîte du toit, André se lèverait pour partir : ils étaient convenus de cela dès le début ; ils s'étaient accordé cette limite extrême, après laquelle tout serait fini.

André, qui d'avance s'était figuré les trouver douloureusement vibrantes, à cette entrevue suprême, restait confondu devant leur calme. Et puis il avait bien compté revoir les yeux de Djénane, ce dernier jour ; mais non, les minutes passaient, et rien ne bougeait dans l'arrangement du tcharchaf sévère, ni dans les plis de ce voile, sans doute aussi définitivement baissé que s'il était de bronze sur un visage de statue.

Vers trois heures et demie enfin, tandis qu'ils parlaient du « livre » pour dire quelque chose, une presque soudaine pénombre vint envahir le petit harem, et tous les trois en même temps firent silence. — «Allons !... » dit simplement Zeyneb, de sa jolie voix malade, en montrant de la main les fenêtres grillagées que n'éclairait plus le reflet de la maison voisine... Le rayon venait de se perdre au-dessus des vieux toits ; c'était l'heure, et André se leva. Pendant la minute de l'extrême fin, où ils furent debout les uns devant les autres, il eut le temps de penser : « Cette fois était la seule, bien la seule où j'aurais pu la regarder encore, avant que ses yeux et les miens retournent à la poussière... » Être si absolument sûr de ne plus jamais la rencontrer, et cependant partir ainsi, sans l'avoir revue, non, il ne s'attendait pas à cela ; mais il en subit la déception et l'angoissante mélancolie sans rien dire. Sur la petite main qui lui était tendue, il s'inclina cérémonieusement pour la baiser du bout des lèvres, et ce fut tout l'adieu...

Maintenant, les vieilles rues désertes, les vieilles rues mortes, par où il s'en allait seul.

« Cela a très bien fini, se disait-il. Pauvre petite emmurée, cela ne pouvait mieux finir !... Et moi, je m'imaginais fatuitement que ce serait dramatique... »

C'était même plutôt trop bien, cette fin-là, car il s'en allait avec un tel sentiment de vide et de solitude !... Et une tentation le prenait de revenir sur ses pas, vers la porte au vieux frappoir de

cuivre, pendant qu'elles pouvaient y être encore. À
Djénane il aurait dit : « Ne nous quittons pas ainsi,
chère petite amie ; vous qui êtes gentille et bonne,
ne me faites pas cette peine ; montrez-moi vos yeux
une dernière fois, et puis serrez ma main plus fort ;
je m'en irai moins triste... » Bien entendu il n'en
fit rien et continua sa route. Mais, à cette heure,
il aimait avec détresse tout ce Stamboul, dont les
milliers de feux du soir commençaient à se refléter
dans la mer ; quelque chose l'y attachait désespérément, il ne définissait pas bien quoi, quelque chose
qui flottait dans l'air au-dessus de la ville immense
et diverse, sans doute une émanation d'âmes féminines, — car dans le fond c'est presque toujours
cela qui nous attache aux lieux ou aux objets, —
des âmes féminines qu'il avait aimées et qui se
confondaient ; était-ce de Nedjibé, ou de Djénane,
ou d'elles deux, il ne savait trop...

LII

Deux lettres du lendemain :

ZEYNEB À ANDRÉ

Vraiment, je n'ai pas compris que nous nous
voyions hier pour la dernière fois ; sans cela je me
serais traînée comme une pauvre malheureuse, à vos
pieds, et je vous aurais supplié de ne pas nous laisser ainsi... Oh ! vous nous laissez perdues dans les

ténèbres de l'esprit et du cœur. Vous, vous allez à la lumière, à la vie, et nous, nous végéterons nos jours lamentables, toujours pareils, dans la torpeur de nos harems...

Après votre départ, nous avons eu des sanglots. Zérichteh, la bonne nourrice de Djénane, est descendue ; elle nous a grondées beaucoup et nous a prises dans ses bras ; mais elle aussi, la pauvre bonne âme, pleurait de nous voir pleurer.

ZEYNEB.

J'ai fait remettre ce matin chez vous d'humbles souvenirs turcs. La broderie est de la part de Djénane ; c'est l'« ayette », le verset du Coran, qui, depuis son enfance, veillait au-dessus de son lit. Acceptez les voiles de moi ; celui brodé de roses est un voile circassien qui m'a été donné par mon aïeule ; celui brodé d'argent était dans les coffres de notre yali : vous les jetterez sur quelque canapé, dans votre maison de France.

Z...

DJÉNANE À ANDRÉ

Je voudrais lire en vous, quand le navire doublera la Pointe-du-Sérail, quand à chaque tour d'hélice s'enfuiront les cyprès de nos cimetières, nos minarets, nos coupoles... Vous les regarderez jusqu'à la fin, je le sais. Et puis, plus loin, déjà dans la Marmara, vos yeux chercheront encore, près de la muraille byzantine, le cimetière abandonné où nous avons prié un jour... Et enfin, pour vos yeux tout se brouillera, les cyprès de Stamboul, et tous les minarets et toutes les coupoles, et, dans votre cœur bientôt, tous les souvenirs...

Oh ! qu'ils se brouillent donc et que tout se confonde : la petite maison d'Eyoub qui fut celle de votre amour, et l'autre pauvre logis au cœur de Stamboul près d'une mosquée, et la grande demeure triste où vous êtes une fois entré en fraude... Et qu'elles se brouillent aussi, toutes ces silhouettes : l'aimée d'autrefois, qui près de vous allait dans son feredjé gris, le long de la muraille, parmi les petites marguerites de janvier (j'ai suivi son sentier et appelé son ombre), et ces trois autres plus tard, qui voulaient être vos amies. Confondez-les toutes, confondez-les bien et gardez-les ensemble dans votre cœur (dans votre mémoire, ce n'est pas assez). Elles aussi, celles d'aujourd'hui, vous ont aimé, plus que vous ne l'avez cru peut-être... Je sais que vos yeux auront des larmes, lorsque disparaîtra le dernier cyprès... et je veux pour moi, une larme...

Et là-bas... quand vous serez arrivé, comment penserez-vous à vos amies ? Le charme rompu, sous quel aspect vous apparaîtront-elles ? C'est atroce de se dire que peut-être il ne restera rien, que peut-être vous hausserez les épaules et vous sourirez en y repensant...

Quelle hâte et quelle frayeur j'ai de le lire, ce livre où vous parlerez des femmes turques, — de nous !... Y trouverai-je ce que je cherche en vain à découvrir depuis que nous nous connaissons : le fond de votre âme, le vrai intime de vos sentiments ; tout ce que ne révèlent ni vos lettres brèves, ni vos paroles rares. J'ai bien quelquefois senti en vous l'émotion, mais c'était si tôt réprimé, si furtif ! Il y a eu des moments où j'aurais voulu vous ouvrir la tête et le cœur, pour savoir enfin ce qu'il y avait derrière vos yeux froids et clairs !...

Oh ! André, ne dites pas que je divague !... Je suis malheureuse et seule,... je souffre et me débats dans la nuit !... Adieu. Plaignez-moi. Aimez-moi un peu si vous pouvez.

DJÉNANE.

André répondit :

Il ne vous reste plus grand-chose à découvrir, allez, derrière mes yeux « froids et clairs ». Je sais bien moins ce qui se passe derrière les vôtres, chère petite énigme...

Vous me la reprochez toujours, ma manière silencieuse et fermée : c'est que j'ai trop vécu, voyez-vous ; quand il vous en sera arrivé autant, vous comprendrez mieux...

Et si vous croyez que vous n'avez pas été glaciale, vous, hier, au moment de nous quitter !...

Donc, à demain soir quatre heures, au triste quai de Galata. Dans ce tohu-bohu des départs, je veillerai bien ; je n'aurai d'autre préoccupation, je vous assure, que de ne pas manquer le passage de votre chère silhouette noire,... puisque c'est tout ce que vous me laissez le droit de regarder encore...

. . . .

ANDRÉ.

LIII

Le jeudi 30 novembre est arrivé, prompt et sans merci, comme arriveront empressées toutes les dates décisives ou fatales, non seulement pour chacun de nous celle où il faudra mourir, mais celles après qui verront tomber les derniers de notre génération, finir l'Islam et disparaître nos races au déclin, puis celles encore qui amèneront la consommation des Temps, l'anéantissement et l'oubli des tourbillons de soleils dans les souveraines Ténèbres...

Vite, vite il est arrivé ce jeudi 30 novembre, date quelconque et inaperçue pour la majorité des êtres si divers que Constantinople voit s'agiter dans ses foules ; mais, pour Djénane, pour André, date marquant un des tournants brusques où la vie change.

À l'aube froide et grise, tous deux s'éveillèrent presque en même temps, tous deux sous le même ciel, dans la même ville pour quelques heures encore, séparés seulement par un ravin empli d'habitations humaines et par un bois de cyprès empli de morts, — mais en réalité très loin l'un de l'autre à cause d'invisibles barrières. Lui, fut saisi par l'impression du départ, dès qu'il rouvrit les yeux, car il n'habitait plus sa maison, mais campait à l'hôtel ; il s'y était du reste perché le plus haut possible, pour fuir le tapage d'en bas, les casquettes des globe-trotters d'Amérique et les élégances des aigrefins de Syrie ; et surtout pour avoir vue encore sur Stamboul, avec Eyoub au lointain.

Et tous deux, Djénane et André, interrogèrent d'abord l'horizon, l'épaisseur des nuées, la direction du vent d'automne, l'un de sa fenêtre largement ouverte, l'autre à travers l'oppressant, l'éternel quadrillage de bois où s'emprisonnent les harems.

Ils avaient souhaité pour ce jour un temps lumineux et le rayonnement nostalgique de ce soleil d'arrière-saison, qui parfois vient épandre sur Stamboul une tiédeur de serre. Lui, c'était pour emporter, dans ses yeux avides et affolés de couleur, une dernière vision magnifique de la ville aux minarets et aux coupoles.

Elle, c'était pour être plus sûre de réussir à l'apercevoir encore une fois, de ce quai de Galata, en passant le long de son navire en partance, — car autrement, rien ne lui causait plus intime mélancolie que ces pâles illuminations roses des beaux soirs de novembre, et depuis longtemps elle s'était dit que s'il fallait, après qu'il serait parti pour jamais, rentrer s'ensevelir chez soi par un de ces couchers de soleil languides et tout en or, ce serait plus intolérable que sous la morne tombée des crépuscules pluvieux. Mais voilà, par temps de pluie tout deviendrait plus compliqué et plus incertain : quel prétexte inventer alors pour une promenade, comment échapper à l'espionnage redoublé des eunuques noirs et des servantes ?

Or, la pluie s'annonçait, à n'en pas douter, pour tout le jour. Un ciel obscur, remué et tourmenté par le vent de Russie ; de gros nuages qui couraient bas, presque à toucher la terre, enténébrant les lointains et inondant toutes choses ; du froid et de la mouillure.

Et Zeyneb aussi, par sa fenêtre aux vitres ouvertes, regardait le ciel, indifférente à sa propre conservation, aspirant longuement l'humidité glacée des hivers de Constantinople, qui déjà l'année précédente avait développé dans sa poitrine les germes de la mort. Puis tout à coup il lui sembla qu'elle gaspillait les minutes utiles ; ce n'était pourtant que ce soir à quatre heures, le départ d'André, mais elle ne se tint pas d'aller chez Djénane, comme elle l'avait promis hier ; toutes deux avaient à revoir ensemble leurs plans, à combiner de plus infaillibles ruses, afin de passer bien exactement à l'heure voulue sur ce quai des paquebots. Il demeurait encore là pour presque un jour, lui ; donc, l'agitation causée par sa présence, le trouble et le danger continuaient de les soutenir ; elles se sentaient actives et fébriles ; tandis qu'après, oh ! après ce serait la replongée soudaine dans ce calme où il n'y aurait plus rien...

Pour André au contraire, la journée commençait dans la mélancolie plutôt tranquille. L'immense lassitude d'avoir tant vécu, tant aimé et tant de fois dit adieu, endormait décidément son âme à l'heure de ce départ, que d'avance il s'était représenté plus cruel. Avec surprise, presque avec remords, il constatait déjà en soi-même une sorte de détachement avant d'être en route... « D'ailleurs il fallait couper court, se disait-il : quand je serai loin, tout ira mieux pour elle ; tout s'arrangera, hélas ! sous les caresses de Hamdi... »

Mais quel ciel décevant, pour le dernier jour ! Il avait compté, dans une flânerie triste et douce au soleil de novembre, aller encore jusqu'à Stamboul. Mais non, impossible, avec ce temps d'hiver ; ce serait finir sur des images trop décolorées... Il ne passerait donc pas les ponts, — plus jamais, — et resterait dans ce Péra insipide et crotté, à s'ennuyer en attendant l'heure.

Deux heures, temps de quitter l'hôtel pour se diriger vers la mer. Avant de descendre, il y eut cependant l'infinie tristesse du dernier regard jeté de la fenêtre, vers cet Eyoub et ces grands champs des morts que l'on n'apercevrait plus d'en bas, ni de Galata, ni de nulle part : tout au loin, dans le brouillard, au-delà de Stamboul, quelque chose comme une crinière noire dressée sur l'horizon, une crinière de mille cyprès que, malgré la distance, on voyait aujourd'hui remuer, tant le vent les tourmentait...

Après qu'il eut regardé, il descendit donc vers ce quartier bas de Galata, toujours encombré d'une vile populace levantine, qui est la partie de Constantinople la plus ulcérée par le perpétuel contact des paquebots, et par les gens qu'ils amènent, et par la pacotille moderne qu'ils vomissent sans trêve sur la ville des Khalifes.

Ciel sombre, ruelles feutrées de boue gluante, cabarets immondes empestant la fumée et l'alcool anisé des Grecs, cohue de portefaix en haillons, et troupes de chiens galeux. — De tout cela, le soleil magicien parvient encore à faire de la beauté, parfois ; mais aujourd'hui, quelle dérision, sous la mouillure de l'hiver !

Quatre heures maintenant ; on sent déjà baisser le jour de novembre derrière l'épaisseur des nuages. C'est l'heure officielle du départ, — et l'heure aussi où doit passer lentement la voiture de Djénane pour le grand adieu. André, sa cabine choisie, ses bagages placés, se tient à l'arrière sur la dunette, entouré d'aimables gens des ambassades qui sont venus pour le conduire, tantôt distrait de ce qu'on lui dit par l'attente de cette voiture, tantôt oubliant un peu celles qui vont passer, pour répondre en riant à ceux qui lui parlent.

Le quai, comme toujours, est bondé de monde. Il ne pleut plus. L'air est plein du bruit des

machines, des treuils à vapeur, et des appels, des
cris lancés par les portefaix ou les matelots, en
toutes les langues du Levant. Cette foule mouil-
lée, qui hurle et se coudoie, c'est un méli-mélo de
costumes turcs et de loques européennes, mais
les fez bien rouges sur toutes les têtes font quand
même l'ensemble encore oriental. Le long de la
rue, derrière tout ce monde, les cafés regorgent
de Levantins ; des figures coiffées de bonnets
rouges garnissent chaque fenêtre de ces maisons
en bois, perpétuellement remplies de musiquettes
orientales et de fumées de narguilés. Et ces gens
regardent, comme toujours, le paquebot en partance. Mais, au-delà de ce quartier interlope, de
cette bigarrure de costumes et de ce bruit, au-delà,
séparé par les eaux d'un golfe qui supporte une
forêt de navires, le grand Stamboul érige ses mosquées dans la brume ; sa silhouette toujours souveraine écrase les laideurs proches, domine de son
silence le grossier tumulte...

Ne viendront-elles pas, les pauvres petites ?...
Voici qu'André les oublie presque, dans cette griserie inévitable des départs, occupé qu'il est à dis-
tribuer des poignées de main, à répondre à des
propos d'insouciante gaîté. Et puis, il n'est plus
bien certain si c'est lui en personne qui s'en va ;
tant de fois il est monté sur ces mêmes paquebots,
en face de ce même quai et de ces mêmes foules,
venant reconduire ou recevoir des amis, comme
c'est l'usage à Constantinople. Du reste, cette ville
de Stamboul, profilée là-bas, est tellement sienne,
presque sa ville à lui depuis plus d'un quart de
siècle ; est-ce possible qu'il la quitte bien réelle-

ment ? Non, il lui semble que demain il y retournera comme d'habitude, retrouvant les endroits si familiers et les visages si connus...

Cependant le second coup de la cloche du départ achève de sonner ; les amis qui le reconduisaient s'en vont, la dunette se vide ; ceux-là seuls qui doivent prendre la mer restent en face les uns des autres et s'observent. — Il n'y a pas à dire, il a tinté un peu lugubrement, ce second coup de cloche, le dernier, — et André alors se ressaisit...

Ah ! cette voiture là-bas, ce doit être cela. Un coupé de louage, — bien quelconque, mais elle l'avait annoncé tel, — et qui avance avec plus de lenteur encore que l'encombrement ne l'exigerait. Il va passer tout près ; la glace est baissée ; là-dedans ce sont bien deux femmes voilées de noir... Et l'une soulève brusquement son voile : Djénane !... Djénane qui a voulu être vue ; Djénane qui le regarde, la durée d'une seconde, avec une de ces expressions d'angoisse qui ne peuvent plus s'oublier jamais...

Ses yeux resplendissaient au milieu de ses larmes ; mais déjà ils n'y sont plus... Le voile est retombé, et cette fois André a senti que c'était quelque chose de définitif et d'éternel, comme lorsqu'on vous cache une figure aimée sous le couvercle d'un cercueil... Elle ne s'est point penchée à la portière, elle n'a pas fait un adieu de la main, pas un signe ; rien que ce regard, qui suffisait du reste pour mettre une femme turque en danger grave. Et maintenant le coupé de louage continue lentement sa marche, il s'éloigne à travers la foule pressée...

Cependant ce regard-là vient de pénétrer plus

avant dans le cœur d'André que toutes les paroles et
toutes les lettres. Sur le quai, ces groupes de gens,
qui lui disent adieu de la main ou du chapeau,
n'existent plus pour lui ; il n'y a au monde à présent
que cette voiture là-bas, qui s'en retourne lentement vers un harem. Et ses yeux, qui voudraient au
moins la suivre, tout à coup s'embrument, voient
les choses comme oscillantes et troubles...

Mais quoi ? alors, c'est qu'il rêve ! La voiture, qui
cheminait toujours au pas, on dirait qu'elle s'éloigne
rapidement quand même, et dans un sens différent
de celui où les chevaux marchent ! Elle s'en va par
le travers, comme une image que l'on emporte, et
tout s'en va avec elle, les gens, ce grouillement de
peuple, les maisons, la ville... Ah ! c'est le paquebot
qui est parti !... Sans un bruit, sans une secousse,
sans qu'on ait entendu tourner son hélice... La
pensée ailleurs, il n'y avait pas pris garde... Le
grand paquebot, entraîné par des remorqueurs,
s'éloigne du quai sans qu'on le sente remuer ; on
dirait que c'est le quai qui fuit, qui se dérobe très
vite, avec sa laideur, avec ses foules, tandis que le
grand Stamboul, étant plus haut et plus lointain, ne
bouge pas encore. La clameur des voix se perd, on
ne distingue plus les mains qui disent adieu, — ni
la caisse noire de cette voiture, au milieu des mille
points rouges qui sont des fez turcs.

Toujours sans que rien n'ait semblé remuer à
bord, et dans un silence presque soudain que l'on
n'attendait pas, Stamboul lui-même commence de
s'estomper sous le brouillard et le crépuscule ; toute
cette Turquie s'efface, avec une sorte de majesté
funèbre, dans le lointain, — bientôt dans le passé.

Et André ne cesse de regarder, aussi longtemps qu'un vague contour de Stamboul reste dessiné au fond des grisailles du soir. Pour lui, de ce côté-là de l'horizon, persiste un charme d'âmes et de formes féminines, — de celles qui s'en allaient tout à l'heure dans cette voiture, et des autres déjà dissoutes par la mort...

La tombée de la nuit, dans la Marmara...

André songe : « À cette heure-ci, elles viennent d'arriver chez elles. » Et il se représente ce qu'a dû être leur trajet de retour, puis leur rentrée à la maison sous des regards inquisiteurs, et enfin leur enfermement, leur solitude ce même soir...

On est encore tout près : ce phare, qui vient de s'allumer à petite distance, et brille sur l'obscurité de la mer, c'est celui de la Pointe-du-Sérail. Mais André a l'impression d'être déjà infiniment loin ; ce départ a tranché comme d'un coup de hache les fils qui reliaient sa vie turque à l'heure présente, et alors cette période, en réalité si proche mais qui n'est plus retenue par rien, se détache, tombe, tombe tout à coup au fond de l'abîme où s'anéantissent les choses absolument passées...

LIV

À son arrivée en France, il reçut ces quelques mots de Djénane :

Quand vous étiez dans notre pays, André, quand nous respirions le même air, il semblait encore que vous nous apparteniez un peu. Mais à présent vous êtes perdu pour nous ; tout ce qui vous touche, tout ce qui vous entoure nous est inconnu,... et de plus en plus votre cœur, votre pensée distraite nous échappent. Vous fuyez, — ou plutôt c'est nous qui pâlissons, jusqu'à disparaître bientôt. C'est affreux de tristesse.

Quelque temps encore votre livre vous obligera de vous souvenir. Mais après ?... J'ai cette grâce à vous demander : vous m'en enverrez tout de suite les premiers feuillets manuscrits, n'est-ce pas ? Hâtez-vous. Ils ne me quitteront jamais ; *où que j'aille, même dans la terre*, je les emporterai avec moi... Oh ! la triste chose que le roman de ce roman : il est aujourd'hui le seul terrain où je me sente sûre de vous rencontrer ; il sera demain tout ce qui survivra d'une période à jamais finie...

DJÉNANE.

André aussitôt envoya les feuillets demandés. Mais plus de réponse, plus rien pendant cinq semaines, jusqu'à cette lettre de Zeyneb :

Khassim-Pacha, le 13 Zilkada 1323[1].

André, c'est demain matin que l'on doit conduire notre chère Djénane à Stamboul, dans la maison de Hamdi Bey une seconde fois, avec le cérémonial usité pour les mariées. Tout a été conclu singulièrement vite, toutes les difficultés aplanies ; les deux familles ont combiné leurs démarches auprès de Sa Majesté Impériale pour que l'iradé de séparation fût rapporté ; elle n'a eu personne pour la défendre.

Hamdi Bey lui a envoyé aujourd'hui les plus magnifiques gerbes de roses de Nice ; mais ils ne se sont pas même revus encore, car elle avait chargé Émiré Hanum de lui demander comme seule grâce d'attendre après la cérémonie de demain. Elle a été comblée de fleurs ; si vous pouviez voir sa chambre, où vous êtes entré une fois, elle a voulu les y faire porter toutes, et on dirait un jardin d'enchantement.

Ce soir, je l'ai trouvée stupéfiante de calme, mais je sens bien que ce n'est que lassitude et résignation. Dans la matinée de ce jour, où il faisait étrangement beau, je sais qu'elle a pu sortir accompagnée seulement de Kondja-Gul, pour aller aux tombes de Mélek et de votre Nedjibé, et, sur la hauteur d'Eyoub, à ce coin du cimetière où ma pauvre petite sœur vous avait photographiés ensemble, vous en souvenez-vous ? Je voulais passer cette dernière soirée auprès d'elle ; nous avions fait ainsi, Mélek et moi, la veille de son premier mariage ; mais j'ai compris qu'elle préférait être seule ; je me suis donc retirée avant la nuit, le cœur meurtri de détresse.

Et maintenant me voilà rentrée au logis, dans un isolement affreux ; je la sens plus perdue que la première fois, parce que mon influence est suspecte à Hamdi, on me tiendra à l'écart, je ne la verrai plus… Je ne croyais pas, André, que l'on pouvait tant souffrir ; si vous étiez quelqu'un qui prie, je vous dirais priez pour moi ; je me borne à vous dire ayez pitié, une grande pitié de vos humbles amies, des deux qui restent.

ZEYNEB.

Oh ! ne croyez pas qu'elle vous oublie ; le 27 Ramazan[1], notre jour des morts, elle a voulu que nous allions ensemble à la tombe de votre Nedjibé, lui porter des fleurs… et nos prières, ce qui nous reste de notre foi perdue… Si vous n'avez pas reçu de lettres depuis plusieurs jours, c'est qu'elle était souffrante et torturée ; mais je sais qu'elle a l'intention de vous écrire longuement *ce soir, avant de s'endormir* ; en me quittant, elle me l'a dit.

Z...

LV

Mais le surlendemain arriva ce faire-part* manuscrit, dans lequel André, dès qu'il déchira l'enveloppe, crut reconnaître l'écriture de Djavidé Hanum :

Allah !

Feridé-Azâdé-Djénane,
fille de Tewfik-Pacha Darihan Zâdé et de Seniha Hanum Kerissen, vient de mourir ce 14 Zilkada 1323[1].
Elle était née le 22 Redjeb 1297[2], à Karadjiamir.
Suivant sa volonté, elle a été inhumée dans le Turbé des vénérés Sivassi d'Eyoub, pour y dormir son dernier sommeil.
Mais ses yeux, qui étaient purs et beaux, se sont rouverts déjà, et Dieu, qui l'a beaucoup aimée, a dirigé son regard vers les jardins du paradis, où Mahomet, notre Prophète, attend ses fidèles.
Nous tous qui mourrons, notre prière monte vers toi, ô Djénane-Feridé-Azâdé, et te demande de ne pas nous oublier dans ton appel. Et nous, tes humbles amies,

---

* En Turquie, on n'envoie point de lettres de faire-part pour les morts. On avertit les amis éloignés par un entrefilet de journal, ou une note manuscrite, toujours à peu près dans la forme ci-dessus.

nous suivrons la voie lumineuse que tu nous auras
tracée.

Ô Djénane-Feridé-Azâdé,
que le rahmet* d'Allah descende sur toi !

Khassim-Pacha, 15 Zilkada 1323.

Il avait lu avec hâte et avec trouble ; d'abord la
forme orientale de cette note ne lui était pas familière, et puis, tous ces noms différents qu'avait
Djénane, il ne les connaissait pas, à première vue
ils le déroutaient... Et il fallut presque des minutes
avant qu'il eût bien irrévocablement entendu qu'il
s'agissait d'elle...

LVI

Une longue lettre de Zeyneb lui parvint trois
jours après, contenant une enveloppe fermée, sur
laquelle son nom, « André », avait été écrit encore
de la main de Djénane.

LETTRE DE ZEYNEB

André, toutes mes souffrances, toutes mes détresses
n'étaient que joie tant que son sourire les éclairait ;

---

* Rahmet. (La suprême miséricorde, le grand pardon
divin qui efface tout.) On dit toujours pour un mort dont
le nom est cité : « Allah rahmet eylésun ! » (Dieu lui donne
son rahmet !) comme on disait chez nous jadis : « Que Dieu
ait son âme ! »

tous mes jours noirs s'illuminaient d'elle : je le com-
prends à présent qu'elle n'y est plus...

Voici une semaine bientôt qu'elle est couchée sous
de la terre... Jamais je ne reverrai ses yeux profonds
et graves où son âme paraissait, jamais je n'entendrai
plus sa voix, ni son rire d'enfant ; tout sera morne
autour de moi jusqu'à la fin : Djénane est couchée
dans la terre... Je ne le crois pas encore, André, et
pourtant j'ai touché ses petites mains froides, j'ai vu
son sourire figé, ses dents nacrées entre ses lèvres
de marbre... C'est moi qui suis allée près d'elle la
première, qui ai pris la suprême lettre qu'elle avait
écrite, la lettre pour vous, froissée et tordue entre
ses doigts... Je ne le crois pas encore, et pourtant je
l'ai vue raidie et blanche ; j'ai tenu dans mes mains
ses mains de morte... Je ne le crois pas, mais cela
est, et je l'ai vu, et j'ai vu son cercueil enveloppé du
Validé-Châle, avec un voile vert de La Mecque, et j'ai
entendu l'Imam dire pour elle la prière des morts...

Jeudi, ce jour même où nous devions la reconduire
à Hamdi Bey, j'ai reçu un mot à l'aube, avec une clef
de sa chambre... (Cette serrure qu'elle était si contente
d'avoir obtenue, vous vous rappelez ?) C'est Kondja-Gul
qui m'apportait cela, et pourquoi de si bonne heure ?...
J'avais de l'effroi déjà en déchirant l'enveloppe... Et
j'ai lu : « Viens, tu me trouveras morte. Tu entreras la
première et seule dans ma chambre ; près de moi tu
chercheras une lettre ; tu la cacheras dans ta robe, et
ensuite tu l'enverras à mon ami. »

Et j'y suis allée en courant, je suis entrée seule dans
cette chambre... Oh ! André, l'horreur d'entrer là...
L'horreur du premier regard jeté là-dedans !... Où
serait-elle ? Dans quelle pose,... tombée, couchée ?...
Ah ! là, dans ce fauteuil, devant son bureau, cette tête
renversée, toute blanche, qui avait l'air de regarder le
jour levant... Et je ne devais pas appeler, pas crier...
Non, la lettre, je devais chercher la lettre... Des lettres,

j'en voyais cinq ou six cachetées sur ce bureau près d'elle ; sans doute ses adieux. Mais il y avait aussi des feuillets épars, ce devait être ça, avec cette enveloppe prête qui portait votre nom... Et le dernier feuillet, celui que vous verrez froissé, je l'ai pris dans sa main gauche qui le tenait, crispée... J'ai caché tout cela, et, quand j'ai eu fait comme elle voulait, alors seulement j'ai crié de toute ma voix, et on est venu...

Djénane, mon unique amie, ma sœur... Pour moi, il n'y a plus rien, en dehors d'elle, après elle, ni joie, ni tendresse, ni lumière du jour ; elle a tout emporté au fond de sa tombe, où se dressera bientôt une pierre verte, là-bas, vous savez, dans cet Eyoub que vous aimiez tous deux...

Et elle aurait vécu, si elle était restée la petite barbare, la petite princesse des plaines d'Asie ! Elle n'aurait rien su du néant des choses... C'est de trop penser et de trop savoir, qui l'a empoisonnée chaque jour un peu... C'est l'Occident qui l'a tuée, André... Si on l'avait laissée primitive et ignorante, belle seulement, je la verrais là près de moi, et j'entendrais sa voix... Et mes yeux n'auraient pas pleuré, comme ils pleureront des jours et des nuits encore... Je n'aurais pas eu ce désespoir, André, si elle était restée la petite princesse des plaines d'Asie...

ZEYNEB.

La lettre de Djénane, André avait une pieuse frayeur de l'ouvrir.

Ce n'était plus comme le faire-part, décacheté si distraitement. Cette fois il était averti ; depuis des jours, il avait pris le deuil pour elle ; la tristesse de l'avoir perdue était entrée en lui par degrés avec une pénétration lente et profonde ; il avait eu le temps aussi de méditer sur la part de responsabilité qui lui revenait dans ce désespoir.

Donc, avant de déchirer cette enveloppe, il s'enferma seul, pour n'être troublé par rien dans son tête-à-tête avec elle.

Plusieurs feuillets... Et le dernier, celui d'en dessous, en effet, les doigts le sentaient tout froissé et meurtri.

D'abord il vit que c'était son écriture des lettres habituelles, toujours sa même écriture aussi nette. Elle avait donc été bien maîtresse d'elle-même devant la mort ! Et elle commençait par ces phrases un peu rythmées qui étaient dans sa manière ; des phrases d'abord si calmes, qu'André eût douté presque, lui qui ne l'avait pas vue « raidie et blanche », lui qui n'avait pas eu le contact de « sa main de morte ».

LA LETTRE

Mon ami, l'heure est venue de nous dire adieu. L'iradé par lequel je me croyais protégée a été rapporté, Zeyneb a dû vous l'apprendre. Ma grand-mère et mes oncles ont tout préparé pour mon mariage, et demain doit me rendre à l'homme que vous savez.

Il est minuit et, dans la paix de la maison close, point d'autre bruit que le grincement de ma plume ; rien ne veille, hors ma souffrance. Pour moi, le monde s'est évanoui ; j'ai déjà pris congé de tout ce qui m'y était cher, j'ai écrit mes dernières volontés et mes adieux. J'ai débarrassé mon âme de tout ce qui n'en est pas l'essence, j'en ai voulu chasser toutes les images — pour que rien ne demeure entre vous et moi, pour ne donner qu'à vous les dernières heures de ma vie, et que ce soit vous seul qui sentiez s'arrêter le dernier battement de mon cœur.

Car, mon ami, je vais mourir... Oh ! d'une mort

paisible, semblable à un sommeil, et qui me gardera jolie. Le repos, l'oubli sont là, dans un flacon à portée de ma main. C'est un toxique arabe très doux qui, dit-on, donne à la mort l'illusion de l'amour.

André, avant de m'en aller de la vie, j'ai fait un pèlerinage à la petite tombe qui vous est chère. J'ai voulu prier là et demander à celle que vous avez aimée de me secourir à l'heure du départ, — et aussi de permettre à mon souvenir de se mêler au sien dans votre cœur. Et tantôt je me suis rendue à Eyoub, seule avec ma vieille esclave, demander aux morts de me faire accueil. Parmi les tombes j'ai erré, choisissant ma place. Dans ce coin où nous nous étions assis ensemble, je me suis reposée seule. Ce jour d'hiver avait la douceur de l'avril où mon âme, en ce même lieu, s'était donnée... Dans la Corne-d'Or, au retour, du ciel il pleuvait des roses. Oh ! mon pays, si beau dans ta pourpre du soir ! J'ai clos mes yeux pour emporter dans l'autre vie ta vision !...

Zeyneb m'avait conseillé la fuite, quand l'annulation de l'iradé nous a été signifiée. Cependant je n'ai pu m'y résoudre. Peut-être, si j'avais su trouver, sous un autre ciel, l'amour pour m'accueillir... Mais je n'avais droit de prétendre qu'à une pitié affectueuse. J'aime mieux la mort, je suis lasse.

Un calme étrange règne en moi... J'ai fait apporter dans ma chambre, — ma chambre de jeune fille où vous êtes entré un jour, — toutes les fleurs envoyées par mes amies pour la « fête » de demain. En les disposant autour de mon lit, de la table sur laquelle j'écris, c'est à vous, ami, que je pense. Je vous évoque. Cette nuit, vous êtes mon compagnon. Si je ferme les yeux, vous voici, froid, immobile ; mais vos yeux à vous, — ces yeux dont je n'aurai jamais sondé le mystère, — percent mes paupières closes et me brûlent le cœur. Et si je rouvre mes yeux, vous êtes là encore : parmi les fleurs, votre portrait me regarde.

Et votre livre, — *notre livre* — à part ces feuillets que vous m'avez donnés et qui me suivront demain, je m'en vais donc sans l'avoir lu ! Ainsi je n'aurai pas même su votre exacte pensée. Aurez-vous bien senti la tristesse de notre vie ? Aurez-vous bien compris le crime d'éveiller des âmes qui dorment et puis de les briser si elles s'envolent, l'infamie de réduire des femmes à la passivité des choses ?... Dites-le, vous, que nos existences sont comme enlisées dans du sable, et pareilles à de lentes agonies... Oh ! dites-le ! Que ma mort serve au moins à mes sœurs musulmanes ! J'aurais tant voulu leur faire du bien quand je vivais !... J'avais caressé ce rêve autrefois, de tenter de les réveiller toutes... Oh ! non, dormez, dormez, pauvres âmes. Ne vous avisez jamais que vous avez des ailes !... Mais celles-là qui déjà ont pris leur essor, qui ont entrevu d'autres horizons que celui du harem, oh ! André, je vous les confie ; parlez d'elles et parlez pour elles. Soyez leur défenseur dans le monde où l'on pense. Et que leurs larmes à toutes, que mon angoisse de cette heure, touchent enfin les pauvres aveuglés, qui nous aiment pourtant, mais qui nous oppriment !...

L'écriture maintenant changeait tout à coup, devenait moins assurée, presque tremblante.

Il est trois heures du matin et je reprends ma lettre. J'ai pleuré, tant pleuré, que je n'y vois plus bien. Oh ! André ! André ! est-ce donc possible d'être jeune, d'aimer, et cependant d'être poussée à la mort ? Oh ! quelque chose me serre à la gorge et m'étouffe... J'avais le droit de vivre et d'être heureuse... Un rêve de vie et de lumière plane encore autour de moi... Mais demain, le soleil de demain, c'est le maître qu'on m'impose, ce sont ses bras qui vont m'enlacer... Et où sont-ils, les bras que j'aurais aimés...

Un intervalle, témoignant d'un autre temps d'arrêt : l'hésitation suprême sans doute et puis l'accomplissement de l'acte irrévocable. Et la lettre, pour quelques secondes encore, reprenait sa tranquillité harmonieuse. Mais cette tranquillité-là donnait le frisson...

> C'est fini, il ne fallait qu'un peu de courage. Le petit flacon d'oubli est vide. Je suis déjà une chose du passé. En une minute, j'ai franchi la vie, il ne m'en reste qu'un goût amer de fleurs aux lèvres. La terre me paraît lointaine, et tout se brouille et se dissout, — tout sauf l'ami que j'aimais, que j'appelle, que je veux près de moi jusqu'à la fin.

L'écriture commençait à s'en aller de travers comme celle des petits enfants. Puis, vers la fin de la nouvelle page, les lignes chevauchaient tout à fait. La pauvre petite main n'y était plus, ne savait plus, les lettres se rapetissaient trop, ou bien tout à coup devenaient très grandes, effrayantes d'être si grandes... C'était le dernier feuillet, celui qui avait été tordu et pétri pendant la convulsion de la mort, et les meurtrissures de ce papier ajoutaient à l'horreur de lire.

> ... l'ami que j'appelle, que je veux près de moi jusqu'à la fin... Mon bien-aimé, venez vite, car je veux vous le dire... Ne saviez-vous donc pas que je vous chérissais de tout mon être ? Quand on est mort, on peut tout avouer. Les règles du monde, il n'y en a plus. Pourquoi, en m'en allant, ne vous avouerais-je pas que je vous ai aimé...

André, ce jour où vous vous êtes assis là, devant ce bureau où je vous écris mon adieu, le hasard, comme je me penchais, m'a fait vous frôler ; alors j'ai fermé les yeux, et derrière mes yeux clos, quels beaux songes ont tout à coup passé ! Vos bras me pressaient contre votre cœur, et mes mains emplies d'amour touchaient doucement vos yeux et en chassaient la tristesse. Ah ! la mort aurait pu venir, et elle serait venue en même temps que pour vous la lassitude, mais comme elle eût été douce, et quelle âme joyeuse et reconnaissante elle eût emportée... Ah ! tout se brouille et tout se voile... On m'avait dit que je dormirais, mais je n'ai pas encore sommeil, seulement tout remue, tout se dédouble, tout danse, mes bougies sont comme des soleils, mes fleurs ont grandi, grandi, je suis dans une forêt de fleurs géantes...

Viens, André, viens près de moi, que fais-tu là parmi les roses ? Viens près de moi pendant que j'écris, je veux ton bras autour de moi et tes chers yeux près de mes lèvres... Là, mon amour, c'est ainsi que je veux dormir, tout près de toi, et te dire que je t'aime... Approche de moi tes yeux, car, de l'autre vie où je suis, on peut lire dans les âmes à travers les yeux... Et je suis une morte, André... Dans tes yeux clairs où je n'ai pas su voir, y a-t-il pour moi une larme ?... Je ne t'entends pas répondre parce que je suis morte... Pour cela je t'écris, tu n'entendrais pas ma voix lointaine...

Je t'aime, entends-tu au moins cela, *je t'aime*...

Oh ! sentir ainsi, comme sous la main, cette agonie ! Être celui à qui elle s'était obstinée à parler quand même, pendant la minute de grand mystère où l'âme s'en va... Recueillir la dernière trace de sa chère pensée qui venait déjà du domaine des morts !...

Et je m'en vais, je m'envole, serre-moi !... André !...
Oh ! t'aimera-t-on encore d'un amour si tendre... Ah !
le sommeil vient et la plume est lourde.

Dans tes bras... mon bien-aimé...

. . . .

Ils se perdaient, tracés à peine, les derniers
mots. Du reste, ni cela, ni rien, celui qui lisait ne
pouvait plus lire... Sur le feuillet, froissé par la
pauvre petite main qui ne savait plus, il appuya
les lèvres, pieusement et passionnément. Et ce fut
leur grand et leur seul baiser...

LVII

Ô Djénane-Feridé-Azâdé, que le rahmet d'Allah
descende sur toi ! Que la paix soit à ton âme fière
et blanche ! Et puissent tes sœurs de Turquie, à
mon appel, pendant quelques années encore avant
l'oubli, redire ton cher nom, le soir dans leurs
prières !...

DOSSIER

CHRONOLOGIE

(1850-1923)

1850. *14 janvier*. Louis Marie *Julien Viaud* naît à Rochefort-sur-Mer (Charente-Inférieure), fils de Théodore Viaud (né en 1804) et de Nadine Texier (née en 1810), avec plusieurs marins dans son ascendance tant paternelle (catholique) que maternelle (protestante). Il est le troisième et dernier (et tardif) enfant du couple, après Marie (née en 1831) et Gustave (né en 1838).

1858. *Été*. Premier long séjour, avec Marie et Gustave, dans l'île d'Oléron — à La Brée, village de pêcheurs. Au retour, visite à leur grand-tante Clarisse Lieutier et à ses deux filles, qui vivent, à Saint-Pierre-d'Oléron, tout près de la « maison des aïeules » ; Loti la rachètera en 1898 et voudra y être enterré.

1861. *Été*. Avec Marie, Julien passe ses vacances dans le Quercy, à Bretenoux, dans la famille de son futur beau-frère Armand Bon.
Autre lieu enchanté de son enfance, le domaine de La Limoise, au sud de Rochefort, qui appartient à une amie de sa mère.

1862. *16 septembre*. Après trois ans passés en Océanie, où il était chirurgien de marine à l'hôpital de Papeete, Gustave Viaud arrive à Rochefort pour y passer dix semaines (puis repartir pour la Cochinchine). C'est l'année suivante que son jeune frère prend la décision d'entrer dans la marine.

Octobre. Julien, dont l'instruction a été jusqu'ici faite par leçons particulières, devient externe en classe de troisième au collège de Rochefort.

1865. *10 mars*. Gustave, atteint de dysenterie, meurt en mer, à vingt-sept ans, dans l'océan Indien.

11 juillet. Naissance de sa nièce Nadine, fille de Marie qui s'est installée avec son mari à Saint-Porchaire près de Rochefort.

1866. Receveur municipal, Théodore Viaud est accusé de vol, et passe quelques jours en prison ; il est innocenté deux ans plus tard, mais il a perdu sa place ; de plus, le tribunal qui l'a acquitté l'oblige néanmoins au remboursement des valeurs disparues. Déjà éprouvée par les revers de fortune de la grand-mère Henriette Texier, la famille Viaud connaîtra alors la pauvreté et les dettes.

Été. À Saint-Porchaire, dans les bois qui environnent le vieux château de La Roche-Courbon, l'adolescent, grâce à « la chair ambrée d'une jeune gitane », a la révélation du « grand secret de la vie et de l'amour » (*Prime jeunesse*, chap. XXV à XXX).

Octobre. Julien, après avoir échoué au concours d'entrée à l'École navale, part pour Paris, où il va s'ennuyer, commencer à écrire son *Journal intime* (qu'il tiendra presque toute sa vie), et préparer au lycée Napoléon (Henri-IV) le baccalauréat (qu'il ne présentera pas) et à nouveau l'École navale.

1867. *Juillet*. Admis à l'examen d'entrée, Julien est, à partir du 1er octobre, élève à l'École navale — c'est-à-dire à Brest, à bord du *Borda*.

1868. *Août*. Julien fait son premier voyage, le long des côtes bretonnes et normandes, à bord du *Bougainville*.

1869. *Août*. Julien Viaud est nommé aspirant de deuxième classe.

1870. *Juin*. Son père meurt à Rochefort. Julien est à New York quand la nouvelle lui en parvient.

Août. Promu aspirant de première classe après une campagne d'instruction de dix mois sur le vaisseau-école *Jean-Bart* (en Méditerranée — premier contact avec la Turquie : cinq jours à Smyrne [Izmir], puis huit jours à Marmaris —, puis dans l'Atlantique), il prend part, sur la corvette *Decrès* (août 1870-mars 1871), dans la mer du Nord et la Baltique, aux opérations navales de la guerre franco-allemande.

1871. *Mars.* À bord de l'aviso *Le Vaudreuil* puis de la frégate *La Flore*, croisières vers l'Amérique du Sud (Sénégal, Cayenne, Brésil, Uruguay, détroit de Magellan, Valparaiso) et dans le Pacifique (île de Pâques, Tahiti, Haïti, San Francisco…). Retour à Brest en décembre 1872.

1872. *Janvier. La Flore* aborde à Papeete. Du journal des deux mois passés à Tahiti (où les suivantes de la reine Pomaré l'appelaient *Loti* — en réalité *Roti*, avec un r roulé —, qui signifie rose ou laurier-rose) naîtra *Le Mariage de Loti*.

Août. L'Illustration publie trois articles de Julien Viaud (premiers textes de lui imprimés) sur l'île de Pâques, illustrés de ses dessins.

1873. *Juin.* Promu enseigne de vaisseau.

Septembre. Rejoint à Dakar l'aviso *Pétrel*. Au Sénégal jusqu'en juillet 1874. Des aventures vécues là avec des femmes indigènes et une métisse, il fera *Le Roman d'un spahi*.

1874. *Mars-mai.* À Saint-Louis du Sénégal, Julien vit une grande passion avec la femme (on ignore encore aujourd'hui son identité) d'un haut fonctionnaire de la colonie — lequel fait sanctionner le lieutenant Viaud par une mutation sur *L'Espadon* stationné à Dakar. Retour en France le 30 août.

28 octobre. Venu très secrètement à Genève pour y revoir l'inconnue du Sénégal, Julien en repart désespéré. Il semble que, jusqu'à ce soir du 28 octobre, il ait nourri l'espoir, sinon d'épouser celle qu'il aimait, du moins de reconnaître l'enfant (ce fut un fils) qu'elle attendait de lui.

1875. *Janvier-juillet*. Congé, et stage à l'école de gymnas-
tique de Joinville-le-Pont. Julien s'étourdit dans le
sport et les plaisirs du Quartier latin.

1876. *Avril*. À plusieurs reprises, il se produit comme
clown-acrobate sur la piste du Cirque étrusque de
Toulon.

3 mai. Julien quitte Toulon sur la frégate cuirassée *La Couronne*, qui mouillera le 16 en rade de
Salonique (Thessalonique). Avec la canonnière *Le
Gladiateur*, il restera à Constantinople du 1er août
1876 au 17 mars 1877. Aventure d'« Aziyadé ».

1877. *Mars*. De retour de Turquie, Julien, pendant trois
ans, ne quitte plus les côtes et les ports français
de l'Atlantique et de la Manche.

Été. Alors qu'il correspond encore avec « Aziyadé »
et cherche même le moyen de la faire venir en
France, il confie à ses amis Lucien Jousselin et
Victor Lempérière deux manuscrits d'un roman
intitulé *Béhidgé* ; après plusieurs refus, Calmann-
Lévy accepte de le publier.

Hiver. Sur le garde-côte *Le Tonnerre*, basé à
Lorient, il retrouve le quartier-maître Pierre Le
Cor qu'il a jadis connu sur le *Borda*, et entre dans
l'intimité du Breton et de sa jeune épouse Marie-
Anne — « Yves Kermadec » et « Marie Kereme-
nen » de *Mon frère Yves*.

1878. *Février*. Julien Viaud fait un séjour à la Trappe
de Bricquebec (Manche) : « la perspective de finir
mes jours sous la robe de bure ne m'effrayait
presque plus… » (*Journal*).

8 mars. Dernière lettre à « Aziyadé ».

Juillet-septembre. Aventure avec la « belle Bordelaise ». « Tout, tout mon passé, tout est balayé par un
orage inattendu », écrit Julien à son ami Jousselin.

1879. *20 janvier. Aziyadé*, sans nom d'auteur, paraît chez
Calmann-Lévy. Aucun succès.

Février. Seconde brève retraite à la Trappe : « J'ai
vu de près ces gens ; ils m'ont déçu comme les
autres. Je n'en veux plus. »

1880. *15 mars*. *Le Mariage de Loti, par l'auteur d'Aziyadé*, sort en librairie. Succès immédiat et « étourdissant ».

24 mars. Loti est présenté à Juliette Adam par Calmann-Lévy. Début d'une longue et intense amitié avec celle qui se voulait la « mère morale et intellectuelle » de l'écrivain. Il se lie également avec Alphonse Daudet.

Avril. Loti quitte Toulon à bord du cuirassé *Friedland*, qui évolue en Méditerranée durant onze mois. Escale d'un mois en Algérie.

Septembre-novembre. Le *Friedland* dans l'Adriatique. Loti découvre Raguse (Dubrovnik). L'aventure de « Pasquala Ivanovitch ».

2 octobre. Premier article (dans *Le Monde illustré*) signé « M. Loti ».

1881. *24 février*. Promu lieutenant de vaisseau.

Mars. À Rochefort jusqu'au mois de juin de l'année suivante. *Septembre*. *Le Roman d'un spahi* (premier roman signé « Pierre Loti » : l'auteur ajoute ainsi à son surnom polynésien un prénom dont il use déjà en privé, par fantaisie, depuis quatre ou cinq ans).

1882. *Avril*. Pour se délivrer des menaces que fait peser sur sa carrière d'officier la famille genevoise de la femme qui a été sa maîtresse au Sénégal en 1874, Loti accepte de cesser définitivement toute relation avec elle.

Juillet-décembre. Sur la frégate cuirassée *La Surveillante*, qui croise le long des côtes de la Manche.

Octobre. À Brest, Loti fait la connaissance de la jeune Paimpolaise qui lui inspirera le personnage de Gaud, dans *Pêcheur d'Islande*.

Novembre. *Fleurs d'ennui* (quatre récits : *Fleurs d'ennui, Pasquala Ivanovitch, Voyage de quatre officiers de l'escadre internationale au Montenegro* et *Suleïma*, dont le premier a été écrit en collaboration avec « H. Plumkett » [Lucien Jousselin]).

1883. *22 mai*. À Brest, Loti embarque sur la corvette cuirassée *L'Atalante* : il va participer (ou, plus exactement, assister) à « l'absurde et folle expédition du Tonkin ».

　　13 octobre. *Mon frère Yves*. Le 17, parution dans *Le Figaro*, sous la signature de Loti, d'un troisième article (les deux premiers n'étaient pas signés) racontant les massacres de civils auxquels les Français viennent de se livrer lors de la prise de Hué. Énorme scandale dans la presse française et étrangère : le gouvernement fait interrompre la publication du reportage de Loti et, le 24 octobre, le Conseil des ministres décide le rappel du commandant Viaud.

1884. À peine arrivé à Toulon le 3 février, il est convoqué à Paris pour s'entendre dire qu'on ne lui en veut pas.

　　11 décembre. Il se rend une dernière fois à Paimpol pour revoir celle qu'il espère encore épouser mais qui, fidèle à son fiancé « pêcheur d'Islande », lui oppose un refus définitif.

1885. *Mars*. Loti s'embarque à Toulon pour rejoindre l'escale de l'amiral Courbet dans les mers de Chine.

　　Juillet-août. À Nagasaki pendant cinq semaines. « Mariage » de Loti avec une jeune Japonaise, Okané-san, « Madame Chrysanthème ».

1886. *Février*. Retour à Toulon. Loti reste affecté à Rochefort jusqu'à la fin de l'année 1890. Sa « tante » de Paris, Nelly Lieutier (en fait, une cousine d'un degré éloigné), lui propose une nouvelle jeune fille : Blanche Franc de Ferrière, née en 1859, d'une vieille famille protestante bordelaise originaire du Périgord. Julien fait sa connaissance à Bordeaux en juillet.

　　Juin. *Pêcheur d'Islande* (roman, le plus grand succès de Loti).

　　20-21 octobre. Julien Viaud épouse Blanche de Ferrière. Voyage de noces en Espagne.

1887. *4 avril*. Enceinte, Blanche fait une chute dans un escalier et donne prématurément naissance à un garçon, qui ne vit que quelques jours.

5 juillet. Chevalier de la Légion d'honneur (à titre civil).

27 septembre. Invité par la reine Élisabeth de Roumanie (en littérature, Carmen Sylva) dans son château des Carpates, Loti arrive à Bucarest. Il quitte la Roumanie le 4 octobre pour aller passer trois jours à Constantinople, à la recherche des traces d'« Aziyadé », son cher *fantôme d'Orient*.

Novembre. Madame Chrysanthème (« C'est le journal d'un été de ma vie [...]. Les trois principaux personnages sont *Moi*, le *Japon* et l'*Effet* que ce pays m'a produit »).

1888. *12 avril.* « Fête Louis XI » dans la « salle gothique » — première des grandes fêtes costumées que Loti aime donner dans sa maison de Rochefort, où il a déjà aménagé une salle turque, une chambre arabe et une pagode japonaise. Nombre de personnalités du Paris mondain et littéraire y participent.

20 juin. Venue jouer au théâtre de Rochefort, Sarah Bernhardt, sa plus ancienne amie parisienne, rend visite à Loti.

1889. *Mars. Japoneries d'automne* (neuf récits et nouvelles).

18 mars. Naissance de Samuel, fils de Loti (il mourra en 1969).

26 mars. Loti arrive à Tanger. Il fait partie de l'escorte du nouveau ministre de France au Maroc, Jules Patenôtre, qui va présenter ses lettres de créance au sultan Moulay Hassan. Il se rembarque pour la France le 10 mai.

1890. *Janvier. Au Maroc* (relation de son voyage).

1er mai. Échec de sa première candidature à l'Académie française.

Mai. Le Roman d'un enfant, récit de ses années d'enfance, dédié à la reine Élisabeth de Roumanie, à qui il rend visite à Bucarest. Puis il passe quatre jours à Constantinople.

1891. *21 mai.* Loti est élu à l'Académie avec dix-huit voix, contre zéro pour Zola.

Juillet. Le Livre de la pitié et de la mort (contes, récits et souvenirs).

14-15 août. Visite à la reine Élisabeth de Roumanie, dans son fastueux exil de l'hôtel Danieli à Venise.
16 décembre. Nommé commandant de la canonnière *Le Javelot*, stationnaire de la Bidassoa à Hendaye, il le reste jusqu'au 16 juin 1893 et, après trois ans de service à la préfecture maritime de Rochefort, reprendra le commandement du *Javelot* du 16 mai 1896 au 1er janvier 1898. Découverte du Pays basque.

1892. *Février*. *Fantôme d'Orient*, « suite et fin » d'*Aziyadé*.
7 avril. Réception sous la Coupole. Dans son discours, Loti attaque vivement le naturalisme ; apprenant le lendemain que son concurrent malheureux était dans la salle, il écrit à Zola pour s'excuser.

1893. *Avril*. Parution de *Matelot*, neuvième roman de Loti.
Mai. *L'Exilée* (six textes : des souvenirs sur la reine Élisabeth de Roumanie [*Carmen Sylva* et *L'Exilée*], sur le Japon [*Une page oubliée de Madame Chrysanthème* et *Femmes japonaises*], sur les *Charmeurs de serpents* de Tétouan, et la longue description de *Constantinople en 1890*, publiée un an plus tôt).
27 novembre. Première rencontre de Loti et de Crucita Gainza, la jeune Basque espagnole que lui a présentée son ami le Dr Durruty : frappé par la beauté et la vigueur de ce peuple, il l'avait chargé de lui trouver une femme qui consentît à lui donner une descendance basque.

1894. *Février-mai*. Voyage (à titre privé) vers la Terre sainte avec, au retour, une étape à Constantinople.
1er septembre. Loti installe à Rochefort, dans une « petite maison du faubourg », sa nouvelle « femme de chair », Crucita. Il lui rendra désormais visite presque chaque jour où il sera à Rochefort.
Novembre. Loti loue à Hendaye, au bord de la Bidassoa, la maison qu'il baptisera Bakhar-Etchea (« Maison du Solitaire ») et dont il deviendra propriétaire en 1903 (c'est dans ce refuge basque qu'il mourra).

1895. *Janvier*. *Le Désert* (livre tiré, comme les deux suivants, du journal de son voyage en Terre sainte).

Mars. Jérusalem.

30 juin. Naissance, à Rochefort, de Raymond, fils de Loti et de Crucita Gainza (il mourra en 1926).

Octobre. La Galilée.

1896. *12 novembre.* À Rochefort, mort de Nadine Viaud, mère de Loti, à quatre-vingt-six ans.

1897. *Avril. Ramuntcho* (roman).

Naissance d'Alphonse-Lucien, dit Edmond, deuxième enfant de Crucita et de Loti (il mourra en 1975).

Novembre. Figures et choses qui passaient (recueil de divers récits et souvenirs, dominés par le thème de la mort).

1898. *15 avril.* Le lieutenant de vaisseau Julien Viaud est mis d'office à la retraite par le ministre qui veut rajeunir les cadres de la marine (vingt-huit officiers sont touchés). Nombreuses protestations.

1899. *24 février.* Loti est réintégré — mais laissé sans affectation, placé hors cadre et en congé sans solde, à la disposition du ministre des Affaires étrangères jusqu'au 25 juillet 1900.

1er mai. Promu capitaine de frégate. Publication de *Reflets sur la sombre route* (récits et souvenirs).

18 novembre. Après un bref voyage à Berlin, départ pour l'Inde et la Perse.

1900. *18 février.* Naissance de Fernand (qu'on appellera Léo), troisième enfant de Loti et de Crucita (il mourra à moins d'un an).

2 août. À peine rentré, et rétabli dans le cadre d'activité, Loti quitte Cherbourg à bord du cuirassé *Le Redoutable*, aide de camp du vice-amiral Pottier, dont on envoie l'escadre croiser dans les mers de Chine pour protéger nos nationaux contre la révolte des Boxers.

1901. *18 avril.* Après l'hiver passé au Japon, Loti retourne à Pékin, où il reste jusqu'au 4 mai.

Juin. Escale en Corée.

Novembre-décembre. Profitant, sur le chemin du retour, d'une longue escale à Saigon, Loti fait le pèlerinage d'Angkor.

1902. *Février. Les Derniers Jours de Pékin.*
     7 avril. Retour en France.
1903. *Mars. L'Inde (sans les Anglais).*
     9 septembre. Sur le port de Galata à Constantinople, où arrive Loti, nommé commandant de l'aviso *Le Vautour*, stationnaire de l'ambassade de France, première rencontre avec l'enseigne de vaisseau Charles Bargone — qui, sous le nom de Claude Farrère, obtiendra deux ans plus tard le prix Goncourt, et sera jusqu'à la fin un des plus fidèles amis de Loti.
1904. *Mars. Vers Ispahan* (récit de sa traversée de la Perse).
     ***16 avril.* Première rencontre avec les trois mystérieuses dames turques, les « Désenchantées ».**
1905. ***9 février.* « Nouryé » et « Zennour » accompagnent Loti dans une visite au cimetière où se trouve la tombe d'« Aziyadé ».**
     30 mars. Après dix-huit mois passés à Constantinople, Loti rentre en France. Il emporte clandestinement la stèle d'Aziyadé, dont il a fait faire une copie pour la remplacer au cimetière.
     Avril. La Troisième Jeunesse de Madame Prune.
     ***15 décembre.* Dernière lettre de « Leyla » (c'est-à-dire Marie Héliard, Mme Lera [1863-1958], *alias* la journaliste Marc Hélys, et la « Djénane » des *Désenchantées*), qui annonce sa mort et met un terme à la mystification.**
1906. ***Janvier.* Nouryé et Zennour, fuyant la Turquie, se réfugient en France, à Nice. Loti, s'estimant responsable de leur sort, les aide moralement et matériellement.**
     ***Juillet. Les Désenchantées, roman des harems turcs contemporains.* Le livre vaut à Loti son plus grand succès depuis *Pêcheur d'Islande*.**
     2 août. Promu capitaine de vaisseau.
     Automne. Début de l'amitié entre Loti et Louis Barthou.

1907. *24 janvier*. Loti, qui a sollicité de son ministre un congé sans solde de six mois pour un long voyage en Égypte, arrive au Caire, invité par le leader nationaliste Mustafa Kamil. Il se rembarque pour la France le 3 mai.

1908. *21 septembre*. Mort de Marie Bon, sœur de Loti.

1909. Après vingt-trois années de vie à Rochefort, Blanche se retire au « Bertranet », en Dordogne (près de Bergerac), en compagnie de sa mère. C'est là qu'elle mourra en 1940.

Janvier. *La Mort de Philæ* (recueil de ses articles sur son voyage en Égypte).

4-11 juillet. Voyage à Londres, où il est reçu par la reine Alexandra.

1910. *14 janvier*. En ce jour de son soixantième anniversaire, Julien Viaud est admis à la retraite.

Mai. *Le Château de la Belle-au-bois-dormant*.

15 août. Loti arrive à Istanbul. Se rembarque pour la France le 23 octobre.

6 décembre. Loti commence une grande campagne dans *Le Figaro* en faveur de la Turquie, à qui l'Italie vient d'arracher la Tripolitaine.

1912. *Février*. *Un pèlerin d'Angkor*.

Septembre. Loti arrive à New York, pour « six semaines d'odieux cauchemars » (en fait, moins d'un mois), à l'occasion de la création de sa « pièce chinoise » *La Fille du Ciel*.

1913. *Janvier*. *Turquie agonisante* (recueil d'articles et de lettres). En face du démembrement, voulu et entrepris par les grandes puissances européennes, de l'Empire ottoman, Loti s'engage à fond dans la défense de sa chère Turquie.

Août-septembre. À Constantinople et à Andrinople (Edirne), Loti est reçu en héros de la cause turque.

1914. *3 août*. Mobilisé (sur sa demande). Renvoyé dans ses foyers le 1er septembre. Mais il parvient à se faire prendre comme agent de liaison, sans solde, par le général Gallieni, gouverneur militaire de Paris.

Septembre-octobre. Loti s'efforce — en vain — d'empêcher, en écrivant à Enver Pacha puis au prince héritier, que la Turquie n'entre dans la guerre aux côtés des Allemands.

1915. *1ᵉʳ février*. Rappelé à l'activité, Loti est affecté à l'état-major du Gouverneur militaire de Paris.

1916. *Juin*. En Meurthe-et-Moselle, Loti accomplit plusieurs missions de reconnaissance.

Juillet. *La* [sic] *Hyène enragée*, premier des trois livres où Loti va recueillir bon nombre des articles que lui inspirent la Grande Guerre, son ardent patriotisme et sa violente germanophobie.

Décembre. Loti quitte le front pour passer l'hiver à Rochefort et à Hendaye.

1917. *Mars*. *Quelques aspects du vertige mondial* (recueil d'articles).

29 juin. Dans le cadre de sa mission d'étude sur la DCA, Loti reçoit, à Pierrefonds, son baptême de l'air — à bord d'un biplan volant à 1 500 mètres d'altitude, « au milieu de sombres nuages d'orage », à plus de 100 km/heure.

1918. *15 mars*. Loti est démobilisé. Il parvient néanmoins à se faire donner une « autorisation de présence » (sans solde mais avec port de l'uniforme) et rejoint le Groupe des Armées du Nord. Mais Franchet d'Esperey, devant l'offensive allemande redoublée, lui ordonne bientôt de regagner l'arrière.

28 juin. La croix de guerre est décernée à Loti, avec citation à l'ordre de l'armée.

Août. *L'Horreur allemande* (recueil d'articles).

20 août. « Aujourd'hui 20 août et en prévision de ma mort, écrit Loti dans son *Journal*, j'arrête définitivement ce journal de ma vie, commencé depuis environ 45 ans. Il ne m'intéresse plus, et n'intéresserait plus personne. » Il est dans sa soixante-neuvième année.

1919. *Janvier*. Avec deux brochures, *Les Massacres d'Arménie* et *Les Alliés qu'il nous faudrait*, Loti prend à nouveau, avec véhémence, le parti des « pauvres Turcs », abandonnés et attaqués par tous.

11 novembre. Le capitaine de vaisseau Julien Viaud est rayé de la Réserve par limite d'âge.

Décembre. Prime jeunesse (souvenirs).

1920. *12 mai.* Mariage, à Paris, de Samuel Viaud et d'Elsie Charlier, fille du vice-amiral, ancien préfet maritime de Rochefort ; les témoins du fils de Loti sont Raymond Poincaré, président de la République, et l'amiral Lacaze, ancien ministre de la Marine.

Septembre. La Mort de notre chère France en Orient (recueil d'une cinquantaine d'articles, lettres et documents).

1921. *23 mars.* Première attaque de paralysie.

10 avril. Une hémiplégie empêche désormais Loti d'écrire.

30 juin. Naissance de Pierre, son premier petit-fils.

Septembre. Suprêmes visions d'Orient (*Fragments de journal intime*, 1910-1921 ; le livre, établi avec l'aide de son fils, est signé : « Pierre Loti et son fils Samuel Viaud »).

27 décembre. Loti reçoit, dans sa « salle Renaissance », la délégation turque venue lui apporter une lettre d'hommage du président de la Grande Assemblée nationale, Mustafa Kemal (Atatürk), et un tapis « destiné à témoigner de la profonde et inaltérable amitié du Peuple turc envers l'Illustre Maître qui, de sa plume magique, a, dans les plus sombres jours de son histoire, défendu ses droits ».

1922. *26 avril.* L'amiral Lacaze vient à Rochefort remettre à Loti, chez lui, les insignes de Grand-Croix de la Légion d'honneur au nom de l'Instruction publique et des Beaux-Arts.

1923. *28 avril.* Sentant sa fin prochaine, Loti appelle à son chevet Juliette Adam (elle a quatre-vingt-sept ans), qui dès le lendemain accourt à Rochefort.

Mai. Il se fait conduire à La Roche-Courbon ; longue rêverie sur le lieu de ses rencontres, cinquante-sept ans auparavant, avec la jeune gitane.

5 juin. Loti quitte Rochefort pour Hendaye, qu'il souhaite revoir une dernière fois.

Dimanche 10 juin (Fête-Dieu). À quatre heures, mort de Pierre Loti, emporté par une crise d'urémie ct un œdème pulmonaire, dans sa maison de Bakhar-Etchea. Sa dépouille est ramenée à Rochefort, et exposée dans la « salle Renaissance » transformée en chapelle ardente.

16 juin. À Rochefort, obsèques nationales. L'aviso *Le Chamois* emporte le cercueil jusqu'à l'île d'Oléron. À Saint-Pierre, Loti est inhumé à l'endroit qu'il avait choisi, au fond du jardin de la « maison des aïeules ».

Juillet. Un jeune officier pauvre (extraits de son *Journal*, choisis en collaboration avec son fils Samuel).

1924. *Janvier*. **Marc Hélys (pseudonyme de Marie Lera) publie *L'Envers d'un roman. Le secret des « Désenchantées »*, *révélé par celle qui fut Djénane* (Librairie Perrin).**

Novembre. Lettres de Pierre Loti à Madame Juliette Adam (1880-1922).

1925. *Juillet. Journal intime 1878-1881*, publié par son fils Samuel (qui en donnera en 1929 un second tome, *1882-1885*).

BRUNO VERCIER

BIBLIOGRAPHIE

LA « TRILOGIE TURQUE »

Aziyadé a paru chez Calmann-Lévy en janvier 1879. *Fantôme d'Orient*, après une première publication par Calmann-Lévy en juillet 1891, en un volume tiré à vingt exemplaires sur hollande pour la « Société des Amis des Livres » de Lyon, a paru en quatre livraisons dans *La Nouvelle Revue* de Juliette Adam (15 décembre 1891, 1er, 15 janvier, 15 février 1892), et ensuite dans les premiers numéros de 1892 de la *Revue hebdomadaire*, alors même que Calmann-Lévy avait remis le volume en vente en décembre 1891. Claude Martin a procuré l'édition critique de ces deux titres, *Aziyadé* suivi de *Fantôme d'Orient*, dans la collection « Folio classique » en 1991. Bruno Vercier et Alain Quella-Villéger ont également commenté ces textes assortis de documents et témoignages dans *Aziyadé suivi de Fantôme d'Orient de Pierre Loti*, publié dans la collection « Foliothèque » de Gallimard en 2001.

Comme nous l'avons indiqué dans la Note sur l'édition (p. 55), *Les Désenchantées* ont paru en juillet 1906 après une publication en six épisodes dans la *Revue des Deux Mondes*. Jacqueline Nipi-Robin a publié un dossier documentaire sur *Les Désenchantées* aux Presses universitaires de Rennes en 2010. Bien que précieuse, cette édition souffre de nombreuses approximations (erreurs de dates, de pagination, de titres, de cotes, bibliographie lacunaire, méconnaissance du contexte turc) et exige de se reporter toujours, pour vérification, aux documents originaux. Bruno Vercier et Alain Quella-Villéger en ont donné en 2015 une édition avec préface chez Actes Sud (collection de poche « Babel »).

Ces deux auteurs se sont également attaqués à la publication intégrale du journal de Loti, qui compte déjà cinq tomes : *Journal, 1868-1878*, t. I, 2006 ; *Journal, 1879-1886*, t. II, 2008 ; *Journal, 1887-1895*, t. III, 2012 ; *Journal, 1896-1902*, t. IV, 2016 ; *Journal, 1903-1913*, t. V, 2017, tous parus à Paris, aux éditions Les Indes savantes.

SUR LOTI À ISTANBUL ET SUR L'HISTOIRE DES « DÉSENCHANTÉES »

FARRÈRE, Claude, *Loti*, Paris, Excelsior, 1929 ; Paris, Flammarion, 1930.

HÉLYS, Marc [pseud. de Marie Lera], *L'Envers d'un roman. Le secret des « Désenchantées », révélé par celle qui fut Djénane*, Paris, Perrin, 1924 ; rééd. avec un avant-propos de Jean-Benoît Puech, Houilles, Éditions Manucius, 2004.

LA ROCHEFOUCAULD, Gabriel de, *Constantinople avec Loti*, Paris, Les Éditions de France, 1928.

LEFÈVRE, Raymonde, *Les Désenchantées de Pierre Loti*, Paris, Éditions Edgar Malfère, « Les Grands Événements littéraires », 1939.

OSTROROG, comtesse, *Pierre Loti à Constantinople*, Paris, Eugène Figuière, 1927.

QUELLA-VILLÉGER, Alain, *Évadées du harem. Affaire d'État et féminisme à Constantinople (1906)*, Bruxelles, André Versaille Éditeur, 2011.

RÉGNIER, Henri de, *Escales en Méditerranée*, Paris, Flammarion, 1931.

TINAYRE, Marcelle, *Notes d'une voyageuse en Turquie*, Paris, Calmann-Lévy, 1909.

WEISSEN-SZUMLANSKA, Marcelle, *Hors du harem*, Paris, Juven, 1908.

LES TÉMOIGNAGES DES « DÉSENCHANTÉES »

NOURY BEY, Nouryé [Nouryé-Neyr-el-Nissâ], « Notre évasion du harem », *Le Figaro*, 19 et 27 février, 5 mars 1906.
—, « Hiérapolis », *Le Figaro. Supplément littéraire*, 12 mai 1906.
—, « Souvenir des "Désenchantées". Prise de voile », *Le Figaro. Supplément littéraire*, 27 juillet 1907.
Zeynep Hanoum [pseud. de Zennour Noury Bey], « Le rôle de la femme turque dans la révolution de son pays », *Les Annales politiques et littéraires*, 13 décembre 1908, p. 562-563.
—, « La vérité vraie sur les "Désenchantées" », *Le Figaro*, 21 décembre 1909. [Signé Hadidjé-Zennour, fille de Noury-bey, petite-fille de Rechad-bey, comte de Châteauneuf.]
—, (Heroine of Pierre Loti's Novel « Les Désenchantées »), *A Turkish Woman's European Impressions* [préface de Grace Ellison, Londres, Seeley, Service and Co., 1913], introduction de Reina Lewis, Piscataway, Gorgias Press, 2005.

BIBLIOGRAPHIE CRITIQUE SÉLECTIVE

BARTHES, Roland, « Le nom d'Aziyadé », *Critique*, n° 297, février 1972, p. 103-117, repris sous le titre « Pierre Loti, *Aziyadé* » dans *Le Degré zéro de l'écriture*, suivi de *Nouveaux essais critiques*, Paris, Éditions du Seuil, 1972.
BLANCH, Lesley, *Pierre Loti : Portrait of an Escapist*,

Londres, Collins, 1983 ; traduction française par Jean Lambert, Paris, Seghers, 1986.

BUISINE, Alain, *Tombeau de Loti*, Paris, Aux Amateurs de livres, 1988.

HUGUES, Edward J., « Exotic Drift : Pierre Loti between Contemporaneity and Anteriority », dans Margaret Topping (dir.), *Eastern Voyages, Western Visions : French Writing and Painting of the Orient*, Berne, Peter Lang, 2004, p. 241-264.

JAMES, Henry, « The Latest Recruit to the Band of Painters : Pierre Loti », *Fornightly Review*, mai 1888 ; repris dans *Literary Criticism*, vol. 2, *European Writers. Prefaces to the New York Edition*, New York, The Library of America, 1984.

—, « Pierre Loti », introduction à *Impressions*, Westminster, Archibald Constable & Co, 1898 ; repris dans *Literary Criticism, op. cit.*

LAFONT, Suzanne, *Suprêmes clichés de Loti*, Toulouse, Presses universitaires du Mirail, 1993.

LE TARGAT, François, *À la recherche de Pierre Loti*, Paris, Seghers, 1974.

MILLWARD, Keith G., *L'Œuvre de Pierre Loti et l'esprit « fin de siècle »*, Paris, Nizet, 1955.

ÖRS, Saibe, *Les Souvenirs d'une désenchantée. Être femme dans l'Empire ottoman finissant*, Istanbul, Isis Press, 2013.

QUELLA-VILLÉGER, Alain, *Pierre Loti, le pèlerin de la planète. Biographie*, Bordeaux, Aubéron, 1998.

QUELLA-VILLÉGER, Alain et VERCIER, Bruno, *Pierre Loti dessinateur. Une œuvre au long cours*, Saint-Pourçain-sur-Sioule, Bleu Autour, 2010.

—, *Pierre Loti photographe*, Saint-Pourçain-sur-Sioule, Bleu Autour, 2012.

SUARÈS, André, « Pierre Loti », dans *Présences*, Paris, Émile-Paul, 1926, p. 201-202.

TRAZ, Robert de, *Pierre Loti*, Paris, Hachette, 1948.

NOTES

Page 61.

1. *Djénane* : bien-aimée ; *Mélek* : ange.

Page 63.

1. *Dans la maisonnette* : Loti louait depuis 1894 une maison au Pays basque, au bord de la Bidassoa à Hendaye, Bakhar-Etchea (maison du solitaire). Son commandement du *Javelot*, petite canonnière basée à Hendaye, lui laissait tout loisir pour écrire. Il l'acquit en 1903 et y mourut en 1923.

Page 64.

1. *Stamboul* : cette abréviation d'Istanbul sur le cachet des postes ottomanes désigne la pointe du Sérail et la péninsule historique aux sept collines. Le nom Constantinople (figurant sur le même cachet) fut en vigueur jusqu'en 1928.

Page 65.

1. *Hanum* (*hanım*) : madame ou mademoiselle.
2. *Levantins* : habitants de l'Asie Mineure qui ne sont ni turcs ni arabes. Les Levantins de l'Empire ottoman étaient des Chrétiens (mais parfois aussi des Juifs) d'origine génoise, vénitienne, maltaise, arménienne ou grecque, souvent commerçants ou banquiers. Cette déno-

mination a sous la plume de Loti comme sous celle de beaucoup d'autres une connotation péjorative.

Page 66.

1. *Marmara* : la mer de Marmara, ou l'ancienne Propontide, qui relie la mer Noire à la Méditerranée.

Page 67.

1. Les *villas imbéciles* sont de style Art nouveau ou anglo-normand, hideuses comme la villa d'Elstir à Balbec, dans *À la recherche du temps perdu.*

2. *Au bord de ce golfe incolore…* : l'italique fait apparaître le séjour de l'écrivain au Pays basque, à son retour de Terre sainte, comme une période sinon mystique, du moins de réflexion profonde dans la solitude et l'éloignement des siens. C'est là qu'il rédigea *Ramuntcho* et qu'il fonda, dans le secret, une seconde famille avec « Crucita » (Juana Josefa Cruz Gainza), dont il eut trois enfants.

Page 69.

1. Sur l'*Art nouveau* à Constantinople, voir Diana Barillari et Ezio Godoli, *Istanbul 1900. Architecture et intérieurs Art nouveau*, Paris, Éditions du Seuil, 1997. Quelques années après Loti, Marcelle Tinayre s'offusquait également de la modernisation des intérieurs de ses amis turcs : « Ils ne s'offenseront pas de ma franchise. Ils ne se fâcheront pas parce que j'aurai dit la laideur des maisons, à l'européenne, des bibelots de pacotille, des suspensions en zinc doré et des canapés Louis XV allemands. Ils ne se fâcheront pas si je déplore les fautes de goût qui sont, paraît-il, la rançon du progrès, si je regrette les vieux divans, les vieilles broderies, les vieilles demeures, la vieille Turquie ! » (*Notes d'une voyageuse en Turquie*, Paris, Calmann-Lévy, 1909, p. 385.)

Page 72.

1. Première mention de la *Circassie*, patrie d'Aziyadé.

Région du Caucase comprenant la côte et la majeure partie de l'actuel kraï de Krasnodar, au sud de la Russie, entre la mer Noire et la mer d'Azov. Ses femmes, souvent blondes aux yeux verts, étaient particulièrement appréciées de la cour ottomane.

Page 74.

1. *Des nègres aux figures imberbes* : les eunuques noirs affectés à la garde des femmes des harems.

Page 75.

1. Gabrielle Marie-Antoinette de Riquetti de Mirabeau, comtesse de Martel de Janville, dite *Gyp* (1849-1932) : boulangiste et antidreyfusarde, auteure de romans dialogués à grand succès.

2. *Dans le même quartier hautain et solitaire* : Au-dessus de Kasımpaşa, les quartiers escarpés et aujourd'hui décrépits de Dolapdere et de Tarlabaşı, le long du Petit-Champ-des-Morts (*Tepebaşı*), reliant Péra à la Corne d'Or. À l'exception de l'échelle *Kasımpaşa* proprement dite, où il existait autrefois quelques beaux *konaks* occupés par de hauts dignitaires travaillant pour le ministère de la Marine, les populations de ces quartiers, en rien aristocratiques, étaient plutôt chrétiennes. Dans *Aziyadé* comme dans *Fantôme d'Orient*, *Kasımpaşa* est le modeste quartier où vivent le serviteur Achmet et la vieille Arménienne Anaktar-Chiraz. La topographie de Loti obéit à une logique plus sentimentale que réaliste et il est peu vraisemblable de loger les désenchantées en contrebas de Péra : les *konaks* des grandes familles étaient situés soit dans la vieille ville, soit, à partir de la fin du XIXᵉ siècle, suivant le déplacement de la famille impériale de Topkapı vers Dolmabahçe, à Nişantaşı dans le district de Şişli. Qui veut se faire une bonne idée de la vie dans les grands *konaks* de Constantinople au début du XXᵉ siècle lira l'autobiographie d'Irfan Orga, *Portrait of a Turkish Family* (*Une vie sur le Bosphore*, Paris, Le Livre de Poche, 2011).

Page 77.

1. *Bey* : monsieur.

Page 80.

1. *Un bois funéraire* : le Petit-Champ-des-Morts, ancien cimetière latin. — *Un golfe profond* : les arsenaux de *Kasımpaşa* où l'Amirauté avait son siège.

Page 81.

1. *De plus superbes coupoles* : c'est sous le règne de Soliman dit le Magnifique (1494-1566), à l'exemple de Laurent de Médicis — les Turcs l'appellent quant à eux « Kanuni », le Législateur —, que Sinan, architecte en chef du sultan, édifia les plus majestueuses mosquées de la ville.

Page 83.

1. *Soie Pompadour à petits bouquets* : à côté de l'Art nouveau, le style Louis XV qui avait évincé la mode orientaliste rencontrait en France un vif succès, aussitôt imité en Turquie. Dans *À l'ombre des jeunes filles en fleurs*, Marcel Proust décrit ainsi le salon d'Odette : « les coussins que, afin que je fusse plus "confortable", Mme Swann entassait et pétrissait derrière mon dos étaient semés de bouquets Louis XV, et non plus comme autrefois de dragons chinois. [...] Maintenant c'était plus rarement dans des robes de chambre japonaises qu'Odette recevait ses intimes, mais plutôt dans les soies claires et mousseuses de peignoirs Watteau [...]. »

2. René *Lalique* (1860-1945), le bijoutier par excellence de l'Art nouveau, était aussi verrier : on lui doit notamment la décoration de l'Orient-Express.

Page 84.

1. *Andrinople* : la ville d'Edirne, près de la frontière grecque. Le nom grec d'Andrinople (Adrianopolis ou ville d'Hadrien) renvoie nécessairement, dans l'imaginaire, à la teinture rouge pour étoffes (qui prirent le nom d'« andrinoples »), dont le secret était convoité depuis le XVIIIᵉ siècle.

2. *Erivan* ou Yerevan, capitale de la République d'Arménie depuis 1918, était alors une petite ville de province aux portes de l'Empire russe.

Page 88.

1. *César Franck* et *Wagner* sont, avec Saint-Saëns et Fauré, les inspirateurs de la Sonate de Vinteuil chez Proust. Les désenchantées baignent dans un climat musical qui fut aussi celui de Proust. — *Vincent d'Indy* (1851-1931) : compositeur et enseignant, musicologue, théoricien, créateur de la Schola Cantorum.

Page 89.

1. *Au lycée de jeunes filles* : dans « Le rôle de la femme turque dans la révolution de son pays » (*Les Annales politiques et littéraires* du 13 décembre 1908, p. 563), « Mme Zennour (Zeynep des *Désenchantées*) » écrit que « le monarque avait voulu doter l'empire ottoman de plusieurs centaines d'écoles gratuites pour les petites filles. À Stamboul, il y eut deux lycées de jeunes filles, dont l'un préparait au professorat. » On voit mal de quel lycée impérial à proprement parler il peut s'agir, et de quel équivalent de l'« agrégation de philosophie ». Le premier lycée de jeunes filles à Constantinople, Notre-Dame de Sion, fut fondé en 1856. Le prestigieux lycée de Galatasaray fondé en 1868, réservé aux garçons, n'était « mixte » qu'au sens d'ouvert à toutes les religions et à toutes les nationalités de l'empire. Voir François Georgeon, « La formation des élites à la fin de l'Empire ottoman : le cas de Galatasaray », *Revue du monde musulman et de la Méditerranée*, vol. 72, n° 1, 1994, p. 15-25, et Nurmelek Demir, « Le français en tant que langue de modernisation de l'intelligentsia féminine turque au XIXᵉ siècle », *Documents pour l'histoire du français langue étrangère ou seconde* [en ligne], n° 38/39, 2007 (mis en ligne le 16 décembre 2010, URL : http://dhfles.revues.org/302). Il existait bien à Istanbul des établissements secondaires portant le nom de *rüchdiyé* (« adolescence ») pour les jeunes de dix à quinze ans,

puis un cycle « moyen » (*i'dadié*) étalé sur trois ans, mais
pas de lycée impérial féminin proprement dit. La première école *rüchdiyé* pour filles a ouvert ses portes en
1858 ; le régime hamidien fit par la suite un véritable
effort pour développer l'enseignement primaire féminin
et pour implanter des écoles *rüchdiyé* en province. Une
école d'obstétrique pour former des sages-femmes avait
été créée dès 1843. Une première école d'apprentissage
pour jeunes filles ouvrit à Sultanahmet en 1869, Inas
Sanayi Mektebi, suivie en 1870 par un lycée préparant
au professorat, Kız Öğretmen Okulu (Darülmuallimat),
puis dans les années 1880 par des classes préparatoires,
Kız Idadisi açıldı. À l'époque jeune-turque, soit quelques
années après *Les Désenchantées*, l'éducation des filles fut
développée par la création d'un lycée pour filles par le
grand ennemi du sultan Abdülhamid, Ahmed Rıza (Inas
i'dadisi, en 1911), et d'une université féminine (Inas Darül-
fununu, en 1915). Loti idéalise donc le rôle du sultan...

2. Franz Toussaint venait de publier une nouvelle traduction française, préfacée par Anna de Noailles, de ce
poète médiéval persan : Saadi, *Gulistan ou le Jardin des
roses*, Paris, Arthème Fayard, 1904.

Page 95.

1. *Voici ce que commença de tracer la petite main* :
Loti s'inspire ici d'une lettre de Marc Hélys écrite en
avril 1905 — dont il répartit des extraits dans les chapitres III et XXXV du roman.

2. *Khan* : chef, dirigeant en mongol et en turc.

3. *Mes ancêtres, dans leur pays, étaient des khans de
Kiziltépé* : dans *Le Figaro. Supplément littéraire* du samedi
12 mai 1906, une des sœurs Noury Bey, Neyr-el-Nissâ,
publie une chronique, « Hiérapolis », datée de « Smyrne,
mai 1905 », où elle évoque son enfance non dans la région
de Konya en Anatolie, mais dans la région d'Éphèse.

Page 98.

1. *Steppe* était indifféremment masculin ou féminin
au XIXe siècle.

Page 100.

1. La marque *Érard* connut son apogée à la fin du
XIXe siècle. Les interprètes d'Erik Satie continuent de la
privilégier. Ce piano est parfaitement adapté au décor
« modern style » du salon : les plus grands noms du mobilier
Art nouveau et plus particulièrement de l'école de Nancy,
Louis Majorelle, Victor Prouvé, travaillèrent pour Érard.

2. Nous complétons : l'année *1320* du calendrier de
l'hégire court du 1er janvier au 2 octobre 1902 du calendrier grégorien.

Page 102.

1. *L'heure pourpre des soirs de bataille* : les désenchantées ont lu les parnassiens… Allusion au sonnet de José-
Maria de Heredia, « Soir de bataille », dans *Les Trophées* :

> *C'est alors qu'apparut, tout hérissé de flèches,*
> *Rouge du flux vermeil de ses blessures fraîches,*
> *Sous la pourpre flottante et l'airain rutilant,*
> *Au fracas des buccins qui sonnaient leur fanfare,*
> *Superbe, maîtrisant son cheval qui s'effare,*
> *Sur le ciel enflammé, l'Imperator sanglant.*

Page 104.

1. *Stamboul changeait comme un mirage* : en 1909,
Louis Bertrand consacrait tout un ouvrage à la « débâcle
de la couleur locale » : « Tous nos littérateurs s'acharnent
à dénigrer la ville et les habitants. […] Les maisons envahies par les eaux pluviales trahissent au-dehors, sur les
seuils et presque sur les trottoirs, le débordement de
leurs sécrétions intimes. Aux pentes ravinées des Petits-
Champs, les terrains des vieux cimetières dégringolent,
entraînant leurs stèles en pilotis pêle-mêle avec les ossements : ces charniers détrempés s'étalent sous les fenêtres
des hôtels et des lieux de plaisir. » (*Le Mirage oriental*,
Paris, Perrin, 1934, p. 61.)

2. Citation d'Alfred de Musset, *Namouna*, strophe IX :

> *Le soleil se couchait ; — on était en septembre :*

Un triste mois chez nous, — mais un mois sans pareil
Chez ces peuples dorés qu'a bénis le soleil.
Hassan poussa du pied la porte de la chambre.
Heureux homme ! il fumait de l'opium dans de l'ambre,
Et vivant sans remords, il aimait le sommeil.

Comme l'a bien vu Frank Lestringant, Musset parodie ici *Les Orientales* de Victor Hugo (« L'orientalisme dévoilé : Musset, lecteur de Hugo », *RHLF*, n° 4, 2002, p. 563-578). L'intention de Loti, constamment ironique à l'endroit des clichés orientalistes — qu'il a en partie forgés en les détournant aussitôt —, est identique.

Page 107.

1. *Mille et une nuits* : ces années sont celles où Joseph-Charles Mardrus fait paraître la première traduction intégrale du *Livre des mille nuits et une nuit*, Éditions de la Revue blanche puis Fasquelle, 1899-1903, en seize volumes, qui raviva la mode de l'orientalisme en France où la référence comptait sûrement plus qu'à Istanbul.

Page 108.

1. On songe aux *pétales* de verre cloisonné des abat-jour de Tiffany.

2. *C'étaient, dans une armoire, des poupées* : ce culte des reliques renvoie plus à Loti lui-même qu'à ses héroïnes.

Page 109.

1. *Rhamazan* : le Ramadan (ici curieusement orthographié avec un h, comme un reliquat d'esprit rude grec...), neuvième mois du calendrier hégirien, mois saint du jeûne qui constitue l'un des cinq piliers de l'islam. En 1904, le Ramadan commença le 9 novembre, en 1905 le 30 octobre — dates correspondant aux veillées hivernales du récit. Nerval a célébré les illuminations nocturnes qui caractérisent cette période dans son *Voyage en Orient*.

2. *Le golfe endormi* : la Corne d'Or, qui sépare Péra et Kasımpaşa de Stamboul.

Page 111.

1. *Péra* : quartier des grands hôtels internationaux (Péra Palace, Tokatlyan, Grand Hôtel de Londres), Péra comptait aussi de nombreux théâtres et salles de café-concert. Sarah Bernhardt se produisit trois fois à Constantinople, en 1888, 1893 et 1904, au Nouveau Théâtre, au Théâtre Verdi et au Théâtre d'hiver des Petits-Champs. Willy Sperco rapporte « qu'en 1904, à peine débarquée du navire roumain *Imperatual Trajan*, elle courait à l'Hôpital français du Taxim (aujourd'hui Consulat général de France) au chevet de Pierre Loti, alors commandant du stationnaire *Le Vautour*. C'est à l'hôpital où il était en traitement que Pierre Loti reçut la dépêche annonçant le succès de sa première pièce, l'adaptation du *Roi Lear*, représentée au Théâtre Antoine à Paris. Recevant un rédacteur du *Stamboul* venu le saluer et lui demandant s'il allait assister aux représentations de Sarah Bernhardt, il répondait : "Hélas ! non. Nous sommes de vieux, de très vieux amis de jeunesse, et l'idée que je ne puis lui faire les honneurs de mon bord et de mon Stamboul m'est d'une tristesse infinie." » (*Turcs d'hier et d'aujourd'hui*, Paris, Nouvelles Éditions latines, 1961, p. 158.)

2. Le *veilleur* était chargé de maintenir l'ordre et de signaler les incendies, particulièrement ravageurs dans cette ville de bois.

3. *Eyoub* : le quartier d'Eyüp, au fond de la Corne d'Or, où Loti avait vécu avec Aziyadé. C'était dans la mosquée d'Eyüp que les sultans, lors de leur accession au pouvoir, ceignaient symboliquement l'épée d'Osman, fondateur de la dynastie ottomane. — Le château des *Sept-Tours* ou forteresse de Yedikule, à l'extrémité des murailles terrestres de Constantinople, sur la mer de Marmara, à l'opposé d'Eyüp au fond de la Corne d'Or.

Page 113.

1. Le *bibelot* (dont Mallarmé rêvait d'abolir l'« inanité sonore ») fut la grande affaire du XIXᵉ siècle. Ici encore, les désenchantées se montrent parfaitement parisiennes : « Elle a, cette salle, un faux air d'ancienneté à cause des

plats de faïence, des bouteilles de grès, des buires d'étain et des fioles de verre de Venise qui chargent les dressoirs. C'est la maman de Suzanne qui a arrangé tout cela en Parisienne entichée de bibelots. » (Anatole France, *Le Livre de mon ami*, Paris, Calmann-Lévy, 1885.)

Page 114.

1. Air fameux d'*Alceste* (créé en italien à Vienne en 1767, en français à Paris en 1776) : « Divinités du Styx, / ministres de la mort, / Je n'invoquerai point / votre pitié cruelle. »

Page 117.

1. « Ses péchés seront pardonnés même s'ils sont nombreux comme l'écume de la mer. » (Hadith 1410, selon Abou Hourayra.)

2. *Bazar-Guni* : dimanche se dit *pazar*.

3. *Tcharchembé* (*çarşamba*) : mercredi. Erreur probable de Loti (*perşembe* : jeudi).

Page 121.

1. *Ce haut quartier* : il est impossible de situer précisément ce quartier, dont Loti précise qu'il est séparé de Péra par la Corne d'Or : il se trouve donc dans la ville historique, Stamboul. En surplomb, il pourrait s'agir du quartier alors aristocratique de Vefa, dans le district de Fatih, aux alentours de la mosquée Şehzade, sur la troisième colline de la ville.

Page 122.

1. L'ensemble palatial de Yıldız (Étoile), composé de multiples pavillons, fut construit en 1880 pour le sultan Abdülhamid II, sur les hauteurs boisées du Bosphore, au-dessus du palais impérial de Dolmabahçe.

Page 123.

1. *À la franque* : le style *alafranga*, qui s'oppose à l'ancien mode de vie, *alaturca*.

Page 127.

1. *L'interminable pont flottant de la Corne-d'Or* : le troisième pont de Galata, en usage de 1870 à 1912.

2. *Cavas* (ou cawas) : policier. — *Chalvar* (ou *shalwar*) : pantalon bouffant resserré aux chevilles, originaire du sud de l'Asie et d'Asie centrale.

Page 131.

1. *Avec ses mêmes yeux hagards…* : occasion pour Loti de fustiger les touristes, ces « Cooks » et ces « Cookesses » qu'il déteste.

Page 132.

1. *Ziya Paşa* (1829-1880), l'un des derniers poètes turcs classiques, traducteur de Rousseau en turc, diplomate, gouverneur de Syrie puis d'Adana où il mourut ; *Hafez* (c. 1310-1337), poète lyrique persan, voix du soufisme ; sur *Saadi*, voir p. 89, n. 2.

Page 133.

1. *Durmayub çıkmış da olsam kırdığım dilden eger. / yanması geçmez o kalbin günler itmekle güzer. / Ask zail olsa da andan kalur mutlak eser. / Ben ki…* : la transcription dans l'orthographe turque de 1928 est due, comme les suivantes, à Iwona Piechnik dans son article « Turcismes chez Pierre Loti et leurs traductions en polonais » (également très précieux pour le français), *Romanica Cracoviensia*, n° 15, 2015, p. 224-238.

Page 134.

1. *Destour* (*Destur*) : « Faites place ».

Page 135.

1. *Saraylis* : suivantes, dames du palais (*saray* : « sérail »).

Page 136.

1. *Dégénérées* : voir, à ce propos, dans la Préface (p. 17), le passage sur *Dégénérescence* de Max Nordau.

Page 137.

1. Augusta *Holmès* (1847-1903), compositrice française d'origine britannique, proche d'Henri Cazalis, de Camille Saint-Saëns et de Catulle Mendès dont elle eut cinq enfants ; Cécile *Chaminade* (1857-1944), pianiste et compositrice de mélodies de salon.

Page 141.

1. *Il avait peur d'être désenchanté par la Turquie nouvelle* : où Loti apparaît bien comme le désenchanté... Allusion probable au mouvement nationaliste jeune-turc, né au sein de l'École militaire de médecine d'Istanbul le 14 juillet 1889 pour le centenaire de la prise de la Bastille. Le séjour de Loti en Turquie se déroule dans des circonstances politiques bien particulières, au moment de l'ascension des Jeunes-Turcs qui s'opposaient au sultanat. La France, par l'intermédiaire de son ambassadeur Ernest Constant, souhaitait alors inciter le sultan Abdülhamid à réformer le régime.

2. *Le plus banal des hôtels dits « Palaces »* : sans doute le plus fameux d'entre eux, le Péra Palace, érigé en 1892 pour accueillir les voyageurs de l'Orient-Express. Le Summer Palace était son annexe à Thérapia.

Page 144.

1. *Nedjibé* : alias Aziyadé, c'est-à-dire Hatice (Hatidjé).

2. *La grande mosquée du seuil* : la Yeni Cami ou mosquée Neuve (XVIIe siècle), dans le quartier d'Eminönü au débouché du pont de Galata sur la péninsule historique.

Page 145.

1. Edirnekapı ou *porte d'Andrinople* : l'une des portes de la muraille terrestre de Constantinople, par où les Ottomans entrèrent dans la ville le 29 mai 1453.

Page 150.

1. *Chiboukli* (orthographié plus loin Tchiboukli) : Çubuklu, village proche de Paşabahçe (orthographié

ici *Pacha-Bagtché*), agglomération de la rive d'Asie du Bosphore près de Beykoz, fameuse pour son industrie du verre (notamment les opalines) qui concurrençait les verreries vénitiennes. Non loin des Eaux douces d'Asie, constituées de deux petites rivières, Küçüksu et Göksu, lieu de villégiature et de parties de campagne.

2. Le quartier génois qui s'étend de la tour médiévale de *Galata* aux quais de Karaköy, centre financier de l'Empire ottoman au XIXe siècle.

Page 158.

1. *Physionomiste* : le terme, à la mode, renvoie aussi à la passion fin de siècle pour la physiognomonie. Au début du XXe siècle, la police technique et scientifique recourt ainsi aux services d'inspecteurs « physionomistes », qui travaillent d'après le « signalement anthropométrique » d'Alphonse Bertillon. Le comique ici vient non seulement du voile, mais de la décontextualisation.

Page 159.

1. *Palisses* : haies.

Page 164.

1. *1322 de l'hégire* : du 1er janvier au 10 septembre 1904.

Page 169.

1. La mosquée de *Fatih*, érigée entre 1463 et 1470 sur ordre de Mehmet II sur le site de l'ancienne église des Saints-Apôtres, sur la quatrième colline de Constantinople.

Page 172.

1. Sultane *Validé* : reine mère, dont l'influence et le pouvoir étaient significatifs dans l'Empire ottoman. La scène doit se passer dans le pavillon principal de Yıldız, le Şale (Chalet).

2. *Baïram* (Bayram) : la fête de rupture du jeûne à la fin du Ramadan.

Page 173.

1. *Puisqu'on n'accepte aucune Turque au service du*

palais : ne pouvaient servir au palais que des esclaves ou des femmes de familles d'esclaves (le Sultan, ce qui enchantait Nerval, était donc nécessairement un fils d'esclave).

Page 177.

1. *Le Khalife aux responsabilités surhumaines* : Abdülhamid II, qui régna de 1876 à sa destitution en 1909, initialement favorable à une évolution libérale, surnommé le « Sultan rouge » après les premiers massacres des Arméniens en 1896-1897. Voir François Georgeon, *Abdülhamid II. Le sultan calife*, Paris, Fayard, 2003, et, sur la vie au harem, les mémoires de sa fille Aïché Osmanoglou, princesse ottomane (1887-1960), *Avec mon père le sultan Abdülhamid. De son palais à sa prison*, préface de Robert Mantran, Paris, L'Harmattan, 1991.

Page 179.

1. *Le vieux petit café...* : il ne s'agit donc pas de l'actuel café Piyerloti qui accueille les visiteurs au sommet du cimetière d'Eyüp.

Page 186.

1. *Neşedil* (Joie de l'âme) était aussi le prénom d'une Circassienne du Caucase, vendue à quinze ans au khédive d'Égypte, Ismaïl, dont elle devint l'épouse.

Page 190.

1. *Élégie* : personne, généralement jeune femme, dont l'allure, la physionomie, le caractère sont empreints de tristesse, de mélancolie, à l'image des personnages des élégies antiques, poèmes mélancoliques.

Page 191.

1. *Une première épreuve...* : cette photographie ainsi que celle d'Eyüp sont reproduites dans *L'Envers d'un roman. Le secret des « Désenchantées »*.

Page 192.

1. *Au bout de la Corne-d'Or* : c'est-à-dire à Eyüp, du temps d'Aziyadé.

Page 193.

1. *La mosquée de Soliman* : la majestueuse Süleymaniye, construite pour Soliman le Magnifique par le grand architecte Sinan, entre 1550 et 1557, qui domine la rive méridionale de la Corne d'Or.

Page 194.

1. *Scutari* : le quartier d'Üsküdar, sur la rive d'Asie.

2. La mosquée de Yavuz, *Sultan Selim*, construite au XVIe siècle, domine la cinquième colline de la péninsule historique. Le Corbusier l'admirait entre toutes pour sa situation et la pureté de son plan. Deuxième mosquée impériale après la mosquée de Fatih (érigée par Mehmet II le Conquérant), elle fut construite sous les ordres de Soliman le Magnifique en l'honneur de son père Sélim Ier.

Page 195.

1. Tossoun-Agha : aucune mosquée répondant au nom de Tosun Ağa Cami n'est identifiable dans le voisinage. Sans doute Loti a-t-il ici brouillé les pistes et rapproché deux quartiers : la maison des rendez-vous clandestins était en fait située près de Divanyolu et de Firuz Ağa Cami, aux alentours de l'Hippodrome et de Sultanahmet (la mosquée Bleue). Il ne reste rien des maisons de ce quartier désormais dévolu au tourisme. Le télescopage des lieux est clairement indiqué par Claude Farrère : « Il ne s'agissait pas de la mosquée de Sultan Sélim, comme l'écrivit Loti par discrétion, mais de la mosquée de Sultan-Achmet. L'impasse un peu obscure était tout bonnement la cour intérieure de "la grande maison rouge" ; et, dans la rangée de gauche des maisons, ce n'était pas la troisième, mais la cinquième, — ainsi que Loti l'a lui-même avoué par erreur, page 167 [p. 200 dans la présente édition], — qui était "la maison du mystérieux rendez-vous". Précisons au surplus que toutes

les maisons de cette cour ont des portes à deux battants et des heurtoirs de cuivre. » (*Loti*, Paris, Flammarion, 1929, p. 85-86.)

Page 198.

1. *Coco* : boisson rafraîchissante qui résulte de la macération de bâtons de réglisse dans de l'eau citronnée.

Page 199.

1. *Pour avoir su toujours modérer ses désirs* : la comtesse Ostrorog, qui hébergea souvent Loti dans son *yalı* de la rive d'Asie, se rappelait son ascétisme, dont témoigne aussi la chambre monacale de sa maison de Rochefort, contrastant avec la profusion des salles mémorielles : « D'une sobriété de moine, il vivait de rien, d'œufs frais, de laitages, de fruits. Distrait, ne prêtant aucune attention à ce qu'on lui offrait, il lui arrivait à table, après avoir achevé par quelque sucrerie le menu frugal réservé à lui seul, de se servir de quelques mets préparés pour nous, sans souci de cet étrange mélange, tout étonné de me voir m'inquiéter, riant de la méprise, et me taquinant doucement sur l'importance que j'accordais à ces choses. » (Comtesse Ostrorog, *Pierre Loti à Constantinople*, Paris, Eugène Figuière, 1927, p. 36.) Louis de Robert, hôte de Loti à Bakhar-Etchea, vantait également sa « simplicité de manières » (*De Loti à Proust. Souvenirs et confidences*, Paris, Flammarion, 1928, p. 79.)

Page 216.

1. *Leur aïeule, monsieur Lhéry, était une Française* : l'aïeul des sœurs Noury Bey était français (voir la Préface, p. 8).

Page 218.

1. *Grand-rue de Péra* : aujourd'hui Istiklal Caddesi, la principale artère commerçante de Péra.

Page 220.

1. *Le timbre de Salonique* : les lettres qui parvenaient à

Loti étaient en fait timbrées de Smyrne (Izmir), d'où les désenchantées les faisaient poster par le truchement d'un ami allemand, Hensel. Mais Salonique (Thessalonique) est plus chère aux yeux de Loti : c'est dans cette ville du nord de la Grèce, alors ottomane, qu'il situe la rencontre avec Aziyadé.

Page 222.

1. L'ouvrage évoqué, *Le Pays de Kaboul*, correspond à *Vers Ispahan*, récit du voyage en Perse de Loti, paru en 1904, l'année où il rencontra les désenchantées.

2. *Il n'y a pas assez de* vous *là-dedans* : en effet, Loti n'a plus publié de véritable roman après *Ramuntcho*, paru en 1897.

Page 224.

1. *On avait aussi renouvelé la peinture bleue* : la stèle originale, que Loti rapporta dans sa maison de Rochefort en la remplaçant par une copie dans le cimetière, est peinte en vert, couleur sacrée de l'islam — mais la stèle était peinte en « bleu d'azur » dans *Aziyadé*.

Page 227.

1. Sur cet *à peu près*, voir la Préface, p. 31.

Page 230.

1. *Puissent Allah et le Khalife protéger...* : Loti développera ces vues en 1913 dans *Turquie agonisante*, en réaction au démantèlement annoncé de l'Empire ottoman par les grandes puissances.

Page 234.

1. *La proposition de Djénane* : les désenchantées prirent en effet soin de la tombe d'Aziyadé qu'elles entourèrent d'une grille que Loti put voir en 1910 : « Quel air de pauvre chose fanée elle a déjà pris, elle aussi ! Je l'avais si soigneusement fait remettre à neuf, pendant mon dernier séjour ! Mais les neiges de six hivers ont eu raison de ses

ors et de ses bleus, qui meurent. Même la grille, que les "désenchantées" avaient fait placer autour, l'année qui suivit mon départ, a déjà pris son air de vétusté ; quant à la clef du petit portail — qu'elles m'avaient envoyée en France et que j'ai rapportée avec moi — elle ne tourne plus dans la serrure rongée par la rouille... C'est que le temps fuit, fuit toujours de plus en plus vite, et toute cette époque charmante où je commandais le *Vautour* est déjà presque aussi plongée dans le passé que celle où vivait la pauvre petite endormie là-dessous... La muraille de Stamboul aussi me paraît avoir beaucoup vieilli depuis six ans, elle achève de crouler : il vient ainsi une heure où les ruines, après trop de durée, n'en peuvent plus et brusquement se désagrègent. » (*Suprêmes visions d'Orient*, Paris, Calmann-Lévy, 1921, p. 112-113.)

Page 235.

1. Deux *ponts* relient Stamboul à Péra et à Galata : à l'occasion de la visite de Napoléon III en 1863, le sultan Abdülaziz ordonna la construction d'un deuxième pont sur la Corne d'Or, le pont d'Unkapanı, pour fluidifier le trafic concentré sur l'unique pont de Galata.

2. *Des quartiers où les petites rues descendaient...* : les quartiers juif et grec de Balat et du Phanar (Fener).

Page 236.

1. *Ces chiens de Turquie* : sur le massacre de ces gardiens de la ville par les Jeunes-Turcs, voir Catherine Pinguet, *Les Chiens d'Istanbul*, Saint-Pourçain-sur-Sioule, Bleu Autour, 2008.

Page 237.

1. *Thérapia* : l'actuel Tarabya, où les ambassades avaient leurs résidences d'été et les grands hôtels leurs succursales, notamment le gigantesque Tokatlyan et le Summer Palace.

Page 238.

1. *Façades composites ou même art nouveau* : notam-

ment les magnifiques demeures construites par Rai-
mondo d'Aronco, architecte de l'Exposition de Turin en
1902... Voir p. 69, n. 1.

Page 246.

1. *Brousse* : Bursa, célèbre pour son industrie de la soie.

Page 247.

1. *Yeldirme* : pardessus, manteau de toile.

Page 250.

1. *Un grand yali très vieux style, très grillagé, pompeux et
triste* : les *yalısı* de la rive d'Asie, pour certains construits
au XVIIᵉ siècle, sont de couleur ocre et très fermés.

Page 251.

1. Au fond de la Corne d'Or, après Eyüp, les *Eaux-
Douces d'Europe* (les petites rivières de Kağıthane et
Alibeyköy) ne sont aujourd'hui plus qu'un souvenir, tandis que les *Eaux-Douces d'Asie* (Küçüksu), malgré les
constructions de plus en plus envahissantes, demeurent
un lieu de promenade.

Page 252.

1. *Une fantastique citadelle du Moyen Âge* : Anadolu
Hissar, dont Loti dramatise l'aspect. — *Un somptueux
kiosque au quai de marbre* : le pavillon de Küçüksu,
construit en 1857, attire toujours les promeneurs et les
nouveaux mariés qui viennent s'y faire photographier.

Page 274.

1. *La Vallée-du-Grand-Seigneur* : en turc, Hünkar
Çayırı.

Page 275.

1. *Ombres bienheureuses du paganisme* : les désenchantées apparaissent comme des statuettes de Tanagra, dont
la vogue était grande autour de 1900.

Page 278.

1. *La triste Mer Noire* : le poète latin Ovide composa un recueil de lettres élégiaques, *Les Tristes*, pendant son exil à Tomis, sur la mer Noire (Karadeniz) — désormais associée à la tristesse et à la solitude. (Les peuples turcophones utilisent des couleurs pour désigner les quatre points cardinaux, l'antique Pont-Euxin hérita du noir associé au nord.)

Page 281.

1. *À peu près* : voir p. 227, n. 1.

2. Le thème (au sens de leitmotiv) en question, celui du *vide*, du rien, est au centre de toute l'œuvre de Loti, hanté par le néant.

Page 289.

1. *L'autre forteresse* : Roumeli Hissar, plus imposante qu'Anadolu Hissar.

Page 290.

1. Eski-Chéhir : Eskişehir, en Anatolie centrale.

Page 296.

1. *Si je me méfie* : ne voulant pas révéler ses quarante ans à Loti, Marie Lera ne lui découvrit jamais son visage…

Page 303.

1. *Un étranger…* : allusion à *La Nuit de décembre* de Musset (voir la Préface, p. 13).

Page 304.

1. *Houris* : personnages célestes, vierges du paradis musulman.

Page 306.

1. *8 novembre…* : veille du Ramadan de 1904, qui commença en effet le 9 novembre.

Page 307.

1. Le théâtre d'*ombres* de Karagöz, auquel Loti consacra un chapitre dans *Aziyadé*.

Page 308.

1. *L'heure du Moghreb* : référence à Salât el Maghreb, prière du coucher du soleil, la quatrième des cinq prières quotidiennes de l'islam.

Page 310.

1. La translittération exacte : *Iki gözüm beyim effendim.*
2. *Porte d'Andrinople* : Edirnekapı, voir p. 145, n. 1.

Page 311.

1. *On avait enterré certaine petite fille grecque* : « C'étaient des femmes grecques ; deux popes marchaient en tête ; elles portaient un petit cadavre, à découvert sur une civière, suivant leur rite national.
— *Bir guzel tchoudjouk* (Un joli petit enfant !), dit Aziyadé devenue sérieuse.
En effet, c'était une jolie petite fille de quatre ou cinq ans, une délicieuse poupée de cire qui semblait endormie sur des coussins. Elle était vêtue d'une élégante robe de mousseline blanche et portait sur la tête une couronne de fleurs d'or. » (*Aziyadé*, suivi de *Fantôme d'Orient*, éd. de Claude Martin, Paris, Gallimard, « Folio classique », 1991, p. 233.)

Page 312.

1. *Al-Fatiha* : la sourate d'ouverture du Coran.
2. *Morte le 18 Chabaan 1297* : *Aziyadé* débute en 1879 ; l'héroïne meurt en 1880.

Page 326.

1. *De Bayazid à Chazadé-Baché* : soit de la mosquée de Bayezid II (Bajazet), Beyazıt Cami, proche du Grand Bazar, à la mosquée impériale de Şehzade, construite par Sinan sur la troisième colline de Constantinople, près de l'aqueduc de Valens.

Page 329.

1. *Scutari* : voir p. 194, n. 1.

Page 336.

1. *Il se sentait déçu...* : il est difficile de croire, à la lecture de ce passage, que Loti soit dupe, pour autant qu'il l'ait jamais été.

Page 351.

1. *Il voulait paraître en bel équipage...* : « Quand j'y venais jadis, on y remarquait mon caïque blanc, mes rameurs en veste de velours vert pâle brodé d'argent, et mon domestique en costume d'Anatolie, très brodé d'or sur fond rouge ; j'avais du reste choisi le contraste et l'éclat de ces nuances afin de mieux déplaire à notre ambassadeur d'alors, homme notoirement dépourvu d'esthétique et toujours offusqué par le coloris oriental, qui me qualifiait de sardanapalesque... » La mésentente entre l'ambassadeur Ernest Constant et Loti était notoire. (*Suprêmes visions d'Orient, op. cit.*, p. 56.)

Page 357.

1. *Erivan* : Yerevan, future capitale de l'Arménie.

Page 369.

1. *La montagne* : Yuşa Tepe, mont du Géant, à 198 mètres au-dessus de la Vallée-du-Seigneur à Beykoz. Le panorama, magnifique, s'étend de la mer Noire à la mer de Marmara. Une petite mosquée s'élève à l'emplacement de l'ancienne église de Saint-Pantaléon qu'on dit avoir été construite par Justinien.

Page 373.

1. *Un passage de* Medjé *où il racontait quelque chose d'analogue* : « Les grands yeux d'Aziyadé étaient fixés sur les miens, regardant à une étrange profondeur ; ses prunelles semblaient se dilater à la lueur crépusculaire, et lire au fond de mon âme. Je ne lui avais jamais vu

ce regard et il me causait une impression inconnue ; c'était comme si les replis les plus secrets de moi-même eussent été tout à coup pénétrés par elle, et examinés au scalpel. Son regard me posait à la dernière heure cette interrogation suprême : "Qui es-tu, toi que j'ai tant aimé ? Serai-je oubliée bientôt comme une maîtresse de hasard, ou bien m'aimes-tu ? As-tu dit vrai et dois-tu revenir ?" Les yeux fermés, je retrouve encore ce regard, cette tête blanche, seulement indiquée sous les plis de mousseline du yachmak, et, par-derrière, cette silhouette de Stamboul, profilée sur ce ciel d'orage... » (*Aziyadé, op. cit.*, p. 207.)

Page 374.

1. *Eski-Chéhir* (Eskişehir) : voir p. 290, n. 1.

Page 379.

1. *Le 2 novembre* : Loti fait mourir la petite musulmane le jour, particulièrement chrétien, de la commémoration des défunts.

Page 380.

1. Dans la translittération turque moderne : *Lâilâhe illellah Mohammeder resulullah. Eşhedü en lâ ilâhe illallah ve eşhedü enne Muhammeden abdûhü ve resûlühu.*

Page 389.

1. *Qui se déversent ici à pleins paquebots* : en 1853 déjà, Théophile Gautier pestait contre les « exécrables cotonnades de Rouen, de Roubaix et de Mulhouse, qui commencent à répandre en Orient leurs affreux petits bouquets, leurs atroces guirlandes et leurs sales mouchetures, semblables à des punaises écrasées ». (*Constantinople*, Paris, Michel Lévy, 1853, p. 127.)

Page 392.

1. *Le long du quai* : les paquebots accostaient au quai de Tophane, sur la rive d'Europe, à l'entrée du Bosphore, en contrebas de Péra et de Galata.

Page 406.

1. *13 Zilkada 1323* : le 31 décembre 1905.

Page 407.

1. *Le 27 Ramazan* : le 16 novembre 1905.

Page 408.

1. *Ce 14 Zilkada 1323* : le 1er janvier 1906.

2. *Le 22 Redjeb 1297* : Djénane est née en 1880, année de la mort d'Aziyadé dont elle est la réincarnation partielle.

LES DÉSENCHANTÉES
ROMAN DES HAREMS TURCS CONTEMPORAINS

DOSSIER

DU MÊME AUTEUR

Dans la même collection

Composition Nord Compo
Impression Maury Imprimeur
45330 Malesherbes
le 9 février 2018.
Dépôt légal : février 2018.
Numéro d'imprimeur : 225022.

ISBN 978-2-07-046619-1. / Imprimé en France.

287377